八月薇妮 / 著

公主病 下

GONG ZHU BING

重庆出版集团
重庆出版社

# 目录

CONTENTS

| 第一章 行宫之夜 | 1 |
| --- | --- |
| 第二章 为龙为虎 | 15 |
| 第三章 真相惊心 | 34 |
| 第四章 南溟狂女 | 51 |
| 第五章 温柔怜爱 | 65 |
| 第六章 只是孩子 | 82 |
| 第七章 神魂颠倒 | 96 |
| 第八章 火蝶焚情 | 109 |
| 第九章 逃之风景 | 127 |
| 第十章 暗中守护 | 145 |
| 第十一章 翻山越岭 | 160 |
| 第十二章 历险虢北 | 177 |
| 第十三章 重归于好 | 197 |
| 第十四章 夫妻同心 | 220 |
| 番外 救姻缘 | 235 |

## 第一章

## 行宫之夜

　　阿绯专心致志地撕了会儿花瓣，手中的蔷薇剩下了最后一片，孤零零地在眼前晃动，柔软的小花瓣透着一点凛冽的白，瞧着竟有些刺眼。

　　"好像没什么意思……"

　　阿绯定了定神，终于把那朵惨遭蹂躏的小花举高，在眼前转了会儿，她顺势又躺在地上，左看右看，最后往窗户边一撒手，那朵花随风便飘了个无影无踪。

　　阿绯在车内滚了几滚，颇觉无聊，便爬起来，趴在车窗边上看外头的风景，也不知看了多久，那入眼的风景也都无趣，阿绯顺着窗边儿滑下来，滚在车厢旁睡了过去。

　　从京城到雀山颇有点距离，车又行得慢，因此晃了半天才到，车停在山脚的时候，日影已经过了正中，等到磨蹭上了山，几乎已是近黄昏了。

　　早从听闻公主要来避暑开始，雀山行宫的看守之人便好生地打扫了几遍，因为知道光锦公主是个著名的恶女，恐怕遭她挑剔而惹祸，因此连角落都不放过，虽然面儿上看着有些古旧，倒也干净。

　　一干人等进了行宫，阿绯在车上睡得饱了，此刻便又打起精神来，先把整个儿行宫转悠了一遍，也不嫌累。

行宫在山上，果真比京内阴凉，风又通畅，阿绯上上下下地跑了一遍，出了一身汗，此刻雀山也掌了灯，太监宫女们奉了吃食上来，阿绯肚饿，便随意吃了几块糕点，便去沐浴。

山后有一道泉，昔日工匠借着这一处的泉水建了个浴池，足够几十人在内沐浴，冷泉的旁边，也有一个池子。

阿绯两边儿皆试了试，最后便把双脚探进那冷泉池子里去，顿时一道凉爽从脚底心攀上心头。阿绯仰头，舒服地发了一声叹息。

片刻工夫，她把身上的衣衫扯得差不多了，乱七八糟扔在地上，先前有宫女上前要为阿绯更衣，却被她呵斥了一番，因此这会儿宫女们谁也不敢擅自过来收拾，只远远地站着，竖起耳朵生怕错过公主的吩咐。

阿绯将身子没入泉水里，心里颇为欢快，闷头在里头憋了会儿气，才又爬上来，攀在池畔的岩石上喘息。池边上放着盛着吃食的托盘，里头还有一壶酒，阿绯瞧了会儿，也不叫宫女，自己倒了杯酒吃了。

山月爬上来，在头顶明晃晃的，酒力也涌上来，阿绯仰头看着，摇头晃脑地一笑，觉得自己诗兴大发，便唱道："我寄愁心与明月，随君直到……"忽然间停了口，啐道："什么破诗……一点儿也不好。"

阿绯趁着酒兴，将身子没入水里，来来回回又在水里扑腾了会儿，才靠在水浅的池边上喘息。

先前她吃了酒，腹内热热的，又有心事，因此竟也不觉得水凉，便趴在石头上闭了眼睛歇息，谁知道困意上涌，不知不觉地睡了过去。

阿绯睡得模模糊糊里，似听到有些动静，隐约似有人在吩咐什么。

阿绯不以为意，张口打了个哈欠，眯起眼睛看过去，却见有个人影走了过来，她只以为是个大胆的宫婢，本要呵斥两句，却又懒得开口。一只手探过来，在阿绯肩头一握，只听"哗啦"一声，竟将她轻而易举地从水里捞出来。

阿绯来不及惊呼，那人已经双臂一合，大袖便将自己裹在了怀中，严严实实的。阿绯这才觉得不妙，吃惊地睁眼去看，果不其然，月光下是傅清明带笑的脸："殿下倒是消闲……只不过睡在这冷水池子里，怕要着凉的。"

刹那间，阿绯竟不信自己的眼睛，呆呆地看了他半晌，才惊问："你怎么来了？"

# 第一章 行宫之夜

傅清明低头，在她沾着水珠的鼻子上蹭了蹭："因为我知道殿下想念我，所以不敢不来。"

"谁……想你了？"阿绯一怔，而后便叫。

傅清明将她抱紧了些，眉眼带笑："真的没想吗？"

"我懒得理你。"阿绯转过头去，心却怦怦地跳起来，失控了般十分剧烈。

傅清明察觉阿绯的身子极冷，心想她怕是被泉水冰着了，可惜这人竟全然不在意似的，傅清明看着她悯然的神情，心中掠过一个念头：倘若自己不来，那她得在这水里泡多久？ 又无人敢管束她……

傅清明抱着阿绯，回到行宫的寝殿里头，叫宫女取了干净衣物，替她换了衣裳。 阿绯换好衣裳出来，见傅清明把外衫去了，只穿一件浅白色的里衣，坐在靠窗的榻上，正在看外头的风景。 从后面看，他静静坐着的姿态，倒有几分飘然出尘。

这一处的窗户极大，视野开阔，放眼出去能看到整个雀山，那一轮月正在眼前，照得遍山幽暗静谧，山风从窗外来，甚是凉爽。 阿绯站了会儿，便蹭过去，还没开口，傅清明便转过身来："还以为你不肯过来了。"阿绯一窘，傅清明将她一拉，便把阿绯放在自己腿上。

阿绯跌坐他的怀中，难得地也没叫嚷，傅清明道："殿下你看，这窗外山高月小，松风徐徐，这样的景致，看了让人也豁然起来，毫无世俗的烦扰，唉。"最后那一声叹息，说不出是什么滋味，似是沉重，似是释然。

阿绯听着他这几句，话不对题地忽然问："傅清明，你不是不来的吗？"

傅清明道："我几时说过？"

"狡猾，"阿绯喃喃，"那我要出发的时候都没有见你说跟着，为什么忽然又跑来了？"

傅清明摸着她湿湿的头发："说过了啊，我知道殿下惦记我。"

阿绯皱眉："不要说些你自己都不信的鬼话！ 好没意思。"

傅清明笑："殿下怎么知道我不相信呢？"

阿绯转头看他："傅清明，对我说实话，说……能让我相信的话。"

这殿内所燃的蜡烛被风吹得摇摇晃晃，她的眼睛在夜色里忽闪忽闪的。

傅清明望着阿绯，慢慢说道："好吧……实话是……因为我不想让殿下失

3

望。"阿绯的心一跳，没来由地疼了疼。

外头忽地响起很轻的脚步声，然后有个声音低低地说道："殿下，先前您要的酒食，是不是要放在这儿？"阿绯愣了愣神。

傅清明并未吱声，似不在乎，只是那么安静地看着她。

阿绯眨了眨眼，忽地不耐烦道："我现在不想吃，先拿下去！"

"是……"门口的人答应了声，悄无声息地又撤走了。

傅清明浅浅一笑："殿下怎么忽地又心烦了，难道是因为我的回答？……还是不相信吗？"

阿绯哼了声，转头又看向外头，傅清明便也不做声，殿内复又沉默，山风渐大，竟把两人旁边桌上的蜡烛吹熄了，室内光线顿时又暗淡了几分。

"傅清明……"幽暗的光影中，阿绯轻声开口，"当初你为什么要当驸马？我知道……如果你不愿意，父皇不会坚持的。"

傅清明垂眸看着她，阿绯靠在他的怀中，虽然一开始进来的时候她竭力跟他保持距离，但是坐了这么久，她还是不知不觉地就靠了过来。

傅清明唇角一挑："因为我愿意当驸马。"

"为什么！"阿绯有些急促地，"你明知道我脾气不好，不是良配，大家也都在说我不好……而且我也不想嫁给你，你为什么要当驸马，我不信你真的只是为了什么狗屁攀龙附凤。"

傅清明挑了挑眉，竟轻轻一笑："殿下为什么不信我不是为了攀附皇家？"

阿绯望着那幽暗的山岚，喃喃道："别以为我什么也不知道，我知道你很厉害……当时父皇都忌惮你，把我嫁给你，无非是想笼络你罢了……"

傅清明仍带着那淡然的笑意，双眸始终望着阿绯："殿下既然知道这个，又怎会不知，我也是有些身不由己的。若是不接受陛下这份恩宠，岂不是让陛下心里不安？对我更加猜忌么？"

阿绯眼中光芒一暗，低声说："那么，你也是为了自保了？"

傅清明抬手，缓缓地摸上她的脸颊："那还只是其次。"

"其次？"

"嗯……"他将她的脸微微一转，让她面对自己，而他低头，便吻上她的脸颊，"最主要的，是我想当驸马……不是当皇家的驸马，是当……你的。"

4

# 第一章 行宫之夜

他温柔地吻在阿绯的嘴唇上,那一瞬间,竟让阿绯有种意乱情迷的感觉,她身不由己地接受这个吻,甚至在不知不觉里有些回应。

阿绯细微的反应让傅清明心中欢喜,身体自然而然也起了反应。

阿绯察觉,便手忙脚乱地将他推开:"说得好好的,你干什么!"

傅清明叹息了声,意犹未尽地看着她,口不对心地说道:"抱歉……"

他的声音里有压抑的欲望,阿绯慌乱地低了头,竟不敢去看他:"那……你为什么非要当我的驸马?"

傅清明摸摸她柔软的肩头,顺着往下,阿绯用力按住他,他却趁机握住她柔若无骨的小手。他的手那么大,足够握住她的双手的,阿绯有些惊讶……相处了那么久,她似乎才发现这个事实。

阿绯的手指好奇地动了动,碰了碰他修长而粗粝的手指,忽然间脸便红了。

傅清明垂眸看着她细微的动作,柔声道:"我若说了,殿下怕是不信的。"

阿绯忍住了不去碰他:"你可以试着说来听听。"

"因为我……一早就喜欢殿下,无法坐视殿下落入别人怀中。"傅清明缓缓地沉声说,他的声音如此一本正经,却又带着浓浓的缱绻爱意。

阿绯不仅是脸红,连整个身体都发起热来。

阿绯呆看着头顶那轮月,月色里有一些零碎片段,在眼前闪烁飞舞,阿绯想伸手握住,却只在一眨眼的工夫便又消失无踪。

阿绯喃喃:"说什么一早?我统共没跟你见过几次。"抬手揉了揉额头,印象里第一次见到傅清明,大概就是那次他自虢北返回……她迫不及待去找祯雪才遇上的,他竟胡说什么一早就喜欢,分明只是男人的甜言蜜语,不可相信。

"说了你不会信的……"傅清明却并不觉得意外,一笑摇头。

阿绯歪头看他:"那你说一早是多早?"

傅清明垂眸,对上她那样明澈的眼神,不由得恍惚了一下。

脑中那一幕深深浅浅地浮现,至美至真,以至于以后不管听说些什么不堪的流言蜚语,都始终无法让那一幕印在他心底的场景褪色分毫,也无法让那个在他心底霸占了一角的人儿重量减弱分毫。

阿绯却把这一瞬间的沉默当作傅清明的心虚:"不回答……还敢说不是信口开河?"她有些生气,又有些莫名地失望。

傅清明双臂环紧，将她搂入怀里，靠在贴着他的心的地方："殿下先前说……众人都说殿下脾气不好，并非良配，然而在我心中，你却始终是最好的，就算是做了错事的殿下、任性的殿下……于我来说都是独一无二的，或许我有些做法是错的，但是我的心里，不管怎样，对殿下的喜爱却始终都没有变过。"

阿绯眨了眨眼，觉得这仍旧是男人的鬼话，但是那一声"胡说"竟无法出口。 而他继续说道："你被带走了也好，失忆了也好，我相信以后都会好的，而在我心中，唯一所愿的，就是殿下也像是我对待你的心意一般对我，不管别人说什么，做什么，我希望殿下信我……"

阿绯怦然心动，转头细看傅清明的脸，他的眉毛，眼睛，鼻子，嘴唇……整个人。 先前失去记忆的时候她不记得他是何模样，后来相逢了后，又是先恨上了，现在细看，这样的容颜，眼睛鼻子嘴，仍旧觉得陌生。

"殿下为什么这么看着我？"他问。

阿绯索性转过身来，跪坐在他的大腿上："傅清明……"

傅清明"嗯"了声，阿绯的手搭在他肩头，抓一下，又松开："傅清明……"眼神有几分迷惑，像是要随着唤他的名字而同样唤醒什么似的。

傅清明笑笑，抬手摸摸她的脸，却被她抓了手压下："不许乱动。"

他果真便垂了手，十分听话，只把手撑在腰侧，身子略往后一仰："好，殿下说什么我就听什么。"

"真的？"

"真的。"

四目相对，阿绯哼道："我才不信。我要把你绑起来才安心。"

傅清明挑了挑眉："殿下居然喜欢这样儿的啊。"

阿绯皱了皱鼻子："你不是说我说什么就听什么？ 是不是又不想啦？"

傅清明笑："嗯，我就在这儿，任凭殿下处置。"

阿绯摸了摸身上，便把里头的汗巾解下来，往傅清明身上一扑。

傅清明明白她的意思，顺势便往下一倒，整个人躺倒榻上，只长腿还斜斜支着，月光下两人的姿势，底下的身躯大，上面坐着的却娇小，倒有点儿像是"武松打虎"。

阿绯把那红色的汗巾子捞出来，拉住傅清明的手，便把他的双手绑在了头顶的镂空木刻上。

她趴在傅清明的身上忙活得不亦乐乎，傅清明人在底下，乖得像是中了迷药，毫无反抗，只是笑微微地看着她。

看她费力搬动他的手拉到头顶，看她骑在自己腰间却够不到头顶，于是又爬到他胸前才探身出去，但却因为这个姿势，让他得以跟她亲密接触……

尽情地嗅着她身上的香气，叫他蚀骨销魂，是了，他早就中了迷药，是一种名唤"阿绯"的……无药可解。

阿绯把傅清明的双手绑住了，就好像驯服了一头老虎。

看着他"无奈"地躺在榻上，阿绯只觉得神清气爽，如愿以偿，就连因忙活而出汗都觉心甘情愿，恨不得在傅清明身上打个滚儿以示心中欢悦。

"哈哈哈……"阿绯叉腰大笑，"这下你可动不了了。"

傅清明微笑看她："殿下把我捆起来，想要干什么呢？"

阿绯想了想："你别急，有的你受。"话虽如此，却真有些不知所措。

傅清明道："想到昔日我对殿下那么粗鲁，如今倒有些后悔……"眼睛心虚似的扫向她，"还希望殿下不要报复才好，殿下，也不早了……我们不如就这样儿睡吧。"

阿绯心头一动，忙翻身从他腰间下来，傅清明本就脱了外衫，只着一件里衣，方才被她爬上爬下，弄得衣衫凌乱，胸口略微敞开，露出健壮胸肌。

阿绯看着他"衣衫不整"的模样："哪那么容易睡，哼！你也有今天，我是把你红烧好呢，还是清蒸。"

她探手过去，在傅清明胸口乱扯一通，把他的衣裳拨得更开，柔嫩的小手乱摸之际，便摸到一粒突起，硬硬地在掌心硌着。

傅清明身子微抖："别碰……"

阿绯本没在意，闻言却偏用手捏了捏，又一拨拉，眼见它越发硬，且发了红，她便看傅清明，却见他脸上带着一股奇异的表情，似乎有些难受，又似乎在自制着，眼神望着阿绯，有几分可怜巴巴。

阿绯仰头哈哈大笑，揪住了那一粒，得意地用了几分力道扯起来："以前那么对我，现在滋味怎么样？"她凑过去，细细看他神情。

傅清明眼睛半睁看她，哼道："疼，殿下饶命……"

倘若不知情的人瞧见这幕,定会以为阿绯乃是个不折不扣的女色魔,而傅清明便是那个惨遭蹂躏的白莲花了。

阿绯得意了会儿,便撇下这里,将傅清明的袍子一撩:"还有这里的罪魁祸首,该怎么处理?"

傅清明脸色发红,目光闪烁地望着阿绯,呼吸略有些急促,心里盼她也来碰一碰才好。不料阿绯并不上当,她左顾右盼,忽地觉得腿边压着什么,俯身摸过去,便从傅清明的袖子里摸出一把扇子来。

"正好正好!"阿绯握着那扇子,却不打开,眯起眼睛看着傅清明,扇子便压下去,一路滑到那紧要关口。傅清明看着她促狭之态,几乎要屏住呼吸,阿绯却手腕一抖,扇子便敲下去。

"唔……"傅清明忍不住便闷哼了声,那物正是半起不起的当口,被猛地一敲,虽然只用不到两三分力,却也难耐。阿绯捂着嘴嗤嗤地笑,傅清明咳嗽了声,苦笑道:"殿下,别这么折腾我……"

阿绯哼道:"原先不是说任由我处置吗?"那扇子啪地又打下去。

傅清明身子一震,阿绯正要鄙夷几句,却见被她敲过的那地方有些不妥,竟然不见龟缩,反有雄起之势。

阿绯大吃一惊:"坏蛋!"想到昔日曾吃过的苦头,又见他这般"死性不改",便握着扇子一下一下敲过去,大有斩草除根的势头。

傅清明又痛又快,挨了几下,终究有些受不了,便侧身避开去,阿绯大叫:"不许躲!"便追过来,傅清明见她伏在自己腰间,正合他意,当下长腿一绞,轻而易举地夹住阿绯双腿,顺便一压,不须双手,便已经将她压在身下。先前还有些"武松打虎"的架势,如今却变成了"如来佛掌压孙猴子",阿绯便是那被傅清明这五指山压住的孙悟空,在底下扭来扭去:"傅清明,快放开我。"

傅清明压着她,先在脸上亲一口再说,低笑说:"殿下是想废了我么? 那可不成……"

阿绯扭头避开:"你自己答应的!"

"别的都好,就那一点儿不成。"傅清明腿上用力,将阿绯往上一举,双臂便夹住了她的肩膀,底下长腿灵活斜入,便把她的腿挑开。阿绯胡乱挣扎间,双手竟抱住他的脖子,腿本是要踢他的,贴在他腰间,反像是把他夹住了。

8

傅清明嘴对嘴亲了个正着："殿下对我也是又爱又不舍的，对么？"

阿绯叫道："奸猾，谁对你不舍了！"脸却如一片红云。

"殿下……"傅清明叹了声，将她拥入怀中，低低地，"真是个口是心非的小丫头。"

夜风徐徐从外头吹进来，殿内的红烛光明灭，他的口吻像是一声随风而来的叹息，阿绯迷惑地望着傅清明，正想说话，忽然间目光转动，惊叫道："你的手……"原来不知何时，傅清明的双手俨然竟得了自由。而那系着他的汗巾子，碎成片片跌在榻上。

傅清明手握住她的腰："现在改让我来伺候殿下。"将人放平，他俯身便吻下去，一路缓缓向下滑去。

次日阿绯还未醒来，耳旁就传来可厌的唤声："殿下，殿下醒醒。"

阿绯累得紧，恼火地睁开眼："干吗！"

傅清明搂着她："你看。"

阿绯这才发现自己竟睡在他怀中，一床薄薄的毯子裹着身子，身上还是赤裸的，想到昨晚，一时又忍不住脸红。然而还没来得及细想，傅清明将她下巴一捏，阿绯随之转头，顿时惊住了。眼前，是一轮刚出的红日。光芒万丈，璀璨明丽，阿绯忍不住"哇"了声，继而便失去言语。红日初升，整个室内也全是红色柔和的日光，炫美无比，像是置身天上。

"今天是个晴天呢。"耳旁是傅清明温和的说话声，阿绯心头一动，转头看他。傅清明的脸浸在日光的光华里头，让她心中生出一种错觉，一种类似于可天荒地老的……而那恍惚念头生出的瞬间，阿绯心上忽然一扯，然后便是一种隐隐的痛，野火似的蔓延。

阿绯捂着胸口，一阵恍惚，心里依稀有个声音闪烁，锐利地，凛冽地，毫不留情地……像是一把利刃，把先前那点儿念想斩杀殆尽。阿绯闷哼了声，便垂了头。

"怎么了？"傅清明怔住，急忙握住阿绯的手腕，手指便搭上她的脉。

阿绯挣脱开去，仓促道："没事。"

傅清明眼中露出几分忧虑之色，阿绯垂头片刻，忽地说道："我饿了。"

傅清明看着她："好，那便让人传膳吧。"

令传出去，片刻工夫，便有官人把酒食奉上。

两人已然穿好了衣物，坐在桌前。阿绯看看面前的酒食，又看看傅清明，慢慢提起筷子，满桌琳琅，她却不知要吃什么。

"殿下不是说饿了吗？怎么不吃？"

"啊……"阿绯答应了声，不知吃什么，索性放下筷子，拎起酒壶倒了一杯酒。

"空腹不好饮酒，殿下还是先吃点东西吧。"傅清明说着，替她将杯子拿走。

阿绯怒道："这你也要管，吃吃吃，吃死你！"

傅清明并不做声，阿绯眨了眨眼，忽然觉得有些奇怪，伸手往脸上摸了摸，手指上居然都是湿湿的。阿绯吃了一惊："这是什么？"

傅清明放下筷子："殿下，你哭了。"

"怎么可能？"阿绯看着指头上的泪，眼中的泪却停不了，"难道是因为没找到好吃的？"

她明明并没想到什么难受的事，怎么心却忍不住地觉得酸涩难当？

傅清明静静地看着她，此刻便探臂将她肩头一抱："阿绯。"

阿绯略觉慌张："我怎么无端端地哭，是不是得了什么奇怪的病？"

傅清明在她头上一吻："不是病了，殿下是为了我在哭啊。"

"你又胡说！"阿绯气愤地看着他，"荒谬之极，荒谬之极……酒还给我。"

傅清明微笑："为什么我说什么你都不信呢……算了，这杯酒我替殿下喝了吧。"他握住那瓷杯，垂眸看着那无色透明的酒，酒杯缓缓举起贴在唇边。

阿绯仓促中起身扑上前："不许喝我的！"

傅清明顺势将她搂入怀中："那殿下是不喝了吗？"

阿绯浑身发抖，仰头看他一眼，又垂下头去，十分为难："我、我……"

傅清明苦笑："瞧殿下这模样，这酒喝下去八成是会腹痛的，罢了。"一手搂着阿绯，一边举手，一仰脖子，干净利落地竟把那酒给喝干了。

阿绯刚要说话，耳畔忽地听到细细的笛声，若有若无地荡漾在风中，听来就好像是蚊蚋似的，一不留神便会忽略。但是当阿绯听到这一声的时候，她的身子一抖，整个人垂下头去，不声不响。

傅清明有些意外，扶着她的肩膀道："殿下，你怎么了？"

# 第一章 行宫之夜

阿绯的手捧住头,就在傅清明想再问一句的时候,她忽然伸手在桌上一按,竟从桌子下面抽出一把匕首来!

清晨的阳光很是刺眼,阿绯回手,雪亮的刀光从傅清明眼底掠过,刀锋反光,刺目耀眼。傅清明浑身发僵,本能地往后一仰身子闪过,没想到阿绯的身手居然变得十分敏捷,浑然不像是个不会武功之人,探身竟又扑上来,匕首去势凌厉地刺向傅清明胸前。

傅清明大惊,抬手将她的手腕一架,就算是此时此刻,他也不敢用力,生怕伤到了她。谁知道阿绯似全不领情,目光直直地望着他,手腕一抖,匕首的尖儿冲着他喉间便冲了过去。

傅清明叫道:"殿下!"

阿绯置若罔闻,傅清明无可奈何,将她双手握住:"阿绯,你清醒些!"

阿绯的脚步一顿,整个人就像是梦游之中听到一线声音似的,面上透出犹豫之色,傅清明靠近一步:"殿下……"

忽然之间,腹中一股剧痛,极快地升腾而起!

傅清明大惊,浑身在瞬间失去力气,手竟握不住阿绯的手,而就在这关键的一瞬,阿绯手中握着那柄匕首,往上一挑,削落傅清明衣服袖子,继而闪电般地平刺向前。

傅清明只觉得胸口像是被切开了,火辣辣地疼痛,他大喝一声,终于一掌拍开阿绯,同时步伐踉跄地后退出去。

然而傅清明重创之际,却仍旧未曾下杀手,阿绯被他掌风波及,身不由己地极快后退出去,身子摇摇摆摆将要倒地,但就在这时,殿外忽地出现一道人影。

他的手中握着一管极细的翠玉笛子,身着一袭蓝色长袍,玉白缎镶边,金冠玉面,飘飘然宛若谪仙不染尘。

他张手一招,便将阿绯揽入怀中,双眸之中颇有缱绻之色,深深地看了阿绯一眼,便又抬头看向傅清明。

"祯雪……"傅清明捂着胸口,有几分震惊,也有几分苦笑。

来者赫然正是祯王爷,慕容祯雪抱住阿绯,如朗星的双眸看着傅清明,温声说道:"你其实,早就想到了吧。"

傅清明闭了闭眼。他们彼此都心照不宣,当祯雪在朝堂上跟他对立开始,傅

11

清明就察觉不妥，然而对于祯雪的所作所为，傅清明只当是朝廷的一次博弈而已，以他对祯雪的了解，多半，祯王爷是在为那个不成气候的皇帝出头，要把权力从他手里分出来一些。

其实傅清明并不十分在意这个，尤其是在阿绯回来之后。

祯雪先前也不在意，但如今既然他想要……他也不介意给他一些。

就好像那一次傅清明跟阿绯所说一样：如果是王爷，他可以退让。

只是傅清明没想到，祯雪有朝一日真的会狠到这种地步。就算真相就在眼前，傅清明兀自不肯相信，祯雪所要，不仅是权力，而且是他的命。

傅清明想不通是为什么。大概是看出了傅清明双眸中的焦灼之色，祯雪的唇角挑了挑，像是带着些讥诮之色："只不过明知故问，傅大将军可也算是大启头一号的痴情种子了，只是用错了地方。"

傅清明凝视着他，额头上已经见了汗，胸口处血迹狼藉，嘴角也见了朱红。

他几时这么狼狈过。

但是对他下手的两个人，都是他不肯防备的最为亲近的人。

如梦似幻，却恁般残忍而真实。山风从祯雪背后吹来，吹得他长发飘舞，那原本如温玉的俊美容颜竟显得有几分魅然邪意。

两人都没有开口说话，只是彼此相看。

傅清明终于问道："你究竟是为了……什么……"

祯雪轻轻一笑："你难道，不明白吗？也是……寻常之人又怎能想得到呢，何况又是当局者迷。"

他从山下上来，站在殿门口，背后是太阳光，背着光的脸隐没在浅浅的阴影里头，只有双眸极亮，如火焰燃烧一般，同昔日的温和判若两人。

"我……"傅清明刚要说话，忽地觉得身体里头的绞痛加重，竟无法出声：不对，这种毒……不对。

傅清明看着祯雪，眼神几度变化，有个可怕的念头在心中盘绕，他艰难地喃喃说道："不、不对……"

"怎么不对？"祯雪抱住阿绯，手指在她的脸颊上轻轻擦过，他低头看着她的时候，神情竟带几分温柔，语气似旧非旧。

傅清明直直地盯着他，胸口血气翻涌，那个他想也不敢去想的可怕念头却如跗骨之蛆，令人疯狂。

傅清明忍不住抬手在胸口一捂，痛得窒息，眼前发黑，连同祯雪的人都有些看不清了。但是看不清他的容颜，没有那些令人迷惑的声、色，心里反而更清醒了一些。

他将往昔之事飞快地想了一遍，原来真相就在眼前。——只是人清醒了，痛也更狠，宛如盐水流过伤口，痛到几乎晕眩。

傅清明深吸一口气，破釜沉舟地大声道："不对！你不是……"

话音未落，便见祯雪抬眸看他，淡淡然道："傅大将军，事到如今，就不必说了吧。"他阻止了傅清明说。他在忌惮什么，傅清明知道。

傅清明猛地也停了口，祯雪所忌惮的，也是他忌惮的。

傅清明后退一步，不由得看向阿绯，却见她瑟缩在祯雪怀中，脸颊上还挂着泪，整个人呆呆的，有些失魂落魄。

"皇叔……"她轻轻唤了声，神情天真而迷惘。

她的手指揪着祯雪的衣领，显得无助而彷徨。

傅清明喉头一动，咽下一股腥甜跟那些即将脱口而出的话，身体之中真气涣散，他踉跄地后退数步："没想到……"声音如同叹息，有些话，始终没有说出来。

罢了，愿赌服输。谁叫他一开始就决定参与这场豪赌。

傅清明低声地笑，而后放声大笑，笑得决然而惨烈，痛得爽快，酣畅淋漓。

祯雪不去看他，只温柔地望着阿绯："乖，现在无事啦，皇叔很快带你回去。"他说着，手在阿绯的额头上轻轻地一按。

阿绯正转头呆呆地看傅清明，此刻眨了眨眼，终于又闭了眸子，神态渐渐安详，竟像是睡了过去。

傅清明看着祯雪动作，双眸眯起："你……别对她……"

祯雪微微一笑："我对她从来如何，你该是最清楚的……阿绯自己也知道，我对她是最好不过的。她……也一直都惦记着我，不是吗？"

傅清明身子震了震，心里掠过一股寒意："你对她好？她若知道你如此利用她……必然……"

"必然伤心之极。"祯雪淡淡地接过话来，"所以，最好不要让她知道，对吗？"

他的声音极为淡漠，双眸从阿绯面上转向傅清明："上一回本可以好好的，却给你坏了事，这一次，我决不允许。"

他已经变了声音，说到最后一句，一字一顿，宛如发誓一般。

傅清明试着吸一口气，却疼得浑身打颤："你究竟想如何？"

祯雪冲他一笑，原本光风霁月的眉宇间横着沉沉阴郁："你觉得呢？傅清明，我曾跟你说过……有朝一日，会向你讨回……那所有的。"

傅清明中毒，负伤，整个人本极狼狈，然而在这刻，却也笑了一笑，笑得无奈："只怕这一回，也会让你失望了……"他看向阿绯，叹道，"不信，便走着瞧吧。"

祯雪心头一跳，却仍道："好，那我便瞧瞧，只可惜你是瞧不到了……受死吧，傅清明！"

祯雪轻轻一招手，殿外埋伏着的许多亲信士兵一拥而入，团团将傅清明围在中央。

他身中剧毒且又负伤，再被这么多精锐包围，在这荒山野岭之地，似乎插翅难飞。

傅清明回头，身后便是宽敞的窗口，昨夜他抱着阿绯在此处缠绵，坐看山月，是何等静美的时光，然而此刻，风景不再，底下只是一道深深悬崖。

而身侧榻上，昨夜他以内力挣断了的汗巾，还残留一片，孤零零落在彼处。

傅清明看了一眼，拼了最后一口气蓦地纵身而起，手抓住那片红巾，身子依旧腾空，竟如离弦之箭般往窗外跃去。

## 第二章

## 为龙为虎

阿绯猛地坐起身，把床前侍候的宫女们吓了一跳，有人甚至低低惊呼出声，旋即跪倒在地："殿下恕罪！"

这声音战战兢兢地低声响起，阿绯闻声转头看去，目光在宫女身上停了停便又移开，极快地打量屋子的布置。

跟雀山行宫的空旷殿阁布局不同，此处的陈设布置要华丽精致一些，阿绯转动目光看了会儿，蓦地认出这是哪里。

"我怎么会在这里？"来不及追究那跪地的宫女，阿绯脱口叫道。

床前一名宫女垂着头行礼下去："殿下，您前日才从雀山行宫回来的，是王爷带您回来的。"

"王爷……"阿绯竟觉得脑中昏昏的，很有些反应不过来，"啊，皇叔！"

唤出"皇叔"两个字的时候，脑子似是清醒了许多，阿绯像是抓到一根救命稻草："皇叔在哪里？"

"王爷清早便上朝去了，先前派人传话回来，说有点儿事耽搁了，中午会回来的，若是殿下问起来，就让殿下耐心等候。"

阿绯的心安稳了一下，忽然又提起来，眼珠转了会儿，便从床上下地，她在床上昏睡，只穿着极薄的绢丝里衣，匆忙下地，赤脚踩在地面，只觉得一股透心凉从脚心渗上来，莫名地竟打了个寒战。

两旁宫女忙围过来帮她更衣，片刻整理好了，阿绯往外就走，还没走到门口，就听得外头有人道："爹怎么会不回来……直接就走了？连我也不见一面。"这声音是稚嫩的童音，阿绯自然知道这是南乡。

但却没有人回答他，隔了会儿，南乡才又嘀咕："不行，我也要去虢北，去找爹去。"

阿绯听到这里，便迈步出去，一转头便看到门边儿上站着两个小家伙，一个是南乡，另一个正在以手比画着什么，自然正是连昇。

两人一看阿绯醒了出来，便齐齐过来，阿绯垂头抓着南乡："你刚才说什么？"

南乡见阿绯出来，本正高兴，猛地被她抓住肩头忍不住吓了一跳："啊……我、我说……咦，难道你不知道吗？"

连昇见状，便在旁边极快地比了一比，阿绯转头看去："你说的是真的？傅清明去虢北了？"

连昇点点头，南乡却瞪大眼睛看着阿绯，叫道："你怎么会不知道？难道爹临去前没有跟你说过？"

阿绯的心摇摇晃晃，有点踏实，又有些无法相信，眼睁睁地看着两个小的，终于说道："那这件事你们是怎么知道的？"

连昇跟南乡对视一眼，还没有回答，阿绯身后的一个宫女道："殿下，大将军确是去了虢北，听说是虢北忽然兵变，事情很是紧急，故而大将军连京城都没回，直接从雀山取道而去。"这宫女口齿伶俐，言语清晰，但阿绯听着这些话，却只觉如梦似幻，有些无法置信似的。

先前听闻南乡说，心里稍微安稳些，此刻心却又噗通噗通地剧烈跳了起来，木讷重复道："从雀山走了……去了虢北？"

南乡见她呆呆似乎全不知情，便不依地叫道："你怎么一点儿也不知道……爹不是去了雀山找你吗？"

阿绯还没有回答，她身后那个宫女说道："听王爷说，将军离开的时候殿下正在休息，将军疼爱殿下，又因军情紧急，所以并没有打扰她就匆匆离开了。"

方才她镇定地说傅清明的事，阿绯还没有留意，这会儿才留心了。

南乡有些不高兴，白了阿绯一眼："哼……真没用！如果是我在，还能跟爹告别……"连昇看看南乡，又看阿绯，眼神中却透出几分不安来。

南乡却转头看他，眨巴着眼问："六哥，你说爹什么时候能回来？不然的话，你帮我求王爷，让我去找爹好不好？"

连昇犹豫了一下，双手在空中很慢地比画了一下，配合脸上那种表情，显然是拒绝之意。

南乡嘟起嘴来："好吧，我也是随口说说。"

阿绯没心思跟连昇和南乡闲聊，回头看着回话的宫女，便唤出她的名字："芳语，去叫人……请王爷回来。"

那个宫女正是最初阿绯回到公主府的时候伺候她的贴身之人，紫珊夫人的事件发生之后，她消失过一阵儿。

芳语垂着头："殿下，王爷说处理完事情就会回来……"

阿绯不等她说完，就厉声说道："住口，或者你立即叫人去，或者我自己去！"

芳语怔了怔，抬眸看向阿绯，却见阿绯正冷冷地望着自己。芳语急忙垂头："是，殿下，奴婢这就去跟人说……让、让他们去通知王爷。"

日影高高，天越发热起来，院子里传来蝉噪的声响，一阵高过一阵似的。

阿绯本欲回房，然而心里头却极憋闷，便往外走去，芳语跟一干宫女太监便跟在后面，阿绯一路走到湖畔的亭子里，湖水碧绿，岸边的绿树成荫，凉风徐徐从湖上来，倒有几分惬意。

阿绯坐在亭子边儿，靠在木栏杆上，伏身望着湖面，怔怔地出神。

太阳光照在湖面上，湖水波光粼粼，阿绯眯起眼睛看，波光荡漾，迷离闪烁，竟有几分神思昏昏，慵懒欲睡。半梦半醒中，也不知过了多长时间，耳畔听到一个声音低低说道："都退下吧。"

阿绯缓缓睁开眼睛，目光所至，在湖水荡漾里，竟看到一张熟悉的脸，他望着她展颜一笑："殿下……"

阿绯出神地看着那个人的脸，看得入了迷似的，竟未曾动弹。

寂静里，一只手轻轻地搭在她的肩头，手指温热，在肩头上轻轻摩挲过，又缓缓离开。那极好看的手停在半空，光影中姿势像是一朵很美的花，然后又依依不舍地落在阿绯的脸颊上，手指略微弯曲，温柔地滑过她的脸侧。这手势起落间，隐约似有些暧昧流动。

正在阿绯呆住的一瞬，那手指复离开了，有一声轻笑响起："还在装睡吗？"

阿绯便睁开眼，却依旧是趴在栏杆上的姿势，歪头看身畔的人："皇叔，你回来了……"

祯雪顺势坐在阿绯旁边，金色的暖光之中整个人越发俊美如玉，贵不可言，眉眼里都带着笑意："这么急着叫皇叔回来，是为了什么？"

阿绯定神看了他一会儿，转头看左右无人，宫人们都远远地退出了亭子。

阿绯迟疑地问道："皇叔，我想问你，傅清明……傅清明……"

祯雪面上的笑容缓缓收敛，他转头看了一眼湖面，才说道："你不是听说了吗，他去了虢北。"

"我不信！"阿绯冲口说道。

祯雪双眉一蹙："不信？为什么……不信？"

阿绯双手握紧，咬了咬唇："皇叔，你跟我说实话，傅清明……怎么样了？"

祯雪叹了一声，才又道："傻阿绯，现在问这个做什么？当初你怎么跟皇叔说的，难道都忘记了吗？"

阿绯脑中轰地响了一声，她伸手在额头上一抵："我，我……"当初说了什么她自然记得，但是为何现在心里会这么不安。

祯雪看着她皱眉苦恼的模样，起身走到阿绯身边，将她极慢地拥入怀中："事到如今，你只需要知道……他去了虢北，总之他不会再回京城，不会再出现在你的身边，那就行了……你明白吗？"

怀中的人沉默了片刻，然后祯雪听到她的声音很轻地响起："皇叔，我没做错吗？"

"嗯？"

阿绯又问："我做的是对的是不是？"

祯雪无奈，在她发上轻轻一摸："是，你所做的很对。"

阿绯凝眸想了会儿，便问："我既然没有做错，为什么你不告诉我他到底怎么样了，他真的已经……死了？"最后两个字，颤得几乎听不清，但她到底是说出来了。

祯雪垂眸沉思片刻，终于下了决心似的，沉声说道："阿绯，我之所以不肯跟你说的原因，莫非你自己不知道吗？皇叔……是担心你对他动了情，担心你后悔而已。"

阿绯张口，却无声，在这一刻她似乎预感到什么，整个人仿佛都空了。

阿绯张手在祯雪的身上抓了几把，忽然间不想再追问下去了，或许不问，就还仍旧有一线希望。

"既然你问了，"祯雪却显然不打算让她退缩，此刻他脸上的笑意已经完全收敛，取而代之的是一股淡淡的冷肃，"那么索性皇叔就告诉你，正如你所料，也如你之前所愿，傅清明……已经死了，这个世上不会再有此人。"祯雪的声音极冷，也很清楚，绝对不会让人听错，也绝对不会令人怀疑它的真实性。

但就在听到他说这句话的时候，阿绯依稀听到一声凄厉的惨呼，不知从何而起，只是充满了无限绝望悔痛之意，但无论如何，已是万劫不复。

傅清明，已经死了？傅清明，已经死了。

阿绯睁大眼睛，忽然不觉眼前景物已然模糊，也浑然不知泪如潮水般地涌出双眸，纷纷跌落。

"不许哭！"耳畔是祯雪略带严厉的声音，"我们并未做错什么，而他也是咎由自取而已。"

祯雪抬手，将阿绯脸上的泪擦去，不似昔日温柔，动作竟有几分粗暴。他俯身面对面地看着她，沉声喝道："记住，你心中对他只有恨，并无其他。他强占你在先，弑君在后，皇叔跟你所做不过是顺应天命，而他也是自取其咎。阿绯，你若是还有些骨气，就不许再为他流一滴泪。"

有的人，死了反比活着更叫人惦念，比如一种叫做"傅清明"的。

或者是说，有些东西，永远是失去了才知道"珍贵"。

傅清明在阿绯跟前为所欲为或者百般疼爱的时候，都没得她这么多的泪，如断了线的珠子，如夏日晴空的雨，猝不及防地从心里涌出来。

这伤心是确确实实的，令阿绯感觉到一份真实无比的"难受"。

"可是可是……"阿绯从没见过祯雪这样严厉的神情，可心里总觉得哪里不对，嗫嚅片刻，终于小声说道，"可是我没有想他真的死，我……我是想……"

当初，她一点一点想起往事，那些记忆就好像飘在天空的阴云，一片片地被她捉到，然后拼凑在一起。可是发现的越多，就觉得眼前越是黑暗。阴云成了一大片阴霾，沉沉地压在她心底。阿绯不信她所记起的那些，却又不敢问傅清明。

她唯一能去依靠和信任的那个同样知情的人，是祯雪。当祯雪肯定了她所问的之后，就好像有个世界在眼前坍塌了。

阿绯的确曾经恨过傅清明，恨不得他死。

可是不知为什么……也不知从何时开始，这个念头不是那么强烈了。或许，一直到他真的如她曾所愿的一样后，阿绯才确认了自己的心意，她并不是真的想要他死，大概她只是不想他再那么强横地、不由分说地……欺压着她，只要制住他，剪除他的羽翼，她就可以坦坦荡荡地当面问他，为什么会做那些事。

为什么当初要娶她要欺辱她，为什么后来会逼宫会弑君……前一个问题他给了一个模棱两可的让她似信非信的答案，但后一个问题却不能问，除非他不再高高在上大权在握。

但是阿绯没想到，事情并非总如她所料，而对傅清明来说，不是上，便是下，不是为龙为虎地生，就只能化尘化灰地死。

她连当面质问他的机会都没有。

当初也曾犹豫过，是不是真的要颠覆这一切。但是一闭眼，眼前就会出现记起的那个噩梦似的夜晚。铁甲凛然，月影寒光，宫阙里头杀机四伏，她的父皇，倒在玉座上，张口吐一口血。

阿绯听到一声凄惨叫声，大概是出自自己口中。

她也看到傅清明手中持剑，剑上带血，回头看她。

那一刻他的神情，就好像是从地狱里杀出来的煞神，陌生而令人恐惧。在他的脚下，父皇的血从御座上流下来，黏稠地猩红色地，无声地在地上蜿蜒。

阿绯忘不了那一幕，自从想起来后就再也忘不了，甚至能记起当时那种让人窒息的血腥气蔓延。就算是他再温柔款款地，都忘不了。

所以一切必须要有个了结！

阿绯定定地出了会儿神，然后吸了吸鼻子。

她把往事想了一遍，然后觉得祯雪说得对，是的，她必须得有骨气一些。

这条路是她自己选的，如今达到预期目的，她也是一个求仁得仁。

就算是心里头难过……有道是人非草木孰能无情，跟那个家伙相处了那么久，何况他也并非全然对她不好，她觉得有些不好受，只是正常反应罢了。

而且傅清明……他也是咎由自取，敢"弑君"，不管是出自何种理由，他也是一个死罪！

该是如此。只能如此。

"皇叔，我知道了。"阿绯在祯雪身上蹭了蹭，把泪在他的衣裳上擦干，仰头看他。

因为哭泣过，她的眼睛跟鼻头还是脆弱的粉红，祯雪垂眸看着："如果累了就好好地歇息一阵子，留在皇叔这里……哪儿也不要去，先前皇叔跟你说过，一切都会好起来的是不是？皇叔绝不会食言的。"

阿绯定定地看着他，阳光中听着这样温暖的话，整个人才有了几分暖意。

阿绯呆呆地回答："好的，皇叔。"

她如此乖顺，让祯雪很是欣慰，他笑了笑："傻……好了，在外头吹了这么久的风，别把小阿绯给吹病了，让皇叔送你回房去吧。"

祯雪说着，探手过来在她腰间稍微用力，阿绯身不由己站起来，祯雪将她轻轻一揽，阿绯便靠在他的胸前，脸颊在他胸前一撞。

阿绯眨了眨眼，抬头看他，祯雪瞧着她仍有些张皇的神情，阳光之中他的眼神中温柔跟爱惜交织。端详了阿绯片刻，祯雪乍然仰头一笑出声，笑声清越轻扬，似有一股欢喜在其中流淌。

亭子外的宫人们听着那陌生的笑声，觉得不可思议。

祯王爷多久没有笑了？大概……总有三四年……甚至更多吧。

在这样的阳光底下，如此发自真心地笑，让人有种梦幻之感。

祯雪小心送了阿绯回房，一直守在床前看着阿绯睡去后才离开。

祯雪在门口站了片刻，抬头看看日影，正值中午，蝉鸣一阵强似一阵，迎面吹来一阵风，风中都带着滚滚的热浪。

祯雪站住脚："中午……给殿下准备的什么吃食？"

旁边的长随没想到他会问这个，一时错愕，继而试探着说道："王爷，让小人去厨下打听打听？"

祯雪沉默不语，那人察言观色，急忙召了个人来去问，祯雪依旧负手往前而行，一路到了书房，那派去的人已经带了个厨子回来。

长随见人到了，又看祯雪正放了一份折子，便轻声道："王爷，厨下的人叫来了，要不要传进来？"

祯雪停了手势，显然是默许了。

长随急往外几步略微招手，门口的厨子急忙进来，不敢抬头，远远地跪下："王爷……"

祯雪扫他一眼，淡淡问道："中午给公主备的什么？"

那厨子路上就听闻了叫他是为什么，早有准备，当下战战兢兢道："回王爷，听闻公主从雀山回来一路颠簸有些身子不适，且又天热，因此小人们准备了四宝人参鸡，五味熬制的老鸭汤，牛乳蒸的南瓜百合，凉菜有白玉藕片，酸甜苦瓜，另外有山药糕跟绿豆糕，怕殿下爱吃凉的，还备了'雪羹饮'。"

祯雪一听，都是些祛暑降热且又进补的汤水吃食，倒是满意，只不过却没有开口。

那厨子跪在地上，不知王爷是何反应，正反思自己是不是备得少了，不妥当，便听祯雪道："府里头有冰吗？"

那长随忙道："王爷，有。"

祯雪沉吟着，手指叩在桌上，发出轻微的声响，隔了会儿才说道："且先看看吧……若是公主吃了你备的这些，就用冰做点儿酸梅汤给她，若是她没吃多少，就不用上了，免得只喝这些反伤了胃肠。"

厨子怔了怔，这酸梅汤倒是夏天常有的……却不稀奇，他备的"雪羹饮"也是冰镇过的，按理说也极为清凉可口的，但王爷这么吩咐，自然不敢有违，急忙磕头答应。祯雪见他谨慎，又多吩咐了一道："好生伺候着，若是公主吃得可口，本王有赏。"

阿绯睡了一觉，起床之后嫌热，便先洗了个澡，这才觉得饿。

厨下赶紧将饭呈上，阿绯饿得紧了，化悲愤为食量，果真吃了大半。

那厨子早在外面等着打听消息，听宫女传信说殿下吃得可口，他想到祯雪的话，十分欢喜，便叫人端了酸梅汤进去。

阿绯正吃得极饱，摸着肚子倒在榻上，忽然间见宫女端着玉碗进来，那碗镇在冰里，冷气四溢。

阿绯原先以为是茶，便道："不要喝茶，一口也吃不下了。"又吃多了，肚子隐隐约约地不大舒服，好想要有人温柔地抚上一抚。

阿绯打了个嗝儿，挥去脑中的无聊幻想。

宫女正要撤下，阿绯才看到那一缕溢出的冷气，不由道："这是什么？"

宫女便说："殿下，是酸梅汤……"

阿绯一听，手在肚子上一按，便爬起来："拿来我尝尝。"宫女忙送上来，阿绯趴在桌子前，捉了调羹舀了一勺吃，果真酸甜可口且又凉爽。

阿绯略有些兴致，又吃了一口，却反而眉头一皱，放下勺子淡淡道："也是一般。"

正在这时，外头连昇进来，见阿绯歪着，便上前见礼，身后南乡也懒懒地行了个礼，抢在连昇之前开口说："我要回将军府啦。"

阿绯一怔，见小家伙有几分无精打采，连昇在旁比了个手势："他很担心傅大将军。"

阿绯才强行命自己暂时忘了傅清明，如今跟南乡面面相觑，要忘又怎能够。

阿绯眨了眨眼，不知道自己该说什么，正好南乡看到桌上的碗，好奇地问："这是什么？"

正好转移话题，阿绯急忙说："酸梅汤，你要不要喝，很好喝。"

南乡眨了眨眼："我能喝吗？"

阿绯点了点头："当然可以，不过不能喝太多，会肚子疼。"说到"肚子疼"三个字，忽地一阵恍惚，耳畔响起一句话"殿下喝了……怕是会肚子疼的"。

那个人……这样无处不在吗？

阿绯愣神的瞬间，宫女已经端了酸梅汤给南乡，南乡喝了口，觉得很是满意："果然好喝，六哥你尝尝。"他跟连昇都是小孩儿，最近又厮混得熟悉，因此称呼上便只胡乱叫而已。

连昇抿嘴一笑，摇了摇头，他虽然只比南乡大几岁，却已经露出一副老成持重的模样来，见南乡低头，窸窸窣窣出声喝得香甜，便看阿绯，眼睛眨动，有些迟疑地探手，刚要比画，忽然间回身，先冲着屋内的宫女们做了一个"退下"的手势。连昇虽小，身份尊贵，宫女们见状，便鱼贯出了房间。

连昇见屋内外人都走了，才向着阿绯比了个手势。

阿绯眼前人影凌乱，双眸望着虚空，像是看着什么，又像是什么也没看到。

连昇见她恍然出神似的，更加担心，便踏前一步，拉了拉阿绯的衣袖，又比了一比。阿绯一抬头，望见连昇那个手势，浑身便震了震："你……"

这会儿旁边的南乡便抬起头来，只不过连昇背对着他，南乡便看不到连昇比什么，只随口道："六哥，你真不喝啊，你不喝我要喝光啦。"

连昇不答，只是认真地望着阿绯，小手横在胸前，停了动作。

这一会儿，阿绯虽未回答，连昇却似乎明白了她的答案。

而阿绯震惊地看了连昇一会儿，才跟想起什么似的急忙转头四看，这会儿才发现宫女们都已经退了出去。阿绯略微松了口气，看着连昇，小声地说："怎么……会这么问？"

连昇看着阿绯的眼睛，双手又比画了一阵，阿绯心头震动，咽了口唾沫。

这会儿南乡已经喝光了酸梅汤，不知何时居然挪到了连昇身旁，小家伙静静地看着连昇的手势，便眨巴着眼疑惑地问："六哥……你说什么……'因为你很难过'？"

连昇急忙垂了双手，手缩在袖子里紧紧握起。

起初连昇问的是："傅将军真的去虢北了吗？"

阿绯问他为何会这么问，连昇的答案，就像是南乡看到的一样，他对阿绯说："因为你看起来很难过……"可是，有那么明显吗？

阿绯看着连昇，连昇也看着她，两个人齐齐地沉默着。只有南乡在旁边伸手摸摸脸，百思不得其解地嘀咕："'你'是说她吗？公主又难过什么？难道是因为酸梅汤被我喝了？小气啊！"

正说到这里，门口有人道："殿下，外面有一位侍郎大人求见。"

阿绯一听就知道是方雪初来了，她认得的侍郎统共这么一个。

阿绯原本吃撑了有些睡意，又因为两个小家伙忽然到来心情晴转多云，越发懒懒地不想动……然而这会儿却急忙坐起身来，双手缓缓下垂吐了口气，又深吸一口气，才精神抖擞地下榻往外走。

南乡看了个稀奇，鼓着眼睛问道："你刚才那是干什么啊？"

阿绯回头："我是在运功。"

南乡吃惊："你还会练功？"

阿绯倨傲地转头看天："略懂而已！"

阿绯提着裙摆迈步出去找方雪初，南乡在后看她离开，不免嘀咕："骗人的吧。"连昇看看他，又看看离去的阿绯，虽然不会说话，却轻轻地无声地叹了口气。

中午头正热，阿绯走了几步，便觉得浑身发热，隐隐有了汗意。

她抬手在脸上一摸，忽然间便想到那个流萤照月的夜晚，某人将她抱在怀中，取笑：都说冰肌玉骨，自清凉无汗，殿下你却……

阿绯站住脚，用力地摇了摇头，把那个可恨的影子挥去。

当初他在的时候她也没这么心心念念惦记着，喝酸梅汤也会想到他，出了汗也会想到他，可见那人是个多讨厌的货色，生前跟死后都这么不让人省心。

阿绯双手握拳，在腰间一沉："我要打起精神来，不能被他打败，哼！"

正念叨了这两句，阿绯迈步要走，却听耳畔有人问道："被谁打败？"

阿绯一惊，往旁边跳出一步，看清来人面孔的时候却长长地松了口气，抬手在胸前一抚："你什么时候进来的？也不早出声儿，想吓死我！"

方雪初站在距离阿绯一步之遥的台阶处，显然是刚从桥上过来，天这么热，他仍旧穿着一身红色官服，奇怪的是那白玉似的脸上居然毫无汗意，整个人也是一副"我一点也不热"的淡然神情。

方雪初听她抱怨，便道："不是殿下先前命人传我进来的吗？"

阿绯听着他清冷的声音，心头一动，不由得嫉妒，迈步往前一步，探头仔细看方雪初的脸。大概是她的眼神太犀利了些，方雪初人不动，目光却随着她转动，看阿绯在前，在左，往后，又从自己身后绕回来，重新站在他的跟前。

方雪初淡声道："殿下这么打量我做什么？难道我身上有什么不妥么？"

阿绯气恼："这不像话！为什么我没看到你出汗！"

她方才围着方雪初转了一圈儿，把他脸上颈后以及耳边都看了个清楚，那白玉似的脸就好像真是白玉雕刻的，连一滴汗也不曾有。

方雪初听了这句，嘴角一抽，却仍淡淡道："哦，原来殿下是在看这个，那么殿下可以不须计较，这跟个人体质相关。"

阿绯摸摸自己的脸，手指上湿湿的，再看看方雪初，恨不得把他扔到水里去："你听起来很得意啊。"

方雪初垂眸看她："这倒没有，但我自来就是如此，大概是体寒故而无汗。"

"不要听这个，"阿绯很不服，"先前还说你是木头，明明是石头，冰冰冷冷的大石头。"

方雪初忍不住一笑，这一笑，却如雪晴霁色："殿下说是石头，那就是石头好了。"

阿绯看着他的笑，忽地觉得有些不对："你忽然跑来找我，是有什么事吗？"

方雪初道："无事，只是听闻殿下住在了王府，所以特来探望一番。"

"没别的事？"阿绯听着他这一句，心里头像是想到了什么，于是心不在焉地说，"对了，你家里头可好？"

方雪初转头看她，双眉之间多了一缕冷淡："无事。"

阿绯却已顾不上跟他再说："我忽然想到一件事，你先回去吧。"她自顾自说着，心事重重地转身就走。明明才见了一会儿，方雪初站在身后，有些愕然，却见阿绯走了几步，又停下来，转头看向他。方雪初不动，似知道她会说什么。

阿绯眨了眨眼，果然开口："我知道你是担心我所以才来看看的，你放心，我没事……"发生了那么多，她都没事，以后也绝对会好好的……

"你回去吧，"阿绯仔细看着方雪初沉静的双眸，"你夫人很喜欢你，对她好一点……"她停了停，又说，"以后我不会再找你了，这回是真的。"

阿绯说完之后，转过身快步往前走去，她不敢回头看方雪初的脸。

阿绯忽然想到一件事。一直以来，好像跟她关系密切的男人都没有什么好下场，如朱子，如傅清明，步轻侯跑得早，算他聪明，现在是方雪初。

先前她特意去找方雪初，并不是为了叙旧，而是让他在朝堂上站队。

这一回方雪初站的是祯王爷的一边，其中涉及一些什么……大家都心照不宣。但是不管怎样，阿绯拿方雪初冒了一次险，她恨极傅清明，迫于无奈，不能想太多，能抓到谁就是谁了，且她能信任且管用的也就这么几个人。

方雪初，步轻侯。

阿绯也知道，步轻侯不是无缘无故就离京的，他必然做过什么，也知道些什么。从他离开的时候跟她那番谈话就能看出。

而做这件事，她全没顾虑方雪初的人生，或者他的家室之类，但幸好这一局有惊无险，如今一切该都回归正常。

## 第二章 为龙为虎

她得离方雪初远一点。他现在平安无事，是上天眷顾着，而她也不会容许自己再自私地利用他一次了，因为这种运气不会常有。

阿绯越走越快，最后居然跑了起来。

在她身后，方雪初站在原地，一动不动。在她眼里他像是木头，又像是石头，缺乏感情，八方不动，从开始……大概一直要到以后。

只是她好像不知道，在他心里凿了一个口的人是她，所以不管她在或者不在，远或者近，那个缺口一直都是在的。

方家是门阀大族，但却一直异常低调。方家素来恪守的祖训是不参与任何党争，就算是改朝换代也好，流水的帝王，永远屹立不倒的永州方氏。

只为她一句话，方雪初抛弃了中立者的身份，倾向了皇室宗亲祯雪王爷。

当时方雪初的伯父还是永州太守，父亲于翰林院供职，有个堂哥是大理寺卿，而他的舅舅却是傅清明麾下大将，而舅家的两个儿子一个在兵部一个在户部，其中一个被看好成为下任的户部尚书……

牵一发动全身，就在方雪初头一次支持祯王爷的时候，隔六日，永州便送来了太守的告老退职书。

而被看好为户部下任尚书的表哥也上书请辞，最后被调到了无关紧要的太常寺管理马匹去了。

是为了避嫌，也为了请罪，这些都是必要的牺牲。越是有权力的人若是倒台的话下场就越惨，方雪初的表态，导致了方家在权力平衡上做了一次惨烈的调整，将家族最有势力的官位角色退掉来表明自己的立场，不管这一场党争的后果如何，方家还是置身事外的方家。

方家的子弟出仕，不求名，不为利，只是一种中庸的入世态度。

但是那晚上在方家，方翰林望着跪在地上的儿子："你一直在侍郎的位子上过了这些年，本以为你是明白祖宗遗训的，却不料只是物极必反，你贸然行事，坏了家门门风，按照我的意思，本想赶你出门，但是你舅舅替你说情，以后要如何，你且自己斟酌，别真当了那累及方氏满族的畜生。"言犹在耳。

方雪初凝视阿绯离开的身影，一直到她消失不见。

他抬头看天，一挥袖子，转身往外而行。

他早就知道他所念是无望的，但是无望又如何？这不妨碍他继续惦念着。

这也是他最后也是唯一的一点权力了，倘若连这个都没有，他该多可怜。

迎面的风热热地吹来，方雪初浑身寒凉，却分毫也感觉不到热意。是了，他是石头，是冰雪冷血之人，不会觉得热，也不会觉得疼。

他唯一牵念的从头到尾只一人而已。

而不管如何，她也无法干涉他心中的念想。幸好如此。

祯雪的书房里头，一名侍卫半跪地上，沉声道："属下们已经在崖下方圆数十里都细细搜过，并没有发现那人的尸身。"

桌子后面的人目光沉沉："什么踪迹也没发现吗？"

"地上有发现一些残留的血迹，可以看出受伤极重的……只是不见人。"

祯雪听着回报，双眉蹙起，为难般自言自语道："真命大啊，傅清明……"蓦地抬眸，"再派人去追踪，死要见尸，活……便让他死！"

"是！"地上的人一低头，起身往外退去。

正在这时，便听到外头有人怒道："滚开，你是什么东西，敢挡我的路！"

祯雪一听，便冲着旁边的长随使了个眼色。

那长随赶紧往门口去，正好先头禀告的那侍卫开了门要出去，门外的人却正好撞上来，两下里差点儿撞在一起，那侍卫闪身，看见来人面孔，急忙躬身行礼："殿下恕罪！"

阿绯不经意地扫他一眼，却不理会，径直往里去，正好那长随过来了，赔笑道："殿下您来了。"

阿绯横着他："为什么外头那人拦着不许我进来！很没眼色！"

长随忙道："是是，小人现在就去责罚他。"

阿绯道："这倒不必了！我没那么小气量。"说着，便又跑到祯雪桌前，张开双臂趴在桌上道，"皇叔！"双臂肆无忌惮地横扫，掠倒了一个镇纸，笔架也随之摇晃。

祯雪瞧着她这姿势，忍不住笑："你过来我身边儿就是了，趴在上面干什么？"

"热，"阿绯一路跑来，头脸都带了汗，趴在桌上随手扯过一则折子来扇汗，"我想起一件事要赶紧跟皇叔说。"

祯雪道："什么事？"又问，"看你这一头的汗，你过来，我给你擦擦。"

阿绯却不过去，只在桌上又往前探了探身，十分怠懒，看来像是一只探头的小乌龟。

祯雪啼笑皆非，却也由得她如此，只掏出帕子来给她轻轻地擦脸，又道："给你备的酸梅汤可好喝吗？听闻你中午吃得不错，要不要再让人给你准备些？"

阿绯睁开眼："是皇叔命人备的？倒是可口的，但是我不爱喝。"

祯雪奇道："为什么不爱喝？"

阿绯道："我以前在外头的时候喝过……喝这个会让我想起以前的事，何况也不是那个味。"

祯雪的动作一停，沉思着问："不想……想起以前吗？"

阿绯抓了抓脸，又低头看着桌上的东西，信手一抓："不知道……"

祯雪便一笑，不再问那个："对了，你急匆匆地来，是为了什么事？"

阿绯瞪圆眼睛："我差点忘了，我是想跟皇叔说……我住在这里妥当吗？当初皇叔跟傅……跟……他说起那个风……风蝴蝶什么来的，她万一还在京中，会不会对皇叔和我不利？"

以前傅清明曾说过，南溟风蝶梦苦恋祯雪不成，继而仇视他身旁所有亲近之人，故而南乡才也寄名在傅清明身边。

当时祯雪病着，阿绯怕跟他直说反让他担忧，便只乖乖跟了傅清明回将军府。方才跟方雪初说话的时候忽然之间想到这件事，于是便急忙跑来找祯雪。

祯雪看着阿绯着急的神情，一怔之下便轻笑起来。阿绯有些疑惑："皇叔你笑什么？"

祯雪握住她的手腕，将那莹白的小手握在掌心，皓腕如雪，温软生香，令他心神不属，目光亦有些迷离。

"皇叔？"阿绯见他仍不应，便歪头看他的脸。

祯雪醒悟，便一笑说道："原来阿绯是在担心皇叔的安危……不过不必担心，风蝶梦之事，我会处置。"

阿绯饶有兴趣地："不是说她是个很难缠的人吗？皇叔真的可以制住她？"

"放心，交给皇叔便是。"忍不住捏了捏她的脸颊，十分欢喜。

阿绯嘿地一笑，从桌子上爬起来，拍掌道："还是皇叔厉害！傅清明对风蝴蝶毫无办法，却只会恐吓我！"

祯雪听她忽然又提起了那个人，脸色微微一变，便站起身来，含笑说："皇叔真的厉害吗？"

阿绯回头，毫不犹豫地："当然！对了皇叔，既然这样……是不是该把南乡认回来？方才来之前他说要回将军府去……反正现在……"说到后面，未免要涉及傅清明如何如何，阿绯便停了口。

祯雪正自桌后转出走到阿绯身旁，闻言脸色更有些怪，瞅了她片刻，才咳嗽了声："你说的是，不过这件事不能操之过急……毕竟，对于南乡来说一时半会儿估计也接受不了，还有文武百官之类需要应付……且让皇叔想个两全之策。"

阿绯想了想，确也是这个理，何况南乡那小家伙是个鬼精灵的，等闲哪里会相信？估计还以为他们糊弄他呢。

阿绯一想到此，也觉得有些头大，所幸南乡是祯雪的儿子，而祯雪在她眼里又是无所不能的，所以这个难题只交给祯雪想法儿便是了。

阿绯打定了主意，也去了心事，便道："皇叔，那我不打扰你啦，我先回去了，你忙吧。"

祯雪看着她，欲言又止，最终只叹了声："好，那你先去吧……"

阿绯向着他行了个礼，转身出了门。

祯雪却并没有就回去坐，反而走到门口，一直望着阿绯，见她沿着走廊往前走，一边走一边东张西望似的，见穿廊的风吹起她的裙裾跟发丝，瞧起来翩然如飞，十分曼妙，也牵引着他的视线。一直到她将要拐弯了，忽然似感觉到什么般，阿绯脚下一顿，迟疑地要回头。

祯雪心头咯噔一声，不由自主地就往门扇里头一闪。

门扇匿了祯雪的身影，与此同时那边阿绯回过身来，见整条走廊上空空如也，只有几个侍卫直挺挺地站着，阿绯便撇了撇嘴，重新回身走了。

阿绯回到院中，忽然觉得有些异常的安静，心里一琢磨，觉得大概是连昇跟南乡都不在这里了，于是就自顾自地进门。

阿绯一只脚踏进屋里才知道不对，地上倒着两个人，都是伺候她的宫女。她们总不会是无缘无故齐齐晕倒了吧……

阿绯反应倒快，才要往外跑，谁知身旁人影一晃，一道影子极快地闪出来，轻而易举将她擒住。阿绯震惊，还没来得及叫，就听那人压低了声音说："别出声！不然杀了你！"

他不说还好，一说，阿绯反倒镇静下来，有些气闷道："唐西！你要造反吗！"

那个忽然跳出来的类似刺客的居然正是以前跟着傅清明的唐西，不知为何居然出现在这里，阿绯跟他还算熟悉，自然听得出他的声音。

唐西见阿绯没有低声的意思，就咬牙说："造反又怎么样？我们将军却是不肯造反的，又是什么下场？"

阿绯听着他的口吻似乎已经知道了傅清明的事，不由有些意外："你……你怎么知道他已经……"

唐西身子一震，悲愤交加："我猜也猜得到，只是没想到你这女人真的这么狠心，将军对你那么好……就算是明知道雀山是个圈套，却还是要去……"

阿绯先前还热得冒汗，此刻整个人都凉了下来："你什么意思？"

唐西盯着她，眼神转为悲伤之色："将军临去之前说，不管发生什么事都让我们不许妄动……他早就猜到了会发生不测，你、你这个女人对将军做了什么？"

阿绯张着嘴看着唐西，耳畔响起那句"这酒喝了怕要肚子疼的"，他真的……早就知道那杯酒有毒吧。但他明明不像是那么笨的人，那为何又明知故犯。

阿绯想说傅清明已经死了，下意识中竟又不肯说那个字。

对视中，唐西又气又悲地："早就知道你是个祸害，不知道将军为什么就一直纵容你……"

"闭嘴，你才是祸害！"阿绯发怒，"他哪里纵容我了！他以前欺侮我还不够吗，而且他还杀了我父皇，这一切不过是他咎由自取，轮得到你这奴才在这里放肆！"

唐西被她嚣张的气焰压得怔了怔，而后说道："将军若不是纵容你，为什么在你差点害死我们万余军士的时候还不肯一掌拍死你了事？"

阿绯震惊："什么？"

唐西横眉怒目："还有什么狗屁弑君？当初先帝差点儿把长川顾氏一族灭门，将军都给下了狱待斩，却因为南溟之事将他调出来迫他上阵……按理说是先帝先对不住顾氏，这么多年来将军忍辱负重忠心耿耿南征北战，可曾有半点对不起你们皇族？你却还要将他赶尽杀绝？照我看就算是真弑君也不为过，是你们皇族欠将军的!"

阿绯脑中轰鸣:"你说什么,我、我……我不信!"

"你当然不信,你信的大概都是你愿意相信且对你有利的吧,不,或许不是对你有利,是对你们慕容族,"唐西咬牙,先前被压制的怨气一涌而出,索性一口气说道,"你们慕容家都是些无情无义的冷血之辈,倒也是,皇族不都是这个德性吗?不管是先帝也好,你也好,还是祯王爷都好……总归将军的心意是错与了你们这群冷血毒辣之辈!可恨……"

唐西说着,居然慢慢地涌出泪来,阿绯浑身冰凉地望着他,竟然说不出话。

静默中,外头忽地响起嘈杂声音,隐隐地有人道:"有刺客入侵,快去那边看看公主无恙否!"

唐西一惊,将泪一擦,把阿绯拉到胸前,怒极之余又被围捕,不由得生出滚滚杀意来:"纵然将军有命,我却无法原谅你,我只杀了你,回头再去黄泉跟将军请罪!"

阿绯被他一拉,几乎窒息,伸手打在他胸前,这会儿外头的呼喝声越来越近,有人已经来敲门了。

"殿下可在里面吗?"外间的人问道,显然是顾忌阿绯不敢擅入,小心翼翼且又急促地问,"有刺客,请殿下容许小人们开门以便于保护殿下。"

唐西手掐在阿绯颈间,摸到那细腻温润的肌肤,手竟一颤,却仍捏了下去。

阿绯听着外头的声音,勉强抬臂打了唐西一下,然而却极快地失去力气,眼前景物也模糊一片,更说不出任何话来。窒息之中,眼前白光闪烁,就仿佛长河倒转,波浪滔天,铺天盖地地纷涌而来。

阿绯的手抵在唐西胸前,然后便无力跌落。

唐西双眼血红,看着她雪白的小脸,狠狠心欲用力做致命一击,正在此刻,只听得极细微的"嗤"的一声,有什么东西破空而来。

唐西低呼一声,肩头像是被暗器钉上,双臂顿时脱力。与此同时门扇大开,外头一人闪身进来,将阿绯极快抄入怀中,竟正是祯雪。

"把这刺客拿下!"冷冷一声,祯雪看着怀中阿绯半是昏迷的脸孔,手抵在阿绯背后,暗中运劲为她输送内力。

"咳……"阿绯低低咳嗽了声,终于缓过一口气来,在祯雪听来,那细微声响却如天籁。

　　侍卫们一拥而入，将唐西围住。正欲动手，祯雪却听到怀中阿绯说道："皇叔……别、别杀他……求……你……"声音很低，嘶哑微弱，但祯雪却听得一清二楚，连同旁边的唐西也听见了。

　　唐西听着阿绯微弱的声音，瘦削的脸上透出一股难以言喻的神色来，继而便大声吼道："我不用你卖好！你们要杀就杀，有何了得！"

　　祯雪望着唐西，心中涌起一股强烈杀意来，目光变化之间，却忽地觉得胸口有异。祯雪低头看去，却见阿绯伸手，握住了他胸前衣领，轻轻扯着："皇叔……应我。"

　　祯雪望着她乌溜溜的眸子，方才被掐得狠了，双眸都是通红的，还带着泪，委实可怜，但在这个紧要关头，却还仍惦记着……祯雪咬了咬唇，心中却一软，无奈："放心吧……皇叔应你。"

## 第三章

## 真相惊心

　　阿绯差点被唐西掐死,在那么极短的一瞬她竟有种快要解脱的轻松感,但很快地这种感觉又烟消云散。

　　阿绯又恼怒又绝望,意识到倘若自己死了,就得去见傅清明了,两个鬼见了面,也不知道会是个什么情形,他可还会像以前那样总欺负她?抑或者会变得不一样?

　　若是做了鬼的傅清明知道了是自己联合皇叔害他,从而变成了一个厉鬼,有着极丑恶的眉眼脸容,加上他之前那种坏脾性,凶煞也得加倍,那该多么可怕?

　　阿绯想到这里,便十分不愿意死了。然而就算是不死,一时竟也无法醒来。

　　祯雪虽然送了许多内力助她缓了口气,但不知道是受惊过度还是真伤着了哪里,阿绯一直昏睡着,无法完全清醒。

　　祯雪大怒之下,将负责保护阿绯的侍卫罚的罚,逐的逐,特换了几个亲信。

　　他恨不得把唐西千刀万剐,怎奈又答应了阿绯,于是便只叫人将他押下,关在王府的大牢里。

　　祯雪自己给阿绯看过,又特意传了几个御医,然而御医们也说不出个子丑寅卯,只含糊说公主大概是受惊过度而已,只需要调养一阵大概就会康复。

最后祯雪不耐烦听那些模棱两可的话，也不再叫外人来看阿绯，只自己照料着。

除了必要的上朝及无法推托的应付，他几乎都守在阿绯床前，寸步不离。

就在祯雪提心吊胆的时候，昏迷中的阿绯却觉得自己好像是在做梦，一个熟悉的梦。

明明是大暑天，不知怎地竟极冷的，阿绯瑟缩着，转头四看，却见天地之间赫然竟是一片雪白，头顶上飘下大片大片的雪花，落在头脸上，凉浸浸的。

"怎么这么快就到冬天啦？"阿绯心想，忽然间一低头，却发现自己双足竟是赤裸的，阿绯蓦地叫道，"糟糕，我没有多穿点衣裳，岂不是要冷死？来人，来人啊！"

但任凭她怎么叫，却都没有人出现，不仅没有人，周围也极快地暗下来，阿绯有些害怕，便在雪中跑起来："这是哪？不是王府，也不是公主府……怎么没有一个人？"

阿绯慌里慌张地跑着，忽然间看到黑暗中有一丝亮光，阿绯大喜，有火光的地方必然有人，于是便奋力往那边跑去。

谁知道还没有跑到彼处，脚下被什么一绊，阿绯大叫一声，一头栽倒雪里。

冰凉的雪糊了她一头脸，阿绯从雪地上爬起身来，胡乱拍去脸上身上的雪："混账！"但是目光所及，整个人忽然就惊呆了。就在她的眼前，雪地里埋着一具尸体，身着铁甲，硬邦邦地躺着，方才绊倒她的便是此物。

阿绯尖叫了声，双手撑地退后，谁知身后也碰上冰冷一物。

阿绯迟疑回头，却见身后地上也倒着一具尸身，尸体也已冻得冰冷僵硬，同样身着铁甲，旁边还散落着一件兵器。又是一声凄厉尖叫，阿绯惊惧地看着那具尸体，不知为何有种不祥的预感，身体也逐渐地颤抖起来。

她慢慢地抬头，在点点的火光之下，她看清楚了，面前的雪原之上，横七竖八地倒着不知道多少具尸体，有的已经被雪埋住，有的还露出半身，还有人死不瞑目似的大大地瞪着眼睛。这实在是最恐怖的场景了，宛若地狱。

阿绯无法控制，不由高声尖叫起来，伸手死死地抱住头，好想立刻从这恐怖的地狱消失。

"不是我的错，不是我的错！"有个声音在耳畔响起，微弱地，带着颤抖，带着哭腔。抱着头尖叫的阿绯慢慢停下来，转头向着声音传来的方向看去。

场景在一瞬间变了，竟从无边无际的雪野来到了室内。

室内的摆设颇为简朴，隐约有几分眼熟。

阿绯木呆呆站在地上，不知道发生了什么事，可是却看清了面前的场景。

这卧房……竟然是将军府她就寝的地方！

靠墙的木架上的花瓶她是认得的，锦帐华床也十分熟悉，床前铺着的地毯她也记得，那种红色的伸展开去的织花纹路……而此刻在地毯上，竟倒着一个人。

阿绯看清楚那人的脸，——那是她自己。

阿绯屏住呼吸，瞪大眼睛，无法相信。

她眼睁睁地看着地上那个自己缩成一团，脸上带泪，十分恐惧十分害怕。

忽然间有个声音从身后传来，带着怒意："殿下你还觉得这不是你的错吗？"

阿绯听见这个声音，惊吓得大叫起来，她转过身，果不其然地看到傅清明正从身后走来。

阿绯怕得伸手捂住嘴，心想："他不是死了吗？"一时竟忘了躲避，但是傅清明就那么直直地走了过来，阿绯害怕地看着他，感觉他就要撞上来了，她感觉自己会被撞飞出去，甚至来不及闭上眼睛，傅清明果然贴上她的身子，阿绯又叫了一声，可是奇怪的是身体却毫无感觉，也不曾动，傅清明……仿佛就这么从她的身体之中径直走了过去！

阿绯僵在原处，傅清明的声音从身后传来："三万铁骑，因为殿下偷改了我的紧急兵笺，走错了方向，在雪野之中冻饿而死！三万人马……殿下你觉得，这是儿戏吗？"

阿绯捂住嘴，虽然有些明白就算她出声那个傅清明好像也听不见……可是听到他的话，整个人便打摆子似的抖起来。

那沉埋于记忆深处的她不愿意面对的真相，即将重新又浮上来。

地上倒着的阿绯也同样捂着嘴，似乎在控制自己不要发出尖叫的声音，大颗的泪从她的眼中滚出来，她也发着抖："我、我……"

傅清明俯身靠近了看她，声音冷而清楚："殿下知道被冻死是什么滋味吗？那些人都是青壮年或者少年人，他们是想要保家卫国跟虢北作战的，却因为殿下一个作弄无端端地死在雪地上……三万人的亡魂……他们大多数连眼睛都闭不上，死不瞑目殿下知道吗？你还说，你没有错？"

阿绯觉得自己的身体变成了一枚冰柱，她很想冲傅清明吼让他别说了，可是身体却动不了。地上的阿绯终于忍不住尖叫了声，抬手捂住耳朵，她叫道："我不知道！我不知道会这么严重！我就改了一个字而已！"

傅清明道："这话你去对那些被你害死的人说！殿下不知道冻死是什么样儿的吧，浑身都变成冰凌子一样，只要木棒一敲就会裂开！一片片一块块的都是血肉！"

"我错了，我错了！"地上的阿绯终于崩溃，失声尖叫，"你不要说了！我错了！"

"到底怎么说，你才会听，才肯听呢？"傅清明的声音低沉地响起，他看着她抖成一团，看着她惶遽失神，他俯身将地上的阿绯抱起来，"殿下，你明明不是那么坏的人，为什么要去做这些事……"

那个阿绯靠在他胸前，缩着手脚，泪眼蒙眬："对不起，我……我错了……"站在地上的阿绯眼睁睁地看着，耳畔是唐西的话：早知道你是祸害，你差点害死我们万余人马……

"有什么不对，为什么我又会在这？这是怎么回事？"……阿绯心里极为难受，想上前，却只能干站在原地不动。

她眼睁睁地看着傅清明低头吻着他怀中的那个自己，他的脸上带着一抹疲倦，一点失落，一丝无奈："殿下真的知道错了的话……倒是好的。"

怀中的阿绯哭着："我不知道会害死那么多人，我错了，我错了……"她反复念着这句，泪流不停。

傅清明将她环抱怀中："别哭了……"他一点一点吻去她脸上的泪，"殿下，我只是想让你知道，有些事可以做，有些事是万万不能做的，你放心，方才那些话我是吓唬你的。"

怀中的人儿一抖，抽噎着："你……你说什么？"

傅清明擦去她脸上的泪痕，慢慢说道："幸亏统军的是跟随我多年的亲信，他觉得那份折子不对，就派人回来验证，才发现了那折子被改动过了……说实话，我知道这件事的时候，心也凉透了，你怎么针对我都好，不能拿军机当儿戏，而且那是三万的人马，你改的那一笔，南辕北辙，倘若不是牛贲心细，又拼着'贻

37

误军机'的罪名派人回来，那可真真是覆水难收，别说是殿下，就算是赔上我的命也难辞其咎啊，你懂吗？"

"他们……"怀中的小家伙吸吸鼻子，依旧含泪看他，"他们真的……真的没死？没事？你、你别骗我。"

傅清明望着她哭得红红的眼睛跟鼻子，无奈而怜惜："真的没有死，我先前跟你所说，只是想让你知道事情的严重性，这一次，算是老天保佑大启，没让那么多大好儿男平白无故地死在荒郊雪地……也没让殿下的手心里捏上那么多人的性命啊……"他说着，语声有些唏嘘，手臂也将人儿抱得更紧了些，下颌在她的头发上蹭了蹭，"殿下，答应我，以后别再……如此任性了，好不好？"

怀中的人儿眼泪流得更急，过了会儿，却带着颤音回答："好。"

站在地上的阿绯感觉自己的双脚被黏在地面上了，动弹不得，于是她用力地闭上眼睛，可是却挡不住耳畔传来的那些声响。

床帐发声，就算是闭上眼睛却也能看得到，因为那个在床上的人儿其实就是她自己，而此刻她所见的，就是以前发生的事。其实她是最清楚不过的。

阿绯瞧见那个惊魂未定的自己，还含着泪，身不由己地被傅清明抱着，随着他的动作一颤一颤的，这会儿她忽然很真切地明白那一刻她心里是什么感觉，是酸楚的，可是更欣慰……她没有害死那些无辜的人，没有犯下滔天大错……

然而，她毕竟做过这些坏事，虽然并未造成那样无法挽回的后果。任凭身上的人予取予求，傅清明的撞击渐渐地狠起来，她张开口喘息着，毫无反抗，脑中口中只有一声："我错了。"甚至有种自毁的快意，她是该受惩罚的。那微弱颤抖的低鸣，在耳畔回响，萦绕不去。但那一幕场景，却在日后被她的记忆截取，移花接木成了他施暴的罪证，而省略了最初的原因。

她怎么就忘了呢。在那以后很长一段日子里都屡屡梦见傅清明向她描绘的那个恐怖场面，一想起来就会失控，泪就不由自主地涌出。

阿绯很不安，似乎自己真的曾经害死过那么些人，甚至有些怀疑傅清明后来是不是安慰自己，一直到亲眼见到从虢北回来的牛贲……原来他竟是方雪初的舅舅，阿绯便从方雪初那里旁敲侧击地打听，才证实了最后傅清明没有骗自己。

牛贲说："先前将军跟我商议过'十六道口'的部署问题，军笺上忽然却写'于六道口'，十六跟六，差了太多几乎是南辕北辙了，我当时便觉得这事不对，可将军是从来不会在这些紧要处出错的，那一次究竟是怎么了？对了，此事谁跟你说的？你怎么会知道？"

他起初不肯承认此事，是方雪初说自己已经知道了，他见瞒不住，才肯说的。

傅清明并没将她做的那坏事跟别人说起，而现在的阿绯也知道了，真正坏的人，可能是她自己。昏迷中的阿绯微微皱起眉心。

祯雪回府后的头一件事便是来探望阿绯："公主如何了？"伺候阿绯的官女垂着头轻声回答："回王爷，公主殿下还是未曾苏醒，只不过好像有模糊说过几句话……奴婢等离得远，听不真切。"

那官女声音甜美柔和，祯雪不由看了一眼："是吗？"

他心里因着官女的话又生出许多希望来，其实他早也知道，阿绯一定会醒来，这是毫无疑问的，区别只是何时，以及醒来后会如何。

祯雪顿了顿足，望着前头床内卧着的娇小人影，片刻才道："你们都下去吧。"官女们应了声，垂头躬身退下。

祯雪慢慢走到床边，低头看阿绯，不知是不是因为夜晚光线昏暗，在他眼前，阿绯的脸孔竟有些微红似的，灯光之下，格外娇美。

床前本有两个锦墩，祯雪不坐，只是顺着床榻坐下。

因为天热，阿绯身上也没盖什么被褥毯子，玲珑婀娜的身体曲线一览无余。

祯雪抬手，在她的脸颊上轻轻碰了碰，指腹间似有点湿润的感觉，细看，便瞧见她额头是带着汗的。

"还是这么容易出汗。"祯雪不由低语了声，从怀中掏出丝帕，替她擦拭脸孔，渐渐地手势往下，在她颈间轻轻滑过，却又停下。

祯雪望着面前的人，目光逐渐地变得迷惘似的，他本是端坐着，此刻便躬身下来，越来越靠近阿绯，最后竟伏低了身子，手按住她的肩头，在她额头上轻轻一吻。

这本该是结束的。但是祯雪并未结束，心中好似有个欲望，不肯满足地叫嚣着。

祯雪看着阿绯紧闭的双眸，那长睫似两排扇子，一动不动，祯雪目光往下，望见面前那饱满的娇红樱唇，他只是凝视了片刻，便毫不犹豫地吻了上去。唇瓣相贴，感觉那人唇上熟悉的甘甜跟香软气息，脑中生出无数幻象来，喘息渐渐粗重，原本按在阿绯肩头的手，竟滑向她的胸前。

"啊……"一声极为震惊的低呼从身畔传来，也很不合时宜地打断了他的梦幻。

猛地回头看过去，却见在身后帷幕边儿上站着一个宫女，脸色灰白，手中还端着个托盘，被祯雪回头一看，那宫女跪地，颤声求饶："王爷……饶命，饶命……"她手上的托盘亦抖个不停，上头不知放着一碗什么，摇摇欲坠。

祯雪盯着她，目光变得极冷，正要起身，床上阿绯却忽地呻吟了声。

祯雪心头一动，便停了动作，只淡淡道："退下。"

那宫女几乎无法应声，双腿软得几乎站不住脚，僵硬地端着托盘勉强从地上爬起来，踉跄奔出去。一直等她出了门，祯雪才又听到什么跌碎的声响。

祯雪转头看向阿绯，目光阴晴不定，口中却道："去杀了。"

室内烛光一摇，继而有个很细很低的声音道："是……"有道影子像是一片烛光下的阴影，悄无声息地卷了出去。先头那闯入的宫女慌里慌张出外，终于端不住托盘，一杯参茶跌在地上，瓷碗破碎，汤水横流。

"姐姐这是怎么了，"旁边的宫女便取笑，"难道王爷不爱喝茶，把姐姐赶出来了？"那宫女无法应声，脸白如纸，忽然之间低呼了声，拔腿而逃。

身后的宫女们惊讶之余便道："什么东西，一心讨好王爷，这又是怎么了，真的被王爷呵斥了不成？"

"那也没听到声响啊，"有一个低低地猜测，"仗着她伶俐，非要进去……痴心妄想地想攀上高枝，这会儿跌了吧。"

"听闻咱们王爷先前便是同一个宫女好来着……这姐姐也是想如此的吧，可瞧她一副见了鬼的表情，定然是碰了一鼻子灰。"

几个人捂着嘴，低低说笑着，却全没有发现有一道如烟的影子，鬼魅似的追赶着那逃走的宫女而去。那宫女踉跄逃跑，想到方才在屋内所见，心中恐惧之极，忍不住喃喃道："我是活不成了，活不成了！"

她本是宫里头赐到王府的，比别人不同，论容貌论为人行事也是上乘，在王府两年，知道祯王爷是个温和的好性子，这王府内多年不见王妃、侍妾之类……正是机会，且那么巧，传闻王爷先前曾跟一个侍女好过，当真天赐良缘似的。

公主病了，她竭心尽力地守着，就是为了多些机会见到王爷，好不容易盼了来，自不能错过，纵然王爷说都让人退下，她却独准备了一杯参茶，想要悄悄地送进去，讨个好也罢，让王爷留心自己也罢……是稳赚不赔的买卖。

却没有想到，竟看到那一幕。

守着廊口的两个侍卫见她乱跑来，不由出声呵斥。宫女正奔跑间，忽然觉得颈后一凉，脚下一个踉跄。

侍卫见她要跌倒，刚要扶住，眼前人影一花，却没了那宫女的影子。

就仿佛是凭空消失了一般，两个侍卫大吃一惊，其中一个还保持着那种俯身扶人的姿势，没想到拿了个空，不由得露出一副见鬼的神情："方才是不是有个人跑过来了？"

旁边那侍卫才要回答，忽地觉得一阵寒风扑面，两人都忍不住闭了闭眼睛，睁开眼睛之后，却只见头顶红灯笼微微摇晃，廊间无风无浪。

侍卫们面面相觑，在如此炎热的夜晚，竟有种不寒而栗的感觉。

宫女迷迷糊糊的，只觉得身子腾云驾雾而起，耳畔有个沙哑声音低低道："无患子为何要追杀你？"

宫女吃了一惊，转头看去，却望见一张极为可怕的脸，皱纹满布，又似是几条刀疤在那张脸上横亘，头发亦是花白色乱蓬蓬的，宛如鬼怪。

"不想死就赶紧说！"那人见她不答，复又问道。

宫女忽然反应过来："不、不能说，不然王爷会杀了我！"

那丑怪之人桀桀笑了两声："他已经派了人要杀你了，你说不说都会死，你若说了，我可以考虑救你一命。"

两人正说着，却听有个幽冷的声音自后传来："把人放下！"

那丑怪又笑道："听到了吗？他就是祯王爷派来杀你的，你若还不说，我就把你交给他了。"一张丑脸靠得她极近，双眸却妖异非常似的，紧紧盯着宫女。

宫女打了个寒战，又被她双眸引诱，身不由己地竟道："我看到……王爷、王爷在……"她的声音颤抖着，也很低，那丑怪人却听见了。

宫女看到眼前那张丑脸在刹那间扭曲起来，变得越发诡异，眉毛都拧在一块儿，眼中也透出凶光，刀疤跟皱眉似乎在跳动，片刻却咧嘴露出雪白的牙齿，牙齿森森然如同刀锋，她笑道："好啊，好啊，祯雪，你好啊……"

宫女魂飞魄散，忍不住失声叫道："救我，救我！"却不知道她心里盼的是谁来救，又有谁才能救得了她。

阿绯清醒地知道自己可能在做梦，然而虽然明知如此，却找不到醒来的法子，只能不由自主地，像是柳絮随风飘荡。眼前的景物逐渐模糊，耳畔却又响起另一些陌生的声响，嘈杂而慌乱，似乎是喊杀声。

阿绯竭力瞪起眼睛去看，却只望见一团又一团黑色的迷雾，阿绯抬手去拨，那迷雾反而吞噬过来，呛得她大声咳嗽起来，眼睛也有些不舒服。

阿绯只能捂住嘴，暂时闭上眼睛，隔了一会儿，耳畔的喊杀声渐渐退了下去，阿绯试着睁开眼睛，却发现自己身在一个更加熟悉的地方。

《阿房宫赋》有云：五步一楼，十步一阁，廊腰缦回，檐牙高啄……朝歌夜弦，烟斜雾横……鼎铛玉石，金块珠砾，弃掷逦迤……眼前火树银花，点点蜡炬盛放在莲花灯上，映得鎏金盘龙柱越发辉煌，云锦垂幔深处，有个低沉的声音传来："这些混账话，是傅清明教你说的吗？"

阿绯知道这是皇宫。而说话的人……

她忍不住打了个哆嗦，忽然怕极，本能地转身想逃，却听到另一个声音小小地响起："不、不是……父皇，是我自己想说的……"

阿绯还没来得及反应，只听得"啪"的一声响起。

阿绯不知道那是什么声音，可是却觉得脸上火辣辣的有些疼，她的脚下一动，并不是逃，反而是向后退了一步，就像是有一根无形的线扯着她的脚腕，阿绯一步一步倒退回来，耳畔的声音也越来越清楚。

"把你嫁给傅清明，是想让你去牵制他，如今你倒替他说起话来了，"那个声音复又响起，带着一股阴狠，"朕身边儿统共几个人？朕的皇弟，朕的儿子、女儿……一个个地都替他说起话来，你们到底是慕容家的人，还是傅家的！"

垂着的云幔在眼前退开，阿绯看到面前灯火通明里头，御座上坐着个身材魁梧的男人，而在他脚底下，跪着的那个是谁，自不用说。

"父皇……"脚下的阿绯终于又抬起头来，声音有些发抖，却还清楚，"我并不是为了傅家，天下是慕容家的天下，我这么说，是为了慕容家，自从父皇的新刑律实施以来，刑场上的血从来就没有干过，我知道都城的百姓们都很害怕，有些人明明没做错事就掉了头，只是说了两句话而已……因为说错了话而送命，这根本毫无道理……长此以往……"

"还说这些话不是傅清明让你说的？"御座上的慕容霄俯身，像是一头欲择人而噬的兽，双眸闪着嗜血的光，"那个因为说话而送命的人，竟敢说朕是暴君……还说当年傅氏一族的人死得冤枉……他们想干什么！想给傅家翻案！想替傅清明叫屈！那就是说朕错了！"他越说越气愤，转头看向别处，一咬牙，又说，"傅清明……傅清明，朕就知道这个人留不得！功高盖主啊，该死，该死！"

跪着的阿绯跟站在旁边的阿绯几乎齐声叫道："不是！"

慕容霄猛地转头："你说什么？"站着的阿绯闭上眼睛，忽然有种眩晕感，她已经不用再看下去，回忆如同潮水一样涌来，将她埋在其中，她的身体浮浮沉沉地往前漂去，然后跟跪在地上的阿绯合二为一。"不是，"她蓦地站起身来，"是慕容家欠傅家的，当初的确是父皇错听谗言杀了傅家的人，傅清明忠心耿耿，他没有反意。父皇，你不能再像上回一样错杀良将，你若如此，不仅仅是效忠于慕容氏的人，就连天下百姓也会因此寒心。"

她的声音异常清脆，神情也变得坚决，不像是开始那样畏缩。

慕容霄阴沉着脸看着她，一直等她说完，才低低地笑起来："不愧是朕的好女儿……竟然联合起外人敢公开对抗朕了……说吧，他们打算怎么样？逼宫？让朕退位？那么谁来承继朕的这个位子？是祯雪吗？"

"父皇！"阿绯大叫出声。

"你给朕闭嘴！"慕容霄大袖一挥，强大的力道将阿绯震退出去，蓦地跌在地上，他咬着牙叫道，"你们一个个都想要暗害朕，背叛朕……连朕的至亲都不可信……"

他怒意勃发，冷着脸瞪着地上的阿绯，看了会儿，忽然却又笑起来，道："可是朕不会让你们得逞的……朕要让你们这群阴谋家自尝苦果！"

他发誓似的说了两句，叫道："蝶奴！"

暗影中，一道黑色影子悄然闪出，从头到脚都裹在黑色的布幔里头，看来异常诡异。

阿绯惊悚道："你是谁？"

慕容霄负手道："动手吧。"

那道影子慢慢逼近阿绯，阿绯怒道："你想干什么？别靠近我！"那影子慢慢抬头，黑暗之中，一双眸子异常诡异。

不知过了多久，慕容霄道："去叫傅大将军来。"

"是……"是个尖细的太监的声音。

阿绯不知道自己身在何处，耳畔却听到慕容霄的声音："现在朕便成全了你们……你很快就会如愿以偿了……"

阿绯懵懵懂懂，又过了会儿，外头有人道："祯王爷跟傅大将军进见。"

慕容霄有些意外，旋即笑道："祯雪也来了，莫非是不放心？他们可真是亲密得让人嫉妒，不过也好……"

脚步声响起，缓缓地上了台阶，靠近过来，阿绯听到傅清明跟祯雪的声音响起，一个说："臣弟参见皇上。"一个说："傅清明参见皇上。"

慕容霄道："免礼。朕本来只传傅清明来，怎么祯雪你也一起来了？"

祯王爷道："这正好是巧合了，臣弟听闻公主早先进宫面圣，念着她，故而想来看看，没想到正好跟傅将军碰上了。"

慕容霄道："原来如此，果然是巧，你们两个竟像是心有灵犀一样。"

祯王爷笑了笑，又道："公主进宫来不知为了何事？"

慕容霄一笑转头："这孩子大概是在外头无聊，故而进宫来闹，你来了也正好，好把她带出去，阿绯，怎么见了你王叔也不行礼？"

阿绯听到自己茫然地说道："阿绯见过王叔。"似是自己的声音，又不像是。

然而阿绯忽地发现，说话的其实真的是她，可是有些古怪，她明明在自己的身体里，但身体却像是僵硬了，有一种灵魂出窍的感觉，连个多余的表情都做不出来，那句"阿绯见过王叔"，就像是提线木偶身不由己说出来的。

阿绯忽然极为恐惧，可是不能动，也不能说。

她似乎能看到傅清明在看自己，可是她却只能那么站着。

阿绯说过之后，傅清明也道："公主一声不吭地就进宫，微臣也有些着急，没事便好了。"

慕容霄就说道："大将军很疼阿绯啊，朕十分欣慰，是了，你负责缉捕'桐木党'，如何了？朕实在不愿意再听这些儒生在朝野之中非议朕的声音了……一个不留，将他们捉拿起来全部杀掉！"

傅清明沉默，祯雪从旁道："皇兄，真要如此吗？他们有一些是名士之后，而且他们或许只是说说而已，并不是真心不满朝廷的。"

慕容霄不耐烦道："这些儒生虽然只是说，但是却有些无知之徒会被他们的三寸不烂之舌鼓动！迟早闹出大事来，朕听闻全国各地已经有些异动……哼，朕绝对不能姑息，大将军，你还没有回答朕呢，事情到底办得如何？"

傅清明便道："回陛下，微臣已经在加派人手……"

慕容霄喝道："不要在朕面前弄鬼！别当朕不知道，桐木党的党魁欧阳秋生跟你有些交情，你若是胆敢欺君……"

傅清明未曾开口，祯雪道："皇兄，大将军不是那样之人，但是这两个月来都城的天牢跟各部大牢都已经塞满了囚犯，若还是要继续缉捕……"

慕容霄毫不留情道："满了就杀！那些胆敢非议朝政的，杀无赦。"

祯雪身子一抖，跟傅清明面面相觑。傅清明皱着眉，仍旧隐忍着不做声，祯雪斗胆上前一步："皇兄，这样做是不是太严厉了，杀的人已经够多了……"

慕容霄忽然暴怒："你是不是要忤逆朕！"

祯雪慌忙跪地："臣弟怎么敢，但是、但是皇兄……"祯雪额头上的汗涔涔而下，恍惚中，听到旁边傅清明轻声道："别说了。"

祯雪知道他是暗中传音给自己，但是有些话，再不说恐怕就晚了，哪怕是冒着忤逆君上杀头之罪……

祯雪咬牙道："皇兄，你最近是不是还在服用那长生不老的丹药？"

慕容霄身子一震："你问这个干什么？"

祯雪道："皇兄，这种药丸，恐怕对身体没什么好处，当初秦嬴政……"

祯雪话犹未落，只听得劲风扑面，有什么东西破空向他砸来，祯雪心惊，却并不动，眼看那物要砸到他的头上，却又被一人挡下了。

傅清明一探臂，将慕容霄扔过来的金击子挡下，慕容霄迷上丹药之后，好修仙参道，一日间到了时刻，太监就用这金击子敲击旁边的铜钟，这金击子十分沉重，若是砸中了人，非死即伤。

傅清明挡下这一击，却顺势亦跪倒在地："微臣一时鲁莽，死罪。"

慕容霄见他替祯雪挡了，自然大怒，冷笑道："好，你们两个可真是同心一气的……朕只是一怒之下，差点误伤了祯雪，是朕不对，大将军有何罪过？还不起身？——阿绯，你去扶大将军起身。"

就像是有个信号在阿绯的脑中响起，她发现自己身不由己地迈动步子走了过去，一直走到傅清明身边。

傅清明跟祯雪并排跪着，阿绯抬手去扶他，手将搭上傅清明肩头的瞬间，忽然听到旁边祯雪叫道："阿绯不要！"阿绯眼前人影一晃，是祯雪合身扑了过来。

祯雪忍不住担忧起来，探指搭上阿绯的手腕。从方才开始他就发现阿绯的呼吸很不稳定，胸口剧烈起伏，额头上的汗把头发都湿了。

她像是干涸的鱼，时不时地半张开口，像是要说话，却又什么也发不出来，祯雪替她擦了几次汗，帕子都湿透了几条。本来想把她唤醒的，然而不管他怎么唤她都无济于事，终于祯雪无法坐视，将阿绯从床上抱起来，一把抱入怀中，一手按在她腰间，一手按在她额上，盘膝运功。手底下的阿绯挣扎起来，像是不驯顺的烈驹，祯雪依稀听到她口中喃喃说着模糊不清的字句："杀了……杀……"

祯雪心头一惊，阿绯的头一歪，却终于静了下来，她倒在他的怀中，一动不动，双眸闭着，长睫跟无力的蝶翼似的垂着，唇上透着一种苍白的残粉色，整个人透着几分心力交瘁的疲惫。祯雪心中忐忑，烛影却又轻轻一晃，祯雪收敛不安的心神，低声道："如何？"

外间有个如烟的声音低低回答："风蝶梦忽然出现，把人抢走，但那人中了我的消魂钉，是必死的……"

祯雪听出他的声音里有一种前所未见的轻微颤意："风蝶梦为何抢人？"

"她大概是起了疑心，不知为何要去杀这样一个不相干的人。"

祯雪心中稍微想了想就也明白："她果真一直都留心着王府情形……"他垂眸沉默了片刻，终于又说道："很好，无妨，反正迟早要跟她对上。"

无患子听他如此回答，才放心退下，那如鬼魅般的身影重新隐没不见。

祯雪将阿绯拥入怀中，望着她带汗的小脸，静静地看了许久，才贴过去，在她耳畔以一种只有她才能听见的声音说道："不管以后你是不是会怨恨我，走到现在这一步，……我是不后悔的。"

祯雪抬头，细看阿绯一会儿，又在她的唇上亲了口，感觉她的唇竟有些凉意，便重将人抱紧。是的，就算是为了再拥有此刻，他也不会后悔。

阿绯听不见，或许听见了而不知。

阿绯兀自在梦中，二重之梦。她感觉自己在狂舞，身不由己无法暂停分毫，手中的利刃像是恶魔的牙齿，恶狠狠地想要撕开什么。

然后她如愿以偿了。那匕首刺破衣裳，被送入了鲜活的肉身里，她能感觉冰冷的锐铁划破血肉那种感觉。

而与此同时脑中有个声音崩溃了似的叫了声：不……像是做了什么可怖的错事。但已经无法挽回，血飞快地顺着匕首滑过来，漫过她的手，她能感觉到那温热的滑腻的血，裹住了她的小手。

阿绯低头，看到手上通红，然后她的双眼也是一片通红了，如同疯魔，在她面前的整个天地亦是如此，血红色蔓延开去，让她看不清每个人的脸，也几乎忘了身在何处。身子却缓缓地往下滑去，阿绯看到手上滴下来的血在脚下汇集成了一个小小的湖泊，血的湖泊，而她双足陷落其中，就像是踩在淤泥上，被吸着往下迅速地滑去。或许底下，就是亿万年也不会探到底的深渊。

有一只手握住她的手腕，阿绯知道，却看不清究竟是谁，最后她悲伤的一眼，只是看到了一双明澈坚毅的眸子，很快却又被漫天盖地的血红给浸没了。

阿绯睁开眼睛，通红的蜡烛光像极了方才所处的场景。

阿绯心有余悸，大口大口地喘息着，就像是被困在茧中许久几乎闷死，这一刻才脱壳而出。

祯雪抱着她，手在她背上抚过："阿绯，没事了，没事了……"

阿绯猛地抬头看向他，她浑身如同从水里捞出来一样，双眸睁开，眸子里竟带着血丝，显得双眸血红。

"皇叔？"她似不信般，喃喃而疑惑地喊了声，然后抬起还有些麻痹的双手，冷不防地就摸上祯雪的脸。她的目光闪烁，打量着祯雪，仔细地看着他的眉，眼……鼻子，嘴巴……每一次都不放过。

祯雪怔了怔，迎着她清澈而急切的眸子，忍不住有些心跳，然后："嗯。"他答应了声，面上露出一个令她安稳的熟悉的笑容。

"皇叔，皇叔……"阿绯喃喃地连呼几声，泪从血红的眼睛里夺眶而出，让人怀疑她会流出血泪似的。

她用力将祯雪抱住，像是怕失去他，她的嘴唇翕动，想说什么却又最终没说，只是抱着祯雪，将头搭在他的肩头。

然而在阿绯心中，有个模糊的声音，带一点虚弱的笑意稚嫩响起："为什么……会做那么可怕的梦……好可怕,但幸好是梦。"

却又有另一个声音冷冷地说道:"你知道的,那不是梦。"

先前那个声音忽然暴怒起来:"是梦是梦,毫无意义的梦!他好好的,他好好的!"

那个略冷声音叹了叹:"你亲手毁了一切……你现在还在自欺……"后面一句没有说完,先前那个声音的小人儿怒不可遏地跳出来,用力将他打晕。

清晨阿绯醒来后,连昇跟南乡便来看她,连昇比画着:"姐姐你没事吗?"又说,"南乡本来要回将军府的,可是担心你,所以留下来啦。"

阿绯看着两个小家伙,对上四只亮晶晶的眼,她极为努力地挤出一个笑来:"我好着呢!没有比现在更好的了……哈哈……"她盘膝坐在榻上,仰头大笑。

南乡目瞪口呆,连昇默默地伸出手来,探向阿绯脸上。

阿绯正笑得前仰后合,被他的举止吓得一怔:"干什么?"不由得往后一仰。

连昇小小的手指点在阿绯的眼角,阿绯身不由己闭了闭眼,睁开眼后,却见连昇将手指递在她的眼皮底下,意思是给她看。

阿绯狐疑地看他一眼,低头看去,旁边南乡说道:"笑也会流泪的吗?"

在连昇手指上的那透明的,自阿绯眼角擦下来的,赫然是一滴泪。

阿绯垂眸看了会儿,却不以为意地啐了口,转开头去:"这是我说话太大声了溅出来的唾沫。"

南乡不肯上当,指着阿绯:"胡说八道!"

阿绯气道:"我打哈欠了,打哈欠也会流泪的,这行了吧?"

南乡想了想:"这还有点道理。"

阿绯就翻了个白眼。有两个小家伙在身旁,倒是不寂寞,中午的时候阿绯便留着两个一起吃饭,阿绯奋力大吃了一顿,末了竟还有酸梅汤喝。

阿绯本不想喝,可看南乡跟连昇喝得津津有味,她忍不住也试了一口,一尝之下,顿时变了脸色。阿绯捧了一碗酸梅汤,细细地从头喝光,神情变幻不定。

南乡就说:"还说不好喝,自己也喝得挺多嘛。"

阿绯听了,就若有所思地看向南乡跟连昇:"你们说,这个跟昨天的是一样的吗?"

连昇沉思不语,南乡却摇晃着头说道:"有什么不一样呢,我觉得都是一样的好喝。"

连昇看向阿绯，迟疑着比了个动作："好像是有些不一样，但哪里不一样，却说不出。"

阿绯咽了口唾沫，心怦怦地跳起来。

她先前在妙村的时候，每到夏天便极难熬，妙村地方偏僻，酸梅汤这种皇宫中不稀罕的东西，那边却是极少有的，就算是有，也多是在大的店铺中出售。

也不知道宋守究竟是如何的三头六臂，有一天竟亲手给她弄了一次。

阿绯一尝，立刻就爱上了，从此每天必喝。

前日王府里虽也备了，阿绯尝了口，虽然解暑，却不是在妙村时候宋守弄的那个滋味。何况她一喝便想到宋守，于是便百般嫌弃。

可是今日里的这一碗，却跟昨日不同。

阿绯只吃了一口，就感觉像是吃到了宋守所做的那种味道。

可是，这又怎么可能？

阿绯想不通，就叫了厨房的人来问，但来人却只回答仍是他们做的，又忐忑问殿下可有什么不喜之处。阿绯当然挑不出错来，便只叫人回去罢了。

下午时候，过了正午暑热刚退了几分，阿绯决定回将军府走一遭。

南乡听了，欢喜雀跃，立刻跟上，连昇本也想跟着的，怕人多眼杂，于是就只静静留在府内读书。

当下公主起驾，往将军府而去。

旧居如昨，一副冷静沉稳面貌，似全不知人事已非。

南乡一回来就跟脱缰似的窜了开去，阿绯想了想，便也没拦他。

阿绯自己在府内走了一遭，所到之处，浮想联翩，又想到昨晚所梦见的场景……更添几分感慨，竟不敢进那卧房，只在门口站了会儿，便觉心慌闷热，急忙抽身回到廊下。

阿绯坐在廊下出了会儿神，恍惚之中醒悟过来，见日影已偏斜，便想该回王府去了，正要叫人去找南乡回来，却听对面假山丛中桀桀一声笑，有人道："小公主，要找人吗？"阿绯一惊之下看过去，却望见一张鸡皮鹤发横着刀疤的脸，头顶花白乱发如蓬草，躲在假山之中，宛如鬼怪白日现形。

阿绯身边明里暗里跟着好些护卫，更有祯雪的亲信，正防备着此人，见状便要跃出,却不料那人站起身来,手臂之中竟抱着个孩子,似正甜睡,居然是南乡!

"如果要他死的话,你们就只管上来。——小公主,他们好像不肯听话哦。"依旧是阴森森的声音,双眸戒备似的扫了扫阿绯周围。

阿绯忙道:"都不许动!"那人闻言,目光却又落在她的面上,忽地咧嘴一笑,样貌更为吓人:"是啊,这可是傅将军的血脉呢……小公主,想要他的命吗,你愿不愿意拿自己的来换?"

## 第四章

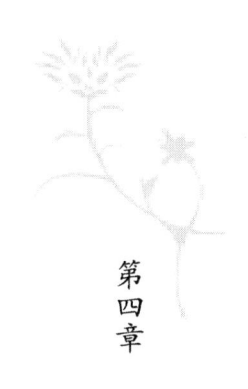

## 南溟狂女

 

    这怪人说着便笑,笑声沙哑,隐隐如同千万乌鸦聒噪,闻声赶来的随行侍卫听到那种笑声,竟纷纷觉得头晕。阿绯捂住耳朵,却又担心她伤害到南乡,便冲到栏杆处,探身叫道:"你到底是谁想干什么?不要乱来!"

    西斜的阳光照在那怪人身上脸上,阳光从乱蓬蓬的发丝之中泻下,一张脸上光影变化,古怪非常,她嘎嘎笑了两声:"我是谁,小公主不是听说了吗?"

    阿绯望着她的双眼,忽然间瞧出几分熟悉,阿绯叫道:"我记起来了,我……见过你!莫非你就是……就是……"

    这怪人乌面鹄形,衣衫褴褛,宛如乞丐,阿绯顿时便想起一人来,曾经有一次路过街头,便有一个乞丐拦路,当时两名侍卫上前赶走她,回到将军府之后却忽然暴毙,……是唐西处理的,在府内还引发小小波动。

    而当时,正是傅清明跟阿绯讲述过南溟风蝶梦的事之后,这几件事接着,所以阿绯印象深刻,此刻看着怪人发亮的双眼,顿时便想了起来,但就算如此,那个"你就是风蝶梦"这一句话一时却又说不出口。

    那怪人望着阿绯,咧嘴一笑:"我就是什么?世人畏我如蛇蝎,小公主也不敢说么……"怪人说着,手指头一探,阿绯看过去,却见在这怪人手指上凭空生出一只粉蝶来，扑簌簌地抖动还有些褶皱的小翅膀，跟刚从茧子里出来一样，探头探脑地想要飞向空中。

阿绯瞪大眼睛，见那粉蝶在阳光中舒展翅膀，金色的阳光落在它的翅上，那翅一点点地放平，伸展开去，轻轻抖动，瑟瑟地又是古怪，又有几分惹人怜爱。

这会儿阿绯却再无异议："你真的就是风蝶梦？"

怪人陡然大笑："小公主，你果然知道我，是他跟你说的吗？"这样一来，显然是承认自己就是风蝶梦了。

阿绯道："傅清明跟我说的，你快把南乡还给我，别伤了他。"

风蝶梦面色一沉："他连我的名字都不肯跟你说，还得让别人说？哈哈，那你收了这只蝴蝶吧。"

阿绯看她一眼，心里有个疑惑：传说中风蝶梦不是很美么，但现在这个，却分明比乞丐婆子都不如。

阿绯目光一转，却见那蝴蝶此刻已经从风蝶梦手指上飞了起来，翩翩然地舞动翅膀，如同起舞似的。阳光和煦，晚风静柔，那小蝴蝶在风里自由地飞翔着，渐渐地，那原本粉白色的翅膀变了颜色，身体形状也越来越大。

不仅仅是阿绯，连周围的侍卫都看呆了，那小蝴蝶似有莫大的吸引力般，引得大家伙儿都不由自主地看着她，看那粉色的翅膀上一点一点生出了五彩斑斓的花纹，而那原本圆圆的翅膀也渐渐地变出玲珑的形状，甚至蝶翼的尾部也渐渐地拖着两点凤尾翼，就像是巧手剪出来似的，却越发地美了，美得慑人，令人震惊，更令人窒息！

那花蝴蝶在空中翩翩起舞，渐渐地竟到了阿绯身前，似乎想要停在她身上似的，阿绯忍不住抬出手去，那蝴蝶渐渐地向着她细嫩的手指上停靠下去。

风蝶梦见状，双眸更为诡异，嘴微微张开，是一个阴森的笑，眼看那蝴蝶将要落下，阿绯眼前却忽然一空。

一阵风陡然袭来，阿绯身边多了一个人，他一手将阿绯揽入怀中，一手探往前，寒声道："我替她收了吧！"头戴王冠身着华服，居然正是祯雪。

风蝶梦身子一抖，竟然色变，那只蝴蝶本正欲落下，此刻居然振翅欲飞，像是逃一般。

祯雪摊开掌心，那蝴蝶便在他掌心之上，拼命扇动翅膀竟也无法再飞起来。

阿绯如梦初醒，仰头看去："皇叔？"

祯雪将她一抱，却只看着对面的风蝶梦："把南乡放了。"

"你……"风蝶梦目光之中透出震惊之色，看看祯雪，又看看那只蝴蝶。

祯雪不动声色，掌心轻轻吐出内力，那只蝴蝶竟做出竭力挣扎之状，阿绯在旁看着，觉得这蝴蝶如果能说话，这会儿肯定便是在惨叫。

风蝶梦手在胸口一按："不可能……你……"

祯雪垂眸，长睫静静的，亦如敛着的蝶翼："有什么不可能的，你要见我，自去王府，我随时恭候，休要再来为难别人，这一回就罢了，若是还有下次，你知道后果！"

他的声音极冷，说完这几句，手心一拢，风蝶梦"啊"地叫了声，声音里大有痛楚之意，祯雪却又摊平掌心，那蝴蝶脱了困，极快地飞离他的掌心。

风蝶梦气喘不休，弓起的背因喘息而起伏不定，双眸盯着祯雪看了会儿，一抖手便将南乡扔了过来。

阿绯尖叫了声，祯雪一抬手，稳稳地就把南乡接了过去："别怕，没事的。"

阿绯这才放心，急忙靠过来看南乡，祯雪却不让她碰，道："我先抱着他，等会儿再给你。"这说话的工夫，对面的风蝶梦已经悄然无声地隐了身形。

阿绯一抬头的工夫，看见对面空空如也，只有几块假山石静默，阳光退去，山石也有几分阴冷可怖。

阿绯道："皇叔，她真的是那个风蝶梦？"

祯雪道："是啊，吓到你了吗？"

"她不是很美吗，怎么会是这副模样？"阿绯终于问出这个来，"南乡没事吗？"

"他好好的，"祯雪细看了看怀中的南乡，才又说，"她那副模样，大概是戴了面具，为了掩人耳目吧。"

阿绯听南乡无碍便放心，听风蝶梦戴了面具，却又大感兴趣："面具？这么说她的样子是假的？怪不得……"

祯雪怔了怔，有几分不自在，看了阿绯一眼，道："你还说，皇叔跟你说过，这段日子好好地呆在王府，你偏要回来这里，若不是我不放心及时赶来，便会出事。"

阿绯乖乖地听训，听到后面却又问："皇叔，那只蝴蝶有什么蹊跷吗？所以你才不要我碰？"

祯雪见她竟想到这个，便一笑："你倒是聪明，那只蝴蝶……"说到这里，就叹了声，轻声道，"这种狠毒的蛊术，她竟要用到你的身上……"

在回王府的一路上，阿绯都缠着祯雪让他解释什么是"狠毒的蛊术"，祯雪起初不愿意说，后来无法，就道："那只蝴蝶是蛊母蝶，最厉害不过的，你碰了她，就会在你身上产卵，然后只要她乐意，你就变成了她的蛊人，一举一动都会听她指挥，若是她不喜欢了，你就……"

阿绯听得呆呆的："就怎么样？"

"就……"祯雪看着她的脸，终究不忍再吓她，只道，"就死了，还能怎样。"

阿绯出了口气，捧着腮道："世间居然还有这种匪夷所思的东西……"她的脸上露出几分思索的神情，忽然说，"皇叔，风蝶梦是南溟的人哦？而且还很厉害……"

祯雪应声，阿绯便问："那么……你说……如果……"

祯雪见她难得地吞吞吐吐，便定睛看她，阿绯迟疑了会儿，终于道："皇叔你说如果朱子迦生在这里，跟风蝶梦相比，是谁更厉害？"

祯雪早在她迟疑的时候就有种预感，见她真的问出来，心头一时狂跳，按捺了一会儿才静静地问："为什么忽然问这个……你是……担心他吗？"

阿绯皱着眉："我就是想……他或许不会这些吧……"

"为什么你觉得他不会？"

阿绯垂头："傅清明虽然说是他对我下蛊害我忘了以前的事，可是我觉得……他……该不会那么对我吧？而且那么长的时间，他都是……"

两年多，朱子迦生都是"宋守"，安稳地，好好地守着她，就像是一个再平凡不过的农家青年，勤勤勉勉地做着一份营生，养活着自己的婆娘。

怎么可能呢……那么"淳朴""可靠""惹人喜爱"的一个人，会是个能掌握那么多狠毒可怖蛊术的坏人？

祯雪见她出神似的，忍不住便问："都是什么？"

"都是……"阿绯想不出怎么来形容，索性一摆手，"算了不说了不说了！"

她伸手揉揉头，"不想提到那个人，而且，都也不知道他去了哪里，天大地大，或许……"

祯雪看她的脸上露出又气恼又焦躁的表情，隐隐地还似乎有些类似"挂念"似的东西，便轻声道："他不会去别的地方……"

阿绯一怔，忽地觉得祯雪的声音有些奇怪，语气也是，温柔过甚似的，便扭头看他："皇叔你说什么？"

祯雪顿了顿，低头做照顾南乡状："没什么，我觉得，或许他不会去别的地方，风蝶梦能在京城出现，或许他也在呢。"

他镇定下来，若无其事似的又说："对了，倘若你有机会跟他再见面，你会……如何待他？"

阿绯瞪大眼睛，一时无法回答。祯雪抬眸看她："嗯？"

阿绯鼓着眼睛对上他的目光，过了会儿才说："我要是跟他见面啊……我……要是在以前他刚跟那个女人跑走的时候，我大概会先大骂他一顿，或许还会打他一顿，以前他很老实，我打他骂他都行的……"本来是满不在乎说着，说到这里双眼忽然有些发热，阿绯急忙摇摇头，"可过去这么长时间了，要是再见到他，或许会当不认识的吧。"

祯雪双眉一皱："不认识？"

"不然怎么做，"阿绯低声，有些怅然若失，"以前很想见到他的时候又见不到，现在……"现在，用一个"物是人非事事休"来形容简直都嫌太轻了。

祯雪看着她自言自语似的，忽地唤道："阿绯。"

阿绯答应了声，却不抬头，祯雪又道："阿绯……"阿绯又"啊"了声，顺便抬头看他，不料祯雪抬手过来，轻轻地抚上她的脸颊。

这会儿正是傍晚，黄昏降临，暮色淡淡。马车里光线阴暗，祯雪的容貌在极淡的暮色里也显得有几分朦胧，却更显温柔，阿绯定神看着，感觉他的掌心在自己脸上温柔地摩挲，而他的脸停在薄雾似的暮色里片刻，便慢慢地靠了过来。

不知为何，阿绯有一种极为荒唐的错觉：他似乎要吻过来了。

阿绯呆呆地看着祯雪，两人之间的距离越来越近，阿绯心中那种奇怪的感觉也越来越明显，她觉得自己居然会生出这种感觉来实在可笑，于是忍不住真的笑了出来。祯雪一怔就停了下来，就好像是一朵缓缓往前移动的云忽然间静止了，感觉突兀而古怪。

阿绯放了心，抬手揉揉额角，带着笑自言自语说："皇叔，我最近有些怪。"

祯雪心头一动，正想问她什么"怪"，身边儿南乡的声音却响起来："这是哪里？"小孩儿终于醒了过来，一边问，一边抬手擦擦眼睛。

阿绯低头看向南乡，两人目光相对，南乡才惊叫起来："我刚才看到一个怪人！"

阿绯摸摸他的额头："放心，皇叔已经把她赶跑了。"

南乡爬起来，看一眼祯雪，便向着阿绯身边儿靠过来："真的吗？那人看起来很坏……"

阿绯看他有些受惊的模样，便大方地将他抱入怀中："皇叔很厉害的，刚才……"阿绯想说刚才祯雪掌心控着蝴蝶的神奇事情，但是想了想，忽然也觉得这件事情有些不可思议，阿绯知道那大概是一种高深的武功，祯雪在她心里本就是无所不能的，可是能做到那种程度……实在是有些太过神奇。

阿绯回想方才发生的事情，瞬间失神。幸好南乡也没问，只是安静地靠在阿绯怀里，把头在她胸前蹭了蹭，大概是觉得舒服，便闭了眼睛又睡过去。

祯雪并没有再说话，阿绯想来想去，不知该说什么，看南乡睡得香甜，自己也闭了眼睛装睡，结果装着装着竟真的睡了过去。

到了王府，祯雪先把南乡轻轻抱出来，交给贴身近侍抱进府内，自己抱了阿绯，放慢了步子入内。祯雪将阿绯抱入房中，屏退侍女，将人放在床上，正垂眸看着，却瞧见阿绯的睫毛轻轻抖了一下，祯雪不由笑了笑："什么时候醒的？"

阿绯见他已经知道，索性睁开眼睛："方才你把我放下的时候才醒。"

他笑，略有些自责："我以为我已经放轻了动作。"

"是我睡得轻，"阿绯坐起身来，盘膝看向祯雪，此刻屋内已经掌灯，他的容颜浸润在淡淡的灯光里头，阿绯看得目不转睛，正当祯雪想要说话的时候，阿绯却先开口了，"皇叔，唐西还在府中吗，你没有杀掉他吧？"

祯雪没想到她问起这个来："嗯，他还活着。"

"我想见见他。"

"见他干什么？"

"我……"阿绯垂眸想了会儿，"皇叔，傅清明……真的死了吗？"

祯雪皱眉："不是已经说过了吗？"

阿绯双手握在一块儿："他……的……他……"她似乎不知要怎么说，眼睛一会儿看向左边，一会儿看向右边，最后终于鼓足勇气，"那他被埋在哪里？"

祯雪望着阿绯的眼睛："你问这个做什么，是想去看看他还是？"

阿绯抓头，祯雪沉吟了会儿，道："当时在山上，仓促之间他坠了崖，所以……"

阿绯听到"坠崖"，心头一揪，脑中竟一阵空白："所以？"

祯雪道："那悬崖甚高，山下又有许多野兽，所以……尸骨无存。"

阿绯听到这里，脑袋嗡地一声："尸、尸骨……"毫无预兆地，泪一下就涌了上来。

祯雪看着她："阿绯你乖一些，别再惦念一个不存在的人了。"

阿绯抬手把泪擦去："没、没有……我就是觉得……"

祯雪问道："觉得什么？"

阿绯默默地说道："先前又跟皇叔在车上说起朱子，我就觉得，我身边儿的人都没什么好下场似的。不管是对我真好，假好，还是半真半假……到最后我自己都分不清了。"她明明笑着说这些，泪却一个劲儿地往下掉。

祯雪听着，踏前一步，抬手在阿绯肩头一揽，令她靠在自己身上："别想……那些了，其实我……我还在啊。"

阿绯闭了闭眼睛："是啊，我只有皇叔了……"她喃喃说着，又吸了吸鼻子，"算了，都不打紧，只要皇叔还在就好了。"

祯雪听了这话，面上却毫无丁点儿喜色，反而露出一种极为异样的表情来，手搭在阿绯肩头，欲用力，又不敢，眼底一片黯然，烛光的阴影里，一双眼睛竟有些微微发红。

"是啊……"他张口，声音有些涩涩的，"我还在。"

阿绯并没有再见唐西，只是央求祯雪放了他，祯雪对她十分纵容，她说要留唐西的性命，他便不杀唐西，如今要放人，他也立刻答应，横竖让她安心就是了，唐西不过是个小人物，没了傅清明，他谁也不怕。

放唐西离开王府的时候阿绯站在远处看，望着唐西那瘦削的身形消失在眼前，就好像从来没存在过似的，阿绯想到那个人也不会再出现了，一瞬间有种灵魂出窍的茫茫然感觉，阳光底下便扯出一抹牵强的笑。

朝廷之中经历了这场本该惊天动地的巨变，朝臣之中却并没有更多的躁动，表面上竟浑然无事一般过去了。

街市依旧太平，朝野波澜不起，何况对外也只说傅清明去了虢北，祯王爷又没有什么大动作，所以面儿上仍是昔日那情形。只不过真正混迹朝中的臣子才明白，朝廷的格局先前是倾向傅大将军马首是瞻，现在则是不同了。

傅清明虽从不结党营私，但只要他在，那就是一面旗，几乎所有人都向他的方向仰望，如今他"去了虢北"，朝中主事的人便完完全全变成了祯王爷。

有心人联想到昔日傅清明在京的时候同王爷曾有过的"些许争执"，如今，可算是尘埃落定了。

而属于傅清明的亲党，则只能算是跟着他行军作战的那些将领，但他们大部分都在边关，只有少数几个在京内，却也没什么动作，正如唐西跟阿绯所说，早在傅清明去雀山之前他便已经交代：此后不管如何，以大局为重不得妄动。

傅清明早预知或许会有事发生，在此之前当然也做好了准备，一些该调离该避嫌的手下，也都做了相应安排，因此就算祯雪想下手，一时半会儿却也鞭长莫及。何况祯雪也明白这关键时刻不能轻举妄动，上上下下许多眼睛看着呢，傅清明知道"大局为重"，祯王爷是明白人，自然更要以"国事为先"，这一切的关键，自然是个"安稳"。

只知道朝堂上格局变幻，阿绯进宫后，才发现宫内也有变天的局势。大概是她往雀山之前，后宫充了一批秀女，而唐妙棋也在其中，入宫之后，唐姑娘并没有就在皇帝慕容善面前崭露头角，反而跟徐皇后打得火热。

阿绯亲眼见了后吃了一惊，本以为唐妙棋会跟徐皇后两人撕咬起来，没想到姓徐的居然对唐妙棋很是另眼相看，十分亲厚的模样。

阿绯起初不解，后来才发现，唐妙棋在宫中又换了一副新面貌。

在变脸这一绝技上，唐妙棋实在是个不可多得的高手，她在徐皇后面前以一个清新脱俗的小白花形象出现，并且对皇后忠心耿耿。

阿绯知道徐皇后这个人，虽然看起来精明强干，实则没什么心眼，如今看唐妙棋在她跟前混得风生水起，但以唐某人的心性是绝对不会甘于人下的，如今这一连番动作，自然是为了更大的图谋。

阿绯便隐隐地有个念头，只怕徐皇后以后要栽在她的手里。

然而两个人阿绯都不喜欢，因此也不去管她们之间的尔虞我诈，只是看着徐皇后对唐妙棋颐指气使，而唐某人一副"我很听话绝不会背叛"的面目，心甘情愿地成为徐皇后的马前卒为她"披荆斩棘"——对付其他出色的秀女官妃，阿绯冷眼旁观，只觉得世事有时候真的如戏，好生荒唐。

阿绯看着御花园亭子间那一团热闹，本要径直走过去的，没想到徐皇后远远地看见了她，便道："公主是要去哪啊？"

阿绯停了步子，斜看她一眼。徐皇后抿嘴一笑："难怪公主又进宫来，大将军这么急着就去了虢北，可真是令人意外啊，公主这才回京多久呢，又落了个冷清。"

阿绯看着她得意洋洋的模样，心想："算啦，我不跟这个蠢货一般见识。"

众妃嫔碍于光锦公主恶名，除了皇后之外，也没有人敢当面说什么，一个个纷纷地装聋作哑。

皇后说了这个不好笑的玩乐话，却没有人附和，一时无趣，不由得就看向唐妙棋。按理说以唐妙棋的聪明，这会儿本该附和皇后说上几句的，不知为何竟没有做声，皇后看她呆坐着仿佛在出神，暗暗惊诧不悦。

这御花园里风景十分之好，又加上许多美貌妃嫔，争奇斗艳，外表看来也很是热闹，但阿绯却竟有种"看破"的味道，只觉这一切都十分乏味，便昂首迈步往前继续走，连话也不肯多说一句。

众妃嫔都知道公主性情古怪，见她这般特立独行倒也习以为常，徐皇后便咬牙道："真是个没规矩的，怪道傅清明这么快就对她没了兴趣！哼……"

底下众妃嫔见阿绯走了，才敢说笑，有人道："臣妾听闻将军离开京城之前曾跟公主大吵一顿呢，或许因此而反目……"

又有人说："公主如此脾性，将军忍不住也是有的……"

忽然又一个声音说道："臣妾今日身体欠佳，请娘娘恩准先行退席。"

徐皇后看一眼，见是唐妙棋，便道："怪道你忽然不爱说话了，本宫还以为你是被她吓到了呢，原来是身子不适，那你先退下吧。"

唐妙棋垂头，柔顺答应："多谢娘娘恩典。"缓缓退出。

阿绯便去见慕容善，还没进殿门，就听到嬉笑声从内传出，阿绯皱眉，将到门口的时候有个内侍叫道:"公主殿下到!"

阿绯横他一眼,那内侍弓着身退后。殿内的笑声才敛了,阿绯快步进了殿内,瞧见慕容善坐在桌子后面,桌上一些书册凌乱不堪,旁边站着两个宫女伺候。阿绯细看,便瞧见慕容善脸颊边上红色的胭脂唇印未干,衣裳亦有些凌乱。

慕容善见阿绯入内,咳嗽了声:"皇妹,你怎地有空进宫了?"

阿绯皱眉上前,看看两个宫女,见两个都生得有几分姿色,虽垂着头,那眼神却很不安分,有一人更是发髻散乱,便道:"你们方才在做什么?"

两个宫女本正慌张着,一人道:"没、并没做什么……"

阿绯上前,一个耳光甩过去,那宫女惨叫一声跪了地,另外一个见势不妙,忙跪地求道:"殿下饶命!"

慕容善吓了一跳:"皇妹!"

阿绯并不看他,只是望着两人,厉声说道:"宫人就得有宫人的样子,各司其职,谁要你们做出这副妖娇的模样媚上的!都给我滚出去,以后胆敢再出现在皇上身边,定斩不饶!"她的声音极大,殿内殿外听了个清清楚楚。

两个宫女连惊带怕,垂着泪谢恩退了出去。宫女们退出后,外头的内侍也有些战战兢兢的,慕容善道:"阿绯,你这是在做什么?"

阿绯转头看他,怒气不休:"皇兄,我倒要问你,宫里才充盈了一批秀女,你就算是要宠幸,也要有些节制,这些宫女又算是怎么回事?"

慕容善皱眉,嘴硬道:"宫女不也都是朕的?朕……不过是随便玩玩……"

"皇兄!"阿绯看着慕容善不以为然的模样,有些生气,虽然自己也不知道为什么会这么生气。

慕容善见她神情大为不对,声音也变了,一怔之下心头急转,慌忙带了笑:"阿绯,你别生气,皇兄听你的就是了,以后不再跟这些宫女厮缠了好不好?来来,这边坐,别动怒。"

阿绯见他服了软,心里才觉得自己好像是有些太过了,眼前这人毕竟是天子,该给他留些颜面才是,被慕容善一拉,便顺势坐了下去,想了想,就说:"我、我只是怕皇兄你被人传个荒淫的名头……皇兄如今毕竟是皇帝,一国之君,有些事情……得节制些。"

慕容善正嚷嚷让内侍备茶,听了阿绯这么说,便一笑。阿绯道:"我说的不对吗？"

慕容善摇摇头，说道："不是，朕只是觉得，你方才说话的时候，倒有些像是一个人。"

"什么？"阿绯不解。

慕容善道："先前……傅大将军有时候也会这么说朕的，只不过他的语气会委婉许多，对了，皇叔有时候跟他一样，但幸好最近皇叔不怎么管朕了……没想到又换了皇妹你，哈……"

阿绯正欲出宫，却不想遇到了唐妙棋。唐姑娘很是规矩地出来相见，竟毫无一丝失礼之处，阿绯瞥着她，嗤道："别装了，你想干什么？"

唐妙棋望了阿绯一眼，又温顺地低了头："殿下说笑了，现如今我的身份不同了，对殿下守规矩以礼相待是应当的。"

阿绯不以为然地哼了声，仍旧迈步往前走："不用说这些好听的，我只知道江山易改禀性难移。"

唐妙棋抿嘴一笑，看看左右无人，便在阿绯跟她擦肩的瞬间低头道："听闻将军去了虢北？是真的吗？"

阿绯心头一动，脚下也慢了下来："这话是什么意思？什么真的假的？"

唐妙棋说道："殿下多心了，并没有别的意思，就只是问问而已……毕竟也跟将军相识一场。"

阿绯已经走过了她身边，闻言便停下，转头看她："你是在关心他？还是也在幸灾乐祸？"

"殿下是说皇后娘娘？"唐妙棋望着她，微笑道，"我若是有冷嘲热讽的心思，方才在皇后跟前，怎会放过讨好她的机会？我之所以未曾顺着皇后的话，殿下难道还不明白我的心意吗？"

阿绯若有所思地看向她的眼睛，却不回答。唐妙棋又说道："我跟皇后娘娘是不一样的，对娘娘而言，不管是将军在或者不在，她都以殿下为敌，但是我不同，将军在的时候我或许会冒犯殿下，但是将军不在了，却反而……"她的脸上浮出一种莫测高深的笑，望着阿绯道，"或者说，人总是会变的……"

阿绯觉得她话里的"不在"，似乎别有用意，阿绯疑心她知道了什么，就警惕看她："等等，你先前说'却反而'什么？不要说一半留一半。"

唐妙棋道："殿下不必知道……或者殿下早已经知道却还没意识到而已，殿下只需要明白，我如今虽然是听命皇后的，但是我是不会跟殿下作对的。"

"因为跟我作对是没有好下场的吗？你倒聪明。"

"也可以这么说，"唐妙棋又笑，"先前那么多次的教训我怎么还能不明白呢。"

阿绯皱着眉上上下下打量她："不用故意向我示弱，你也知道，只要你不来惹我，我是不会怎么样你的……但是瞧你现在……我却忽然有些担心，你在后宫里……"

唐妙棋深看阿绯一眼，垂眸低头："敌人的敌人，暂时可以算是朋友，殿下该明白这个道理吧，何况我也不是那种不懂事的人，就算是为了自己好，身在这后宫，所作所为却也会自有分寸，所以后宫还是后宫，天下还是天下，殿下大可放心。"

阿绯听了这几句话，对唐妙棋倒是有点儿另眼相看的意思："敌人的敌人？……看样子我该担心的，只有一个徐皇后了？"

唐妙棋虽低着头，唇角却挑了起来。

阿绯望着她，了然一笑："希望你这一次的图谋不会落空，但是也要记得：皇兄虽然可能会宠爱你，但是这京内却还有许多眼睛也在盯着看。"

后宫争宠本就寻常，不是一个唐妙棋或许还有别人力争上游，总之但凡是宫妃便对后位虎视眈眈，阿绯自然不会去维护徐皇后，而且唐妙棋如今又刻意对自己低头……于是且由她自己造化去，阿绯才不会插手，只要唐妙棋聪明，不至于做得太过。

唐妙棋暗中松了口气："多谢殿下提点。"

阿绯也不跟她多说："那好，我也该出宫了。"

"臣妾恭送殿下，另外，"唐妙棋行了个礼，轻声说道，"将军不在京内，殿下多多保重。"

阿绯扫她一眼，无心分辨她是真心或者假意，只想："她比之前好像聪明了很多，姓徐的那个丫头恐怕是真会栽在她的手里了……""嗯"了声，不再多说，带着随从出宫去了。

就在阿绯在宫内之时，在祯王府，祯雪正在见一名不速之客。

书房旁边的侍卫尽数撤离，书房的门却还紧紧地关着。

"你是在等我前来吗？"一个略带沙哑的声音响起，说话的人衣衫破烂，面目古怪，显然正是前日在将军府出现过的风蝶梦。

书桌后面，祯雪端坐依旧，面色淡然："你终于来了。"

风蝶梦慢慢地走到桌子前，垂头看向祯雪面上，双眸紧紧地盯着他的脸，似乎生怕看错了什么似的："你……你……"

祯雪淡声道："能看出来吗？"

风蝶梦胸口起伏，竟是喘了起来："这、这不可能！"

祯雪抬眸，眸色同样是沉静的，他竟还冲她一笑，色如艳阳："怎么不可能？"

风蝶梦只觉得眼前有亿万个太阳冉冉升起，照耀着满地繁花，美不可言，然而却又如此虚幻："你、你究竟……"她想说话，喉头却好像给人死死地捏住了，只有双眼之中，淡光摇曳，像是要涌出什么来。

"你见过无患子，见过我身边的几个人，就该知道我的身份，你还敢在我面前造次？"祯雪的声音忽然冷了下来，前一刻还春光明媚，这一刻却已经冰雪连天。

在风蝶梦的面前，那亿万个太阳也在瞬间凝固起来，然后化成碎片，翻天覆地地纷纷跌落。自此光明从她的眼前彻底湮灭，而她的世界一片黑暗。就仿佛跳进了最深的深渊，风蝶梦还试图抓住最后一丝希望的光。她听到自己的声音很轻，很微弱嘶哑地问："那么……那么他呢？他……在哪里？"

她不敢问，却又急欲知道，就算明白那个答案恐怕会更让她坠入深渊万劫不复，她也想要那一个答案，明明白白的，不管是苦也好，痛也好，死也好。

阿绯回到王府，已经是正午，跟连昇南乡两个小人儿吃了午饭，一人捧着一碗酸梅汤嘶嘶有声地喝，南乡听她喝汤发声，便也竭力发出更大的声音，结果两人大眼瞪小眼，比赛谁发出的声音大，十分快活。

连昇在旁看着，略有些阴郁的眼睛望着两人那么单纯地欢乐着，忍不住也笑了笑。阿绯喝完了，心满意足地打了个饱嗝，说道："好喝吧？我以前在外头也是喝的这一种。"

南乡抹抹嘴："我没喝出有什么不一样，你总说外头外头，什么外头啊？你这么喜欢……什么时候也带我去看看？"

阿绯眨了眨眼，有些无言以对，连昇在旁边把碗放下，看向阿绯，脸上露出迟疑的神情。南乡见阿绯不语，便道："你怎么不回答啦？这里十分不好玩，爹不在，唐西他们也都不见了，我们干脆就去你说的外头玩儿吧？"

阿绯咳嗽了声，说道："你说去就能去啊，你当你是皇帝吗？"

南乡悻悻地就低了头。阿绯见南乡不再回答，小孩儿脸上有点儿小小的忧郁，便又有点不忍心，于是便白眼看天："现在不行，以后……看看有没有机会好了，如果有机会就带你们去。"

南乡一听，才高兴起来："那你要说话算话。"

阿绯道："我当然是说话算话的。"说到这里，又觉得热，便转头吩咐宫女道，"再去要三碗酸梅汤来。"

隔了一刻钟工夫那宫女才又端了酸梅汤回来，然而阿绯喝了一口就皱眉放下："怎么回事，这次的怎么不好喝？"

南乡在旁边随声附和道："好像有点儿……"

那宫女唯唯诺诺，答不上来，倒是芳语在旁边劝道："殿下，这种东西喝多了也不好，又或者，是因为已经喝了一碗了，所以这一碗才觉得没了滋味儿。"

阿绯听了，觉得有点儿道理，又喝了一口，便将碗放下："那算了。"

芳语松了口气，命人将碗端下去，阿绯道："我要歇会儿，你们都出去吧。"

于是屋内的宫女便都退下了，南乡趁机先爬到榻上占地方，阿绯正要把他拉下来，却不料连昇在旁边拉了拉她的袖子，阿绯回头："怎么了？"

连昇看着阿绯，迟疑着比了个手势，阿绯眨眨眼："酸梅汤？你还想喝？那种东西凉，喝多了会肚子疼。"

身后南乡占据了最佳位置，闻言嘻嘻一笑："六哥还要喝啊，比我还嘴馋。"

连昇摇摇头，此刻阿绯挡着南乡，连昇的双手在空中顿了顿，终于又比出一句。阿绯看着连昇比画，目光一下就直了："你说什么？"

连昇有些紧张，咽了一口唾沫，慢慢地又比了一次："昨儿我在府里，无意中听到厨房的人说，那……酸梅汤……是皇叔亲自下厨做的，还严命不许任何人透露。"阿绯望着连昇，他比画的那些话她全懂，但是却又像是什么都不懂。

就在这时，连昇身后门口有人正迈步进来："我来得正好……还以为你们都睡了呢，在做什么？"微笑如春，声音温和，正是祯雪。

## 第五章

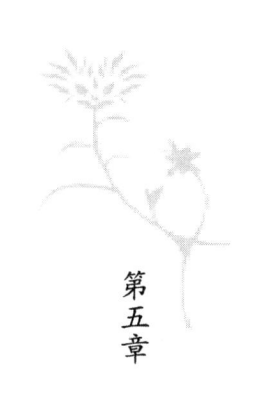

## 温柔怜爱

祯雪不期然进门,阿绯一抬头正好跟他四目相对,此刻她脑中兀自懵懂,一时竟没反应过来,看着祯雪那张熟悉的脸,心底却如陌生人不认得似的。

连昇却先回过身去,向着祯雪行了个礼。

祯雪温声道:"别这么多礼了,不必拘束。"连昇便退后一步,仍在阿绯身边儿。

阿绯垂眸看了连昇一眼,才又对祯雪说:"正要睡了……皇叔,怎么来了?"

这会儿南乡就在阿绯身后装睡,祯雪道:"吃中饭的工夫空闲些,便来看你……们了。玩得可好?"

阿绯点头:"他们都很聪明。"

祯雪笑着看向连昇跟阿绯身后的南乡,却见南乡眼睛闭得紧紧的,却能见到眼皮底下眼珠子骨碌碌乱动。

祯雪便笑:"只恐有人太顽皮了些……罢了,你高兴就好,那皇叔就不打扰你们歇着了,睡会儿吧。"

阿绯见他说着便要走,便叫道:"皇叔!"

祯雪转回身来:"还有何事吗?"

阿绯咽了口唾沫，终于说："晚上皇叔还会来看我吗？"

祯雪有些停顿，阿绯又说："我忽然想到好久没跟皇叔一块儿吃饭了。"

祯雪望着她，片刻后微微一笑："那自然是好，晚上我会抽空来的。"

祯雪说罢后便真离开了，阿绯对上连昇的目光，便摸摸他的头："愣着做什么？一块儿上来睡吧。"

那边南乡骨碌爬起："快来快来，免得皇叔去而复返。"

阿绯只觉奇怪，便道："你怕什么？"她心想南乡还不知道祯雪是他的生身父亲，故而如此隔阂，若是知道了，或许会亲昵起来也不一定。

南乡歪头："我也不知道，大概是最近爹不在，所以我不爱见其他人。"

阿绯见他说些似是而非的话，不由便笑。

连昇本想问上几句，见状便只好暂时不问，果真也上了榻。

三个人并排躺着，外间宫女们举着羽扇入内，轻轻地扇风，凉风徐徐，暑热退去，三个相继睡了过去。

到了晚间，南乡因记挂中午阿绯请祯雪吃饭之事，因此早早地跟连昇一块儿走了。阿绯沐浴更衣，觉得周身凉爽，也不绾发，随意散着让风吹干。

天色微黑的时候，祯雪才到，外间的宫女刚要通报，祯雪仍举手制止了，自己迈步入内，却见里侧，阿绯一人坐在靠窗的长榻上，懒洋洋地趴在小几边沿，对着面前一瓶子盛放的花，手指百无聊赖地在桌上画圈玩儿。

窗外的风不时吹入，吹得她衣袂共头发微微飘起，祯雪又看到她并未穿袜，赤着一双白生生的脚，偶尔胡乱地变换坐姿。

灯光朦胧，她的脸也显得几分模糊，因不施脂粉，灯下又显得格外素净婉约，不似平日里那样精灵生动，竟如一幅画儿似的。

祯雪望着阿绯，这情形太过美丽，是一种似曾相识的唤起旧念的美，让他失神。祯雪还未曾开口，阿绯却若有所觉般转头，望见祯雪的时候便一怔，继而展颜："皇叔你来啦！"她即刻便跳下地来，赤脚踩在地面上向他跑来。

她撒欢儿似的跑过来，赤脚在地上发出"通通"的声响，头发跟衣袂便往后飘扬，她张着手，娇小的身子乳燕般投入他怀中，欢快而亲昵。

此情此景，祯雪着魔似的，不由得抬手拥着她："阿绯……"

阿绯仰头看他，眼睛忽闪："怎么才回来？等得我饿死了！"

他脑中一阵恍惚，那种似曾相识的感觉又涌起来，不由涩声道："有……一些事绊住了，很饿了吗？为什么不叫人先送点东西来吃？"

阿绯哼了声，手环上祯雪颈间："说过要跟皇叔一块儿吃怎么可以不算数。"

祯雪笑笑，两人挽手到了桌边，宫女们鱼贯送了吃食进来，阿绯饿极了，风卷残云一顿忙乱，祯雪倒是没吃多少，只顾在旁看她，一边笑劝她慢一些。

阿绯却全不管，鼓着腮帮子吃了会儿，终于累了，恋恋不舍地喝了口冰凉的甜酒，手在肚子上一摸，又满足又痛苦："我吃饱了。"

祯雪见她吃了不少，心里有数，便命人将酒席撤下，另有宫女奉上茶来。

阿绯闻到茶香，却一口也喝不下，往后挪了挪，顺势便躺在榻上，叹道："吃得好撑。"

阿绯的目光往旁边一瞥，窗纱被风吹得掀起，露出外头夜空景致，青天圆月，是一副圆满静好的模样。

祯雪自己喝了口茶，便端了一杯过来："喝一口，肚子里好消化。"

阿绯也不起身，只擎着脖子噘嘴来喝，这模样，却像是一只想翻身又无法翻过去的小乌龟，祯雪抿嘴一笑，一手搂住她肩头，一边喂她喝了口茶。

"不喝了。"阿绯咽下茶水，模模糊糊地囔了句，"肚子要撑开了。"

祯雪把茶放了，皱眉："方才劝你还不听，吃得这么撑做什么？会把身子弄坏的。"

阿绯将头靠在他胸前，大概觉得不怎么舒服，便顺着他胸前往下滑，最后将头枕在祯雪腿上，挪动身子调了个舒适的姿势，才道："我觉得不会，我以前也吃撑过很多次，都没事。"

祯雪哑然："小丫头，别不听话。"

阿绯哼道："我说真的，以前在妙村的时候，我吃多了，他都会替我按摩，可舒服了……一会儿就不难受了，嗝……"

祯雪双眉一动，便看向阿绯脸上。

阿绯眯起眼睛往上看，正对上他暗影里的双眸："皇叔，先前你不是问我假如再见到他会怎么样吗？我忽然间想到要怎么样了。"

"他……"祯雪慢慢地说道，"你是说朱子吗？"

"啊……朱子，"阿绯的声音有些模糊，"那个该死的家伙，居然连真名字都不跟我说，其实我想起来了，我以前在宫里见过他的，从很小就见过他了……"

祯雪的神情微微一变："是……吗？记起来了？"

"是啊，记得有一次我蹲在湖边发愣，他忽然从后面冒出来，我看着湖水里的影子吓了一跳，呃……"阿绯又打了个嗝，嘟囔道，"真想揍他。"

他挑了挑眉："为什么……想揍他？"

阿绯却没有回答，抬手在肚子上摸了摸："果真有点难受……"

祯雪顺着看过去，却见她枕着自己的腿躺着，伸长了身子，从他的方向看去，那薄衣衫下的蓓蕾如正在长的菌苔，自是极美景致。但让他啼笑皆非的却是往下，她的肚皮的确是鼓鼓的，真如一只晒出肚皮的小乌龟，看来又可笑，又可爱。

阿绯扭了扭身子，看着祯雪便笑："皇叔，你不言语，是不是在心里笑我？"

"怎会？"祯雪垂了眸子不看她，"我只是在想你先前所说的……为何要揍朱子……"

阿绯道："他不声不响带我走了，明明知道所有，却什么也不告诉我，这就是第一该死，而且他之前对我也不怎么样，总是鬼鬼祟祟地出现在我身边儿。"

祯雪默然不语，看阿绯扭来动去，便抬手按住她的手："别动，……他当时是质子，一举一动都有人盯着，怕是不敢正大光明跟你见面的，……就算是暗地里去见你，想来也不知费了多大心思呢。"

阿绯静静看了祯雪一会儿，便一笑："什么啊，他从来都不说这些，皇叔你倒清楚。"

祯雪道："先前，派去看守他的人还是我过目了的，记得有一次上报说人不见了，正惊慌之时，他却又自己回来，后来才知道原来是去见你了。"

"哪一次？"

"那天好像下雨，"祯雪抬手，轻轻地覆在她的肚子上，"他回来后人都湿透了……本来要杖责的，结果看他那样子，我便没有叫人动手，只是关了他几天，而那次他也大病了一场。记得你还对我抱怨过，说一个好玩儿的人不见了，应该就是说他吧。"

"……皇叔……你连这个也知道？"阿绯双眉皱起，感觉他的手在自己身上轻轻抚摸，温热略微带力的手掌，感觉很是舒服。

"我猜的,"他静静地回答,"是他对么?"

阿绯看了他两眼:"我只是跟他随便说第二天再见,却想不到他那么傻,冒着雨也去了,若不是方雪初无意中看到了告诉我,我还不知道呢,我若不去,难道他就在那淋一天了?"

祯雪笑:"或许,那个……那个孩子是有些儿痴憨的。"

阿绯想来想去,终究叹了一声,闭了眸子不再言语。

窗外月色皎洁,夜风徐徐,两人问答至此,各怀心事,然而对答之间却又如此和谐,于这夜色的温柔毫无阻碍,旧事重提,反像更多了一份默契。

烛影明灭,祯雪轻轻问:"对了,你还没有说,再见他后会如何待他?"

阿绯几乎睡着,睁开眼睛,眼前光影淡淡,月色宛然,月光中祯雪的脸近在咫尺,似真似幻,阿绯定定地看着他的眉眼:"等他真的出现在我面前的时候,自会知道。"

祯雪的手势一停,阿绯望着他的手:"皇叔,我没有跟你说过吧,在妙村的时候我吃撑了,他也会像你这样替我按摩呢。手法好像也不差许多。"

祯雪垂着眸子,淡淡一笑:"没说吗,可是我记得你曾说过……难道是我记错了?或许傅清明跟我说过。"

阿绯听到那个名字,心里就一揪。

祯雪又道:"能如此照料你,他倒是个体贴的人。怪道你曾那么想念着他……。"

阿绯道:"我也不知道他以后会有什么图谋,或许他对我的好,就像是村里的人养猪,养肥了的话就好宰杀吃了。"

祯雪没想到她会这么说,一时怔住,而后却又忍不住笑起来:"是吗?像是我的宝贝……阿绯这样可爱,他恐怕是下不了手的。"

阿绯又闭了眼,显得有几分疲惫:"谁知道……男人心,海底针。"

祯雪见她老气横秋的,嘴角的笑意便忍不住,轻轻地替她按了会儿:"觉得如何?"

阿绯嗯了声:"皇叔……"她叫了这声,祯雪便应,以为她要说什么,谁知道阿绯什么也没说,祯雪等了会儿,她却又叫了声,祯雪停了手:"怎么了?"

阿绯转过身,抱住他的手臂:"我就是怕……忽然很怕……"

"怕什么？"

良久之后，祯雪垂头看，却见阿绯抱着他的那只手臂，轻轻说道："没什么。"阿绯模糊睡去，耳畔听更声过了子时，不知哪里传来数声夜鸟啼叫，阿绯翻了个身睁开眼睛。

方才她做了个梦。梦里有个人，冷言冷语地对着她："你都忘了吗，小桃源里的事，了凡师太的话，你怎么就不好好想想，为何一错再错，错过之后又像以前那样，拼命把自己藏起来，能躲就躲能退就退，因为害怕真相所以宁肯不去承认，是不是，殿下？"

他疾言厉色，步步紧逼，阿绯试图反驳，那人却毫不留情，道："这次我是再也不会原谅你了！"冷冷地拂袖而去。

阿绯大急，心想自己还有许多话没有说完，便去拉他，谁知他走得极快，阿绯瞧见前头是个深渊，没有尽头似的，阿绯吓了一跳慌忙大叫："傅清明！"他却脚步不停，一下就迈进深渊去了，身影很快消失不见，唯有那声音还在她耳畔回响："这次我是再也不会原谅你了！"

阿绯大叫："傅清明！"却不知道自己要说什么，眼看他的身影已经消失不见，不知哪里吹来一阵风，阿绯站立不稳，便也落入深渊中去。

阿绯睁大眼睛看着帐顶，抬手在额头上一抹，一手的冷汗，阿绯静了会儿，便翻身下地。

守夜的宫女忙来问询，阿绯挥退她们："我要自己走走，都不要跟着。"

月影偏了，深夜的王府有些冷清，阿绯抱着肩往殿外走，站在空荡荡的殿门口，看着地上的影子孤零零的，一时也不知要往哪里去。

阿绯信步而行，侍卫们见是她便也不加拦阻，不知不觉地竟到了王府后花园。阿绯一边走一边想方才那个梦，只觉得梦十分逼真，因为逼真而更见可怕了，想来想去又觉夜风冷清，身上竟有些寒意，三心二意正想回去，却望见前头花丛下有一点火光闪过。

阿绯一惊，心里顿时又跳出那一个熟悉的名字来，然而她是个不肯服软的人，才生出一点退却之意却又悍勇起来，当下挺胸咬牙道："我怕你么，傅清明，变成鬼也要来欺负我么？还弄什么鬼火吗，我才不怕！"反向前走了两步。

谁知道阿绯脚步声响，那花树下慌里慌张滚出两个小宫女来，见是阿绯，急忙跪地。阿绯没见到傅清明的鬼，有几分失望，又被这两个宫女惊到，一时气愤："这样鬼鬼祟祟躲在这里做什么？"

走近了一看，竟看到地上有一堆烧化了的纸。

那两个宫女面面相觑，抗不过阿绯淫威，低着头供认："殿下饶命，是前日跟我们一块儿的一个宫女姐姐忽然得病去了，我们念及旧情，所以就来给她烧点纸钱。"

阿绯认得这两个曾伺候过她，很是面善，而且经过风蝶梦的事，她对这种事有些敏感，便道："什么忽然得病？什么病？"

两个宫女畏畏缩缩，显然极怕："殿下，奴婢们不知道……前一刻还好端端的，然后不知为什么就发了狂似的……第二天人就没了。"

阿绯又问了几句，见问不出什么其他，就喝令她们两个离开了。

宫女们离开之后，阿绯望着那一堆纸钱，心道："这件事跟风蝶梦有关，还是只是意外？不过，就算真的是风蝶梦大概也不怕，皇叔那么厉害……"

想到最后，心中一阵慌乱，脚下踢了一撮土，抬手将头一抱，道："是我多心了吗？明明一模一样，而且……可是又做这样的梦，可恶的傅清明，你死了也不让我清闲！"

阿绯站在花丛间咬牙切齿，身后有个声音道："殿下，夜里风凉，不如就回去罢。"阿绯乍然回头，见身后站的是她的贴身宫女芳语。

阿绯不以为然看她一眼，迈步往前走，走了几步又停下："皇叔这会儿睡下了吗？"

她有些自言自语的意思，因为芳语是她的宫女，想来也跟她一样不清不楚，但是看时候这样，万籁俱寂的，祯雪八成也是睡了的。

却听芳语说："王爷忙碌一天，又看折子看到极晚，才睡下片刻，殿下若是想见他，还是明日吧。"

阿绯听了这话，总觉得哪里有点不对，转头看向芳语："你怎么知道得这么清楚？"

芳语倒也机敏："奴婢先前遇见个伺候王爷的侍卫，因此知道。"

阿绯走到她跟前："那我就是想现在去见皇叔呢？"

芳语嘴角极细微地一动："殿下……"不等她说完，脸上忽地一疼，竟已经吃了一掌。芳语大惊，捂着脸抬头望向阿绯，眼中透出怒色来。

阿绯却正一眼不眨地盯着她："怎么，生气了？区区一个宫女也敢这么瞪本官？你方才又是什么语气，是命令我吗？"

芳语的神情变幻不定，最终低下头去："奴婢冒犯殿下……求殿下饶恕。"

"不用跟我装了，"阿绯望着她，冷笑，"还有，我说我想现在去见皇叔，你为何面露不屑？"

芳语跪地："奴婢没有，殿下看错了。"

阿绯正是气头上，纹丝不放，咄咄说道："你当我是瞎子？还是说你要我去跟皇叔说？"芳语听到这里，却没有再求，阿绯紧盯着她，见她默然不语，心中却一阵狂跳，就好像会发生什么事似的。

果真，芳语低着头，轻声道："好吧。"她无奈又好笑似的说了一句，忽然缓缓站起身来，抬手一撩鬓边发丝，神情竟带几分倨傲，"没想到小丫头眼神这么好，不用去找他了，有什么你问我好了，但你要真的只会去告状，那就去吧。"

她虽然还是个小宫女的打扮，芳语的脸，但举止却全然不同起来，竟带一点轻佻，声音赫然也变了，有些慵懒，又带点妖媚，听在耳中，似曾相识。

阿绯心头发颤，面上却仍是那种冷傲神色："你究竟是什么人？"

"殿下这么快就不认得我了？当初，殿下可是恨不得跟我拼命呢……"芳语举手掩着唇笑，神态妖娆，眼神瞄向阿绯。

阿绯看着她娇笑勾魂的模样，猛地后退一步："你是那个红、红……女狐狸精！"

当初在妙村的时候，对阿绯来说发生大转折的那一夜，显然是诡异之极，可是却在她心底留下鲜明的记忆，对于那巨变的中心人物，除去傅清明，就是朱子跟红绫女。

朱子自不用说，阿绯是极熟悉的，那剩下便只有一个红绫女，那个当初被阿绯误认为是勾引宋守的狐狸精的南溟女人，她出现的时间虽然很短，却让阿绯极难忘，她的举止，说话方式，给阿绯留下了深刻的印象。

虽然脸孔不一样打扮也不一样，但是面前的芳语浑身上下却透出那种妖异狐媚的气息来，阿绯一下子就记起来了。

芳语闻言，索性大笑："什么红红女狐狸精！小公主，你莫非还不知道我是谁?"

阿绯指着她:"你不是南溟的红绫女吗?"

芳语挑眉:"哟,小公主果然记得我,是傅大将军跟你说的吗?"

阿绯一个闪念,就想起跟傅清明一块儿乘车回京时候的情形,继而叫道,"住口!你为什么会在这里?难道……他也来了吗?"

阿绯打了个哆嗦,左右张望。

芳语笑得越发暧昧:"小公主你说的是谁?"

"不要装模作样,就是……朱子迦生!"

芳语掩口,笑道:"小公主,上回见面,你还口口声声地唤着人家相公,怎么这会儿就成了朱子迦生了?怎么,他不是你的相公了吗?"

阿绯见她哪壶不开提哪壶,就扭头看周围:"是不是跟你有什么关系?他到底在不在?"

芳语慢条斯理地说:"你猜。"

这会儿有几个府内的侍卫巡逻经过,见阿绯跟一个"宫女"站着说话,便过来向阿绯行礼,阿绯看看他们,又看看芳语,大声说道:"这里太冷清了,你们不要走,站在十步开外等本宫!"

侍卫们有些惊讶,却也答应了,便退后十步等候。

芳语嗤之以鼻:"小公主,我要是对你下手,早就动手了,何必等到现在,再说,我若真的要杀你,这几个侍卫能挡得住我吗?"

阿绯道:"那你的意思是你不会杀我了?为什么?我看你不是好人,而且也不喜欢我。"

芳语,也就是红绫女顿时笑了起来:"小公主,你的脾气倒是直接,不错,我很讨厌你!要不是顾忌……我还真的恨不得立刻就杀了你。"

阿绯听出她停了一停,便问:"你顾忌什么?"

红绫女咬了咬唇,脸上的笑敛了:"你当真不知道他……"

正说到这里,就听到有个声音自夜色里细细传来:"你不要命了么!居然在这里说这些!还不停下!"

红绫女微微色变,阿绯却听不到那个声音,只是瞪着红绫女。

虚空中那声音又道:"趁着朱子还不知情,你快些摆平此事吧!"

红绫女目光转动，这会儿阿绯见她不再说下去，便道："你说我当真不知道谁……怎么了？"

红绫女垂眉思忖，最终悻悻似的低声说："罢了……反正你现在的情形，是没法儿再用蛊惑之术了，而以他现在的境况，恐怕也难如他心里所愿，哼，哈哈……"她自言自语似的，说到最后，便露出得意的模样。

阿绯听得一头雾水，上前一步："别磨磨蹭蹭的，快点说，朱子在哪里？不然我叫嚷起来，这王府里的侍卫也不是吃素的，你要逃走没那么容易。"

红绫女微笑："好个机灵的小公主，我虽不怕这些侍卫，但你若叫嚷起来，还真让人有些为难……好吧，姐姐我便大慈大悲地告诉你一句话，但是你别对任何人说你见过我，也别叫嚷，如何？"

阿绯警惕看她："那也得看是什么话。"

"你不是打听朱子吗？"红绫女压低声音，无视耳畔的警告，不怀好意地笑着，"他……远在天边，近在眼前。"

阿绯怔住，心中掠过一丝寒意："你……什么意思！"

红绫女冲她一笑："夜深露重，小公主还是不要到处乱走，回去乖乖地休息吧。"她说完之后，身形一闪，没入旁边的树丛里，极快消失不见。

阿绯在原地站了一会儿，有个侍卫见那官女已经离开，公主却没有动静，便壮着胆子前来询问："殿下，要不要属下等护送您回房？"

阿绯望着他，忽然说："你成亲了吗？"

侍卫怔住："啊？"反应过来后急忙又低头，"殿下恕罪，小人没有。"

阿绯呆了会儿："那你有喜欢的人吗？有没有永远不想要失去的人？就算是用尽所有法子也想他好端端的人？"

侍卫被她问得愣住，想了想，却回答："对小人来说，小人的父母……家里的弟妹，都是永远也不想失去的人。"

阿绯定神看着他，追问："那么假如有一天你失去了最不想失去的那个，怎么办？"

侍卫脸色微变："殿下？"谁愿意这么设想呢？对于自己最亲爱的人，恐怕连想那种可能性都不敢去想。

阿绯上前一步："你说，要真的那样了你怎么办？"

侍卫似是为难地皱了皱眉，继而说道："小人……小人也不知道……可是，生老病死，乃是自然的，如果真的有一天……小人也只能……接受而已。"他思索着说着，又怕说得不对惹殿下生气，便偷偷地看了阿绯一眼，谁知一看之下却惊了一跳，只见面前的小公主双眼之中的水光，竟满是泪！

侍卫震惊，慌忙跪地请罪："小人说错了！殿下恕罪！"

阿绯摇头，泪落如雨："你没有说错，你没有……"她说了这句，脚下倒退数步，却又厉声叫道，"可是、可是我不一样！"

她站在那里，双手握拳，像是冲谁发脾气一般，那侍卫大吃一惊，正在惶恐，阿绯却忽然又转过身飞奔离去。侍卫又是惶恐又是松了口气，缓缓起身，看阿绯离开的方向，却仿佛是向着王爷的寝居而去。侍卫不知道发生什么，心中忐忑，最终又吩咐人远远地跟上，以免公主有什么不测。侍卫们呼啸离开之后，原地一片静默，而在不远处的花树之后，有人说道："你惹祸了，这样你满意了？"

旁边"芳语"抬手，将脸上的易容面具抹下，露出一张妖媚的脸："是我惹祸了吗？朱子自己也知道，小公主早就起了疑心，只不过小公主对那人太过信任，所以迟迟地不肯面对真相而已。"

"她不肯面对真相，是她的事，你又何必多事，朱子对她十分的着紧你又不是不明白，若是给朱子知道，岂会轻饶你？"

红绫女低头望着手中的面具："是啊……本来就算是我不点醒她，她自己迟早也是会醒的，我大概……就是没有办法看朱子为了她煎熬，何况以他如今的身份，跟她是不可能的你也知道，又何必这么自讨苦吃。"

"知道别人是自讨苦吃，怎么就不留心自己是不是也如此？"那人冷笑，望着红绫女，"何况，朱子不管是做什么我们都不能干涉只听命就是，而且对朱子来说，所做一切未必不是甘之如饴的，不是吗？就算是无望，守着她也强似看不到，就好像是你一样，就算明知道朱子对自己无心，又能如何？还不是痴痴地守着。"

"你说够了！"红绫女竟动了怒，转身瞪向那人。

无患子苦苦一笑："我不说了，其实这些，你心中又何尝不是清楚地知道？你方才笑话小公主，你自己还不是也跟她一样，明明知道真相，却不愿醒来。"

"是！我对朱子的确是有男女之情……"红绫女索性挺了挺胸，咬牙又道，

"但是你忘了我们都是南溟遗民,朱子是天,是主上,我爱他,也敬他从他,这并不是羞耻的事,从头到尾我都未丧失理智,又何必醒来?"

"或许吧……"无患子叹息,"或许我只是杞人忧天……但是,你是我们南溟新一辈中最出色的护教者,就像是以前的风蝶梦一样,而我不希望……你变成第二个风蝶梦。"

红绫女听了,面色稍微缓和,便轻笑:"风蝶梦喜欢上的是异族的人,才做出不惜叛教的事,……我怎么会跟她一样。"

两人说到这里,便听到一个阴恻恻的声音说:"小丫头,你才多大,竟敢说这种话?"红绫女跟无患子一听,齐齐变了脸色。

阿绯提着裙子,一口气往祯雪的居处跑去,王府里的侍卫跟官人们见了,急急躲避行礼,阿绯均不理会,直直地冲进了祯雪的寝院。

外间自有守护侍卫,本要将人拦下,看见是她却都退了下去,只是跪地叫道:"参见公主殿下!"声音清朗,乃是给里头传信的意思。

阿绯却不管这些,径直冲进殿内,一路往最里侧而去。

里面官人早就急忙传信进去说光锦公主忽然来到,祯雪得了消息,才自床上坐起身来,还未来得及披上外衫,阿绯已经气喘吁吁地冲了进来。

"参见殿下……"寝殿内伺候的官女们纷纷行礼。

阿绯一挥手,大声叫道:"统统都出去!"

官女们急忙都退了出去,寝殿内空空如也,阿绯站在地上,跟床上的祯雪面面相觑。

"你是谁!"

"阿绯……"

几乎是同时开口,阿绯问完,祯雪唤完,两个人重又沉默,彼此相看,灯光里,祯雪双眉蹙起,眼眸幽寒,神情变幻。

阿绯胸口起伏不定,方才跑来得太急,她握紧双手上前一步,望着祯雪,重新说道:"你是谁?不要说好听的话,不要再骗我,更不要向着我笑!我看得出哪些是真的哪些是假的,你不是皇叔!你究竟是谁?我的皇叔在哪里?"

阿绯觉得自己站在一场幻境之中,满目黑色跟金色跳跃,织成一片闪闪烁烁的幽暗。祯雪的脸就在面前,她却生出一种奇怪的感觉,就好像伸出手去的话,那张脸跟那个人即刻就会化为乌有。

终于问出了那句话……心中像是有什么被绷紧了,到了极限。而若是那东西不幸绷断了的话,大概连她的心跳也会一并带走。

阿绯有些后悔,来的时候为什么没有喝点酒,酒壮英雄胆,会让她更无畏一些。

然而心中却又知道,不管是什么,都无法抵御此刻她心中那深深的恐惧感。

祯雪静默地看着她,然后他说:"你过来。"

阿绯不动,祯雪唤道:"阿绯,你过来。"他向她伸出手来,眼神亲切,语气温柔。

阿绯反而后退一步。祯雪见状,轻轻叹了口气,他自榻上起身,往她身边走过来,阿绯还想再退,然后双腿已经不是自己的,就一直呆呆地站在原地。

就好像劈开面前夜的幽暗,祯雪走到她的身边,一身薄薄的绢丝衣裳如雪,随着动作衣摆飘拂,荡起好看的弧度,他叹息似的问:"为什么会怀疑我呢?这个,不是你最喜欢的脸吗?"阿绯双眸陡然瞪大,像是听到最可怖的事。

祯雪却伸出手来,怕她逃走似的按住她的肩膀:"不过这样也好,我已经想了很久,这一幕戏究竟如何了局,既然你开了口,那么我也不必再多想了……"

阿绯忽然想挣扎开,或者捂住耳朵不去听。

祯雪微微躬身,凝望着她的眼睛:"你知道我是谁的,是不是?其实你心里早已经明白……"

阿绯心中还残留着一丝幻影,尽数被这两句话打碎,她站直了身子,不再后退,破罐子破摔似的发狠:"我要你说,我要你亲口告诉我!"

祯雪见她这么快镇定下来,不由得有些意外,听了这句,面上却露出几分悲伤神色。他的确是想对她说的,那些他隐而不敢提及的真相,那些他几乎没了权利去提及的真相。曾几何时他以为,作出如今这选择,或许有一半是为了她,然而直到如今才明白,他作出的这选择,的确是将他的身子推到她的身边,但是事实上他们之间,却再也没了亲近的可能。所谓咫尺天涯,不过如是。

他也知道这一刻迟早来临,也曾幻想过是在何种情态下开始的……他该如何去对她坦白或者解释,但他却没想到竟是在这个毫无准备跟预兆的夜晚,她突如其来。然而,已经没有退路了。

祯雪双眸一闭："阿绯……"接下来，是那个曾叫惯了三年的两个字，那个刻在他心底最珍贵处的称呼，如今从心里爬出来，攀在喉头上，冲向舌尖，在那处翻翻滚滚……

然而灯光跳跃里，他看到阿绯眼中那幽暗的小人儿，那张脸，已经不似昔日了。祯雪身子一震：以他如今之面目，那一声唤出，场面会是何等可怖，又会是何等荒唐可笑？

"我是……"他欲言又止，满嘴辛涩。

阿绯握拳看着他。祯雪看着她发亮的双眸，听她说道："你也没胆子跟我说吗？"

祯雪心中有一股火，绕来绕去，最终他一把握住了阿绯的手，将她拉到身边："为何我没胆子跟你说，话到了这个份上，你必然也明白了，我也没什么可隐瞒的，是，我就是你心中所想的那个人，我就是宋守，也就是……朱子迦生！"他像是把心掏出来，放在了她跟前，等待一个生死判定。

很奇怪，阿绯心中有一块极大的石头忽忽悠悠地落了地，似乎预感成真，有瞬间的轻松，然而很快，那石头的重量加重起来，沉甸甸地压着她，变成了山似的，压得她喘不过气来。

"为什么？"阿绯听到自己的声音响起，身不由己般地在问，"你会出现我并不奇怪，可是，我的皇叔呢？你的脸……为什么……"在这个当口，她居然十分冷静，阿绯觉得自己的表现很值得称道。

祯雪垂眸看她，没想到她会直接问这个问题，甚至越过了对他的判定。她果然早就预感到了他是谁吧……毕竟是曾朝夕相处的人，她只是怕面对而已。

然而这却又是最难的一个问题，他可以直接承认他就是朱子，但是他无法应付接下来的这个势必会出现的问题。

因为知道那个答案对阿绯来说，举足轻重，甚至真的事关生死。

"你说啊。"阿绯望着他，想从这张脸上看出破绽来，但是脸是祯雪的脸，容貌上毫无可挑剔之处，甚至因为看得太久，几乎有些陌生了，她垂死挣扎似的开口，"皇叔呢，我想见皇叔。"

祯雪，也就是朱子，在这一刻，他其实可以撒一个谎，只要他愿意，他可以编造许多天衣无缝的谎言出来，暂时将这个僵局应付过去，可是他却不知道，再

78

等下一个机会会是多久，其中更有多少变数，而时机，会不会比现在更差。

所谓，长痛不如短痛。朱子握住阿绯的双手："你以为，我为什么会在这里？这是皇叔临去之前所托付的。"

阿绯的脸色在夜色之中陡然惨白起来："临……去？"

朱子心头一震，他手中的阿绯的手，冰凉一团，像是握着一团冰，他的目光变幻，忽然对自己的决心不确定起来："当年、事变之后，皇叔一直卧床不起，身子日差，他自知好不了的，自你回来后，皇叔见你情绪不稳，怕自己有个三长两短后，连累你也受不住，故而让我假扮是他……"

"那皇叔呢？"阿绯仍旧瞪着眼睛问。临去，这个词有很多解释的法子。

本来朱子是要把那个结局说出来的，虽然残忍，但可以让人清醒，然而就在望着阿绯双眼的瞬间，朱子忽然决定，要选择另一个法子。

朱子慢慢说道："皇叔身子不大好，已经无法撑下去，正好那时候京内来了一位云游四方的道人，为皇叔诊脉之后也觉无法，但他却跟皇叔说海外有座岛，那里的医术十分高明，所以由几个亲信陪同，乘船出海了。"

"出……海？"阿绯跟着念了声，声音飘渺，"皇叔……出海了？扔下这所有，包括我……"

"皇叔也是迫不得已，"朱子见她神情平静，又道，"当时是事不宜迟，多耽搁一刻就多一分性命之忧，皇叔更怕你见他熬着病体难免难受，……他，是为了你好。"到目前为止，朱子的解释仍旧是天衣无缝的。

就算这解释是在最后关头才改了口冒出来的。

阿绯看看朱子："你……"

朱子无言以对，只等她发话。阿绯想了想："那个岛叫什么名字？道人叫什么名字？"

朱子说道："你想干什么？那岛的所在无人知晓，皇叔也是因为那道人领路才能去的……那道士也是行踪诡谲莫测，听人称呼他为'太玄道者'，至于岛屿，他们都只说是神仙岛，或许是戏称罢了。"

"皇叔就信了？"

"因为皇叔那几日本来撑不下去了……"朱子望着阿绯的脸，见她露出担忧的表情，心里一宽，又接着说道，"那道士出现后，也不知用什么法子，才让皇叔的身子又好转了些,而且这道士在江湖里是很有名声的高人前辈,于是大家才信他的。"

阿绯思忖了会儿,心虽然仍旧噗通噗通在跳,可是好歹还是控制得住的。

"皇叔为什么这么信任你?"

"因为……"朱子笑了笑,"当初我在京城的时候皇叔就对我很是照料,而且他知道,我其实跟他一样……"

"一样什么?"

"一样都是想要好好地保护一个人,对她好,不让她难受落泪的。"

他的声音十分温柔情深,阿绯自然知道他所说的"一个人"是谁,但这实在不是个好时机,阿绯顾不上想别的,说道:"可是你是南溟的人,皇叔那么看重大启,怎么会容你代替他?"

朱子说道:"第一,我有这个能耐,第二,皇叔允我暂代他的身份,也是有条件的,他逼我起过誓。"

阿绯见他表情真诚,但是这张脸是祯雪的脸,她似是而非地看了会儿,竟然无法面对,就低头问:"什么誓?"

朱子说道:"皇叔逼我以南溟的炎龙之神起誓,不能引发天下刀兵,不能乱了大启,不能滥杀无辜,既然代了他的身份,就应付出代价。"

阿绯呆呆地看着他的眼睛,想从里头看出宋守的影子来:"那你都答应了?"

朱子点头:"大启跟你,都是皇叔心里最重要的,我都会替他守着。"

阿绯问:"你不是要报仇吗?不要复国了?"

朱子微笑:"我没有说过不要复国,报仇的话,傅清明已经死了,而复国的事,我也正在着手,但不是以战争的手段。"

阿绯点点头,很快明白过来:"你说的也对,如今你就是皇叔了,傅清明又不在,皇兄肯定很听你的话,你如果要扶持南溟……又有谁会说不?"

"其实也的确有些人不喜欢的,但事情要慢慢来,"朱子轻声说道,"阿绯,过去的都过去了,以后……"

阿绯却忽然又抬头看他:"那么,对付傅清明的事,是你的主意,不是皇叔的主意?"

朱子沉默片刻,说道:"是我的主意,傅清明跟我南溟有血海深仇,我容不得他。皇叔当初对我所提的条件里并没有特意说及傅清明，皇叔自己也明白，我跟傅清明两个之间，是不死不休的，而且倘若我不对他下手，他迟早也会看出不妥，到时候，恐怕我自身也难保了。"

阿绯问："他去剿灭南溟，是父皇的主意，你为什么单单恨上了他？"

朱子复又沉默，过了会儿才又开口，声音有些萧瑟寒意："你一定会记得向你挥刀刀上滴血的人，恨意甚至超过了指使他的人，若不是傅清明，恐怕没有人能够攻灭南溟，故而我不恨他去恨谁，何况你父皇，他也……"

阿绯觉得他要说她的父皇已经死了，自然不用再去多恨，果真，如此一来傅清明就首当其冲了。阿绯心里还有一个谜团，萦绕不去："皇叔的身体先前很好，为什么忽然之间就病得那么严重了？"

朱子道："傅清明没跟你说过吗，皇叔是受了伤的……"

"怎么伤的？"阿绯冲口问道，这件事傅清明的确跟她说过，然而她不是十分的相信而已。

"是在乱战中给一些叛军伤到了……"朱子神情如若，语气带些安抚，"放心吧，或许这会儿皇叔到了那神仙岛，身体也大有起色……迟早有一日会回来看你的，他临去之前，也是这样说的。"

阿绯听完他最后一句，默然转开目光，直直地望着虚空，眼睛里像是蒙了一层雾一样朦朦胧胧的，朱子心头一紧："阿绯……你听明白了吗？"

阿绯像是才反应过来，重看向朱子："是……吗？皇叔会回来看我啊……"

## 第六章

## 只是孩子

"他当然不会回来了。"

就在阿绯质问朱子的同时,就在王府的花园里,响起一个幽幽的声音。

风蝶梦望着面前的无患子跟红绫女,狰狞诡异的脸上,双眸中泛出异样的光芒:"我早该知道,朱子是骗我的,他不会回来了……"

这一刻,就好像是个风烛残年的老人一样,风蝶梦的声音里透着颤抖的苍凉,每一个字,都好像饱含着悲怆一样。

红绫女跟无患子两人面面相觑,却动弹不得,想当年纵横南溟风华绝代的护教圣女风蝶梦,纵然变成如今这副模样,但她的身手却仍旧不容小觑,甚至无人能及,就在电光火石之间便将两人制住,两个人几乎没有还手的机会,就已经被点了穴道。红绫女望着无患子,脸上带着怒意,气得声音都变得尖利:"你为什么要跟她说?朱子如果知道,不会轻饶我们的。"

无患子叹了口气:"我总不能眼睁睁地看她在你脸上划出几道来。"

"那又有什么?你这蠢货!"红绫女咬牙切齿地道,"脸毁了又怎么样,总好过背叛朱子!"

无患子默然不再说话,风蝶梦听了两人的对话,忍不住轻轻地又笑了声,笑声依旧带着几分苍凉："不解风情的小姑娘，这就是你对他的回报吗？"

红绫女怒视着她："你到底想怎么样？你想对朱子不利吗？不要忘记你也是南溟的人！为了一个异族人寻死觅活的，我瞧不起你！"

无患子见她当面怒斥风蝶梦，暗中捏了一把汗："红绫！"

红绫女却并不惧怕："我说的不过是实话，南溟遗民每天都想着该怎么复国，她有一身武功，是我们南溟顶尖的好手，却因为喜欢上慕容祯雪，才弄得这样人不人鬼不鬼的模样！怎么，她能做出来，我就不能说吗？"

无患子无奈地叹息了声："算了。"

风蝶梦默默听着两人对话，并不动怒："我是爱上慕容祯雪，又怎么样，我不过是爱上了一个男人而已，跟你爱上他有什么两样。"

红绫女呆了呆，然后嫌恶地看向无患子："谁说我爱上他了？"

风蝶梦沙哑着嗓子嘎嘎地笑了两声："对，对，你不是爱上他，你是爱上了朱子，但是你有没有发觉，你的爱跟我一样，都没有什么指望，我们所爱的男人都不爱我们，而且注定一辈子都不会对我们动心，因为他们……"

她缓缓地说着，像是个穷途末路的老人在诉说什么无奈而苍凉的过往，红绫女本来极为生气，然而听到风蝶梦的声音，心中却不由得跟着产生一种悲伤的情绪。她的双眉皱起，眼中慢慢地涌出泪来："是啊……你说的对，因为他们所爱的只有她……是她！"她的情绪变化很快，前一刻还充满感伤，说到最后两个字，却又转为愤怒。无患子在旁边看着两人，心中暗惊。

风蝶梦低低嘶哑地笑了两声："乖孩子，恨她吗，想要她死吗？她是谁？"

无患子身子一震："红绫！不要再说了！"

红绫女原本极为愤怒，风蝶梦的声音里像是有一种奇特的能力，诱使她把心底的那点不忿给倾泻出来，听了无患子的声音才变了脸色，急忙住口。

风蝶梦挑眉，轻描淡写地看了无患子一眼，沉吟："朱子跟祯雪所爱的人吗？都是她？"

红绫女跟无患子两人听着她沙哑的声音，忍不住有些不寒而栗。风蝶梦想了会儿，脸色变得很奇异："祯雪从来不近女色，我恨他对我无情，故而发誓要杀死所有他爱着的人，然后不久，我就听说他宠爱了一个下贱的王府丫头……"

红绫女听她忽然说起这些没相干的，眼神一时迷惘。风蝶梦说道："我只以为他是故意做给我看的……然而，他是那样温和的性情，我从来没有见过那样温柔的男人……"说到祯雪的时候，风蝶梦的声音总会变得软和起来，带着一股无害的甜蜜感，听得红绫女又是害怕，又是有些异样的心酸：这个疯疯癫癫的女人，是真的爱着慕容祯雪，就算他欺骗了她，就算他从头到尾对她只有厌憎。

"我想不通祯雪为什么会忽然喜欢上那样下贱的丫头……可是我哪里会放过她，我在王府内潜伏了九个月，终于给我找到一个机会，那贱丫头跟她肚子里的贱种终究逃不过我的手掌心……"

红绫女听到这里，双眉就极快地一皱。风蝶梦转头看她，脸色阴恻恻的："你为什么皱眉？"

红绫女见她居然留意到自己那么细微的神情，心中一惊。便不回答。风蝶梦说道："你是不赞同我的手法吗？假如……朱子他跟另外的女人有了孩子，你会怎么做？"

红绫女心头一痛："不要把朱子跟别的男人比较！"

风蝶梦直勾勾地看着她："不要逃避，朱子喜欢的是那个天真无知的小公主慕容绯，只要他愿意，迟早会跟那丫头做一对的，不是吗？"

"不会的！"红绫女竟脱口而出。

风蝶梦仰头一笑，笑得浑身破衣烂衫也跟着颤抖："怎么不会？到时候你看着他移情别恋的模样，看着他疼爱那个小公主，你或许也会跟我一样，心里难受到……恨不得杀了他们……"

红绫女竟无法再听下去，急忙低头："我不会的！我……"她的眼神几度变换，望着地上风蝶梦那孤单诡异的影子，心中莫名地生出一丝伤感来，"前辈，你不用再枉费心机了，我是不会受你挑拨的，我……我绝对不会像你一样。"

"像我一样？"

"祯王爷不仅不爱你，反而对你避如蛇蝎，我不会让自己堕落到这个份上，也绝不会让朱子厌恶我，"红绫女低低说着，发誓似的，"就算他跟慕容绯成了亲，也有了个孩子，就算是这样，我也会忍下来，因为我爱他，不想让他厌恶我！"

风蝶梦身子微微颤抖，无患子心中轻轻地叹息了声，听着心爱的女人说着对别的男人的倾慕爱恋的话，哪个男人也不会好过。

红绫女说完，脸上竟生出一丝欢喜来："是的，是这样……我不会像你一样……"风蝶梦却垂着头，看着地面，仿佛在出神，任凭红绫女自言自语，最后她终于又开口，说的却是："你方才说'就算他跟慕容绯成了亲，也有了个孩子'？"

红绫女跟无患子双双一怔，风蝶梦缓缓地抬头："祯雪的孩子……不是已经被我害死了吗？你说的'也有了个孩子'，是什么意思？"

红绫女身子抖动，知道自己无意中说错了话，然而风蝶梦实在太过厉害了，这样细微的瑕疵都给她听了出来。无患子急忙说道："她就是说那个死去的孩子……"风蝶梦冷冷地看他一眼，默不作声，红绫女跟无患子对视一眼，彼此都看出对方眼中那焦灼之色。

风蝶梦背着手，月光下，她的身影像是一尊雕像，又像是一个架放田野中的稻草人而已，却给人一种逼人的肃杀之意。

"不对……"风蝶梦喃喃说了一句，"不对……我一直都觉得哪里有些不对，现在……终于知道了……"

红绫女忍不住咽了口唾沫，风蝶梦转头看她："那个孩子……"

红绫女若是能动，这会儿定然会往后退，风蝶梦望着她的脸："那个孩子……"

红绫女跟无患子两个人心跳都要停了，风蝶梦的声音缓慢艰涩："你先前说，朱子跟祯雪所爱的只有一个人，而祯雪，除了那两个被我杀了的贱人，从来没有见他跟别的女人好过，但是看你的意思，明明那个女人还在，而且，朱子也喜欢她。"

红绫女身子不可遏制地抖起来，忍不住叫道："不是！我没有这么说！"

"欲盖弥彰只会让答案更加明显……"风蝶梦冷冷地，继续说道，"丫头，那个孩子，是谁？"

红绫女打定了主意就算是死也不要回答，风蝶梦抬手，手指上的指甲如匕首一样锋利，比在红绫女的脸上，回头看向无患子："那么，你来代替她说吧。"

无患子脸色变了变，却也说道："前辈，得饶人处且饶人，而且如你所说，事情都过去了，如今还纠缠这些，可有意思？"

风蝶梦看看他，又看看红绫女："其实你们不说，我就不知道了吗？我只是……没有想到……我没有想到……"

她说了几句，夜风之中忽然传来淡淡的笛声，风蝶梦手势一僵，转开头去："小南音？既然来了，何必藏头露尾？"

月光之下，花树丛中出现一道飘忽的影子，赤着的单脚着地，嘴边上横着一支笛子，轻轻地吹了两声。

风蝶梦冷笑："你以为向朱子报了信我就怕了吗？"

小南音横着笛子，看一眼无患子，又看一眼风蝶梦，连续吹了两声，清亮的笛音在夜空中飘过，本来并没有实体的笛声就仿佛成形了一样，风蝶梦双眸眯起："你的功力虽然比之前精进许多，在我眼里却不过如此，……凭你也敢在我面前班门弄斧？"小南音站着不动，那边上红绫女跟无患子却双双一跃而起！

风蝶梦轻轻一笑："原来你是在替他们解穴，然而就算是你们三个联手，又奈我何？"她孤零零一人，模样颓废，仿佛风一吹就会倒下似的，对方却是三人，实力仿佛极为悬殊，然而风蝶梦这沙哑无力似的一句，在场的三个南溟遗民中的顶尖好手，却无一人轻视小觑她分毫。

红绫女怒道："风蝶梦，你不要冥顽不灵，先叛出了南溟，怎么，现在又想要对南溟遗民下手了吗？"

红绫女心中十分愤怒，她和无患子被风蝶梦威逼引诱，说了好些不能说的话，心中暗暗着急，恨不得立刻将风蝶梦杀了，免得给朱子知道。

然而风蝶梦自然也是个再精明不过的人物，见她满脸怒色，就明白她心中所想，微微冷笑："丫头，别急……该来的始终会来的。"

红绫女心中一怔，无患子跟小南音身形往两边闪开，她才恍然惊觉，急忙跟着退开，三人低头行礼，自他们身后，有一人，月白色袍子，缓步而出，月光下，头发披散随风飘拂，仿佛仙人。

风蝶梦原本气场诡异，见了这人出现，眼中却透出又悲悯又痛苦的表情来，也跟着低了头："见过朱子。"

朱子冷冷清清地望着风蝶梦："先前听你说他们奈何不了你，那我呢？"

纵然风蝶梦嚣张无情，这一刻却仍不敢造次，只默然说道："我虽然是南溟的叛臣，却仍不敢跟朱子对手。"

朱子说道："那你今夜擒住他们，是想如何？"

风蝶梦默默说道："朱子恕罪，我……只是想要知道一些真相，比如……"

朱子不等她说完，就道："风蝶梦，你错已经错过了，莫非还要一错再错吗？"

风蝶梦身子一抖，默然无语。朱子说道："你先是为了祯雪背叛我国，却惹得祯雪一生畏你恨你，现在又要为他再度决裂不成？你自己也知道，你就算是再纠缠，同样都是无用的。"

风蝶梦安静地听着，听到这里，便笑了声，笑声却有些凄厉，让人闻之也跟着心酸，风蝶梦轻声说道："是吗……"

朱子说道："我先前许了你，只要不去生事，等南溟复国后，便替你平反叛国的名头……你在南溟，也还是有些家人亲属的，难道就不想念他们？不为他们着想？他们为了你……吃了多少苦，受了多少族人的排挤，你莫非，丝毫都不在意吗？"

风蝶梦低着头，眼中却见了泪："我已经是犯了最大的错，现在，还能怎样。"

朱子说道："你听我一言，便回头是岸。"

风蝶梦又轻笑了两声，忽然间喃喃模糊地说了句话。

朱子皱眉："什么？"

风蝶梦说道："朱子，你说得轻巧，但你却不知，你跟我一样在犯同样的错。"

朱子肩头一抖，旁边红绫女变色说道："你住口！"

"天与化工知，赐得衣裳总是……好一首……"风蝶梦却果真没有说下去，没头没脑地念了一句，忽然又道："我现在才明白……可笑我爱他恨他一生，到现在才明白他心中真正所想……"

红绫女还要再说，朱子一抬手，她便往后退下。风蝶梦摇了摇头，转过身去，月光之下，她的身影往前，宛如一道模糊不清的影子，极快地消失不见了。

那一夜，阿绯的耳畔都是清亮的笛声。

笛声将她带回了从前，就在傅清明大胜回归，祯雪出城相迎的时候，她跑去见祯雪，风把她的裙子吹得飞起来，阿绯跑得很快，感觉自己也像是要飞起来一样，她得意地笑了起来，笑声在蓝蓝的天空回荡。然后她看见了祯雪，也看到了傅清明，她欢呼大叫着冲过去，祯雪一把将她抱住：跑这么快，留神跌跤了会哭!

而旁边的傅清明一直都看着她，阿绯被祯雪抱着，得意而骄傲地冲他扬起下巴，道：你跑去哪里了，怎么才回来？我可不理你了！

傅清明含笑躬身：殿下恕罪，是我的错，但我已经回来殿下身边了……

阿绯心里又欢喜又得意，却偏不理他，只将头转开去，望着头顶的艳阳偷偷地露出一个欢悦的笑脸来，大概是阳光太刺眼，竟弄得她双眼酸痛，阿绯眨了眨眼，便落下泪来。

幸好一切没变，幸好所有的还是如旧，皇叔……和……他。

"如果梦是真的那该多好啊。"

阿绯坐在白玉栏杆上，双腿在底下的湖面上乱动，抬头看看头顶的天空，总觉得跟昨晚上梦见的那幕场景很相似。

"或者要是永远不醒来该多好。"阿绯念叨了声，百无聊赖。

"哪里有永远不醒来的梦？"身边有人说，阿绯回头，望见一张意外的脸。她的身子晃了一下，差点从栏杆上掉下来："你怎么在这里？"

风蝶梦笑笑："我怎么不可以在这里？"

阿绯回头看看，不远处侍卫们仍旧安静地站着，阿绯便转回头来："难道你跟朱子约好了？"

风蝶梦望着她，从这张脸上，她依稀看出了祯雪的影子："也可以这么说。"

"哦，反正你们都是南溟的人，该好说话，"阿绯不以为然地，低头看着湖面，"那你不会为难我吧？"

风蝶梦抬手抚上栏杆："我为什么要为难你？"

"对啊……你没有理由为难我，"阿绯想了想，便也笑，"你喜欢的是皇叔嘛……"

风蝶梦听到那个称呼，如坚冰的一颗心便悸动了一下："你知道……他……现在……"

"朱子跟我说，皇叔去海外治病了。"阿绯眨了眨眼，眼神有些空茫。

"是吗，那，你可相信……"

"我相信啊，"阿绯点点头，"我想不到除了相信，我还能干什么。"

风蝶梦眉头微微一挑："你很喜欢祯雪？"

阿绯手握着栏杆，栏杆被太阳照得有些灼热，手心里都有些刺痛："是啊，我最喜欢皇叔了。从小，是他照顾我的，他是这个世上对我最好的人。"

风蝶梦看着她的脸："我有个问题，想要问你。"

"什么？"

"假如他不在了的话，你会怎么样？"

"啊？"

风蝶梦说道："你们汉人有一句话，叫做'梧桐相待老，鸳鸯会双死'，我一直不相信汉人的话，听起来总觉得虚伪。"

"你说错了，"阿绯扭头看她，"这句话是没错，可是我跟皇叔不是你说的鸳鸯。"

风蝶梦忍不住一笑，她的脸本就极丑，一下更如鬼怪一般狰狞："对了，你们不是鸳鸯，这倒是个很好的借口。"

阿绯似乎并不怕她的丑脸，仔仔细细看了会儿，问道："你为什么喜欢我皇叔？"

风蝶梦说道："因为……我也不知道，大概是从第一面见到的时候……"她本来不愿意提及这些温柔美好的往事，只想要把它们放在心里秘密埋藏着，在夜深人静的时候小心翼翼地捧出来回味，然而此刻……当着他最爱的人的面，风蝶梦说道，"那时候我中了毒，面目丑恶，所有人见了我都避之不及，他们的眼神中透出憎恶之色。你不知道我年轻的时候，是多美……所有人见了我都会爱上我，每天都有人对我说些甜言蜜语，但自从我的脸毁了后，那些对我说情话的人都不见了，他们的眼里除了厌恶，就是同情，那些都不是我需要的……却只有他，他看着我的眼睛，只有温和的悲悯，就好像是看着什么可怜的、值得去爱惜保护的东西……"

阿绯听着她略带沙哑的声音，说实话风蝶梦的声音并不悦耳，但是在阳光下，这样低缓的声音爬过，却有一种奇异的熨帖之力，让她的双眼发红："是啊，我知道，那就是皇叔……"他从来如此，当初在皇宫里捡到她，他不也是那样的吗？

奇怪的是，就在风蝶梦用回忆的语调说起她跟祯雪相遇的一幕之时，阿绯的眼前，却惊奇地出现某个人的脸，他站在祯雪的身旁，一双眼睛"不怀好意"地打量她，嘴里说什么"殿下末将"之类的鬼话。阿绯忽地觉得眼睛发热。

"所以才喜欢他吧，"身旁，风蝶梦叹了口气，"只可惜，他不喜欢我……从来都没有喜欢过我……或许他的心早就被另外的人占据了。"

阿绯挠了挠腮："是吗？"

风蝶梦问："你知道他最喜欢的人是谁吗？"

阿绯想了想："大概是我吧。"

风蝶梦没想到她居然会这么回答，隔了好长一段时间才重新开口："你……这么确定？"

阿绯眨了眨眼："是啊，因为我想不出其他的答案，总觉得皇叔该是最喜欢我的。"她嫣然一笑，又看风蝶梦，"其实我也容不下其他答案，我想不到皇叔喜欢别人的样子。"

"可是……"老辣如风蝶梦，这一刻却竟然有些语塞，"你不是说，你们不是鸳鸯吗……"

阿绯点了点头："当然啦，他是我皇叔，谁说这世上互相喜欢非得是一对儿呢？"

风蝶梦听了这句，沉思了会儿，便笑了起来："是啊，谁说这世上互相喜欢非得是一对儿呢，祯雪，祯雪……现在我才也知道，其实你跟我……是一样的。"

阿绯问道："什么一样？"

风蝶梦看了看她，缩在袖子里的手指动了动，最终却又慢慢地握了回去："没……什么。"

她转过身要走。身后却传来阿绯的声音："喂！"

风蝶梦站住脚："何事？"

阿绯扭头看她，问道："你先前说，假如皇叔不在了，我会怎么样哦？"

风蝶梦回头看她一眼："是啊。"

阿绯冲她一笑，笑容极明媚，她伸手撩一撩鬓角散落的头发："那我跟你说吧……其实这个，我同样也不敢去想，连想一想也不敢的。"

风蝶梦看了看她，坐在栏杆上的小公主，随风勾着双腿，悠闲自在的模样，她是该被捧在掌心上的……被所有人呵护着，祯雪，朱子，傅清明……或者更多人。何必去打扰她的生活，何必去惊醒她的美梦。

毕竟她是那个人……平生最爱的……风蝶梦慢慢回过身，迈步又走，然而她刚走了两步，就听到身后"噗通"一声。

风蝶梦起初不以为意，反应过来后猛地回头，却惊见身后的栏杆上空空如也，只有蓝天白云下雕花的栏杆，映着栏杆下碧蓝色的湖水，湖面上荡出一圈一圈的縠纹，不停地往远处绵延开去。其实会双死的，不仅仅是鸳鸯。

那一刹看着荡向远处的波纹，风蝶梦忽然知道：其实小公主心里早也明白了祯雪到底如何，只是她不愿去信，或许她所想要的，是关于祯雪的更好的结局而已。

风蝶梦看着那逐渐平静下来的湖面怔了会儿，忽然迈步往栏杆旁冲去，然而有一道人影却比她更快，在她定神之前，那人已经飞身跃入湖中去了。

阿绯纵身从栏杆上跃下去，这会儿她像是真的飞起来一样，在张开双臂扑向那碧蓝色的刹那，她的耳畔又响起那种欢快的笑声，绵延无际似的在耳畔荡漾。就在那泪即将夺眶而出的瞬间，湖水淹没了她的脸，阿绯张开双手，像是个要飞的姿势，却一动不动。湖水浸没她的眼睛，头发，阿绯在湖水中浮浮沉沉了一会儿，就缓缓地往下坠去。她感觉自己的泪被湖水淹没，这倒好，她尝不到那种泪的滋味了，就好像这纵身一跳，也把所有不安的情绪苦涩的泪都给阻住了。

眼前一片模糊，阿绯挥了挥手，然后身体就像是定住在虚空里一样往下沉落，一直到湖面的水被破开，有人一跃落水，极快地往她的方向冲来。

阿绯觉得有一只手牵住了自己的，将她往上拉去，她想看看是谁，眼皮却很沉重，只好身不由己地被拉着往上。那人将阿绯抱入怀中，身子破水而出，跃至栏杆内侧，半跪了一条腿，手捏住阿绯的脸，连唤数声："阿绯，阿绯！"

阿绯在光影闪烁里仿佛看到祯雪的脸，衬着头顶的晴空是那么的好看，阿绯想笑一笑，浑身却丝毫力气都没有，就好像湖里的水都贴在她身上，压得她喘不过气，睁不开眼。

阿绯醒来的时候，听到身边两个人在争执，一个说："好端端地怎么会掉进湖里去，公主真是不乖。"另一个无声，只胡乱比画。

阿绯听出先前那声音是南乡的，她心头一动，就坐起来。

床前的果真是南乡跟连昇，见阿绯起身，脸上都露出松了口气的表情，南乡就说："你怎么那么不留神，居然落水！幸好皇叔及时将你救上来了，不然的话，你就死定了！"

阿绯直直地看着他，然后抬手揪住小家伙的衣裳，用力将他拉上床来，南乡大吃一惊："你干什么？我就说说，不许打人！"谁知道阿绯用力一抱，就将他抱入怀中。——这是，祯雪的孩子，皇叔的孩子！

南乡很是意外，本来以为阿绯要打自己屁股，没想到却被抱住，这一惊却比被打屁股还要厉害："你怎么啦！是不是被水淹迷糊了……六哥！"扭头看着连昇，可怜巴巴地求救。

连昇也正吃惊，然而望着阿绯的表情，就冲南乡摇摇头，南乡跟他一块儿玩的，当下明白连昇心意，于是就也不叫了。

阿绯用力抱了一会儿南乡，心里的难受渐渐地缓和了些，当下深吸一口气，把南乡放开。南乡坐在她旁边，斜眼看她："你到底怎么啦？怪怪的。"

阿绯强打精神："我看你比之前胖了没有，果然是，我都快抱不动你了。"

南乡的小脸红了一红："我干嘛要你抱？我很快就长大了，跟六哥一块儿上战场去！"

阿绯嗤之以鼻："那有得等了。"

南乡却又垂了头："我也想快点大起来，就算不上战场，先去虢北看看爹也行啊。"

阿绯这才想起来，南乡心里头还以为傅清明是他父亲。阿绯一时不知道说什么好，南乡却又抬头看她："公主，皇叔最疼你了，你跟皇叔求一求，我们去虢北找我爹好不好？"

阿绯张口结舌，连昇见状，就拉了一把南乡，向阿绯比了个手势。

阿绯定了定神，便笑："没事，我在湖边玩，一不留神就掉下去了。你们可别像我一样，以后离水边远点。"

连昇半信半疑地望着她，南乡便露出不屑的表情："那是因为你笨手笨脚的，我跟六哥才不会呢！"

他们在里头说着，外间，朱子静静地站在门边上，听着阿绯谈笑风生的，心里却极沉重。

阿绯跟南乡连昇吃了中饭，依旧睡了个午觉，窗外蝉唱阵阵，阿绯看着身边儿的南乡，仔细看，能从小孩儿的眉眼之中看出几分祯雪的影子来。

阿绯看了会儿，心中却毫无睡意，脑中不停地有东西窜过，闹得她毫无消停，正想闭上眼睛歇会儿，却见南乡皱了眉，嘴里念叨了一句："爹！我要去看……"声音又渐渐小了下去。

阿绯见南乡说了梦话，静了会儿，便向南乡身边靠了靠，南乡毫无知觉，阿绯探手握住他的小手，南乡嘴唇动了几下，才停下来，沉沉睡去。

忽忽悠悠一天将过，傍晚上，宫女来把连昇跟南乡带走，两人离开不久，朱子就也来了。

阿绯正坐在榻上发呆，仰头看着天空那轮月亮，今天不知是初几，月亮极瘦，却很亮，旁边点缀几颗小小星星，不太打眼。阿绯忽然想到曾经在雀山的时候，这一幕似曾相识，当时是傅清明在自己身边儿，抱着她看月亮，只是那时候的月亮是圆的，像是吃撑了似的，但是很快……就变成现在这模样了。

朱子挥退宫女，缓步走到榻前，轻轻落座，转头看发呆的阿绯："秋夜了，天气凉，窗户别开太久。"

阿绯摇头："我不觉得凉。"身子跟心已经凉透了，就也没觉得还有什么其他冷的了。

朱子叹了口气，靠近过去，握住她的手，果然觉得小手极冷，他想了想白日里那一场惊险，忍不住沉声道："以后不要再做那种糊涂事了。"

阿绯转头看他："你是指什么？"

朱子对上她清亮的眸子，索性将她抱入怀中。阿绯明知道他是朱子迦生，是宋守，但是他却顶着一张祯雪的脸，这一刻，就像极了先前她受了委屈，祯雪安抚她的情形。

"你该好好的，"朱子抱着阿绯，思忖着慢慢说道，"这是皇叔的心愿，你不是最听他的话吗。"

阿绯闭着眼睛，听了这话又张开，仔仔细细把朱子的脸看了一遍。朱子垂眸对上她的眼神，一时皱了皱眉："怎么了？"

"别说话，"阿绯抬手，堵住他的嘴唇，只看着他的脸，"一说话就不像了。"

朱子心中转了几转，才把这句话的意思想了个明白："阿绯！"

阿绯望着他："怎么了，你生气了？皇叔从不对我生气。"

"我不是你的皇叔。"他真有几分生气，却也有几分无奈。

"不，你就是！"阿绯赌气似的，"就是就是！"

朱子皱紧了眉，心中无端端生出一股火来："还记得在妙村的时候我是怎么唤你，你又是怎么叫我的吗？"

阿绯的身子抖了抖，略微瑟缩了一下："不……不记得了。"

朱子看着她缩起身子的模样，偏凑近了过去，轻声道："你记得的，就算是你不记得，我也会让你想起来，我叫你……'娘子'。"他刻意靠近她耳畔，暧昧而低声地唤她。

阿绯像是被捅了一刀一样，身子猛地颤抖了一下："住口，我不要听！"

朱子搂紧了她，不让她离开："娘子……你不是叫我'相公'的吗？"

阿绯竭力挣扎起来："胡说，你胡说，你不是！你不是！"

朱子咬了咬唇，一手揽着她的腰，一手握住她的脸："我为什么不是？我们做了三年的夫妻，没有人比我跟你更亲密，皇叔不行，傅清明也不行！娘子……你说是不是？"

阿绯被逼着睁开眼睛看向朱子，闻言抬手，一巴掌打向他的脸上，手掌将落在朱子脸上的时候却又停下："你、你……你别逼我！"面对祯雪的脸，她下不了手！

"娘子，"朱子却仍唤着她，如许温柔，如果光听声音的话，宛如昨日，但是他的脸……"还记得你吃撑了，就这样躺在我怀中，让我替你按这里……"他的手落在她的腰间，顺着缓慢往上。

阿绯痛苦地闭上眼睛，终于叫道："别这样，别这样唤我，别用皇叔的脸做这种事！别这样！"她胡乱推开他的手，翻身想要逃开。

朱子望着她起身，他坐在原地不动，却极快地探手，握住阿绯的手腕将她拉了回来，阿绯重新跌入他的怀中，朱子凝视着她的脸："不管我是什么容貌，不管我是什么身份，我只想让你知道……我始终是喜欢着你的，过去是质子的时候是，后来带你离开的时候也是，就算是现在回来了，还是！你难道不知道吗？"

当初他趁乱将她带出皇宫，不惜一切地离开宫廷离开京城，远远地躲在那个无人知晓的小山村里。

其实有些事情他是不会的，但是他逼着自己去学去会，一切都是为了她。

他就像是偷到了别人宝贝的小偷，虽然知道那宝贝或许是短暂的停留，他还是小心翼翼不敢有丝毫怠慢地呵护，维护着自己小小的眼中快乐。他什么都做到了，为了她，为了保持那种他偷来的生活，他甚至跟找到他踪迹的红绫女做交易……只要她别再为难他们，让他再多过一年、一个月，甚至一天！只要跟她在一起，他宁肯不去想南溟的复国之梦，宁肯不去想那些惨痛的灭国经历！可是为什么……有人偏偏不让他好过。

可是为什么，从过去，到现在，他的心意……注定了被辜负！

朱子望着怀中的阿绯，如果可以付出任何代价，他可以付出任何代价，只求老天让他跟阿绯再回到妙村的那段时光里。

她娇憨天真地在他怀中纠缠，他如这尘世间疼爱妻子的平凡丈夫一般，疼爱呵护着她。

朱子眼中泪光闪烁，他的脸是祯雪的，但是眼泪却是朱子的，心意也是他朱子迦生的。朱子抱住阿绯，把心里的一句话放在她的面前："我是爱你的啊……你知不知道。"他轻轻地低头，颤抖的双唇印上她的唇。

## 第七章

## 神魂颠倒

这种感觉似熟悉似陌生，闭上眼睛不看他，就好像又回到了妙村，她是他那个没羞没臊的小娘子，窝在他的怀中撒娇撒痴，为所欲为，他是她无所不能的五好相公，任凭她为所欲为任性娇纵，就算是今夜的夜色都一如从前，朦朦胧胧，银纱似的洒落窗前。

朱子抬手，轻解她的衣衫，三年的忍耐加上这一年的等候煎熬着他，让他无法再镇定如平常，他等了实在太久太久，如今不愿意再等片刻！而手指不听使唤似的，滑来滑去，最简单的系带都解不开。

阿绯有些喘不过气来，眼泪却像是呼吸一样涌了出来，她不敢睁开眼睛，这一幕如此难堪，心中知道面对的人是朱子迦生，但眼前所见，却是祯雪的脸。

他吮着她的唇不放，舌尖勾缠，像是要吃了她似的，迫不及待而凶猛地，阿绯的手抵在他胸前，却无法阻挡，他的身体也压过来，将她压在底下，泰山压顶似的，阿绯在喉咙里呜咽两声，双腿挣动，却反而让他乘虚而入。

朱子狠狠地吻了一阵儿才停下来，他的脸已经微微发红，显然情动，双眸望着阿绯，手在她的脸上轻轻抚过："知道先前我为什么没有跟你行夫妻之礼吗？"

阿绯张着口喘气，又惊又怕，顾不上回答他的话，何况也不知道。朱子温柔地看着她："因为当时我在你身上中了蛊，那段时间内你不能大喜大悲，身子也得好生养着，不然的话蛊虫作乱，你会受不了，所以我才一直忍耐着。"

阿绯怔怔地看着他，这是祯雪，还是朱子？抑或者两者都是？

"为什么……"她的脑中浮现一个长久以来的疑问，忽然间又在这一刻冒出来。

朱子宠爱地看着她："什么为什么？"

阿绯问："为什么给我下蛊？"

朱子的目光略微一变，然后仍旧微笑着说："因为之前你受了伤，我用蛊虫给你疗伤……"

阿绯盯着他的眼睛，分不清真假。

"我那时是逼于无奈，但是现在好了……"朱子一笑，是啊，现在好了，劲敌已去，没有什么再苦心去隐藏的，何况阿绯的身体也不适合再下蛊，"你放心，以后我不会再给你种蛊了，傅清明多事，带你去了那个什么小桃源，那个了凡师太倒是有些门道的，她给你吃了一颗药丸，差点儿坏了我的蛊……但是现在已经安然无恙了，幸好无恙了……"

庆幸似的，忍不住又轻吻她的头发："阿绯，娘子，以后我们就好好的好么？就好像仍旧在妙村一样……什么也没有变……我会对你很好，很好的……"

"真的对我好吗？"阿绯问道。

"我对你不好吗？"朱子轻笑着，抚摸她的脸颊，身体，"我只是……等了太久……"

"如果真的对我好，就不要强迫我做这个。"阿绯忽然说。

朱子一怔，阿绯望着他，鼓足勇气才能面对这张脸："先前傅清明总是强迫我做这件事，我不喜欢，我不想要你也这样。"

"啊……"朱子大为意外。傅清明对阿绯所做的那些，朱子是知情的，也知道阿绯因此而恨上了傅清明，现在轮到他，却才知道傅清明原来也不容易。

朱子一时苦笑："我……怎么会跟他一样……"他的意思其实并不是就要罢手，阿绯却道："那么就不要强迫我，不然我会恨你的。"

这个威胁，幼稚，却很有效。朱子望向阿绯：他不想自己变成第二个傅清明，他也明白阿绯不会只是说说而已，就像是先前面对傅清明，她可以忍，忍受所有，但是到最后……傅清明还是得付出代价。

"你……"朱子有些无奈，又觉得苦恼。

阿绯往旁边爬开一些去："男人都是一样的，只有皇叔对我好。"她揣着眼，像是要哭的样子。

朱子彻底呆住："娘子……"他心中犹豫，最终将阿绯拉回来，仍旧抱住，"你、你别这样……大不了我……不强迫你就是了。"

阿绯松开眼睛："真的？"

朱子本来以为她是装哭，没想到她的眼中真的带着泪光点点，朱子愕然，然后便彻底投降："真的，反正我之前都忍了那么多次，你放心吧……但是你不要逃，更不要再做傻事，就像是在妙村一样，仍旧乖乖地留在我身边，知道吗？"

"只要你别强迫我，我就答应你。"阿绯看似很乖顺地点头。

朱子心中百感交集，搂着娇小的人，在她脸上亲了几下："你让我怎么是好……可是……既然是你的愿望，我也只能甘之如饴罢了。"

阿绯听了这句话，忍不住抬头看了一眼朱子，眨了眨眼，她抓着他的衣襟，将脸贴在他的胸口："你如果真的对我好，我心里是知道的。"

这句，却是十足的真心话。

朱子轻轻地叹了一声，摸着阿绯光滑的长发，低低说道："小傻瓜，天底下，我唯一不肯辜负的是你，若我不是真心的对你好，此刻，便有千万种法子让你从我……你又怎会知道？"

后几日，朱子白日忙于政事，他原本就是帝王之后，又聪慧过人，处理起那些朝堂上的事得心应手，不在话下，又连连推行了两道仁政法令，因为大启的朝堂格局虽然已经风云变幻，但对大启的百姓们来说，毫无影响之余日子反而更好了些。在下了头一场的秋霜之后，皇帝颁发法令，敕封祯王爷为摄政王爷。

消息一经传出，竟然举国欢庆。

阿绯多半时间都在王府里，偶尔入宫看看，此刻宫中情形已经比上次大有不同，唐妙棋也不再是刚进宫的小小秀女，在祯雪被敕封摄政王后，很快唐姑娘也被封为昭仪，已经开始有人暗中巴结这位宫中新起之秀。

阿绯冷眼旁观，见唐姑娘在宫中混得异常顺利，虽然得宠，但上下却安抚得很好，就连皇后也并不十分针对她，可见唐某人的确挺会做人。

这大启上下，不肯买账，让七窍玲珑的唐姑娘吃到钉子的头一人，恐怕就只是光锦公主了。而奇怪的是，不知道是不是因为经历了宫内的历练，唐妙棋在见到阿绯的时候，毫无昔日的阳奉阴违，也丝毫不露狐狸尾巴，始终都是客客气气，循规蹈矩。

阿绯本就是个敌不犯我我不理会的性子，见唐妙棋对自己很是恭敬，且宫内又是安安稳稳的，自然也不去为难她。于此，皆是相安无事。

唯一让阿绯觉得不安的是，她住在王府的时候，白天倒还好说，但若是晚间，朱子便会来跟她同睡。

虽然他答应了她，并没有就做什么，可是阿绯到底是无法彻底安心的……纵使每次朱子抱着她的时候，在经过最初的抵触后，心里竟也生出一种安稳的感觉，自然而然地呼呼大睡过去……一直到次日醒来才觉得有些懊悔。

阿绯自己也知道，如此并非长久之计，先前在妙村的时候碍于她身上的蛊虫。朱子可以忍，但是现在……他毕竟是一个正常的男人。

如果傅清明还好好的，阿绯自然可以借口去将军府住着，离开王府，但是现在，这个借口已经失效。于是阿绯进宫后，找了借口在宫内留了三天，顶多到了第四日，朱子便会接她回去。

虽然表面上并未流露出什么来，但阿绯感觉……王府里或许已经有人发现了朱子夜晚跟她同睡的事。

她自己知道这不是祯雪而是朱子，但是有些人不知道，虽然他们什么也没有做，但是谁会相信？何况他也并不是十分的安分，有时候吻得她昏头昏脑，几乎彻底晕过去。阿绯有些害怕，假如这样下去，不知哪一天，她也许真的就稀里糊涂地"从"了。

如果没有连昇跟南乡两个小家伙的陪伴，简直生无可恋，因此闷得无处可逃的阿绯，在听说方雪初来到王府的时候，迫不及待地跑出来跟他相见。

一别月余，方雪初却依旧还是那张冰雪冷清的脸，两边见了，方雪初上下打量了一番阿绯："殿下风采依旧，可喜，可贺。"嘴里虽然说着好听的话，声音却一点儿波澜也没有，直线似的扯出来。

阿绯跑到他跟前，不由分说握住他的手，想说什么，话到嘴边又咽下去。方雪初见她失态，又瞧她欲言又止的模样，便扫了一眼周围，才放低了音量："怎么了?"

阿绯也知道自己身边儿恐怕跟着许多人,明里头的宫女侍卫不算,暗地里必然也少不了许多朱子布下的眼线,阿绯眼睁睁地看着方雪初,只说:"你怎么才来看我?我以为你都把我忘了!"

方雪初听了这话,才笑了笑:"殿下说哪里话,王府又不是我们家,我哪里能说来就来,说走就走呢,这次来,也是先请示了王爷的。"

阿绯"哦"了声,不肯放他,生怕一撒手人就跑了似的,拉着方雪初走到亭子间里,对面坐了,才说:"你家里头可好?"

方雪初神色淡然:"一切安好,殿下记挂。殿下可好么?"

阿绯摇了摇头,又点点头,最后说道:"方石头,我好像做了一件错事。"

方雪初依旧波澜不惊:"殿下指的是什么?"

阿绯犹豫了会儿,望着方雪初的眼睛,忽然问:"你为什么来看我?"

"因为……"方雪初慢慢地说道,"我记挂殿下吧。"

阿绯问:"我听说你上次被你爹打了,是不是真的?"

"没关系,并没有狠手打死,养一养连疤痕都没留下。"

"方雪初,"阿绯咽了口唾沫,"你恨不恨我?"

方雪初摇头:"我从不为做过的事后悔,殿下也该如此。"

阿绯的手放在桌上,用力地抓了抓,然后她说:"我已经是对不住你啦,……那么,就让我再多欠你一些也行吧?"

方雪初直直地看着她,然后他仍旧用那种冷清的调子说道:"只要你愿意,我还有什么,你只管拿去。"

阿绯对上他的眼睛,然后她的眼中极快地涌出泪来,在眼泪冒出来之前,阿绯扑上前来,用力将方雪初抱住,她转头,狠狠地亲在他的脸颊上。

就在方雪初浑身僵硬的同时,他听到耳畔阿绯低声说道:"方雪初,救我出去……"

他一刻在天堂,一刻在地狱,均是拜她所赐,却甘之如饴,九死未悔。

先前在寺里头她扑到他的身上,是因为想要翻看他腿上被蛇咬留下的痕迹,然后他为她效力奔走,换来的是一顿唾骂跟毒打。现在她忽然又抱过来,果然也是别有所图,谁知道接下来他该面对的是什么?会不会是比毒打更加严重的刑罚或者……结果。

方雪初叹了口气：他认识的这个人，任性娇纵，从来就不是温柔可心的女子，对他的态度，也摆明是"无事不登三宝殿"，但奇怪的是，被她利用，方雪初觉得他并没有失去什么，反像是得了什么大便宜。

方侍郎慢慢地往外走，人还没有出王府，就看到对面而来的"祯王爷"。

在方雪初眼里，这位目前贵不可言的摄政王爷，跟之前的那位祯王爷有些不同了，究竟是哪里不同，却有些说不上来，大概是气质上有些变了。

之前的祯王爷，温和似阳春白雪，骨子里透着一股平易近人的感觉，但是现在这位摄政王爷，虽然平素也顶着一张温和无害的面貌，但是浑身却散发出一种极为冷清的气质。

大概方雪初自己也是同种类型的人，故而感觉也特别明显一些。

对此，方雪初觉得，大概是朝中的局面不同了吧，先前有傅清明牵制，如今傅大将军已去，王爷一手遮天，自然不再是先前那种闲云野鹤般的。

两人见了，方雪初便行礼："微臣参见王爷。"

"摄政王爷"抬手："方侍郎免礼。"方雪初起身，并不抬眸，因为他知道他一抬头便会对上某人冰冷的眼神，到时候难免尴尬难言。

耳畔传来"王爷"的问话："见过公主了？"

方雪初袖手："是。"

王爷又道："公主向来任性，可为难你了不曾？"

"并无，公主只是同微臣闲话了会儿……没什么其他。"

方雪初语气淡淡地回答，仍旧偏些冷清味道。他便是如此，对谁都是这副口吻，就算是对着权倾朝野的摄政王，也毫无媚上之意，若是不懂他脾性的人听了，难免会以为是故意傲慢。王爷却并未不悦，反而笑了笑："这样倒是好，最近傅将军去了虢北，我念她在将军府闲着无聊，便接了她过来，然而她那个性子是闲不住的，先前又在外头住了一阵儿，在此处呆得久了，难免又觉得气闷……我瞧她最近时而闷闷不乐的，恐怕又觉得此处无趣了吧，幸好还有连昇同小南乡陪伴着，一时半会儿倒还好。"

方雪初袖手听着，不知为何，竟有种"王爷在跟自己解说什么"的感觉。

"听闻你要来看她，本王倒是高兴的，难得有个旧时相识来陪她说话解闷

第七章 神魂颠倒

儿，"王爷望着方雪初，又道，"其实本王该多陪陪她的，偏偏近来朝中事多，忙过了这阵儿，本王就陪她出京走走，散散心也是好的。"

方雪初便道："王爷有心了。"

王爷看着他那副冷冷淡淡的模样，点头道："嗯，既然没有别的事情，那你便回去吧，以后若是得闲，便再来罢。"

方雪初拱手："微臣谢过王爷。"往后退了一步，等祯王爷迈步往前走开了，自己才徐徐转身。方雪初往回走的时候，把祯王爷对自己说的那一番话略微想了想，隐约听出王爷似是有点弦外之音……

在亭子里的时候阿绯特意避开耳目，借抱着他的机会在他耳畔说了那一句话，应该是无人听到的，但也因此让方雪初知道，阿绯身边儿是有很多人跟着的，就算是祯王爷为了她的安危着想，至于如此吗？

是的，其实他大可不理会这件事，何况阿绯素来是任性惯了，倘若真的如王爷方才跟自己说的一样，是阿绯自己又厌烦了在王府的日子，想出去透透气，也是有的……

若是为了自身好，不招麻烦上身的话，方雪初最好的选择，就是把阿绯那一句话当作是另一次的任性，也让祯王爷放心。

但是……就好像飞蛾扑火明知道会浴火而亡一样，方雪初无法忽视——就算是祯王爷对着他苦口婆心旁敲侧击地说了那么多，却也抵不过阿绯那一抱之间、在他耳畔说的那句：方雪初，救我出去。

既然是她要了，那他就得给。

方雪初认得的武林人士不多，何况也不能明火执仗地从王府里抢人，幸好方雪初有一个聪明的头脑。

他也知道，要把阿绯从王府里救出来，首先要做的就是别当着祯王爷的面儿，于是，方雪初的第一步是"调虎离山"。

朝堂上的事对他来说，就容易得多了。

他大概有十多个法子让祯王爷暂时留在宫内，两三天是不成的，整整一天的话，都不需要他出面，只需要几个小小的推波助澜。

比如说近来国库的银两跟账簿对不上，摄政王爷才敕封不久就出现这等重大之事，自然不容小觑，朝堂上指点风云的几个大人物统统地留在布库房内，看底下的人算盘珠子横飞，一本账簿一本账簿地再度清查。

底下等闲的人物谁也不许擅自出入。

因上回王爷说许方雪初再来看阿绯，两人早就私底下通了消息，这一日等祯雪前脚走，估摸着入宫了，阿绯便嚷着要去将军府看看。

王府的人都知道，光锦公主在摄政王爷面前是头一号的说一不二，何况她发作起来，也难有人能够招架。

于是便只好应承，红绫女跟无患子两人知道消息的时候正在吃茶，红绫女便道："她又要做什么？上回去一次还不够，傅清明又不在，她去有什么意思？"

无患子站起身来："总之朱子说了，她不出门便罢，若是出门，我们两个就得跟着。走吧，别啰唆了。"

红绫女咬牙："幸好我是女子，不用爱上这样刁蛮的公主。"

无患子看着她咬牙切齿的模样，忍不住笑："罢了，少一棍子打死天底下所有男人，我也是男人，怎么也不见爱上她？"

红绫女叹道："那为什么朱子跟傅清明都被她迷得神魂颠倒？"

无患子望着她，眼中透出几分温柔神色："汉人有一句话，叫做'情不知所起，一往情深'这大概就是情有独钟吧，所谓一物降一物，没道理的。"

两人整理妥当出来，见阿绯正在跟连昇和南乡说话，红绫女远远地听她说道："我有事，这次不许你们跟着，听话！"

南乡那小孩儿却伸手扯着她的衣裳："我又不能去虢北，也不能回将军府吗？那你跟皇叔说说，把我送回将军府好了，我一个人留在府里头等爹爹回来。"

阿绯皱了皱眉，脸上露出几分不忍的神色，却仍旧推开南乡的手，犹豫着说："南乡，你听话啊……上回你都回去过了，你……你留在府里，让你六哥陪你玩儿吧。"

连昇正也眼巴巴看着阿绯，见状就不舍地移开目光，拉住南乡，比了个手势，大意是让他留下来。

南乡没有办法，又是失望又是伤心地松了手："算了，不让我跟我就不跟好了，等我爹回来接了我回去，我再也不要跟着你！"说着，赌气回身跑开了。

阿绯眼睁睁地看南乡走开，不由地跟着往前走了两步，仿佛要把他叫住似的，忽然间望见红绫女跟无患子两人，那脚下就硬生生地刹住了。

连昇见状，便冲着阿绯比画了两下："皇姐你放心吧……我会去看着他的。"

阿绯低头看着连昇，忽然之间心中一痛，忍不住弯下腰来一把抱住了他。连昇一惊，阿绯在他的鬓边亲了两口："皇姐太自私了，连昇，替我好生照料着南乡。"

连昇愣了愣，阿绯却已经放开了他，她站直了身子，睥睨地看向红绫女跟无患子："你们两个干吗？我只是出门一趟而已，不用你们跟着。"

红绫女对她没有好感，脸上就露出一种皮笑肉不笑的表情："我们做不了主，若是能做主，自然不会跟着。"

阿绯听出她的意思，便哼了声："真听话，那随便吧。"

她抬手在连昇的肩头上轻轻地按了按，便转过身，挺了挺腰，吸了吸鼻子，扬起下巴，趾高气扬地出门去了。红绫女跟无患子两人跟着出门，他们两个都换了侍卫的装束，看来就如王府的人一样。

连昇看着阿绯的背影出门去，不知为何心中竟有点难过，一直呆呆地看着她的身影消失，才又回身去找南乡。连昇拐过回廊，四处张望，又走了一会儿，才看见前头一丛郁郁葱葱的竹子前，南乡便站在那里，低着头似乎正在踢什么东西。

连昇正要跑过去，却见有一个人影从旁边慢慢地走近了南乡。

连昇怔了怔，见那人生得有些丑陋，他心中生出一种不妙的感觉，心想要叫南乡到自己身边儿来，奈何他又无法出声，只好急急地往前又走了几步。

这一会儿，那怪人已经走到南乡跟前，她低头看着南乡，张口问道："小孩儿，你是叫'南乡'吗？"

南乡一抬头，望见她那张脸，不由地吓了一跳，握着拳后退了一步，警惕地叫道："坏、坏人！你想干什么？"

南乡一惊之下便往后倒退，这会儿连昇也跑了过来，正好从后面一把将他抱入怀中，两个男孩儿都又惊又怕地望着面前的怪人。

这怪人自然正是风蝶梦，见两个孩子如此，她倒是并不发怒，只是轻轻一笑，说道："别怕，我不会对你们不利的。"

连昇无法说话，南乡却叫着控诉道："上回是你把我迷晕了的，你是坏人！"

风蝶梦看着他的眼睛，慢慢说道："我只是把你迷晕了，也没有做别的，所以我对你没有恶意，正相反，我有好玩的东西给你看。"

连昇心中防备，南乡却到底还小，听说好玩的东西，立刻问道："什么？"

风蝶梦看他一眼，张开手，南乡便看她的手，却见那手心空空如也。南乡正要说话，却忽然惊叫了声，原来风蝶梦空空的掌心上，慢慢地竟冒出一只小小的蝴蝶来，本来好像是在蛹里头，渐渐地爬出来，就舒展开了翅膀跟腿，居然要振翼而飞似的！

南乡大惊，同时也大为好奇："这这……是怎么弄的？你会变戏法儿吗？"

连昇却仍紧紧地抓着他不放，这会儿若不是他抓着南乡，恐怕南乡就要跑到风蝶梦身边儿去了。连昇四处张望，心想为什么竟也不见府内的侍卫出现。却不知道在风蝶梦露面之前，就已经把周遭的侍卫给点了穴道。

风蝶梦见南乡喜欢，便低低一笑，手一挥，那只蝴蝶便飞了起来，在空中翩翩起舞，最后竟飞到南乡跟连昇身前，上下翻飞，像是在跟两人玩儿似的。

南乡仰头，看得津津有味，看了会儿，就伸出手去试图捉那蝴蝶，那蝴蝶却总是灵巧地躲开，让他碰不着。

连昇本也呆看，见那蝴蝶美丽异常，翅膀上有着些奇奇怪怪的花纹，吸引着人的目光，几乎让人转不开眼，连昇细看了会儿，竟觉得有些头晕，他到底年长，心中一跳知道不对，便把南乡的手握住，不让他再乱动。

风蝶梦看着这幕，此刻便低笑一声，问道："你是叫南乡吗？"

南乡见了好玩儿的，就不再讨厌她的脸，也不再记恨她是否是坏人，便点头："是啊，我是叫南乡啊。"

风蝶梦又问道："这个名字是谁给你起的？"

南乡仔细看着蝴蝶："谁起的？大概是我爹给起的吧……"

"你爹？"

南乡听她也说了一声，顿时反应过来，当下挺了挺胸膛："我爹就是傅大将军，你不认得吗？"说话的口气都理直气壮了三分。

风蝶梦淡淡一笑："哦……这个却是知道的，那么，你的名字是傅大将军给起的？"

南乡挠了挠头，想了会儿，说道："对了，我想起来了，我记得我爹曾跟我说过，我的名字，是皇叔给起的。"

风蝶梦身子轻轻地抖了抖，声音似哭似笑："是……吗……果然啊……"

连昇从方才就警觉地看着风蝶梦，见她问南乡这些，心里也是纳闷。此刻见风蝶梦神情微变，他就抱着南乡往后退了一步。

风蝶梦见状，就扫他一眼："哑巴王子，你别怕，我要是想害你们，早就动手了。"

连昇见她猜透自己的心思，不由心惊。南乡却叫道："不许你这么说我六哥！"

"六哥？哈……"风蝶梦低低地重复了一句，又问南乡，"那么，皇叔有没有跟你说，你的名字是什么意思啊？"

南乡一脸茫然："什么意思？我不知道啊。"他转头看连昇，"六哥，你知道我的名字有什么意思吗？"连昇迟疑地摇了摇头。

风蝶梦望着南乡："你怎么问他不问我？他不知道，我却知道。"

南乡惊讶地瞪大眼睛，连连昇也有些好奇地看着风蝶梦，风蝶梦一伸手，那只蝴蝶慢慢地飞回她的掌心，风蝶梦望着那蝴蝶缓缓飞舞的姿态，轻声念道："天与化工知，赐得衣裳总是绯。每向华堂深处见，怜伊。两个心肠一片儿。自小便相随，绮席歌筵不暂离。苦恨人人分拆破，东西。怎得成双似旧时？"

就好像吟唱一样，那蝴蝶随着她高低起伏的念诵而扇动翅膀，仿佛善解人意似的伴舞。而风蝶梦念到最后，吐出"旧时"两字，手忽然虚空里一握，就在南乡跟连昇面前，那只极为漂亮的大翅蝴蝶忽然之间化成片片光点，闪闪烁烁，极快地消失在空中。

连昇惊了惊，南乡更是忍不住惊叫了声："蝴蝶！"见那只蝴蝶无缘无故没了，心中大为可惜。

风蝶梦望着他："你的名字，从此而来。"

南乡勉强收心，皱着眉心道："这、这是什么？跟我的名字有什么关系？"

连昇年纪虽不大，却因从小念书，对此略知一二，脸上便露出又惊讶又是不太肯信的表情来。

原来风蝶梦所念的这一阕词，是苏轼的一首，词名正是《南乡子》。

风蝶梦见南乡懵懂，而连昇却露出异样的眼神，便看连昇："哑巴王子，你明白吗？"

连昇迟疑地比画了一个手势，风蝶梦不懂，南乡却道："六哥说，这是苏……苏什么的……咦，六哥你在说我的名字啊？"他跟连昇相处久了，自也懂了大半手语，然而这一次的手语里头含有许多他难理解的东西，因此南乡自认不全。

然而风蝶梦却已经从他的只言片语里头明白，连昇果然是知道的。

风蝶梦笑着："哑巴王子，你小小年纪，居然连这个都知道，那好，你再给我猜一猜，为什么皇叔会给他……起这个名字？"

连昇一怔，看一眼南乡，脸上透出若有所思的神情来。南乡却道："呀，你怎么问东问西的，我们还没问你呢，你是什么人，怎么出现在王府里？"

风蝶梦见南乡问，就说道："我啊……我是皇叔所认识的旧人，所以才会在这里做客。"

南乡又问："那我先前怎么没见过你？"

风蝶梦说道："因为我的样子太难看了，怕出来会吓到人。"

南乡却懂这个，立刻了然地点头："你说的有道理，你可千万别晚上出来，不然的话我会被吓死的……也会吓到公主，对了，你那个蝴蝶是怎么玩儿的？你教教我，我以后也玩给别人看。"

风蝶梦见他天真无邪地一味追问，却不恼怒，显得极为耐心，低低说道："这个不是好玩儿的，玩不好的话，会出人命。"

连昇正在思索，听了两人的对话，便将南乡抱得紧了些。风蝶梦见状，便呵呵一笑，道："怎么样，哑巴王子，你知道吗？"

连昇犹豫着，咬了咬嘴唇。南乡仰头看他一眼："六哥，你那么聪明，一定知道的对不对？"

连昇仍旧不动，风蝶梦看着他的神情，便说："哑巴王子，这样吧，你把你所想到的跟我说出来，如果说得对的话，我就……把你的哑巴给治好，怎么样？"

连昇大惊失色，连南乡也吃了一惊，立刻看向风蝶梦："你说什么？你、你能把六哥的哑巴给治好？"

风蝶梦微笑，她笑起来却比不笑更加丑怪，然而两个小家伙却已经浑然忘记了她的脸似的，都紧紧地盯着她，目光里激动、惊讶、质疑跟希望之色交织。

风蝶梦说道："我既然说了，就能做到。"

南乡反应过来，立刻说："别胡吹大气了！骗人最容易了！"

风蝶梦摇头:"我知道哑巴王子原本不哑的,你的嗓子,是给人下毒害的才说不出话来,是不是?"

连昇闻言,脸色大变,竟放开了南乡,一瞬呆若木鸡。南乡回头看他,见他脸色极为难看,便关切地扶住他:"六哥,六哥你怎么了?"

风蝶梦望着连昇的模样,叹道:"宫廷险恶,争权夺位,残忍不堪,哪里都是如此的……只不过你的嗓子坏了,却保住一条命,还是值得的。"

连昇如见鬼怪似的看着风蝶梦,这件事,是在连昇年纪还小的时候发生的,那时候先皇还没有驾崩,小小的连昇隐约记得,是自己的母妃抱着他,喂给他喝了一碗苦苦的东西,很是难喝,他只喝了一口就吐出来了,母妃却抱着他哭,说什么:"喝下去就能活命……喝罢,苦命的儿……"

最后连昇终于强忍着喝了下去,然后嗓子就像是被火烧的一样,疼得他昏了过去,醒来后就发现自己不能说话了。

连昇原本不知道发生了什么事,一直到现在,渐渐懂事了的连昇隐隐地明白了,他生为皇子,就有夺位的权力,但如果是一个哑了的皇子,自然不会成为天子。连昇记起来,也明白了,母妃喂自己喝那碗毒药的时候为什么会哭得那样,亲手毒哑自己的孩子,她的心里比谁都难受,却不得不做,可是稚子何辜,这到底是一桩罪孽,因此……以后的母妃才一直都郁郁寡欢,就在先帝驾崩的夜晚,留下连昇,也自尽身亡了。连昇不怪自己的母妃,也不怪任何人,一切都是逼不得已的,谁让他生在皇家?

而且他越是长大,越是想开了,哑了也没什么不好,虽然偶尔会有些人说闲话,但是一个哑巴,对别人的威胁就小许多,连昇因此而听到了许多平常人听不到的秘密,因为有些人下意识地觉得一个哑巴而已……有意无意地就不会避着他。

但是连昇从没有把自己为何哑了这件事对别人说过,就算是亲如阿绯,他都没有透露。没想到这个陌生的怪人居然知道,而且还说能够医好他。

连昇定定地看着风蝶梦,哑了这么久,他已经习惯了,如今有个机会出现在面前,他是要抓住呢,还是……

## 第八章

## 火蝶焚情

　　阿绯上了轿，起轿后轿子晃晃悠悠，她的心也跟着摇摆不定，忽然间有些忐忑起来，因为连昇跟南乡。

　　如果可以，阿绯一定要带上他们两个，但是这一次仓促行事还不知怎样，变数万千，于是只好狠心把两个小家伙撇下。

　　经过这几日相处她也知道，朱子是不会为难两人的，与其带着他们冒险，倒不如将他们两个留在王府，也是别无选择中的最好选择。

　　轿子逐渐行到钟鼓楼遥相呼应的一条路上，因近来国泰民安，今儿又是个好日子，这条路上熙熙攘攘，人来人往十分热闹，不时地还有吹吹打打的声音，听路边上行人三言两语，似乎是今儿钟楼底下有大戏，貌似是哪一家士绅家里头有喜，故而请的大戏与民同乐。

　　王府的侍卫们尽忠职守，前头开道，中间护卫，红绫女跟无患子两个改装后，也在侍卫丛中，在近轿子中间的地方跟随而行，把整个轿子护得铁桶一样。阿绯撩开一点轿帘，往外张望，红绫女在旁侧看着她东张西望的模样，便哼了声。阿绯眼睛骨碌碌乱转，忽然叫道："停轿停轿！"

　　无患子跟红绫女对视一眼，红绫女便走过来："这会儿还不到将军府，为什么叫嚷着停轿？"

阿绯撇嘴说道："用你管？我想在这儿玩玩，行不行？"

红绫女看着她高傲的样子，心中着实很想教训她一顿，便忍着气，断然说道："不行，此地人多，若是有刺客的话朱子会怪罪的。"

阿绯耻笑："原来你也害怕刺客啊，先前对着我耀武扬威不可一世的，我还以为你很能耐呢！"

红绫女怒道："你胡说什么！"

阿绯知道她生气了，偏不以为意，自顾自在轿子里左摇右摆的，还冲红绫女扮出鬼脸的模样，吐着舌头说："我就说了，你没能耐，就别管我，我跟皇叔说，让他换个人跟着我！"

红绫女忍耐着，心想："要不是朱子有令，我才不会跟着你这刁蛮任性的臭丫头！"她冷冷地看阿绯一眼，便转过头去，顺便往旁边走开数步，心中暗暗决定不去看阿绯，免得给她气得忍不住真的把她从轿子里揪出来打上一顿。

阿绯见红绫女气愤地离开自己数步，便哼了声："你居然敢跟我发脾气！到底你是公主还是我是公主？哼！"

那边无患子将两人的对话听了个大概，见红绫女满脸怒色，便走近了一步安抚："你也知道她就是那样的坏脾气，就不用去理会她了，横竖我们只保她无事便可。"

红绫女咬了咬唇："我……"她一句话还没有说完，就见轿子停了下来，两人一惊，急忙掠过来，无患子问："为何停轿？"却见阿绯从轿子里走出来，大摇大摆地说道："怎么啦，是本官说让人停轿的。"

轿子一停，周围就聚了许多看热闹的百姓，本就有人听说是光锦公主的銮驾，万万没想到公主竟自己跳出轿子来，不知有谁叫了一声："快来看公主殿下呀！"刹那间，周围的人越来越多。

红绫女跟无患子吃了一惊，两人一左一右护着阿绯，红绫女低声喝道："快进去！"无患子则看向周围，盯着看有无异样。

阿绯哪里会乖乖听话，反而鼻孔朝天般说道："你们都让开，本官很久没有出来玩儿了，用你们啰唆！"她看有几个百姓往这边看，又抬起手来向着他们招手，脸上笑容甜蜜堪比蜜糖，显得热情而亲切。

刹那间惊呼声四起，隐约有人道："公主冲我笑了！"又有人说："殿下向我摆手呢！"有的人痴痴看着阿绯，被她的美貌迷惑，不由自主地往前走了几步，人情涌动，两边的侍卫忙喝道："退后！"

红绫女跟无患子两个暗中戒备，而惊变就在一刹那出现，人群中有人一张手，撒了一把什么东西上天，红绫女同无患子还以为是暗器，但却有人已经叫了起来："银子，有人撒银子了！"同时有眼尖的看到天空一片亮晶晶的，太阳底下，那漫天的银子雨洒落下来，纷纷落在阿绯的身畔。

慌乱中也不知有谁叫了声："抢啊！"围着的百姓们顿时便俯身开始捡银子，后面够不到的百姓便拼命往前挤，一瞬间，现场如炸锅一般，人仰马翻，乱成一团。

先前银子洒落的时候，红绫女同无患子齐齐出手，将从天而降的银子打了开去，他们生怕是什么厉害的暗器，谁知竟是银两，两人惊魂未定之余，却又有无数百姓拥了上来，一时之间连侍卫都招架不住！两人毕竟是随着朱子曾身经百战过的，知道事情有异，无患子才要说一声："守着公主！"往身边儿一看的工夫，齐齐变了脸色，原来身边空空如也，哪里有阿绯的影子？

两个人顿时大惊失色！知道恐怕是方才应对那漫天银雨的时候给高手乘虚而入了，无患子见状，即刻纵身而起，放眼往周遭看去，却见满目颜色斑驳，虽知道阿绯穿着一件淡黄色衣裳，奈何现场许多穿淡黄色衣衫的人，他咬牙之间看着几个可疑人物飞身而下探查，却都不是阿绯！

无患子惊急交加，瞬间焦头烂额，而在人群中，红绫女定定地看向人群某一方向，心中滋味七上八下，却不曾动。

红绫女跟无患子一行人丢了公主，连宫女加侍卫在一起都提心吊胆惴惴不安，回到王府后，见跟着朱子的人已经回来了，心情越发沉重。

两人硬着头皮入内请罪，无患子打定主意，要把所有罪责都揽到自己身上，如此进了书房，无患子跪地："请少主降罪！属下无能，公主被人劫走了！"

红绫女看他一眼，也跟着拱手跪地。那边桌后朱子却纹丝不动，仍旧低头看着面前的一份折子，两个人面面相觑，都有些疑惑。按照朱子对阿绯的上心程度，倘若知道阿绯不见了，恐怕立刻就会大怒，现在却又是如何？

无患子不敢抬头，红绫女却偷偷地略微抬头看去，却见朱子神色泰然自若，目光亦极为平静，慢慢地将一份折子看完后，便放在旁边。

在他的手侧，还有许多堆积着的折子，一边儿是批阅过的，一边儿是没批的，都足有半臂高，显然公事繁忙，十分操劳。

红绫女望着他的神情，不敢再看，急忙又低下头去，如此耳畔又响起细微的声响，想必是朱子取折子的声音，一直过了小半个时辰，两人跪在地上，一动也不敢动，尽管都是高手，却仍旧有些膝盖酸软，额头也都见了汗意。

无患子几度想要再次出声请罪，但是却觉得这个时候再贸然开口定然不会有好果子吃，于是便只强忍着。正在额头的汗即将滴落下来的时候，才听到桌子后面朱子缓缓发声："无患子出去，红绫留下。"

无患子吃了一惊，几乎怀疑自己的耳朵，然而他不敢违抗朱子的命令，一怔之下便急忙说道："属下遵命。"便站起身来，可是看着地上的红绫女，又怕朱子会误会了什么，又鼓足勇气说道："少主，此次都是属下的过错……"

"出去。"仍旧是淡淡的两个字。

无患子喉头一动，咽下一口唾沫，急忙不敢再说，低了头倒退到门口，才转身出外。地上红绫女跪着，心里头像是在擂鼓一般，一直等无患子出去，才听得上面朱子又说："你可知我为何让你留下么？"

红绫女垂着目光，鼻尖上几滴晶莹的汗，随着身子一抖瞬间便跌下来，她暗中咬了咬唇："属下……是属下看护公主不力，请朱子责罚……"

耳畔响起极淡的一声冷笑："是吗？"

红绫女十分紧张，忍不住也偷偷地咽了口唾沫，却听朱子说道："先前你要怎么胡闹，却没有过了我的底线，也由得你去，我睁一只眼闭一只眼，只装作不知道的，但是这一回，你实在不该。"

红绫女身上也出了汗，却仍撑着："朱子……这话是什么意思……属下、属下……"话还没有说完，红绫女心头一惊，却见眼前的地面上衣摆飘拂，锦白缎面，边沿绣着碧蓝海涛，显然是朱子过来了，红绫女一张口，接下来的辩白言语居然就说不出来了。

"你怎么样？"耳畔听到他沉沉的一句话。

红绫女手握了握，孤注一掷："属下不明白……"下巴上一疼，却是被他捏住了，往上一抬。红绫女皱起眉心，被迫抬起头来，正对上朱子锐利的双眸："怎么，你所做的那些事，需要我一一向你说明白吗？"就在这一瞬间，被他的目光注视着，红绫女忽地觉得自己仿佛无所遁形，就好像他这一眼，能看清楚她所有的五脏六腑万般心思，她背着他私底下所做的那些……

红绫女惊悸而窒息，突如其来的绝望之中却又有侥幸：别的事朱子或许都一清二楚，但是今天的……像是在切断她所有退路，朱子的声音冷漠地响起："你以为，今天你故意放走了她……也能神不知鬼不觉，瞒过我的眼？"

红绫女脸上陡然雪白，眼睛瞪大，瞳孔却因为惊恐而收缩："朱子！"

原先在街头上，天空洒落银子的瞬间，无患子专心对付"暗器"，红绫女本也抬头，然而她对阿绯有一份"特别关注"，正欲动手之时，就发现有人悄无声息地逼近过来，一把抓住阿绯。

刹那间红绫女抢先一步握紧阿绯手臂，本欲大喝一声然后将来人击退的，然而就在刹那，阿绯的手也握住了她的手臂，而红绫女的目光跟阿绯的相对，她忽然惊讶地发现，阿绯的表情跟之前的完全不一样了，那种趾高气扬傲慢的神情荡然无存，而是哀求似的，慌张地望着她。那极快的一刹那，甚至容不下开口说一句话，而阿绯也没有开口，她的嘴唇动了动，像是说了什么，红绫女眼睁睁地看着，也不知是出自何种心理，居然……放了手。

就在那电光火石之间，她做了这样的一个决定。一直到那来人往阿绯身上披了一件灰色衣裳，拉着阿绯遁入人群后，红绫女呆站原地，兀自如梦似幻。

回来的路上，她在心中暗暗回想此事，究竟是什么让她在那一刻放了手的？是因为阿绯当时的哀求表情？还是因为……她心中那个不可告人的念头：事实上私心里她是不想让阿绯留在王府的，所以知道有人来带她走才顺势推波助澜地放了手？但是无论如何，这件事极度隐秘，发生得也快，甚至事情过去后，连红绫女自己都怀疑自己到底做过什么没有。她做梦也想不到，就算是如此细微的一瞬，连当事人都不敢相信发生过的事，居然都瞒不过朱子的眼。

红绫女浑身发冷："不、不可能……我……"她猛地看向朱子，想辩解，却又不知从何说起。

南溟的臣民，都将自己的君主视作神祇一般来崇拜，因此就算是南溟灭了国，这些南溟遗民们却仍然忠心耿耿地在寻找朱子，找到了之后便不离不弃的，在他们心目之中，朱子是应天而生，而他们，是生来便注定了侍候朱子的。

但是……但是就算是再怎么把朱子看做是神，可是心里却也知道朱子不会像是神一样飞天遁地无所不能的，可是经过今日这件事，红绫女却不确定了。

"你怎么……会知道？"最终，她颓然地问出声，问了这一声，就代表她承认自己曾做过了。

朱子放手，却并不回答她的问话，他只是冷冷地扫了她一眼："这个你不必要知道，你只需知道，没什么能瞒得过我的双眼，若是别人如此在我面前胡作非为，我也不必多说，早就杀了，但你是跟随我多时的老人，我一直不愿追究而已，你起来吧。"

红绫女摇摇头，不敢起身，浑身的力气好像被抽走一样，也站不起来："朱子……"

"我也知道今天的事你不是存心为之，所以不会严惩你，只是让你知道，跟着我，就不要做出违背我意愿之事，以后若有再犯，我不会如今日一样姑息了。"他转头看她，说道，"你明白吗？"

红绫女睁大眼睛，泪一滴一滴从里头滚落出来："谢……谢朱子……"

她曾经有机会跟他亲近……那也无非是因为他想利用她掩藏行迹，跟那小公主在妙村多住些日子罢了，如今对阿绯来说，妙村的日子一去不复还，对红绫女来说又何尝不是如此？不管她再怎么用计，都已经无法再靠近他分毫了。

朱子望了她一会儿，终于伸出手去，略微弯腰将她扶起来，红绫女泪眼蒙胧，又敬又怕地抬头看向他，朱子看了她一会儿，说道："我身边没有几个顶用的人，现在又忙于复国大计，这个时候，我不想要生出些不必要的事端来，你也要牢记我们南溟遗民的宗旨，该明白自己真正要做的是什么。"

红绫女身心震动，缓缓地点了点头，泪落如雨。

朱子放开她的手："行了，你便出去吧。"

红绫女后退一步："是……"转过身要走的时候又停下来，"朱子，那么……那么，公主……"

"你不必担心，"朱子的神情却仍是淡淡的，"她的事，有我料理。"

红绫女听了这话便知道，那位小公主这一遭怕是白白忙碌一番、逃亡未果了。朱子见红绫女离开，便重回到桌后，伸手取了一份折子，看了两眼，却又扔了回去。他不再动作，只是冷冷地望着那一桌的折子，沉默了会儿，才说道："她现在怎么样？"

一道影子从柱子后闪出来："回少主，公主被关在房里，还想着往外跑，被人拦下了。她还说要见少主。"

朱子双眉皱了皱，又问："方雪初呢？"

"按照少主的吩咐，将人从户部押了回来，刚关进地牢里。"

朱子脸色冷峻，手指搁在桌面上，时而敲上一两下，最后终于起身，迈步往外而去。朱子负手穿过回廊，从前边书房往后院而去，身后宫女太监们小步快行才能跟得上他的步子，朱子走了会儿，眼见快要到了院落，便略微一停，转头道："你们都不必跟进去，就在此处等候吧。"

宫人跟侍卫们齐齐应声，便在门口等候，朱子迈步进门，往里而行，人还没有到屋门口，就听得里头阿绯道："我要见皇叔，让他来见我！"

门口伺候着的人都是朱子安排的，见他来了便急忙行礼，朱子道："都退下吧。"一个宫女将门打开，朱子迈步进入，其他的人便也退到了门口。

阿绯正在屋里头乱跳，见朱子进来了，便扑过来："皇叔！"

朱子冷冷地看着她："叫我什么？"

阿绯站住脚，手扭了扭："朱子……"

朱子皱眉，并不吱声，但是显然对这个答案不满意。

阿绯咬了咬唇，终于叫道："你到底想要怎么样？"

朱子冷笑，往前一步坐在椅子上："这话是我问你的，你到底在做什么？"

阿绯小心地跟他隔开一段距离，又瞅着门口的方向，这眼见是个随时要逃的姿势，朱子却仿佛未曾察觉异样，自顾自坐着，阿绯感觉自己靠近了门口，似乎有些安全了，才说："你、你是不是都知道了？"

朱子冷飕飕地瞟着她："我知道什么了？"

阿绯说道："没什么，没什么，我、我出去看看……"她说着就跑到门口，眼见是要跑出去了。

这刹那，朱子慢慢说道："方雪初……"

这三个字像是有魔力一样，阿绯猛地停住脚步，转过身来。

朱子望着阿绯，看到她脸上震惊的表情，才又极慢地说道："你知道我不会对你怎么样的，但是，你是不是也不在乎方雪初的性命？"

阿绯原先还存着一丝侥幸，或许朱子并不知道其中详情，但是听了朱子这一句，她便明白，该知道的他都已经知道了。

"方雪初怎么样了？"阿绯想也不想，撒腿跑回来，又是震惊又是紧张地望着朱子，"你、你……"

"先前我已经好言相劝，他不听，竟然敢胆大包天想要在我眼皮子底下帮你逃走，你说我会怎么对他？"

"不要！"阿绯猛地抓住朱子的手臂，"跟他没关系！你不许为难他！"

朱子纹丝不动："我不许？你自己都要偷偷逃跑了，你还说我不许？"

阿绯哽住："总之你不要为难他，他、他在哪里？我要见他！"

"地牢里。"朱子淡淡地说。

"什么？"阿绯倒吸一口冷气，惊怒交加地看着他，"放他出来！"

朱子冷冷地觑着她："我不说放，无人敢放他。"

阿绯心头发凉，手也有些发抖："朱子……"

"想威胁我吗？或许大哭着求我？"朱子看着她，他并不喜欢这样对待阿绯，可是她实在是太令他失望了，他不得不在她面前露出他冷酷的一面，"不管你怎么样都没有用，叫嚷着要出去救他也没有用，只要我一句话，就能让他求生不得求死不能。"

阿绯松开朱子的手臂，倒退一步："你……"震惊恐惧，像是今日才认得了他。

朱子不为所动："我如何？难道你以为南溟的朱子，如今的摄政王爷，会如此心胸宽阔到任由你胡来……就算是你联合他要逃走也无动于衷？阿绯，我可以容忍你做任何事情，再无法无天我也能忍、也能不以为意，但是你，碰了我的逆鳞。"他不能碰的地方，就是他无法失去她，但是她偏偏在他的痛处上玩得不亦乐乎，这次若不是他早有防备，或许真的被他们给逃走了，方雪初……他不能原谅！

瞧出了他眸子里的怨毒之色，阿绯忍不住打了个哆嗦。

朱子说完了，就沉默地看着她，想要看她用什么法儿什么招……究竟是个什么反应，但是出乎他意料，阿绯什么也没有做，她只是看着他，但是那种眼光，却让冷静如寒冰的他很不自在，那种眼光，不是阿绯看向宋守的眼光，也不是看向朱子的眼光，更不是看向祯雪的眼光，而是……像是看着一个可怕的陌生人。

朱子按捺着，才没有让自己站起身来。

"那你说吧，"阿绯一仰下巴，声音也有点冷，"究竟要我怎么做，你才不会为难他？"

朱子的手握着桌子一角，几乎将那坚硬的一角给掰下来，他尽量不动声色，让自己的声音变得更冷："怎么，你以为我会向你开条件然后放了他？"

阿绯的脸上果真掠过一丝慌乱之色，然后她挺了挺胸："是的。只要你答应不为难他，好好地放了他不计较这件事，我……"她顿了顿，然后深吸一口气，颤抖着说，"我什么都答应你，什么都可以、可以做……"

朱子双眼眯起，然后他说："你说什么？我听不到。"

阿绯的手抖了一下，她的眼睛很快红了，朱子假装没看见、也没看出她眼中的痛苦跟悲愤交织的神色，只听阿绯大声说道："只要你放了方雪初不为难他，我什么都答应你，什么都可以做！行了吧！"

朱子望着阿绯，唇边挑起极细微的一丝笑意，他明白自己所要的将要达成了，但是他仍旧坐着未动，看来就像是一尊冰的雕像。

阿绯望着他，本来的倔强在他冷冷的眼神中被击溃成碎片，阿绯撑不住，她不知道地牢是什么情况，但是方雪初……她无法忍受他为了她再受一点苦，她得救他。朱子一直在等，等一个让阿绯完全妥协的机会，一直到看到她已经真的受不了了，他才说道："我怎么能信你？我放了他，你又反悔怎么办？"

阿绯震惊地看着他，该怎么面对他呢？原来让她迷惑的时候，她以为他是朱子，是宋守，也是皇叔，可是现在，他谁也不是，只是一个狠辣无情的陌生人。阿绯唇动了动："你……你想要我做什么？"

朱子道："你先前叫我什么？"

阿绯的心一抖，然后她咬了咬唇，轻声唤道："相公。"

她低着头，不敢看他。因此朱子可以不加掩饰地笑了笑："你过来。"

阿绯挪动脚步，一步一步地蹭过来，朱子看着她："知道我是谁了？"

阿绯只觉得泪不听使唤地从眼睛里涌出来，却仍是点了点头。

朱子的声音难得地多了一丝温柔："相公回家了后，娘子会怎么做？"

阿绯的身子一抖，然后她缓慢地抬起头来，朱子望着她含泪的眸子，心中一颤，却又说服自己狠下心来，他冷冷地问："你忘了？"

"没、没忘……"阿绯的脸上掠过一丝张皇，然后她咬了咬唇，缓缓地凑过来，因朱子是坐着的，她不需要像是以前一样踮起脚尖才能碰到他的脸，阿绯望着眼前的容颜，这分明是祯雪的脸，可是……她闭上眼睛，往前一凑，便亲在他的脸上。与此同时，泪也从眼角滑落，顺着脸颊跌落。

朱子这才轻轻地叹了口气，他伸手搂住阿绯的腰，轻轻一抱，便将她抱在膝上："娘子，让你亲我一口，有这么难吗？居然落泪了？"

阿绯不知道自己的心为什么这么难过，眼泪落得更急："不是……"

朱子抬起她的下巴，轻轻地在她脸上吻落，把她的泪一点一点亲了去："我对你不好吗，为什么居然要离开我？离开了我，你又要去哪里呢？"

"我……"阿绯皱着眉心，"我不知道，我只是怕。"

"怕什么？"

"我怕，"阿绯咽了口气，看向朱子，六神无主地说，"我看着你，会想到皇叔，我怕你对我做那些事，就像是皇叔，我不要……"

朱子沉默："我说过，会给你时间适应的，但是你不能再像是今天一样从我身边逃开，我可以答应你，放了方雪初，也不会为难他，但是你得向我发誓，不许再逃！"

阿绯垂了眸子，泪便吧嗒一下掉下来："我、我发誓，我不会再逃了。"她恨不得放声大哭，却仍旧忍着。

朱子爱抚地摸摸她的脸："娘子，你要乖……就像是我们在妙村的时候一样，我会好好地照顾你，而你很快也会开心起来的，你不是也很喜欢当时的情形吗？"

阿绯点点头，朱子在她脸上亲了口，柔声说道："这一次，没有人可以来打扰……"他抱紧了阿绯，身体之中有一种冲动，恨不得现在就释放，但是却还不行。朱子一直都劝自己忍着，开始是为了她好，现在，也是为了她好，他觉得……他们一定会好起来的，毕竟，他们曾经那么真心真意地快乐过，为什么那种快乐不会回来呢？朱子觉得会回来的，一定会。

朱子如约将方雪初放了，这件事做得极其隐秘，并没有惊动任何人，方家甚至不知道发生了什么，还以为方雪初一直都在部里忙着。

方雪初离开的时候，朱子去见了她一面，方雪初冷清着脸，只问："她怎么样？"见朱子没有回答，又说，"别为难她。"

奇怪的是，在这一刻，朱子心里并没有觉得愤怒或者如何，而只是隐隐地有些难过，他看着方雪初，不知为何就像是看到了很久之前的一个影子，那是没有能力时候的他自己，总是站在远处凝视着阿绯，渴望她在身边，渴望她对自己笑。幸好现在，一切不同了。

朱子说道："这个就不劳你操心了，以后，也不要再来见她，如果她愿意，会去见你的。你走吧。"

方雪初看着他的脸色，迟疑着说："我有个问题想要问王爷。"

朱子看向他："什么？"

方雪初说道："公主向来是最敬爱王爷的，甚至这世上任何人都比不上，为什么，这一次她居然想要从王爷身边逃开？"

朱子心头一悸，却仍淡淡地说道："既然知道她最敬爱我，世上任何人都比不上，就该知道她这一次不过是跟我赌气使性，闹着玩儿的，可笑方侍郎竟信了她一时的气话，差点误做歹人。"

方雪初挑了挑眉，朱子不再跟他多说："送侍郎出去。"

夜色渐渐地降临，阿绯坐在屋里发呆，宫女曾想进来点起蜡烛，却被她赶了出去。

今晚的夜色，宛如昨夜，没有什么两样，可是阿绯却知道有些东西是不一样了，比如今晚的朱子。阿绯缩了缩身子，用力抱了抱双腿：为什么她会走到这一步？为什么时光不可倒转？阿绯紧紧地闭上眼睛，在心里祈愿这一切都只是个梦，一个噩梦，祈愿她醒来之后，不过是傅清明刚刚带兵从虢北回来，而她正兴高采烈地出去见他的皇叔，跟他……

眼泪顺着眼角滑出来，阿绯睁开眼睛，所见的却仍然是无边的黑暗。

阿绯歪着头看着面前的夜色，忍不住低低说道："你真的死了吗？不然的话怎么会一点消息都没有？你如果知道我现在这么难受，一定会出现的，对不对？……现在你不出现，皇叔也不出现，难道你们真的那么狠心，撇下我自己走了？"有些东西，失去了才知道是最不能失去的，可偏偏往事不可追，时光无法倒回。阿绯猛地跳起来，失控似的抓住床帘，用力拉扯下来，又把榻上的桌子推下地，发出沉闷的一声响。

"为什么你们都走了，为什么我还在这里！为什么要让我经历这些，为什么……"她大叫着，然后大叫声化作啜泣，阿绯抱着头，用力地揪着头发，慢慢地顺着床榻坐在地上。

漆黑一片中，有个声音沙哑地响起："因为人活着本来就是痛苦的，就算是小公主你，在别人眼中……锦衣玉食，万千宠爱，可事实上却是如此……"

阿绯茫然地抬起头来："是谁……对了，是……风蝶梦？"她很快地反应过来，听出了那个声音。

黑暗中，传来淡淡的咳嗽声音，然后屋里头多了一道影子："小公主还记得我？"

阿绯望着她，隐隐约约可以看见她极亮的双眸，但是那张无比丑陋的脸却被黑暗遮住了，阿绯呆呆说道："我当然记得你，你来做什么？"

风蝶梦望着她，一步一步地靠近，窗外的月光透进来，将她的脸照得亮了些，仍旧是那样丑怪，奇怪的是阿绯却并不觉得可怕，有时候，人的心反而比表面所见的更可怕千万倍。

风蝶梦看着阿绯，缓缓一笑："如果我说，我是来救你出去的，你高兴吗？"

阿绯意外："你……救我出去？为什么？"然后她不等风蝶梦回答，就摇摇头，"不行，我不能走，我走了，他会为难别人的，方石头，还有连昇……南乡……"

风蝶梦望着她："你担心他们？放心吧，朱子若知道是我做的，就不会追究别人。"

阿绯的心猛地跳了一下，然后又说："我、我跟他起誓过，我不会再逃开的。"

风蝶梦说道："是我把你掳走的，那么你就不算是逃开了。"

黑暗里，阿绯张了张口，却说不出什么来。

风蝶梦望着她，忽然说："还是说，小公主你心中其实也不舍得离开？毕竟，你曾经也喜欢过他的，对不对？"

阿绯想了想，觉得这种说法很是可怕，但是却又并非完全没有道理。风蝶梦说道："如果真的不舍得，那么就干脆留下来，不用再多想其他的。毕竟朱子是真心喜欢你，当然会好好地对待你，你们就做一对和和美美的夫妻，又有何不可？"

阿绯听了这话，却说道："不、不要……"

"你自己都没有想清楚自己的心意。"风蝶梦叹息。

阿绯低头，过了会儿，终于说道："我、我向来是糊里糊涂的，自以为聪明，实际上很笨。当初傅清明将我从妙村带出来，我很难受，很想回去，心里也想念当时的相公宋守……再加上误会了傅清明，就一直都恨着他，最后害死了他之后，才知道原来我错了，一直以来错的都是我自己，不怪别人……现在，我又开始想他……"阿绯慢慢地，终于把心中的话说出来。

风蝶梦并不打扰她，阿绯看她一眼："我也觉得我真是活该，宋守离开了，我想念宋守，他回来了，我却又不想跟他在一起了。傅清明对我好的时候，我心里讨厌他，等他死了，我却又开始想念他，大概……是老天爷在惩罚我吧……"

风蝶梦听到这里，就说道："那么祯雪呢？"

"皇叔？"

"是啊，祯雪对你来说，是什么？"

阿绯低了头，想到祯雪，她脸上的表情也变得温柔，轻声说道："皇叔，是亲人……是最不可替代的亲人。"

风蝶梦上前一步，眼神有些凌厉："那么，你可知道，对你的皇叔来说，你是什么？"

阿绯抬头，目光有些惘然："啊？"

风蝶梦对上阿绯的双眸，那即将冲口而出的话欲言又止。

阿绯见她并不说下去，反而问道："你、你怎么不说了？对皇叔而言，我是什么？"她呆了呆，像是想到了什么似的，眼中多了一丝悲伤，"我是不是惹了皇叔不喜？"

风蝶梦身子一震："不！"她有些急切地否认了这个说法，然后又像是发现自己的失态一样，摇头说道："不要胡说，对你皇叔而言，你……也是他最无可替代的……亲人，是他这一生，最爱的人。"

阿绯松了口气，脸上才露出高兴的笑容，喃喃说道："皇叔，皇叔对我最好了。"眼中的泪却流出来，阿绯伸手默默擦去。

风蝶梦心情复杂，以至于脸上的表情有些诡异，她转过身去，平静了一会儿心绪后才又开口："对你皇叔来说，你是他最疼的人，所以我决定……送你出去。"

阿绯吃惊地看向风蝶梦："可是、可是你原先不是……"她原先跟祯雪不是很敌对的吗？阿绯停了停决定不提这个，"你是南溟的人，怎么能违抗朱子的话？"

风蝶梦看她一眼："你这丫头，嘴硬而心软，这时候还替别人着想吗？对了，先前你不是说傅清明吗……"

"啊？"

"傅清明，未必就是真的死了。"

"什么？"阿绯吃惊，几乎从地上爬起来。

风蝶梦说道："所以我会带你出去，另外，南乡那个小家伙，你也带上吧。"

阿绯更加意外，却又有点不确认："你你你……难道……"

"南乡是祯雪的儿子吗？"风蝶梦看她一眼，轻描淡写地说，"我已经知道了。我先前……的确是很讨厌跟祯雪亲近的那些人，可是……人的心是会变的一边，现在我想……"

风蝶梦并不再说下去，只是又看向阿绯："你是想留下来跟朱子做夫妻还是要出去找傅清明，现在就决定吧。"

阿绯望着风蝶梦，心忽然怦怦地跳个不停：何去何从？该相信她吗？

南乡正睡得迷迷糊糊，被摇醒了后擦擦眼睛，看清楚面前的人是阿绯："公主，你干什么？"一边的连昇睡得本就浅，当下也翻身起来。

阿绯摸摸南乡额头："想不想离开这里？"

南乡的眼睛一下亮了起来："想！是不是要去虢北找我爹了？我们快走！"

阿绯哑然，旁边的连昇默不作声，只是伸手拉住了她的袖子。

阿绯看着连昇，张手将他一抱，摸着他的头低声说："皇姐有些事情，不得不离开……你是个聪明的孩子，不要跟着皇姐，好好地呆在府里头，皇叔会保护你的，等你再长大一些，就没有人敢欺负你了。"

连昇不说话，眼中却见了泪光，紧紧地搂着阿绯，轻轻摇头。

阿绯掏出一块帕子，替连昇擦擦脸："你渐渐地长大，就是个男人了，不能像小时候一样哭了，乖。"

连昇吸吸鼻子，红着眼点头。阿绯又抱住他："这京城里总要留一个最亲的人才不显得陌生，皇姐以后还会回来的，等我回来，最想看到的就是连昇了，连昇要长进哦……"

连昇慌乱地握住阿绯的手，阿绯将那块帕子放在他的掌心："你是最乖最懂事的，明白皇姐的心意吗？"连昇忍着泪，点点头。

阿绯无法再看小孩儿带着泪的脸，她的心已经不由自主地疼了起来，如果再看下去，或许她会不忍心，会带着连昇也走，但是这一路上还不知如何，连昇是个与世无争的身份，性子又安静，留在王府里，反而安稳。

风蝶梦抱着阿绯，阿绯抱着小南乡，神不知鬼不觉地掠出王府高墙的瞬间阿绯回头看了一眼，王府里头还有点点灯光闪烁，她的目光掠向书房的方向：那个人，终究是跟她有缘无分的，在她最爱他的时候无法倾心，等他重新回来后一切却已经变了。就在那一刻，阿绯心中想："不管你是宋守也好，朱子也好，我都希望你好好地，达成你心中所愿……然后……就把我忘了吧。"

朱子很快就知道阿绯被劫走了，很快地查了一番后，也知道是谁所为。

他只是想不到，风蝶梦竟会在这个时候反叛他。

正在朱子准备下令缉捕的时候，让人意外的是，风蝶梦自己却回来了。

朱子看着面前之人，强忍怒火跟不安："阿绯呢？"

风蝶梦站在他面前几步之遥，躬身，很平静地回答："少主不必再惦记，小公主已经走了。"

朱子手握成拳，这会儿听了这话，再也按捺不得，闪身挥手打了过去。

以风蝶梦的身手本可闪开的，但不知为何风蝶梦竟未曾避让，朱子一拳打在她的脸上，风蝶梦往后踉跄几步，却又站住。

"你好大的胆子，你好无耻的心肠，"朱子怒不可遏，疾言厉色说道，"我已经许你给你复名的机会，你却依旧冥顽不灵，仍旧反叛我！风蝶梦，莫非你是觉得我无法杀你吗？"

风蝶梦抬手在脸颊边上轻轻地一拢，缓缓地摇了摇头："我并没有这个意思，我如此做，正是因为我对少主有一份感激之情……"

朱子闻言，怒极反笑："哈……你这话真是荒唐至极，你对我存着感激之情，就是如此回报我的？我想不到除了'恩将仇报'还有什么词可以形容！"

风蝶梦抬起头来看向朱子："少主息怒。少主现在或许不明白，毕竟，小公主是你平生至爱，倘若……在五年之前有人劝我离开祯雪，我也会如少主一样的反应。不，我并没有少主的涵养，反应只会更加激烈。"

朱子听她忽然这样说，面上便露出几分疑惑神色。

风蝶梦微微垂眸，说道："我很了解少主你的心情，也懂你对小公主的爱是什么样的，咱们南溟的人，至情至性，一旦爱上了，不管用什么手段都在所不计，只想要得到对方……就算是手段再激烈，被人畏惧诟病都不会退让。"

朱子神色一动："你不必拿你跟我相提并论！"

风蝶梦却依旧平静："少主，你且听我说，我的话，说一句便是少一句了……"

朱子双眉皱了皱，不知为何，总觉得这句话有些异样的意味，因此竟并未打断风蝶梦。风蝶梦垂头，脸上浮现一丝笑："少主说我拿自己跟你相提并论，其实，只要是心怀爱意，人跟人之间，又有什么区别呢？我记得当时……"

风蝶梦的眼中透出怅惘之色，回想往事，似觉得甜蜜，但她的脸极丑，看来便觉诡异。风蝶梦浑然不觉，用一种做梦似的语调慢慢说道："我第一次看到祯雪的时候……就好像漫天的阳光都落在他的身上，是那样的耀眼。不，不是洒在他的身上，似乎从那一刻开始，他就成了我的阳光，永远不可缺少的人，若是看不到他，若是没有他，我就看不到其他的光。"

朱子心头震动，手暗暗地在腰间捏紧了些：是啊……风蝶梦所说，他又何尝不知？当身为质子的他，头一次看到阿绯的时候……

风蝶梦转头看向朱子："这种感觉，少主该也深有体会吧？所以，就算是痴迷也好，着魔也好，都要紧紧地追随着那个人，想要得到他，用尽所有的方法也要……"

朱子忽然间有些不愿听下去，心中有一种古怪的感觉，翻翻涌涌地，涌动着，难受着。

"当时我还年轻，爱恨都很激烈，又因为以前被众星捧月地宠爱敬仰着，从来都眼高于顶。我深爱着祯雪，我觉得他也该是深爱着我的，得不到他的回应，我很痛苦，痛不欲生，无法容忍，所以……一步一步地，我用尽所有的手段，一直到逼得他跟自己都没有了退路……"风蝶梦低低笑了声，声音苦涩："少主你看，我现在，得到了什么？"

朱子喉头动了动："够了，我知道你要说什么，我……不会跟你一样！"

"到底是哪里不一样？"风蝶梦的声音仍然轻轻的，"小公主心里真正爱的人是谁，没有人比朱子更明白吧？朱子一步一步所做的，跟我当年所做的，又有哪里不一样呢？"

朱子看见她的双眼，有一种古怪的亮意，他竟无法面对，霍地回过身去。

风蝶梦幽幽地叹了口气："南溟有朱子，是南溟遗民的福分。我年轻时候因情而着魔，没有为南溟做一件有用的好事，如今，我无法眼睁睁地看朱子也跟我一样入魔，所以……"

朱子忍无可忍："住口！你是说你带走了她反而是对南溟做了一件好事？"

"或许，我还有自己的私心，"风蝶梦迎着他的怒火，慢慢说道，"我明明是爱极了祯雪，却反而逼得他恨极了我，我一辈子，没有做点合他心意的事，也后知后觉地，现在才知道他心中最爱的人是谁，所以我要替他……护着他最爱的那人……小公主。"

朱子咬牙按捺怒火："你……糊涂，她在王府里头，我自会好生照料她，你带她出去，外头风风雨雨，江湖诡谲，她一个世事不知的人，怎么会好？你……告诉我你带她去了哪里，我将她带回来，便对你所做既往不咎！"

风蝶梦缓缓地摇头："少主，我先前曾说，少主有些像我，少主并不肯承认，我用一辈子的时间来弄清楚了一个道理：那阳光的确是耀眼的，令人渴望得到的，但是不属于你就是不属于你的，就算你勉强想要揽入怀中的话，只能伤了彼此。"

朱子大怒："你真的不打算回头了？"

风蝶梦低头："少主为了让我安心，把这个给了我……"她抬手，抚摸袖中之物，眼眸里全是温柔之色，"我所能为少主所做的，也只有这些了，少主以后会知道……我所做的，是为了你好。"

朱子怒极，说道："你以为，我会轻饶了你吗？"

风蝶梦暗声说道："这个就不劳烦少主了，我自己……也不会轻饶了自己的。"风蝶梦说着，忽然之间纵身而起，朱子一惊，却见她竟是往门外倒退出去。朱子皱眉，只以为她是要逃，当下闪身也跟着追了出去，门口小南音、红绫女、无患子等人都在，见状也吃了一惊，纷纷追击。

然而风蝶梦退到了外头院子中央，却并未再动，反而沉声说道："都不要靠前。"

朱子迈步从众人之中上前，忽地见风蝶梦全身微微泛着红光，他心头一惊，有些无法置信，手一抬，身后的众人果真都不曾往前。

风蝶梦站在空地上，缓缓地盘膝坐下，说道："我痴惘半生，念了他一辈子，却不晓得……他早就离我而去，如今，我做了一件合他心意的事，地狱黄泉之中相见了，他总不至于依旧避而不见，总会再见我一次吧……"

小南音、红绫女等听了，各自心头一震。

朱子浑身发冷，知道了她要做什么，当下叫道："风蝶梦！"可那一句"不可如此"在喉头翻滚，却无论如何说不出来。

风蝶梦抬头看他："朱子，请恕我……无法再伺候驾前了……"她说罢之后，浑身红光大盛，有一层薄薄的火焰，极快地笼罩她的全身。

众人大惊失色，有人惊呼出声。而风蝶梦却依旧安稳地坐在火光之中，她伸手在脸上一抹，所有在场的人都呆了，却见她手心紧握着一块面具，面具浴火，很快化成灰烬，而在面具底下的那张脸：长眉如柳，丹唇微挑，双眸流光，竟十分绝色，用一个"国色天香，倾国倾城"来形容，亦不过分！那才是南溟第一美人的风采，那才是令人望而生畏的护教圣女风蝶梦的真正面目。但是没有了她心中所爱，她生得什么模样，又有什么重要呢。

风蝶梦低低笑着，火焰飞快地吞噬了她的头发，火光大盛，照得她的脸异样的美艳，令人目眩神迷，有许多彩色蝴蝶从她身上飞出，又极快地被火光点燃，烧着的蝴蝶像是一颗颗流星坠落，跌在她的身上。

风蝶梦抬手，把袖子底下的东西抱出来，却是个小小的白玉坛子，她像是抱着什么至宝一样将坛子抱入怀中，温柔喃喃："这会儿……你再也不能离开我了……"

红绫女瞪大眼睛，火光在她的眼中跳跃，她眼睁睁地看着，几乎站不住脚，旁边无患子用力扶住她，而就在火光之中，传出风蝶梦凄婉的声音，唱道："天与化工知，赐得衣裳总是绯。每向华堂深处见，怜伊。两个心肠一片儿。自小便相随，绮席歌筵不暂离。苦恨人人分拆破，东西。怎得成双似旧时……"

那声音宛如呜咽，渐渐地便消散了……

## 第九章

## 逃之风景

那燃烧的极为耀眼的火光最终熄灭,现场剩下了一团小小的灰烬。

在场的南溟众人却依旧未从震惊中清醒过来,红绫女双眼之中不知何时已经满是泪水,尽管她不知道自己为何流泪,什么时候落泪的。

朱子望着那一团灰烬,心中有着莫名的悲凉,跟浅浅的愤懑,他默然转身。

小南音见他欲走,低声道:"少主,该如何处置?"

朱子回头,看一眼那灰烬,终于淡淡说道:"合而葬之吧。"

莫名地,随着朱子这一句话出,在场的众人,心中都暗暗地松了口气。本来,对于这位少年时候就名满南溟的风蝶梦,众人心中只有敬畏,以及对她因为一个男人而叛了故土的不齿,但是现在……终于,尘归尘,土归土。

若是人之一生能爱至如此轰轰烈烈,鲜明决然……想来,虽则可怖,但却也有一种令人钦敬之处吧……斯人已去,夫复何言。

马车停了下来,赶车的人蒙着脸,只露出一双眼睛,头上还戴着毡笠,帽檐压得低低的,这副打扮倒是并不打眼,寻常赶车行路的车夫有时候便是这样装扮,尤其是在冬天风雪交加的时候或者夏季太阳流火之时。

车夫打马一阵急奔,才放慢了速度,一手持着马竿,一边回身,撩起帘子把车厢门轻轻推开往里看了一眼,却见里头,阿绯抱着南乡躺在车厢里,睡得迷迷糊糊的。车夫只瞧一眼,便放了手,帘子荡下来遮住了里面,他抬手把斗笠往下一拉,将车速放得更慢了些,这段路有些崎岖不平,如此会减少一些颠簸。

隔了一会儿,马车将绕过一座山的时候,车厢门被打开,里面阿绯探头出来,揉揉眼睛四看,当看到满目岩石的时候不由地惊了惊:"这是哪里?"

那赶车的并不搭腔,只是仍拉着缰绳目视前方,仿佛没有听到一般。

阿绯眨了眨眼,有些不高兴似的,然而竟没发作,只顾转头看周围景象。

那一夜风蝶梦将她跟南乡带出来,出了城后,就交给了现在这个赶车人。对阿绯来说,这是个怪人,因为他一般不怎么吭声,偶尔说话也是很简单地两三个字地蹦出来,声音沉闷,像是一块石头扔在地上。

然而幸好阿绯知道自己是在逃跑,因此就没有更挑剔些什么。这一天多下来发现,这赶车的虽然沉闷无趣,但却是个能干而利落的人,阿绯虽然不认得是往哪里走,选的什么路,但是这一路以来都没有朱子派来的人跟上,足以证明风蝶梦的确给他们找了个好帮手。

因为阿绯知道,不管风蝶梦用什么法子都好,朱子绝对不会置之不理,肯定会派人四处找寻她。

阿绯却不知道风蝶梦在下定决心送她离开朱子的时候,就已经有了必死的信念,长久的坚持忽然落了空,对她来说,那满目热烈的火焰像是一个解脱。

阿绯坐在车门边上,盘着腿呆看了会儿,终于忍不住又打了个哈欠,又问:"这是哪里啊?"看看天色,仿佛有些暗了,似乎是有些阴天,但是看周围,荒山野岭,前不着村后不着店的,未免有些可怕。如果不是信任面前这个人,阿绯恐怕要喝令他停车了。

车夫赶着马儿,转了个弯儿,终于开了尊口:"快到山下了。"

阿绯从后面看着他,这车夫身形高大,穿一身灰扑扑的衣衫,坐在前头像是块石头,阿绯挠了挠头:"山下是哪里?"

隔了一会儿,车夫才说:"放下你们。"

他这话没头没脑,阿绯呆了会儿才反应过来他是什么意思:"你、你说什么?你是说会把我们……扔在这里吗?"

车夫冷冷淡淡地,闷声说:"是。"

阿绯目瞪口呆，震惊之余本要说点什么，然而呆看了会儿，还是默默地又爬回车里：风蝶梦本没义务救她出来的，而这人是风蝶梦的手下，肯费心劳力地送他们远离京城已经是仁至义尽了，他要走的话，自也说不上错。

那车夫头也不回地，稳稳地赶车，听到身后窸窸窣窣的声音，知道她是又回去了，斗笠底下的眼睛向身侧瞄了一眼，却又收回来，仍旧看着前方。

天将黑的时候，马车果然从山上转了下来，眼前似是个小镇，镇子不大，街上极少人迹，此刻南乡已经醒来，见车子停下，便也探头出来问道："咦，这是哪里？"南乡自来甚少出门，小孩生性好玩，因此虽然这地方荒凉，他却仍旧只觉惊喜。

阿绯有些忧愁，看那车夫一眼，却见他冷冷地坐在车上，并没有要下来的意思。阿绯赌气什么也不说，爬出车厢跳下地，又把南乡抱下来。

那人并没有就赶车离开，阿绯犹豫了会儿，仰头问道："你要走了吗？"

车夫的帽檐压得很低，阿绯隐约瞧见他一双眼睛极亮，居高临下地扫了她一眼，看得她心里竟然一惊，然后他说："嗯。"

他说了这一声之后，手一抬指了个方向，简简单单又道："虢北。"然后说走就走，手一抖缰绳，两匹马拉着那辆车，很快地消失了个无影无踪。

阿绯越发惊呆，站在原地看着那马车滚滚消失，半晌才嘀咕道："真是的！一个大怪人，多说两句话又能怎么样？"

南乡也说道："公主，这人话少，样子也不知是什么模样，说起来咱们还不知道他长得什么样儿呢。"

阿绯想了想，说道："大概长得不太好看吧。"因知道他是风蝶梦派来的，因此阿绯心里就想风蝶梦生得那样惊世骇俗，她的手下必然也是可圈可点的，但是因风蝶梦跟这车夫是帮自己的，故而说话也不十分的刻薄。阿绯却不知道风蝶梦只是戴着面具以假面示人而已，而她的真面目不知道有多美呢。

南乡说："不太好看也就算了，竟然也没有跟咱们说声就走了，公主，我们现在去哪？"

阿绯说道："那怪人走之前给我们指了个方向，大概就是虢北的方向了，我们往那里走大概就会到虢北了吧。"

两个人齐齐看向那人所指的方位，却见前头夜色沉沉，显然不适合再赶路了。阿绯张望了一番，她好歹也曾经跟傅清明步轻侯住过客栈的，于是就说："咱们先找个客栈住一晚上，第二天再赶路去虢北吧。"

南乡是个什么也不懂的小孩儿，自然唯阿绯的话是从，当下点头："好啊好啊，客栈是什么？"

阿绯说道："就是住人的地方……这里会有吗？"她歪头将周遭打量了一番，正好有个人经过，阿绯便叫道："喂。"

那人正歪头看过来，见状问道："叫我吗？"

阿绯望着他："当然是叫你，我问你，你们这里有客栈吗？"

那人意外之余有些愣愣地，望着阿绯那俯视自己似的眼神，情不自禁地抬手指指前头："老李家在前面开了一家客栈，不过挺小的……"

阿绯往前看了看，便又瞥那人一眼，淡淡说了声："谢了。"迈步往前走去，身后南乡急忙迈动小短腿跟上。

一直到两人一前一后地走远，那人才摸摸头，自己纳闷："这人是谁啊……我干嘛要跟她说……"

阿绯跟南乡两个往前走了一会儿，果真看到路边上有一家类似客栈的，开着门，里头地方不大，放着三四张桌子，有个中年男人捧着腮坐在柜台后面。

阿绯站住了看的瞬间，便有个女人从屋后转出来，见那男人懒懒的，便骂："死鬼！一天到晚不知道干点正事儿，有工夫在这里打瞌睡，还不去后院把那菜地给浇了！"

那男人似是个"妻管严"，见老婆出来后赶紧站直了身子，嘴里嘟囔："我忙呢，这不是……"目光四处一看，便看到门口的阿绯跟南乡，顿时双眼一亮，"这不是招呼客人呢吗！"

那女人一转头的工夫，男人已经飞奔出来，热情洋溢地向着阿绯跟南乡张手："客官里边请，两位客官是吃饭呢还是住店？"

南乡看他胖乎乎的，鼻子下面横着一缕胡子，两只眼睛不大，却乌溜溜地转动，便捂着嘴笑。阿绯上下扫了一眼这男人："住店……也吃东西。"

男人听了，大为得意，赶紧向着身后的女人使了个眼色，那女人才作罢，又道："招呼了客人进来后，就去把那菜地浇了，昨儿就让你去了，你非得拖今日！菜地都干了！"

那男人便道:"知道了知道了,妇道人家,就是啰唆……"又热情地邀请阿绯跟南乡进内,南乡头一次住店,四处张望看稀奇,那男人自己亲自拉了两张椅子出来,又特意抹抹灰尘:"两位客官想吃点什么?"

阿绯想了想:"有什么好吃的拿上来就行了,吃饱了我们要休息。"在车上颠簸了一天多,有些腰酸背痛。

这掌柜一听,觉得阿绯似不挑剔,便喜出望外,喜滋滋说:"不瞒客官说,我家那口子,脾气虽差,做出来的东西却是好吃,方圆十里没有不称赞的。既然如此,客官您等着,我这就让她去做两样拿手好菜出来,我再给您准备一间干净的好房子,保管您一觉睡到天亮!"

这掌柜的乐颠颠地去了,身后南乡捂着嘴笑道:"公主,那个女人那么骂他,他居然还夸她呢。"

"是啊……"阿绯眨了眨眼,忽然多了个心眼,便对南乡说,"嘘,你不要叫我公主。"

"为什么?"

阿绯看左右无人,就低低说道:"咱们是偷偷跑出来的,万一有人听见了,去官府通风报信,肯定又会被捉回去。"

"啊,是啊!"南乡用崇拜的眼神看着阿绯,"那么我叫你什么?"

阿绯想了想:"你就叫我姐姐吧,假装咱们是姐弟两个。"

南乡觉得这个提议不错,立刻毫无异议地接受了。

两个人坐在店里头等吃的,那掌柜老李先闲话了两句,见两人坐得安稳,就一拍脑袋:"差点儿忘了浇菜。"果真转身入内去了。

南乡便问:"什么是浇菜?"阿绯说道:"这都不知道?就是给我们吃的菜浇水。"南乡皱起眉心:"都浇上水了,还好吃吗?"阿绯扫他一眼:"不要乱说,是给地浇水,菜长在地上,摘下来后我们才能吃。"

南乡想象不出那究竟是怎样,却还按捺着不肯乱动。一会儿的工夫,两人便听到里头"嗤啦"的声音,南乡不知那是什么,又问。

面对这小家伙,阿绯觉得自己简直是个万事通,忍不住得意说:"那是炒菜的声音。"南乡惊:"炒菜怎么会发出那样的声音?"阿绯眨了眨眼:"因为锅里有油……菜扔进去……就会发出响声。"越说越是小声,因为她忽然记起来,这些知识全来自妙村，——那时候还是宋守的朱子经常做菜给她吃，而她等不及的时候又经常站在旁边看……

南乡越听越是好奇，便从椅子上跳下地："不行，我从来没见过呢，得去看看。"

阿绯一时心神恍惚，就没拦着他，只说："你别乱跑，这里我不熟悉，你跑丢了的话我找不到。"南乡答应，循声而去。

阿绯独自一个人坐在桌子前发愣，掌柜老李去后院浇了菜，便又转回来，见南乡不在，往厨下一探头，却见自家娘子身边上正站着那小人儿，正踮着脚尖探头往锅里看，而自家娘子满脸地笑，时不时地跟南乡说上几句话，显然很高兴。

老李放了心，便也快活地哼起小曲儿，店外偶尔有人经过，见阿绯坐着，就说一声："老李招呼客人啊！"老李便笑嘻嘻答应，有熟悉的人，还跑出门口跟人聊天。这会儿的工夫，里头传出炒菜的香气，引得人食欲大增。

阿绯看着店门口老李跟人海阔天空地聊，鼻端闻到那熟悉的香气，眼前心底就恍恍惚惚地浮现出一些再熟悉不过、温暖不过的景象来，一瞬间几乎以为人又回到了妙村……只可惜，有些时光是再也回不去的。

阿绯回过神来之后，却见一个妇人端着菜亲自送上来，满脸堆笑地把菜放在桌子上："您尝尝看合不合口味。"

阿绯看一眼这女人，笑得腼腆，却慈眉善目的，心里想象不出她喝骂老李的样子，低头的时候，又看到南乡跟在人家身边，小手里居然捏着一根碧绿的小黄瓜，嘎嘣嘎嘣地吃着。

阿绯吃了一惊："哪里来的？"

南乡指指那女人："她给的。"

那女人看着南乡粉雕玉琢的模样，十分喜欢，笑道："黄瓜是最后一茬了，小少爷好像没见过，才给他尝尝的。"

阿绯见她倒好心，便说："麻烦了。"

那女人见阿绯生得极为貌美，心里先有三分的敬爱，却不知要说什么好，就只转头，看到外面的老李跟人闲话，就骂："你得空就出去偷懒，还不进来帮我端菜！"又笑眯眯看阿绯跟南乡一眼，才回厨下去了。

南乡竭力爬上椅子，不忘说："姐姐，她人虽然凶，炒的菜很香哦，还让我尝了尝，很好吃。"

阿绯没想到这个小家伙居然人缘儿还不错，便说："人家对你好，你也要对人家好一点，方才你说'她给的'，很没有礼貌。见到年纪这样的大婶，起码要叫一声大婶或者夫人才是，比她年纪小的，要叫姐姐或姑娘，比她年长的，还要喊人家奶奶或者老人家。"

南乡瞪着乌溜溜的眼睛："是吗？那我叫她大婶还是叫夫人？"

"你喜欢叫什么就叫什么，"阿绯信口敷衍，便夹了一筷子菜，放进嘴里吃了口，"还不错。"

乡下人淳朴，怕做多了阿绯跟南乡两个小的吃不完，李娘子只做了三道菜：一道韭菜煎鸡蛋，一道凉拌黄瓜，加一个蛋花汤，又拿了两个馒头上来。阿绯跟南乡都饿了，再加上这娘子的手艺的确不错，两人不再说话，埋头苦吃，竟把菜吃了一大半，馒头却只分吃了一个。

两人吃饭的工夫，天色已经全暗下来，老李点了油灯，便去灶下跟他娘子一块儿吃饭，吃完后出来，到门口张望了会儿，觉得这一刻不会再有客人上门了，便关了门。

阿绯跟南乡也吃好了，老李便引他们进屋休息，这乡间客栈自然不比王府，幸好南乡年纪小只觉得好玩，而阿绯也是经历过一些事的，于是两人都不挑剔。

爬上炕后，阿绯忽地想到一件要紧事，就爬起来问南乡："你有带银子吗？"

南乡问："没有，你要银子干什么？"

阿绯再无睡意，急忙翻身起来："我忘了吃饭住店是要给人家银子的啊！"

南乡眨巴着眼，说："是吗？"他在王府或者将军府，都是饭来张口衣来伸手的，更不曾住过客栈，一时有些怔住。

阿绯呆呆出神，南乡眨巴着眼想了会儿，忽然间说道："公主，你别着急，我没有银子，你看这个行不行？很好看，或许他们也喜欢，就不要我们银子了。"说着，就从怀中掏出一个布包来，摊开给阿绯看。

阿绯一看，居然是些五颜六色的宝石翡翠之类，阿绯便震惊："你哪里来的？"

南乡摇头晃脑说道："有一些是爹给的，有几块是跟唐姐姐要的，还有一些是在王府里，我跟皇叔要来的。"原来小孩儿觉得这些亮晶晶的东西好玩，所以特意收集了来，平日闲着无事，便跟连昇拿出来把玩，临走的时候也特意从枕头底下掏了出来放在怀中带着。

阿绯见状，着实喜出望外，把南乡抱入怀中："你可真能干！"南乡见她高兴，就知道这些是顶用的，又得了称赞，便也嘻嘻哈哈地快活笑了起来。

如此一夜相安无事，次日早晨阿绯拉扯着南乡起身，出了门，却见小客栈已经打扫整齐，老李坐在柜台后，见两人出来，便出声招呼。

阿绯走到柜前，抬手放了一块绿翡翠在上头："掌柜，我没带银子，你看这个行不行？"

老李惊了惊，低头看那翡翠，却看直了眼，只见那翡翠碧绿如水，通体毫无瑕疵，放在柜上就好像是哪里滴了一滴水下来似的："这、这……"

"怎么样？"阿绯也没有这方面的经验，见老李说话断断续续，一时有点儿紧张，生怕他不要、或者不认得这东西……于是又多加一句，"这是好东西。"

老李狠狠地咽了口唾沫："我知道，知道……"一叠声说完，小心地把那块小拇指肚大小的翡翠拈起来，"只是……太名贵了些……"

阿绯一听这个，才松了口气，把心放回肚子里："既然你认得那就好了，就当昨晚的饭钱跟住店钱吧。"

阿绯说着，便拉住南乡要走，老李呆了呆叫道："姑娘，姑娘等等……"

阿绯疑惑地站住脚，这会儿李娘子闻声也出来："怎么了？你叫得这么大声？"

老李捧着那块翡翠给他娘子看，李娘子呆道："这是什么？"老李咽了口唾沫："你不认得？上回我看张员外手上戴了一个，比这个小许多，还说是得几十两银子呢。"

李娘子一下子张大了嘴："哪来的这名贵东西？"

老李说道："是这位姑娘给的。"

李娘子叫苦："这可使不得，哪里给人家找那么多钱？"

阿绯本想用这块翡翠抵了昨晚上的住宿钱就行了，但老李跟他娘子十分惶恐，知道大概是大户人家的公子小姐出来，故而才拿这珍贵的物件抵了钱，以老李娘子的心意，本不愿意收，虽然是宗富贵，拿了却不得心安，但阿绯执意要给。于是两口子巴巴地找出家里头仅有的十多两银子来找回给阿绯，又做了一顿丰盛些的早饭给两人吃了。

因此阿绯跟南乡从客栈出来之后,身上反倒多了些银子,南乡因此乐得合不拢嘴:"早知道我就再多拿几块儿大的,还有一块紫色的,被我不留神掉在了水里,可惜,可惜,现在想想,能换好多吃的呢。"

南乡絮絮叨叨,阿绯一边听着,一边仍旧四处张望。临走的时候老李多问了一句他们要去哪,大概也是看出两个人没什么赶路的经验,有些担忧,阿绯多了个心眼,不跟他直接说去虢北,就说他们有个亲戚在靠近虢北的边境住着,要去投奔。老李一听,很是吃惊,原来虢北距离此地足有千里,更别提其中的艰难险阻了……可见两人是个一定要去的势头,就又嘱咐了他们一顿,将出门的工夫李娘子从里头飞跑出来,给阿绯收拾了一个包裹,阿绯问是什么,说是些干粮跟水之类,怕他路上渴了饿了。

所谓商家大概都是唯利是图之辈,但这是小地方,民风淳朴,何况老李跟他娘子见阿绯和南乡,一个美,一个嫩,都不像是赶路的人,且又不懂得人情世故,出手就是一块儿翡翠,他们这儿倒是好,若是遇上歹人,那定要生出事端来。此刻阿绯见南乡念叨,便说:"方才那两个人倒是挺好的,又叮嘱了我们好些话,你都记住了吗?"

南乡说:"记住了,说是以后不让随便把石头拿出来,先用那些散碎的银子,'钱财不露白'嘛,这句话真有意思。"

阿绯见他果真记得明白,便笑:"那还有呢?"

南乡想了想:"走路要多个心眼,若是看见那些长得凶恶的就避开些……免得惹事,就算是生得面善的也不能随随便便就相信了人家,……咦,公主姐姐,那个给我们赶车的长得是凶恶还是面善啊?"

阿绯眨了眨眼,惆怅地看向前方:"谁知道,他包裹得那么严实,我只瞧见一双眼。"

南乡说道:"他长得倒是高大魁梧,对了,你说他跟我爹哪个高一些?"

阿绯呆住,眼前便浮现傅清明的影子来,赶紧转开头去,支吾说:"这个、这个我……"

南乡抓抓头,忽然间眼前一亮:"哎哟,有好玩的!"不等阿绯说完,撒腿往前就跑。

原来两个人边走边说，不觉寂寞，此刻竟已经出了小镇，面前是一条小路，蜿蜒向远处，两边生着好些杂草。

前方路上有一个戴着斗笠的乡下人，正赶着一头牛在慢慢地走，那牛儿悠闲，不时地甩甩尾巴赶着身上的牛蝇，走两步又停一停，吃一嘴路边上的草。

南乡自打出生就没见过牛羊之类，当下如看到什么新奇玩具一般扑了过去，那赶牛的是个老者，见身后有个小孩子追过来，惊愕之余看南乡年纪极小，生得可爱，忍不住就笑得皱纹层叠。

南乡见了好玩儿的，忘乎所以，且他又天生自来熟，便想去摸那牛，伸手过去，又不太敢，见那老者打量自己，就问道："这是什么？"

老者见他居然连牛都不认得，便笑道："小娃娃，你不认得？这是黄牛。"

南乡问："黄牛是干什么的啊？"

老者说道："现在赶它去耕田。"

南乡心中生起一股无名的钦佩感："哦，耕田啊……什么叫耕田？"

这会儿阿绯赶过来，将他拉过去："小孩子不要问东问西。"

老者见他出言幼稚，却不以为忤，大笑道："小娃娃口多，什么也不懂的，无妨，无妨。"

南乡见那牛尾巴摇来摇去，自己便去路边上拔了一根极长的草，在牛尾巴后也跟着摇，那老者见状，就吓唬他道："娃娃，你留神，惹恼了它，会伸腿踢你。"

"真的？"南乡吓了一跳，赶紧把那根草扔了。老者见他信以为真，不由地哈哈大笑。两人跟着牛儿和老者走了一会儿，老者便赶着牛下地去了，临去便同两人挥了挥手，南乡站在路边，依依不舍地看了会儿，见老者给牛套上耕田的用具，缓缓赶着牛往前。南乡便道："原来这就是耕田啊。"

阿绯摸摸他的头："是啊，这就是耕田，看够了吗？赶紧赶路了。"说着扭身就走，南乡便急忙也跟上。阿绯缓缓走着，却不说话，心里头想起好些以前在妙村的事来。那时候朱子去地主家打工，她就在家里睡觉，睡得无聊了，就出来乱走，那时候会有芝麻糕跟着她，这会儿却是南乡了。

阿绯想着想着，就站住脚，回头看一眼南乡，却见小孩儿正探身向着路边的杂草上张望，伸出手来想去捉什么似的。

阿绯想到芝麻糕，有些感伤，便暂时把南乡当成芝麻糕，吆喝说："南乡，快点跟上。"南乡见她叫，才缩了手，欢天喜地地跑来："我刚刚看到一个好玩儿的，趴在草上，吱吱地叫，可惜你叫我，不然的话我就捉住它了。"

阿绯听了他形容的，问道："是不是绿色的，头很大，头上还有两根短短的须的？抱住草一动不动？"

南乡急忙点头："你怎么知道？"

阿绯哼了声，下巴一扬："我当然知道，我还捉过，那种叫做蚂蚱，叫声比蝈蝈要大，我以前也玩过。"

南乡却很聪明，想了想就说："那你一定不是在王府或者将军府玩过了？"

阿绯只觉得这小鬼头的聪明着实让人黯然神伤，哪壶不开提哪壶，气得瞪他一眼："是啊，怎么样？我是在妙村玩过。"

南乡理解不了阿绯气哼哼的表情，自顾自说道："那么是你自己捉的吗？如果你这么厉害，给我也捉一只好不好？我们带着上路，这一路上听它一直叫一直叫，也怪有趣的。"

阿绯看着他期待的表情，一时又有些惆怅，断然拒绝："不行。"

"为什么不行？"南乡略觉得失望。

阿绯干脆扭头转向一边去："我说不行就是不行。"

南乡不明白，见她不肯配合，就也作罢，心里打定主意下次见到了一定要捉上一只。阿绯说完之后见南乡没动静，忍不住偷偷看他一眼，看小孩儿自顾自仍在张望，才放了心。此刻将近中午，昨晚上借宿的那小镇子早就在身后不见了，两人居然已经走出了十几里地去，却因为觉得好玩儿丝毫没察觉累。

阿绯眯起眼睛看前方，望着前头白云堆积，像是从天上垂落下来似的，末尾被一片树林挡住。热气升腾，阿绯抬手遮住眼睛，心想："那时候我也觉得这蚂蚱好玩儿，可是却不敢捉，还是他帮我捉的，捉到后还用笼子关起来……笼子也是他做的……想来他对我真的很好，可惜……"

想到朱子，一时眼睛就有些难受，急忙又一扭头："算了，不想了！反正已经出来了！"

两人又走了一会儿，南乡果真捉了一只蚂蚱，他倒是不怕这个，用手捏着就来给阿绯看，阿绯吃了一惊，没想到果真竟给他捉到了，看他欢喜的模样，赶紧跑到路边上揪了一根细长的草，手上打了个结，回来后就拴在那蚂蚱身上，小心翼翼地扣紧了，最后把那根草另一端给了南乡："拿着吧。"

南乡见她如此"心灵手巧"，越发佩服："公主，你好厉害啊。"阿绯本要得意，然而想到自己这一招也无非是跟朱子学的，那得意就也减半了。

两个人顶着大太阳又走了六七里路，不约而同地都有些累了，正好走到一棵大树下，阿绯便道："歇息会儿。"南乡先跑过去，也不怕地上脏，一下就坐下来，开始玩他的蚂蚱。

阿绯走过去，把身上的包袱解下来，打开一看，里头有几根黄瓜，三个馒头，还有几片类似咸肉的东西，仔细切开用油纸包着，另外就是一个细腰葫芦，阿绯拿起来晃了晃，才发现里头装着水。阿绯自言自语道："李娘子竟然这么心细，她吆喝老李的时候虽凶，却真是个好人，怪道老李被吆喝还一直笑呵呵的。"想想这两个民间普通夫妇的相处，忍不住有些羡慕。

看南乡满头大汗，原本白净的小脸儿被晒得黑里透红，阿绯把葫芦塞子拔下来，自己尝了一口水，清澈甘冽，便递给南乡。

南乡乖乖地仰头喝了一口，阿绯仔细看他，倒是觉得怜惜起来："再吃一根黄瓜吧。"南乡喜欢吃这个，张手就要接过去，阿绯看他手上沾满了泥土，赶紧用自己的衣袖给他擦擦，南乡才握住黄瓜吃起来。

两个人在原地休息了一会儿，路上也有几个行人路过，瞧见两人，都觉得惊奇，纷纷多看几眼。

树荫下凉风徐徐，过了一刻钟的工夫，身上的汗才消了去，也觉得不那么累了。这会儿日影又偏斜了，阿绯见天色不早，便要赶路，正跟南乡又站起身来往前走，却见后面来了辆马车，这马车却跟他们先前乘坐的风蝶梦的那辆不同，前头虽有匹马，后面却只是拉着一个光光的车板，车上面堆着些细长的稻草。

那赶车的经过之时便看着两个人，马儿戴着脖铃，叮叮当当地跑了过去，顿时把南乡的注意力又引了过去。马车已经越过了两人，却渐渐地又停下来，那赶车的扭身望着两个，南乡见状，先撒腿跑去，他本是想看那匹马儿的，却不料那赶车的见他跑来，便笑起来："小娃娃，你们是要去哪？"

南乡说道："虢北。"阿绯想拦已经来不及，可看那赶车的不过是路过的，便也不以为意，只略带警惕地看着他说道："你问这个干什么？"

# 第九章

那赶车的听南乡说是虢北，先吓了一跳，而后见阿绯过来，就说道："虢北可远得很呢！起码要走几个月吧，姑娘，我是去地里头扒草回去喂牲口的，就住在前头的村子，正是这条路通往的方向，距离这儿有六七里地，要是不嫌弃的话，我捎带你们一程吧？看你们也走得怪累的。"

南乡一听，抢先叫道："好啊好啊！"阿绯只好白了他一眼，心想这个小子把客栈老李的话都扔在脑后了，但阿绯也正好累了，看着赶车的似不是坏人……于是顺势也妥协了。两个人从后面爬上板车，阿绯懒懒地靠在柔软的稻草上，只觉得比躺在床上都舒服，忍不住扭来扭去地换姿势，最后才摊手摊脚毫无仪态地躺好。

南乡却像是发现了什么更好玩的地方，疯了似的在稻草上爬来爬去，最后顺着稻草堆爬到车前头去，阿绯回头喝道："你小心点，掉下去会摔断胳膊腿的！"

那赶车的呵呵笑，回头看了南乡一眼："我慢着点，小哥儿也多小心些就行了。"

南乡乱爬这一阵儿，早不知把他的蚂蚱给扔到哪里去了，听了赶车的这番话，更是高兴，索性坐到他身边去："你这匹马虽然不怎么高大，但是长得倒是挺好看的。"

赶车的噗一笑："小哥儿，我这是骡子，不是马……马当然要比骡子高大，但是也贵，家里头忙活，用骡子就挺好的。"

南乡瞪圆了眼睛："骡子？我头一次听说……"

骡子是马跟驴交配生的后代，南乡在京城的时候，经常看傅清明、祯雪他们骑马，此刻见骡子长得跟马儿差不多，便以为是小马而已，"骡子"这个名称，却也是头一遭听到。赶车的见他人虽小，却聪明乖巧，很得人疼，就说："小哥儿是生在富贵人家吧，听说富贵人家都是用马儿的，自是没见过骡子。"

南乡说："什么富贵人家，我觉得这样儿才好玩！只要让我每天这样玩儿，什么富贵我也不要啦。"

赶车的忍不住又喷笑："小哥儿真会说玩笑话，我们这些人整天为了生计忙忙碌碌，却从来没觉得好玩儿过……多半都是羡慕有钱人家的好呢。"

南乡见那骡子一扭一扭地奔跑，尾巴拖在后面，便伸手想去摸摸，赶车的见他倾身向前，生怕他掉下去，便将他拉住："哥儿小心！"

车后阿绯正窝在稻草堆里，这会儿阳光没正午那么强烈，有些夕照的意思，阿绯被晒得懒洋洋的几乎睡着，听了这声才回头过去："南乡，回来，别去给人家捣乱。"

如此过了六七里，果真看到一个小山村，大概是几十户人家，窝在山脚下。

那赶车的家里住在村口路边上，他停了车，有些犹豫地望着身边儿。

南乡正躺在稻草堆里，这稻草软软的，又有一股天然香气，南乡闹腾了一番，又走路走累了，居然无视骡车的颠簸睡了过去。

阿绯正也眯着眼睛半梦半醒，身上头上都沾满了稻草，见车停了便爬起："大叔，你到家了？"

赶车的忙跳下车，走到后面："姑娘，那位小哥儿睡着了……"

阿绯"啊"了声，走到车前："我把他叫醒。"

赶车的看看天色，日影偏斜，再过不到一个时辰天估计就黑了，他见两人似又要赶路，便有些担忧。

这会儿，那路边的院子里头狗儿狂吠两声，院门吱呀一声打开，有人走出来，却是个四五岁的娃儿，见了赶车的，便撒腿往这边乱跑。

阿绯正把南乡叫醒，南乡睡眼惺忪，不知道怎么了。那女娃儿跑到赶车的身边："爹，你回来啦。"将赶车的腿一抱，十分亲昵。

这赶车扒草的村民姓赵，他们所在的正叫赵家村，乃是个不大的村落，赵家村地脚偏僻，平时也少有人打这儿经过，那小女娃忽然见到阿绯，又看到头上插满稻草的南乡，呆了呆后回头扯着嗓子叫："娘，爹带了客人回来。"

阿绯转头对上小女娃乌溜溜的眼睛："小孩子，我们不是客人，是过路的，现在就要走啦。"说着就把南乡从车上抱下来，顺便把他头顶的稻草拔下来，却浑然忘了自己身上头上沾得也全是。

这片刻，那院子里便出来一个女人，腰间围着个围裙，抬手在上头擦了擦，看见阿绯跟南乡，不由得惊了一下，觉得这两人自己不认识，就又用疑惑的眼神看向自家男人。赶车的抬手摸摸头，有些不好意思："我在路上看到两个人走得辛苦，想着反正是顺道，就捎他们一程了。"

阿绯把南乡放在地上，扫了这一家人一眼："不用担心，我们要走了。"

赶车的急忙道："姑娘，这天要黑了，你们再往前可是山路了，得翻过山才能见到人家……"摸黑走山路,连他们这些山脚下的村民都是不敢的,何况是这两个看起来弱不禁风的。

阿绯没想到这个:"是吗……前头就只有山路了吗?"

赶车的点头:"往虢北的话……最好直接就翻过这座山,不然的话要绕很长一段路,兴许就走偏了。"

阿绯有些为难,赶车的小女儿便说:"你们不如在我家里住一晚上,明儿再走吧。"

南乡正也瞪着眼看她:"你叫什么?"

那小姑娘见他直接就问过来,忍不住有些害羞,往她娘身边退出一步,才小声说:"我叫菜花。"

南乡眨巴着眼睛:"这个名字好别致啊,是不是公……姐姐?"他转头看向阿绯,幸好把那一声脱口而出的"公主"给咽了下去。

菜花的娘亲见状,就也说:"一个姑娘家和一个娃儿走夜路,还是山路当然不行,再说,我们这山里头有……"她欲言又止,脸上露出害怕的表情。

南乡却惊奇地问:"有什么?会不会是老虎?"双眼顿时放出光来。

菜花一听,捂着嘴就笑起来,她娘意外之余腼腆地低头,南乡却很有毅力地继续问:"那么有豹子?狮子?猴子?老鹰?"

菜花忍不住捧着肚子哈哈笑起来,阿绯打了一下南乡:"住口,让人家说。"

菜花她娘还没开口,赶车的说:"不是些野兽,我们这山上……有山贼。"最后两个字说的声音很低,似乎生怕别人听到。

菜花她娘打了个哆嗦:"咱们别在外头说,进里面进里面。"又慌里慌张四处张望了一番,先推了菜花一把,又伸手示意让阿绯跟南乡进内。南乡见菜花跑到屋里去,自己就也跟着撒腿跑去,阿绯无奈,只好也跟着进了屋。

菜花娘招呼着阿绯跟南乡进屋,赵赶车去把板车卸了,又把骡子也从后门牵进来,拴在棚子底下,打水洗了把脸才转到前头,看看天色不早,先关了门。

进了屋阿绯才知道,赶车的跟菜花娘还有两个娃儿。据说一个十五岁,今年刚出嫁,另一个十二岁养在家里,怕羞,不肯出来,菜花却是最小的。

而这座山上果真是有一窝山贼,只不过因为赵家村村民普遍都穷,因此山贼也不来骚扰,只是偶尔在山上探查到有什么富商之类路过,便进行打劫之事,实在缺粮少吃了才来抢劫村子。

赵家村偏僻,官兵也不来管,偶尔来一次,却还得要吃要喝,如蝗虫过境一般,比山贼还厉害。久而久之,村民们都习以为常,宁肯不去惊动官兵,横竖一年到头山贼也来不过两三次,每一次来只需要给他们所要的就行,也极少会伤害人命。

但是像是阿绯这样的年轻女子跟南乡如此的小毛头,若是再走夜路,被这帮山贼盯上,可不知会发生什么事了……所以赶车的才好心规劝阿绯,菜花娘也把他们拉进来才肯告知详情,生怕给山贼盯上。

阿绯听菜花娘说事的时候,南乡就跟小菜花两个凑在一块儿玩,赶车的拎着一条手巾进来,说道:"姑娘,不如你就先在我们家委屈住一晚,明儿再走也行,但你这副打扮却太打眼了,要改装一下,扮成我们这种村民的样子在山上才不会被为难。"

阿绯想了想的确是这个道理,便问他们村有没有客栈,然而这村子一穷二白,哪里有那玩意儿,于是就决定住在这家里,同时打定主意走的时候给他们点银子。

南乡跟菜花玩得不亦乐乎,先头正在院子里逗弄着那只土狗玩儿,又听说今晚住在这里越发高兴。菜花娘便去灶下添了两个菜,妇道人家心细,不免跟赶车的说:"这一大一小的,生得又这样出色,怕是有大来头的,你这样把人叫来家里会不会惹上麻烦?"

赶车的说道:"我看他们两个太阳底下走,小的脸都晒黑了,实在不忍心……再说咱们是行善事,不是为非作歹,又会惹上什么麻烦?"

菜花娘就叹气:"你啊,就是这样……好多管闲事的,我说也不听,算了。"

赶车的就笑:"对了,晚上多加两个菜,别让人家也跟着咱们干啃咸菜窝头。"

菜花娘又叹气:"知道了,我这不是在做吗?"狠狠心掏了两个鸡蛋出来,赵家穷,又养着两个半大不大的孩子,多亏菜花娘心灵手巧地撑着度日,此刻她虽然有些心疼自家的东西,却也不想就薄待了过路的客人。

一家子加上阿绯南乡两个,围在堂屋里吃了饭,天就黑了,菜花娘把菜花跟她姐姐叫到自己那边睡,把炕腾出来给阿绯跟南乡。

阿绯见他们人家虽穷,但却不是刻薄人家,心中暗自欣慰自己跟南乡的运气还不算太差。谁知道睡到夜晚，便生了事。

先是那只狗狂吠了起来，接着外头便传来嘈杂的喊叫声。赶车的先惊醒过来，侧耳听了听，心头发颤，回头对菜花娘低声说："怕是山贼来了！"

菜花娘暗暗叫苦，双手合十念佛，又庆幸自己家的粮食早卖了，但是却还有一宗心病……

果不其然，外头就传来砸门的声响，赵赶车眼皮乱跳，咬着牙下了地，却听那边南乡跟阿绯似也惊动了，南乡正问："狗叫得好厉害，外头什么声音乱乱的？"

菜花娘赶紧拍了一下菜花，让她去报个信，菜花赤脚下地跑到那屋，手指在唇上一压"嘘"了声，才爬到炕边儿说道："娘叫你们别出声，是山贼下来了。"

阿绯有些震惊，先前还念叨运气不差，如今却是如何？

这一会儿，就听到外头有人骂骂咧咧："这家子有头骡子，拉出来上山宰了吃！"

赶车的头皮发麻，他们家最值钱的就是这头骡子，平时下地、运东西都靠着它，哪里舍得？本来不想开门，然而墙头上突突地便跳进两个人来，便冲去开门接应同伙。

赶车的吓了一跳，顾不得躲着，急忙冲出去，却被山贼揪住："居然不给大爷们开门，活得不耐烦了吗！"

这会儿门一开，就听到外头村民们的喊叫声、山贼的呼喝声，以及狗叫声纷纷传来，隐约还有灯光火把的影子晃动。

几个山贼见赶车的被制住，便笑骂着往后去牵那头骡子，这些山贼都是坐地的，也有些探子在村子里，知道谁家有什么值钱抵用的东西，所以一来就直接得手。赶车的挣扎了一下，被山贼打在头上，顿时惨叫出声，又看骡子被拉出来，顿时哭叫起来："大爷们，我们家穷，求求你们放过我们吧！"

菜花娘见状，忍不住也跑出来，又心疼丈夫的伤，又害怕那帮山贼，跪在地上慌里慌张地跟着求。

那山贼见了，借着火把光看了一眼菜花娘，见她还有几分姿色，不由地淫笑了声："这娘们儿也长得不错……"

菜花这里听到了，顾不得她娘吩咐的不让外出的话，便跑出来："娘！"

一时之间乱成一团，到处是凄惨的叫声。

山贼们正在为所欲为，忽然间却听到有人骂道："该死的贱民山贼！都疯了吗！居然跑出来抢劫村民！你们眼中当真就没有王法了？还不快点都给我滚！"

山贼们听得似是个年轻女子的声音，便齐齐看去，谁知道头一转开，竟望见门口出来一个神仙般的女子，生得极为绝色，那眉眼那气质，是他们平生未见过的。众山贼一看，个个呆若木鸡，几乎连调戏的话都忘了说。

赶车的跟他娘子回头一看，更是叫苦不迭，心道："这姑娘怎么偏偏出来了……这可怎么了得……"

原来阿绯在里头听着，本来瞧在南乡面上，且又有菜花娘的叮嘱，便忍着不动，谁知道这些山贼越来越过分，阿绯那个性子哪里忍得住？顿时就跳出来。

南乡见状，分毫不怕，跟着也出来，见阿绯骂了声，他也不甘示弱，有样学样叫道："你们快快放了这户人家，更加不许拉他们的骡子！不然的话，我叫我爹把你们统统捉住杀了！"小孩儿声音稚嫩，但却是一本正经的语气。

这一大一小，声音清清朗朗的，且都是一脸浑然不怕，大的绝色，小的可爱，山贼们都看直了眼，过了会儿才反应过来，有人就笑："这哪里来的美人，是观音娘娘跟前的龙女跟善财童子吗？"

大家伙儿一听，纷纷大笑，阿绯貌美，果真就像是龙女，而南乡精灵可爱，粉雕玉琢的，可不活脱脱就是个善财童子的模样？

赵赶车又惊又怕，求道："各位大爷，他们只是两个过路的，暂时歇在我们家里，明儿就走了，不是咱们村子的，求求你们别为难他们……"汉子把心一横，"那头骡子大爷们想拉就拉走吧……"

菜花娘含泪看他一眼，虽然不忍，但两害相权取其轻，也顾不得了……

谁知道他们说完，山贼那边哄笑还未起，就听到阿绯说道："不给，什么都不给他们！无耻之徒，身强力壮的居然干鱼肉乡里的勾当，我呸！没见过这么没用的，贱！有本事去边疆对抗虢北的军队去啊！"

南乡就说："就是！不许拉走骡子！谁敢动手，一定要我爹把你们都杀了！"

山贼们哄笑未已，都凑近了看两人，有一个山贼见南乡长得委实出色，说话也有意思，就故意问："善财童子，你左一个爹右一个爹的，你爹究竟是谁，又在哪儿呢？"

## 第十章

## 暗中守护

南乡见问,他也正巴不得说,当下双手叉腰,仰头叫道:"我爹就是……"

话还没有说完,就被阿绯一把拉过去:"嘘,不能说。"

南乡抬手捂住嘴,警觉:"我差点忘了,给人知道了可能会被抓回京。"

那边上山贼却鼓噪起来,纷纷逼近:"小家伙,你爹是谁啊?"

山贼之中,有个瘦子走到阿绯跟前,将她上下一打量,忽然惊叫:"原来是你!"

阿绯吃了一惊,以为他认识自己,细看,却面生得很,便说:"你是谁?"

瘦子后退一步,周围的山贼便问:"张三你认得这女子?"

瘦子又仔细看了阿绯几眼,便用力点头:"是是,是她没错!以前我在荒头岭上跟着王寨主打劫的时候,遇到过她,当时她孤身一人……本来我们都将人拦住了……"

阿绯听到"荒头岭"三字,隐约觉得耳熟,却记不起是哪里。

山贼们听了瘦子的话都惊了惊,没想到阿绯居然还被打劫过一次,真是缘分,当下纷纷七嘴八舌问详情。谁知那瘦子忽然面露惊恐之色,继续说道:"没想到她忽然用了妖法似的,大家伙儿全都躺在地上不能动!后来她就踩着我们走了……"

山贼们一听,又惊又异,有人就后退了一步:"妖法?踩着?"

瘦子回想往事,又怕又惊,痛苦地拧眉。

阿绯听这瘦子说到这里,才想起来,原来是傅清明把她从妙村带回的时候,她不想跟着他,所以下了车,没想到就遇到那一伙劫色的山贼……

没想到,竟在这里又遇到。

那瘦子略有些胆怯,望着阿绯问:"那、那个煞星呢,没有跟着你一块儿?"

阿绯疑惑:"什么煞星?"

瘦子东张西望,又叫嚷起来:"你难道不知道么?就是一直跟着你的那个……后来你这娘们走了,又出现一个黑衣的男人,我们才知道原来是他暗中出手的!我们老大完全不是他的对手,被他废了武功断了手脚,他又把兄弟们的手脚都折了,因为、因为我当时吓昏了,所以才全手全脚地出来……"说到最后,声音带着哭腔,双腿也不停打颤。

阿绯听到这里,心中狠狠一震,顿时明白了。

原来当时那一拨山贼倒地,是某人暗中出手,原来他真的一直都在暗中守护自己。

那瘦子兀自在叫:"那人是谁?他现在没跟着你吧?"心有余悸地,只等阿绯说一声"跟着",他就会立刻逃之夭夭。

南乡听了个新鲜,就小声问:"他说的是谁呀?"

阿绯心头又是苦涩又是感动,回答不了。众山贼半信半疑,议论纷纷,一时竟没有动手。

赶车的很担心阿绯跟南乡,还想上前,却被菜花娘拉住,女人冲自家男人缓缓摇了摇头,赶车的心头一犹豫,知道婆娘怕自己触怒了山贼反受其害,暗中叹了口气,就不再上前。

菜花娘抱着菜花,拉着自家男人慢慢退后,含着泪默求天神菩萨保佑。

院子里这哄闹的工夫,外头有人喝道:"怎么耽搁这长时间,你们这么多人连一头骡子都拉不出来?"

门口的火把光里走进一个人来,其中一个山贼便道:"二当家的您来了!却不是骡子,有两个宝贝呢!"

二当家的进门，却是个脸容较瘦削的中年人，见众山贼围在门口，那头骡子扔在旁边无人管，他心头一惊正想发怒，忽地看到了火光中的阿绯，南乡却因小故而被挡住一时没看见。

　　那瘦子山贼张三却悄悄地退到一边去，准备见势不妙就倒地装死。

　　二当家一看阿绯生得绝色，不由得也直了直眼睛，这乡下地方，且又偏僻，稍微出个有点姿色的已经是了不得，哪里见过这等人物，若非是见阿绯被山贼们围着，定然以为是神仙下凡。

　　"你们……"二当家一愣神，就又板起脸来，不想在弟兄们面前失态，只问，"在闹什么！"

　　一个山贼道："二当家你看，这是不是观音菩萨面前的龙女跟善财童子两个下凡来了，算不算是两个宝贝？"

　　二当家这才看见阿绯身边还跟着个南乡，目光更是惊疑，他算是贼头之首，却有点见识，看两人都是不凡，便问："哪里来的？"

　　山贼甲道："回二当家，说是过路的，还有张三说他以前见过的……张三呢？刚才还在呢。"

　　那瘦子已经溜出门外，捂着耳朵装没听见。

　　二当家皱了皱眉，走上前来："你们哪来的？叫什么？"

　　阿绯打起精神，浑然不怕："呸！当贼的反倒问起好人来了，我倒要问你，你姓甚名谁，为什么在这儿当山贼，难道不知道大启律法规定，山贼是要处以极刑还会连累家室的吗？"

　　众山贼一听，即觉得好笑又觉得有些诡异，这些冠冕堂皇的话从一个妙龄少女嘴里说出来，本是极可笑的，但是瞧她的模样，却又有些叫人不容小觑。

　　南乡跟着鼻孔朝天说道："就是！让皇叔……哼……砍你们的头。"

　　"黄叔？"二当家疑惑，上下打量阿绯一眼。他们当山贼的自有几分眼力，本来以为阿绯和南乡大概是富贵人家的孩子，不知为什么恰好来到这里，头一个念头就是想着要绑上山寨勒索一把，但是看现在的情形，又有点狐疑，却怎么也想不到南乡叫的不是"黄叔"，而是"皇叔"。

　　而当家皱了皱眉，不管三七二十一："管你们是什么来头，带走！"按理说他们这些山贼不会绑架山下村民，因为知道他们很穷，平常只是抢一些必用的粮食牲畜之类，如今见了阿绯跟南乡，很像是两只肥羊的模样，显然非富即贵，于是绝不放过，就喝令手下先把人带上。

山贼们一拥而上，阿绯见他们野蛮鲁莽，穷形恶相，才有点慌张："不要碰我！"

南乡却是初生牛犊不怕虎，叫道："大胆，大胆，砍你们的头！"

山贼们嘻嘻哈哈，看阿绯美貌非常，皮肤又吹弹可破，恨不得摸上一摸，有人便探手过来，冷不防阿绯气急之间飞起一脚，踢中一人双腿之间，那人瞪大双眼，惨叫一声捂着蹲了下去。

二当家气道："一帮废物！好好地把人带上！"

赶车的见状再也按捺不住，上前跪地求道："各位大爷，他们只是过路的，求你们高抬贵手就饶了他们吧……"

有个山贼就将他推开："不想死就滚开！"

赶车的往后趔趄，菜花娘跟菜花一起大叫，菜花更是哇哇哭起来。

阿绯抱住南乡，见状反而镇定下来："住手！你们太过嚣张了，难道就不怕官兵吗！"

二当家凑近了："官兵也管不着我们。"

南乡气得忍不住："官兵怎么会管不到？哼，我爹知道了是不会放过你们的，等他从虢北回来，你们一个都跑不了！"

"虢北？"二当家吃了一惊，"你爹在虢北？干什么？"

南乡咬牙，握紧了阿绯的手，阿绯摇摇头，二当家凑近问道："小家伙，你爹是谁？"

南乡道："我不告诉你！"

二当家气道："给我押走！"

赶车的不敢反抗，跪地求道："求各位大爷，放了他们吧……"

一个山贼正走过，不耐烦地抬脚就踢过去。

阿绯见状怒道："给我住手，不许伤人！"那山贼听了她开口，望着她的容颜，竟无法踢下去，二当家一皱眉，示意那山贼暂时停手。

此刻菜花娘跟菜花惊惧之下，胆战心惊，靠在赶车的身边抱头痛哭，哭声在夜里显得格外凄惨。

148

众山贼环伺中，目睹赶车的一家如此，阿绯反而没了先头那点惧怕，挺了挺胸，作出一副无所畏惧的模样来，看着二当家说："我们可以跟你走！但是不许为难这家子人，那头骡子也留给他们，你们要银子，我们身上有！"

南乡听了，不舍得他的宝贝玩意儿们，就只掏出几块银子，握在掌心里："看见了吧！"

几个山贼一见，都吃了一惊，没想到这小孩儿身上居然带着这么多银子，山野间的孩子有个铜板在身上就不得了了。

二当家心道："这果然是富贵人家出身的，不然哪里一个小小孩子就能掏出银子来？"对上阿绯的眼睛，又冷笑："也是，你们的家人若是肯来赎，恐怕也能吃上一阵子了……"于是便叫人把那头骡子放了，带人出门而去。

赶车的于心不忍："姑娘……姑娘……"只觉得阿绯一去，肯定是要被糟蹋的，他留阿绯跟南乡过夜本是想让他们避开山贼，没想到竟正撞上，反而是一片好心做了坏事，因此心里十分难过。

阿绯听他声音哀哀的，临出门前便回头，安抚似的笑了笑说道："今日你们受山贼之苦，也跟我多少有点关系，但以后会好的，放心。"她说完之后，握着南乡的手就出了门。

山路崎岖，这帮山贼有几十个人，在村子里抢夺一阵儿便满载而归。

他们倒也聪明，平常很少来骚扰村子，只等到查清楚某某家有什么值钱能用的东西后就来一次突袭，就好像是收割粮食或者屠宰牲畜一样，要等到"养肥""长成"了之后再下手。

在路上，山贼们有的说说笑笑，有的闷头赶路，南乡悄悄问阿绯："姐姐，你为什么说赵家的人受山贼之苦会跟你有关？"

夜色里阿绯的眸子中闪过一丝惘然之色，而后苦笑："因为曾经有个人跟我说……身为公主，要紧的不仅是自己，还要为天下苍生着想，我当时不明白是什么意思，现在……多少有点明白了。"

南乡挠挠头说："可……我不明白。"

阿绯沉默了会儿，见两边的山贼没留心他们，才又低声说："我是姓慕容的，这天下是我们家的，天底下的百姓都是我们家的子民，现在子民被山贼骚扰，是我们这些慕容家的子孙看家不力，你懂了吗？"

"我好像有点懂了。"南乡点点头,忽然又问道,"那我姓傅,我爹爹为朝廷效力,今儿的事,跟他有没有干系?"

阿绯听到这里,心里刺了一下,曾几何时,她瞧不起傅清明,指着他鼻子骂是家奴而已,现在想想,何其少年幼稚!

"你爹爹……"阿绯明知道南乡真正的父亲是祯雪,但是此刻,眼前却忍不住浮现傅清明的脸来,黑暗中她的眸子变得多么温柔连她自己也不知道,只柔声说,"你爹是大功臣,但是他能管的毕竟有限,南征北战已经够他操劳的了……这些山贼多半是因为地方官员剿灭不力而生,归根结底还是朝廷上疏漏了。"

南乡若有所思:"是了,现在爹不在京内,听闻是皇叔掌事,那应是皇叔该管的了。"

阿绯哑然,只好说:"是是,嘘,不说了。"她怕山贼们听到,便停了下来。

南乡果真没再问下去,只是隔了会儿才又嘀咕似的说了一句:"方才……你居然为我爹爹说好话了呢。"

阿绯心头一跳:"啊?"

南乡眨了眨眼,随口说道:"以前你好像总是骂他……"

山风吹拂,山林之中光影闪烁,周遭围着一群山贼,本是极可怖的,但阿绯跟南乡两人竟全不觉得恐惧,尤其是谈到那个人的时候。

月光从林叶中间斑驳落下,照在阿绯脸上,照出上面若有若无的一丝淡淡忧伤:是啊,以前总是骂他,但是现在……

阿绯心想:"傅清明,你要是还活着就让我早点见到你吧,到时候我一定不骂你了,真的不骂了……"想着想着,眼睛忽然地就难受起来。

大概走了小半个时辰,终于到了山顶,这山其实不高,只是绵延数里,高低起伏,若无人带着必然是会迷路的。

这山寨就建在其中一座山的山顶,粗粗落落地盖着十几间房子,这些山贼便居住其中,山上的山贼探子见到人返回来,急忙入内报信,顷刻间寨门打开,有人迎出来,满耳听到"二当家长二当家短"的声音。

二当家命人把掳劫来的东西押入仓房,又问:"大寨主醒了吗?"有个喽啰答应了声:"大寨主正在厅上呢!"二当家回头看看阿绯跟南乡:"一并带上!"迈步就往大厅去。

二当家还没进大厅，就见里头有个庞大的身影迎出来，粗声粗气问："回来啦？没有意外发生吧？"说话的人满脸横肉，一副凶相，下巴上连着一圈儿络腮胡子，更见凶恶。

二当家声音带着笑："回寨主，没什么意外，顺利得很，那些村民都跟羊一样，没敢动的，还有意外收获……"

他这边说着，大寨主忽地皱起眉毛，抬手在乱糟糟的头上摸了一把："我说老二，以后咱们能不能别去村子里干买卖了？"说着，脸上透出几分苦恼的神气。

二当家不动声色，含笑说道："我也知道寨主不稀罕那些村民们那点东西，可这不是年头不好？过往的客商又少……这样下去，兄弟们要吃西北风了。"

大寨主嘀咕说："可是兔子还不吃窝边草呢！"

二当家一听，话不投机，当下打着哈哈，不再说下去，只道："寨主别动怒，你消消火，看我带什么宝贝回来了？"

"哦，你之前说有意外收获，"大寨主疑惑地看到他，"难道是遇到走夜路的肥羊？"

二当家笑，一挥手："把人带上来！"两个喽啰便推了阿绯跟南乡过来。

火把的光芒下，两人到了跟前，大寨主瞪着眼睛看阿绯："哟，哪里来的漂亮小妞儿啊！"

阿绯一听，就啐了口："是你姑奶奶。"

大寨主摸着下巴就笑起来："这个脾气老子喜欢……"

阿绯虽然性子烈，但看他那副尊容，且这地方又是虎穴，心里难免有点害怕，强忍着恐惧昂着下巴问："你、你想干什么？看你这副猪头模样，不要痴心妄想！"大寨主围着她转了一圈，见她对答得十分硬气，却丝毫不恼，反而嘻嘻地笑。

二当家在旁看得得意，就说："寨主一直孤身，我们看着也于心不忍，这女子颇有些姿色，不如就给寨主当压寨夫人。"

阿绯吃了一惊，南乡趁机问："什么是压寨夫人？"

大寨主听问，就看向南乡："这个小娃娃是谁？长得真好，莫非是你儿子？看年纪不像，莫非是你弟弟？"他自顾自说着，就跟南乡说，"小娃儿不怕，以后你姐姐跟了老子，你就是老子的小舅子，吃香喝辣……"

阿绯跟南乡双双"呸"了口，南乡叫："我、我是你爹！"

大寨主不恼，反而哈哈大笑，吩咐人把两个押进来，南乡这会儿也明白过来了，他们是想要让阿绯嫁给这个黑熊似的男人，南乡又怕又惊，抱着阿绯叫道："你们别乱来，她已经嫁给我爹爹了！"

"嫁人了？"大寨主吃了一惊，"可惜可惜……"

阿绯大怒："可惜什么？你这丑八怪！有什么资格说可惜！"

大寨主摸摸脸："很丑么？你嫁的一定是个小白脸儿，还是个生了儿子的小白脸，难道你是给人家做妾的？哼哼，小白脸哪有老子这样的英雄气质？等老子一刀把你那小白脸砍了，你不就是老子的了？"

他左一个"小白脸"右一个"小白脸"，阿绯听得耳朵痒痒，倒吸一口冷气，满肚子骂人的话，却不知要先骂哪一句。

南乡更是按捺不住："你这丑八怪！大恶人，你敢跟我爹比？"

二当家听到这里，忍不住凑过去，在大寨主耳畔低声说道："这小家伙一直说他爹，还说他爹在虢北，听来似是个什么大官儿，寨主，要真的是什么富贵有钱人家的，我们可就发财了，只可惜这小家伙一直不说……对了，是那个女子不让说的。"

大寨主却忽然聪明起来："你素来足智多谋，怎么这会儿傻了？既然她不让说，就先把他们俩隔开，对付小孩儿，还不简单？"

二当家急忙说："还是寨主英明！"

大寨主嘿嘿一笑，亲自走到南乡身边儿，把南乡拉开，低声就问："小家伙，你那小白脸爹是谁？说出来听听，是不是什么无名鼠辈？"

南乡从在赵家村到现在都憋着一口气，这会儿听他不说好话，当下再也无法容忍，也顾不得会暴露了，又仗着阿绯隔得远听不见，就说："我告诉你也无妨，我爹是傅大将军！等我找到我爹，把你们这些人都杀了！"

大寨主一听，脸色剧变："你说什么？你爹是谁？"

阿绯正在狐疑他们怎么带走了南乡，听大寨主提高声音，忙叮嘱："南乡，你别跟他们多说。"

"南乡？奇怪的名……"大寨主跟着念了声，阿绯急忙捂住嘴，南乡虽然生气，却也还听阿绯的话。

二当家见状眼珠一转，就说："把这女子绑到柱子上去！"

几个喽啰拉着阿绯，便将她绑到了柱子上，只不过见她娇娇嫩嫩的，怕勒坏了，绳子也绑得松松垮垮，只是让她无法动弹而已。

阿绯本欲大骂，然而好汉不吃眼前亏，只咬了咬唇，心中不停地打转。

大寨主跟二当家目光相对，心灵相通，便双手叉在腰间，低头看着南乡："小家伙，你说实话，你爹到底是不是傅大将军？"

他生得人高马大，又是一脸凶相，寻常小孩儿见了早就吓破胆哇哇大哭，然而南乡望着他，却丝毫不怕，反而一扭小脸，脸上露出不屑一顾的表情："我可并不是怕你！而是我姐姐许我说我才说。"

大寨主看看他："你要是不说实话，我就……把你扔出去让狼吃了你！"

南乡吓得一哆嗦，然后却又说："狼吃了我又怎么样？我爹会替我报仇！"

"你爹真有这个本事吗？"

南乡嗤之以鼻，不屑一顾地说："我爹灭了南溟，打败虢北，就你们这点儿人，我爹怎么会放在眼里？"

大寨主面部肌肉抖动："你爹真是傅大将军？！"

南乡吓了一跳，这才醒悟自己不留神又泄密了，小孩儿心虚地看向阿绯的方向："我、我可没说……"

大寨主看看他，又后退一步，身边儿二当家说："寨主，小孩子的话不能听……万一是他胡吹大气呢？"

南乡听了，却不依："你才胡吹大气呢！"

二当家回身："你说你爹是傅大将军，你怎么会出现在这里？"

南乡皱着眉，闷闷地说："我想我爹了，所以就要去虢北找我爹！"

大寨主见他这么说，喜形于色地搓搓手："呀，真是傅大将军的公子啊……"满脸堆笑地走到南乡身边儿，双眼发光地看着他。

这人天生凶相，高兴的时候模样比发怒的时候还可怕，南乡壮着胆子说："你、你想干什么？"

大寨主抬手握住他小小的肩膀，上上下下打量他，旁边二当家又问："如果你是傅将军的公子，那么那个女的是谁？真是小妾？可没听说将军有妾啊？"

南乡听他又说阿绯是妾，本欲反驳，但他一再失言，此刻便打定了主意不肯再说:"我才不说,我不会再上你们的当了!"

远处阿绯依稀望着他握住南乡肩膀,生怕他对南乡不利,便叫道:"混账!你们要做什么冲我来,别为难小孩儿!"

大寨主却目不转睛地看着南乡,像是捡到宝贝似的,对阿绯的话若罔闻。

二当家见状,便将他拉开:"寨主,暂时不能全信这小孩儿,傅大将军的公子怎能轻易出京?还是跟着一个少女?不如……"

大寨主回头看看南乡,又看向二当家:"你想怎么样?那个女娃娃也嘴硬,什么都不肯说。"

二当家诡异地笑了笑:"我有一计,不愁她不说。"说着,就看了南乡一眼,大寨主到底跟他相处久了,熟知他的心性,当下急忙摇头:"你可不许伤害这小娃娃,也别吓唬他!小孩儿胆小,留神吓破了胆。"二当家皱了皱眉,却附和说道:"当然,当然……"说着就在大寨主耳畔窃窃私语,大寨主听了,才露出笑容,连连点头。

两人便转过身,往柱子前去,阿绯被绑在柱子上,正在不安扭动,大寨主走上前,问道:"你这女子,那小孩儿都说了,他爹是傅清明。"

阿绯心一跳,将头转开:"小孩的话你也信?你这白痴!"

大寨主上下打量着她:"那么,你真的跟傅清明没有关系吗?"

阿绯越发理也不理,大寨主装模作样地看她一眼,又说:"还好,幸好你们跟他没有关系,我跟他可是有不共戴天之仇,傅清明这个人……十分之坏,我恨不得……将他……"说着,就做了一个砍的手势,又看阿绯,"你懂吧?如果你跟那个大恶人有关系,我一定也要将你……"

二当家在旁边见他表现得十分拙劣,看得流汗,急忙过来,声色俱厉说道:"傅清明那大恶人,曾经杀了我全家,还有一条狗也不放过!我姐姐都被他强奸了,羞愤自杀!你要是跟他有关联,我就把你也先奸后杀!给我全家报仇!"

大寨主吓了一跳,用一种匪夷所思的目光看向二当家:这也太狠了吧。

二当家面不改色,只看阿绯。却见阿绯听了他的话后目瞪口呆,然后叫道:"你胡说什么,他才不是那样的人!"

二当家气愤地说:"那天晚上很多人看到了!他强奸了我姐姐还不算,还让他手下的士兵也……"

"闭嘴！"阿绯大怒，浑身的血似乎都躁动起来，用力挣扎叫道，"我不许你再诋毁他，他绝对不会做这种事！你要是再胡说一句，我饶不了你！"

二当家表情猥琐："他跟你又没关系！你用得着替他说话吗？你这样美貌的小姑娘，若是给他看见，保不住也会被他……"

"你给我闭嘴！"阿绯动不了，只好奋力踢向二当家。二当家敏捷避开："怎么，怕了吧？傅清明就是那样的大恶人！"

阿绯大叫："他不是他不是！你才是大恶人！"

"你又不是他什么人，你怎么知道他不是！等你见了他之后就知道了！"

阿绯气得脸发红，不顾一切地叫道："我就是知道，这世上没有人比我更知道了，他绝对不会做那种事，因为他……他……他是顶天立地的大英雄！他只喜欢我一个人，他是我的驸马，我的夫君！我当然知道！我全知道！"眼泪随着掉出来，阿绯红着眼睛，说出这些话，就好像说出自己的心意，忽然就落了泪，却并非害怕，而是有一种莫名的滋味。这些话她本该早点跟傅清明说的，可是阴差阳错，——有他的日子，却反而总是针锋相对，如今他不知是生是死，以后也不知会不会再相见了，去虢北与其说是南乡的心愿，倒不如说也是她唯一的、最后的希望。

她本来以为这世上只有皇叔一人是真心实意疼她的，可是后来，朱子曾那样温柔地守护过她，傅清明外冷内热，一直到现在她才一点点发现他实际也是真爱她的，有些她以为是甜言蜜语不能当真的话，竟全是真的……

她欠他很多，太多。阿绯闭上眼睛，泪刷刷落下。

阿绯说这些话的时候，在场众人反应不一。大寨主是愣怔之余，便露出惊喜交加的神情。二当家却皱了皱眉，眼中略见阴沉。周遭的喽啰多半是惊慌失色的……但是却无人发现，就在这寨子厅内，正中那粗长的横梁上，有一人坐在上面，背倚靠着最大的一根梁柱，一腿顺着梁柱伸出去，一腿屈起，右手就搭在屈起的膝头，此人身形高大，蒙着头脸，只露出一双极亮的眸子，冷冷地注视着下方。

就在大寨主作势欲对阿绯动粗的时候，蒙面人搭在膝头的手一动，身子也明显地绷紧僵直，然而很快察觉大寨主只是恐吓之时，却又缓缓放松下来，一直等到阿绯说了这些话，那双极冷的眸子里光芒闪烁，起了异样的光彩……

阿绯说完,大厅内一阵沉寂,而后便爆出大寨主极大声的笑,这胖子笑着笑着便一挥手,让旁边的喽啰把阿绯放开,这会儿另一个山贼带着南乡从后面出来,南乡一看阿绯,叫着便扑过来。绳子松开,阿绯急忙先拥住南乡,虽然不明白发生什么,却先将南乡打量了一圈儿,问道:"没事吗?"

南乡先头被带出去,全不知阿绯已经说了,此刻摇摇头,心想:"我不小心透露了爹是谁,该不该跟公主说呢?还是先不说,免得她生气。"

阿绯转头看向大寨主:"你究竟想要干什么?"

大寨主一脸的和颜悦色,然而他生得太丑,于是那慈祥的样子看来便很令人怀疑:"别怕别怕!我萧猛风一辈子最佩服的人就是傅大将军!现在才知道你们真的是傅大将军的亲人,当然不会伤害你们啦!"

阿绯很是意外:"你是山贼,佩服傅清明?"

大寨主十分高兴:"傅大将军是我们大启的守护神,百战百胜,无所不能,在我心中是天神一般的人物,当然值得我敬佩敬仰,我会好好招待你们的!"

阿绯皱眉,半信半疑地看着他,又看看周围的人:"如果你真的敬仰傅清明,那你怎么在这儿当了山贼了呢?"

大寨主张口结舌,阿绯又说:"傅清明东奔西走,都是为了大启百姓,相反你却在这儿欺压百姓。"

二当家脸色阴沉,见阿绯这么说,就插嘴:"不要对我们寨主无礼!"

大寨主将他制止,望着阿绯脸上露出不好意思的表情,解释说:"我先前也想去投奔傅大将军,在军营里当个小兵什么的,可我在家里头伤了人犯了事,官兵缉捕我,更断了我参军的路……被逼无奈,才到这山上当了山贼。"

大寨主说完后,回头叫人:"快去把人都叫起来,准备酒席,招待两位贵客!"

身后的喽啰们一哄而出,阿绯正要让他不要张扬,却忽地见原本喜气洋洋的大寨主脸色剧变,脸上露出一种惊愕跟痛楚的表情来。

阿绯一惊,不知如何。却见大寨主手在胸前捂住,他穿一件黑色长袍,本没看出什么,如此捂住,手指间居然渗出鲜血来。

阿绯大叫一声,虽然不知发生什么,却本能地把南乡搂得紧紧的。

大寨主回身,看向一人,身后站着的人却是二当家,此刻用力一抽,将大寨主身上的刀抽回来，顿时鲜血如泉涌似的喷出。

别说是阿绯跟南乡惊呆了，大寨主也极为震惊，望着二当家问："你、你这是干什么？"

二当家手中握着沾血的刀，脸色阴恻恻的，嘴角一挑露出狰狞冷笑："寨主，对不住你了，你一心想要从军，兄弟们可多得是不想去吃苦的，咱们在这山上当山贼，名头虽然不好，但日子过得滋润，何必跑到那边疆不毛之地去吃苦送命？"

大寨主忍着痛："你、混账！你要是不想去，跟我说就是了，我又不是非要你们一起！"

二当家哼道："话说得好听，你哪里会听我们的？上回有个兄弟当着你的面说了句不想当兵，你就把他骂得狗血淋头不说，还拳脚交加，若不是我拦着，恐怕会把人打死！这会儿我们若是说不去，你会放过我们？"

大寨主脸色渐渐发白，却苦于无法止血，只能忍着，此刻听了二当家的话，脸色愈发不好。

二当家又说："你这寨主也当得够久了，也该换人坐坐了，这山寨上里里外外，出谋划策，哪里不是我出主意？你还说什么兔子不吃窝边草的狗屁话，难道不去吃那些村民，倒让我们去喝风？我们是当山贼不是做善事的！"二当家说着，门外果真跳进几个喽啰来，个个手持兵刃。

大寨主吃惊之余，十分心凉："原来你早就存了这个念头，山寨所有人都跟了你了？"

二当家笑："有几个是你的亲信，都被我们捆了，等会儿一并杀鸡似的杀了便是……"他说着，又看阿绯跟南乡，忍不住舔了舔舌头，"这么好的绝色美人送上门来，又是公主，还是傅清明的女人，你不尝尝滋味，我却不能放过……寨主，于情于理，我是饶你不得的。"

大寨主一听，闪身过去挡在阿绯跟南乡身前："你们不能这样，要杀要剐，冲我来就行了！我不许你们动大将军的家人一根汗毛！"

二当家大笑："现在你是自身难保，还想保他们？乖乖地束手就擒，我或许可以留你一条命。"

大寨主还想再说，阿绯看他身后血流如泉涌，怒道："别逞强了！再说下去不用他们动手，你自己流血死了！"

二当家跟一众反叛喽啰哈哈大笑。阿绯看着大寨主的伤口，本想给他止血，可惜她也不懂这个，又看那伤处着实惨不忍睹，更下不了手，谁知大寨主艰难地说道："我、我……"头晕目眩，居然踉跄着倒在地上。

阿绯见他居然如此不顶事，大怒，过去踢他一脚："你这混账，还敢当山贼，连手下背叛了都不知道！起来起来！"

大寨主十分羞愧，勉强抬起眼皮："公主，对不起……"

阿绯正愤怒间，南乡拉了拉她的衣袖："公主姐姐……"

阿绯见大寨主腰间还有把刀，俯身就去取，嘴里嘀咕说："别怕，我跟他们拼了……"

南乡又叫了声："公主！"

阿绯用力提着刀转过身，才要安抚南乡，忽然看清面前场景，顿时惊呆了，握着刀呆若木鸡。原来就在他们身后，二当家跟他的属下不知何时已经无声无息地齐齐倒地，横七竖八地宛如尸体。

就在他们之前，站着一个高大魁梧的身影，他缓缓地转过身来，望着阿绯。

阿绯呆呆地看着他，太过紧张，过了会儿才认出来："是你！"

南乡更是高兴无比："是赶车的大叔！"

原来这突然出现的人，竟果真是曾护送过他们的赶车人，就是先头风蝶梦派的那个。那人缓步走过来，一直走到阿绯跟前，手一抬，握住阿绯的手，阿绯觉得他的掌心粗糙无比，正在发呆，却见是他将她手中的刀拿了过去，才沉声说："带他出去。"

阿绯呆了一呆才反应过来："你不是走了吗？你是来救我们的？风蝶梦让你来的？"

那人不再回答，只又说："快点。"

阿绯见他始终冷冷的，且不看自己，一咬牙，握住南乡的手往外就走。

一直等阿绯跟南乡出外，那人才低头，望着失血过多的大寨主，手在他胸口一点，大寨主伤口处的血流慢慢地竟停了，人也清醒过来。

蒙面赶车人看着大寨主，说道："你想从军吗？"

大寨主听着他低沉的声音，望着他露在面巾外的眼睛，不知为何，竟有种极大的压迫感，就挣扎着点点头："想，想！"

蒙面人说："把这儿的事料理干净了，就去虢北，找……"

他低低说了几句，大寨主眼睛一亮，面露感激之色："多谢，多谢，您……您是……"

蒙面人将刀一丢："去了你就知道了。"转身往外而行。

蒙面人走到外面，见阿绯跟南乡站在檐下，院子里头横七竖八倒了许多人，蒙面人看了一眼阿绯："走。"迈步往前，阿绯别无选择，只好抱上南乡跟上。

三人出了寨门，正要走，忽然间从寨子旁边鬼鬼祟祟走出一人，背上还背了个包裹，一边走一边嘀咕："跑到这里居然还遇到那个娘们儿，真是见了鬼了！也不知那煞星是不是跟着，总之这里是不能再呆了，三十六计走为……"

正是先前那个荒头岭打劫的山贼张三，他正走着，一抬头望见寨子门口的三人，不由一呆，但当看到蒙面人的时候，对上那双冰冷的眸子瞬间，张三脸色变得雪白，大叫一声，往后直挺挺地倒下，也不知是吓昏了还是吓死了。

阿绯认得这就是那个跟她有两面之缘的山贼张三，见他居然又倒了，便眨眨眼："我有那么可怕么？"

蒙面人却道："山路难走，我抱你们。"

阿绯还没反应过来，他一抬手臂，竟将她抱入怀中，阿绯正要说话，却觉得身子腾云驾雾，竟是他施展轻功，在夜色之中掠了开去。

阿绯又惊又怕，隐隐还有点羞恼，她怀中南乡却是惊喜交加，张口叫道："哇，好厉害啊！我在飞！"

## 第十一章

## 翻山越岭

此刻夜色深沉，黑暗中看不清路，只瞧见月光下树影闪烁，影影绰绰，变幻各种姿态，阿绯试着去看这蒙面人，却只能依稀地看到他发亮的眸子，月光下更多一丝幽寒清冷，阿绯看了一眼，就急忙转开目光去，心跳得太厉害，就只好闭上眼睛。蒙面人身形如飞，带了两人下了山，却见路边树上拴着两匹马，居然正是先前他们两人乘坐过的马车。那蒙面人将他俩人放下，双脚着地，阿绯松了口气，南乡却意犹未尽："大叔，这一招你能不能教我？"

阿绯拉了他一把，蒙面人似乎也不想搭理南乡，只淡淡说道："上车。"

阿绯看看身后来路上一片平静，就拉扯着南乡上了马车，南乡因见识了这人的功夫，便无视他的冷淡，坐在车门边儿上有事没事地跟他说话，但他说十句，蒙面人却往往只回上一句。阿绯起初还在听，后来就觉得睡意来临，在马车的颠簸里不知不觉就睡了过去。

阿绯觉得自己似做了个梦，梦见车子的颠簸不知不觉消失了，而她被抱入一个很宽阔结实的怀抱，阿绯觉得这种感觉似曾相识，她认真地想了想，终于想起来好像是被傅清明从妙村接回的路上，他就这样经常抱着她……半梦半醒间的那种感觉虽不真切，却在心中记住了，真是奇怪。

# 第十一章 翻山越岭

此刻宛如"梦"中，想到往事，更觉可贵跟唏嘘，阿绯闭着双眸，模模糊糊中将头往那感觉里的胸前轻轻蹭了蹭，心中一声叹息。

阿绯睁开眼睛的时候，正是黎明。清晨的第一缕阳光从车厢门的缝隙里透进来，阿绯眯起眼睛，感觉车子并无颠簸，显然是停了下来。阿绯心头一跳，转头一看，见身边南乡还在睡，也不知他是什么时候说累了的，靠在阿绯身边睡得极沉。

阿绯蹑手蹑脚起身，打开车门，一瞬间清晨略带一丝冷冽的阳光洒满全身，阿绯本能地闭了闭眼，隔了会儿才觉出阳光里还带一丝微微暖意。而眼前，是满目无边无际的山林，绿树成荫，远山叠翠，太阳从远处的山峦外缓缓露头，山河万里，一片光明灿烂。层层叠叠的山峦波澜壮阔，一跃而出的太阳光辉明媚，迎面而来的是清爽的原野之风，如此风景，令人忍不住也觉得精神一振，仿佛胸中的忧虑也随着风被吹走了。阿绯看得呆了呆，继而才发现马车停在一处山峦下，目光所及都是苍翠的草，地毯一般爬遍整个山头，绿草之中夹杂点点野花，红的、白的、黄的……摇曳生姿。

阿绯看得目眩神迷，不论是在京城还是在妙村，她都未曾见过如许壮丽的景致，就好像被锁在樊笼里的鸟儿忽然间振翼飞出，才见到真正自由的景色，也才懂得真正自由的滋味是什么。耳畔传来细微的声响，阿绯转头，却望见在马车旁边数步之遥，是那赶车的男人，他牵着其中的一匹马，似乎是正慢慢地往这边走来，目光相对的刹那就停了脚。

阿绯歪头，对上那双眼睛，心中竟掠过一丝的不自在，有一种奇异的感觉。那男人却不经意似的，淡淡地转开头去，自顾自看向远处的日出。

阿绯望见男人这个略带冷淡的动作，想到昨晚上多亏了他才顺利脱身，就说道："你赶了一夜路吗？"

男人不动声色地说："嗯。"

阿绯瞧见他衣袖似乎有些湿了，蒙脸的巾子也有些湿，似乎有一缕湿了的头发从鬓角垂落，从她的角度看去，只能看到他模糊的侧面，阿绯看了会儿，见他似乎全神贯注看着日出似的，就说："这里景色很好啊……这是哪里啊？"

那人目不转睛地看着前头，此刻那朝阳已经完全自山后探出了头，男人静静地说："这里是六姑娘山，翻过了前头几座山，就离开京城的范围了。"

阿绯头一次听他说这么长一句话，只觉得他的声音有一种说不出的感觉，有些太过低沉冷漠，却不算太难听，阿绯呆了呆，问："然后我们就到虢北了吗？"

男人摇头："再走一段，将到塞外。"说着，竟转头淡淡看了阿绯一眼："此刻塞外也算是鸟语花香，但再往北走一段，此刻的虢北，恐怕已是冰天雪地。"

男人说完，就听到车里头南乡惊奇地叫了起来："是吗！虢北已经下雪啦？"

原来南乡方才醒来，正好听到两人的对话，此刻就爬出来，阿绯怕他乱动会掉下车去，就搂住他，南乡探头一看，顿时哇哇惊叫不已："真漂亮啊！"

男人见南乡起来，就又说："从这里往下走一段时间有一条小溪，若要洗脸的话可以去那里。"

阿绯见他看似不声不响，却好像很细心，心中不知是何滋味，南乡已经试着从车上跳下来，看着面前的绿荫地，恨不得在上面打滚儿，张开小手臂在地上跑起来。阿绯跳下地，犹豫了会儿就问那人："对了，还不知道你叫什么？"

那人并不看她，手在马脖子上摸了摸："我没有名字。"

南乡像是一只刚学会飞的小鹰一样张开翅膀撒腿跑着做盘旋状，男人看着马儿温柔的眼睛，哑着嗓子说："我是被抛弃的人，这世上没有人惦念我，故而无名。"说到最后的时候，他回过头来，看了阿绯一眼。

南乡在旁边听了，就叫："那我们就叫你无名大叔，无名大叔……噢！"喊了声，又开始跑，三人之中，只有他最无忧无虑。

阿绯心头却一颤，张口想说话，"无名"却已经回过身去，牵着马儿走到马车边上，说道："要洗漱就快些去，等会儿就要赶路了。"

阿绯这才发现，两匹马的毛儿都有些湿润，后面被牵来的这匹蹄子上还带着水，大概是这个人趁着他们睡着，轮换牵着两匹马儿去饮马了。

阿绯赶紧叫回疯跑的南乡来，两人一块儿往溪流旁去，阿绯走了两步回头看，却见男人正利落地把另一副辔头给马儿上好了，手在马背上拍了拍，动作一停，似乎想要回头看她。阿绯急忙回过头，一手牵着南乡，一手在胸口一抚，心想："好奇怪！为什么看着他的时候我的心会怦怦乱跳？"

阿绯跟南乡走了一会儿，果真看到山腰处有一道溪流，潺潺流过，像是一条玉带拦在这绿草如茵的山坡上，此刻朝阳初升，溪流上波光粼粼，格外漂亮。

阿绯见那溪水不深，也不急，毫无危险，就放开南乡，南乡一得自由，立刻又像是一只小马驹似的冲向前去，简直像是恨不得一头扎进溪流里似的，阿绯忙叫道："别湿了靴子！"

南乡猛地刹住去势，这才醒悟，赶紧手忙脚乱地把两只脚的靴子脱掉，阿绯赶上来，又替他挽起袍摆跟裤腿来，南乡才欢叫着，迫不及待地踩进了溪流里。

南乡在一边踩水玩儿，又去摸那些水中的石头，试图探宝。

阿绯找了块石头坐下，挽起袖子，俯身把脸洗了一洗，山溪水清冽，舌尖碰到了也觉甘甜，洗了把脸后觉得格外爽快，阿绯索性把头发也拆开，沾着溪水叉开五指把长发稍微给梳理了一遍。

阿绯忙碌这会儿，那边南乡却几乎在山溪水里洗了个澡，一会儿跑到这里一会儿跑到那里，又问阿绯："公主你说这里有没有鱼？为什么我们府里头的水里鱼那么多那么大的？"

阿绯把头脸洗了洗，水在脖子上往下，湿了点儿衣裳，山风一吹，清凉无比，听了南乡稚气的话就笑。

两人各自忙各自的，正闹腾间，却听得身后马蹄声嘚嘚，阿绯挽着头发回头，却见是"无名"赶着马车过来，他并未上车，只是牵着马儿走，两匹马儿高大神骏，寻常人一定会被比下去，然而他在旁边，却毫不逊色，身姿挺拔魁伟，牵马缓缓过来，无形中有一种威势排山倒海压来似的。

阿绯呆了一呆，男人望着阿绯的回眸一望，也有些呆怔，脚下忍不住也顿了顿，阳光明媚，美人如玉，她挽着湿淋淋的头发略微歪着头，面上也沾着水珠，浅浅笑意在唇角若隐若现，朝阳的光芒中这张脸这个人如许耀眼，让他有一种莫名的晕眩感。

从前一直到现在……这种感觉一直如此从未变过。——以至于当看着她的时候，他要费极大的力气才能控制住自己异常的心跳，以至于他几乎都不敢多看她。可是这感觉，如许贪恋，要停止怎么能够？谁让他有生之年竟跟她狭路相逢，不管是缘是劫，都早已经认了。

阿绯跟南乡爬上车，两个人都坐在车辕上，正在男人左右，就像是两个副手一样。

两匹马儿吃足了草料喝了水，又被主人洗刷了一番，奋起四蹄往前，跑得飞快，阿绯坐在靠车厢门的地方，努力抓着车厢柱子，南乡却自来熟地挪到了男人身边儿，揪住了男人的衣带，缠着他开始问东问西。

阿绯靠在车厢边上望着他，瞧见这"无名"只是直视前方，一副目光坚毅心无旁骛的模样，任凭南乡在旁边说东说西，他只偶尔简单地回答上一声。

马车如飞一样顺着山梁往上，爬到最高后从蜿蜒的山路上又缓缓往下，高低起伏，十分刺激。南乡放声尖叫起来，却是快乐意味多，阿绯抱着车柱子叫："南乡快回来，留神掉下去！"谁知道马车往下速度快，阿绯才说完，车子一个颠簸，阿绯手上一松，整个人往前栽了过去。阿绯话音刚落，便也尖叫起来，只觉得将要掉到地上去了，就在千钧一发之时，车前的无名一手持着马缰绳，一手往旁边一揽，便将她正好紧紧抱住。阿绯被抱入他怀中，兀自尖叫两声才安静下来，抬头看看男人，张张嘴，却忘了自己想说什么。

南乡在旁边看阿绯吓得脸色都变了，便趁机嘲笑："公主，你叫我留神，自己却差点掉下去啊？"

阿绯喘了口气："不许说嘴！"感觉男人还紧紧地抱着自己，就将他推开，重新爬回车厢里去，进去后才又叫："你快也进来！"

南乡紧抱住男人的胳膊："我不！"

阿绯皱了皱眉，本想把南乡拉回来，转念一想，却又作罢。一路上有人陪伴护送，虽然路途遥远，却比之前两个毫无经验的人摸索着行路容易多了。起居饮食都有他安排，而且这人一贯默默无语，给人的感觉是沉默而可靠。

有一次路边停车，南乡无怨无悔地费力啃着干了的饼，咕噜咕噜喝几口清冽的山泉水，对阿绯说："公主，你知道无名大叔长什么样吗？"

阿绯看着远处正在捡柴的男人，摇了摇头。南乡摸摸胸口，随口说道："我觉得无名大叔有点像我爹。"

阿绯吓了一跳："不要胡说！"

南乡眨巴眨巴眼："他们对我跟你都很好啊，而且无名大叔武功也很不错，不知道跟爹比哪个厉害呢？可是他们长得好像都是一样高大。"

阿绯听了这句，心骤然就乱了。

幸好南乡又补充了句："但我知道他不是爹的，我爹是大将军，怎么能做赶车这样的活儿呢？而且爹在虢北忙得很，也不知道我们要去虢北找他。"

阿绯的心就被这小家伙的三言两语弄得忽忽悠悠，上下不定。

## 第十一章 翻山越岭

紧赶慢赶地又行了半个月，天气越来越冷，眼前所见也越来越荒凉，地上早就没有青青草色，而只是干枯的黄草，有的风龙草被吹得满地乱滚，南乡看得有趣，几次想去追逐，却被无名喝止，阿绯跟南乡才知道这地方有狼。

无名赶着两匹马儿一刻不停地往前，阿绯果真听到几声隐隐约约的狼嚎。南乡只觉得又刺激又害怕，终于从车里出来四处看，扯着无名袖子问话。

阿绯心想：倘若是自己跟南乡两人从这儿走，不，恐怕是还没有走到这里，一路上就被那些艰难险阻给拦住了，这简直好比唐僧取经，一路有九九八十一难，幸好老天送了这样一个人来。

但是阿绯不知道的是，若是她跟南乡两个人，是不会从这条路线上走的，他们两个只会沿着官道，也就是以前大启对虢北用兵时候所走的军道上而行，而那样的话，不到塞外就会被朱子所派的人捉拿回去。

所以"无名"护送他们两人，考虑到其中种种，宁肯从这条险路而行。

一路上餐风露宿，渐渐地过了塞外，便又是另一重风景了，满地的黄草都消失不见，却被冰冷的霜雪覆盖，而越是往前，霜雪越厚，就在马车拐弯之后，南乡大叫了声，阿绯张口，发现自己呵出一口白皑皑的冷气儿来，她从车内探头往外看，顿时也被眼前的景致惊呆了。就在眼前远处，山峦重叠，但却不是先前在姑娘山上所见的青葱，此处的山峦，全部都是白雪覆盖，雪白一片，衬着明净的蓝色长空，显得银装素裹，另有一番神圣姿态。

阿绯心道："怪不得觉得冷……"回头看着车厢内厚厚的羊毛毯子，手在上头一攥，这才明白先前在塞外的小镇上无名为何要买羊毛毯跟一些厚实的毛裘衣裳。原来是因为他早就知道越是往前越是冷，故而早早地买了来免得他们冻坏了。

南乡见阿绯回头，便笑道："公主你看，前面就是雪山啦，无名说翻过雪山后就进了虢北地界了！"阿绯怔了怔，见南乡穿着一件宽大的毛袍子，大概是狐狸毛的，小小的身子整个缩在里面，头上还戴着毛帽子，整个人毛茸茸的，但是脸颊却仍然红红的，不知道是冻的还是兴奋的。

阿绯看着南乡，心中真真懂了什么叫做"小孩儿不识愁滋味"，这一路走来，最开心的莫过于南乡了，不管是遇到什么都能引发他的兴趣，像是拴不住的马驹一样四处撒欢，若不是无名看得紧，这小孩儿恐怕会跑个无影无踪。

但是对阿绯来说……她看了一眼赶车的无名，心中忽地生出一种忐忑的感觉。不知道为什么，出了塞外，越是靠近虢北，阿绯就觉得自己的心更不安一点，原本很想要快些见到傅清明，可是现在……隐隐地居然有点胆怯似的。

见了他后要说什么？要怎么面对他？他真的会在虢北吗？现在可还好？会不会……真的像是她梦中那样不理她了？

阿绯想得越多，越觉得担心，甚至接近害怕，暗暗地开始反思自己这一遭走得实在唐突。当初大概是接受不了皇叔忽然变成朱子，且两人相处又有些势同水火无法相容，故而竟来不及考虑风蝶梦是否可信就答应了接受她的相助……可是转念一想，就算是当时不答应又能如何？以风蝶梦的能耐，如果真的要害她，又何必费尽力气将她带出王府，就算在王府里她也自有千种法子。但是如今，开弓没有回头箭，竟是骑虎难下了。有好几次阿绯想要跟这位"无名大叔"说，还是随便找个地方停下吧，就算不是回到京城，她也不要去虢北，但是那句话在心中盘旋，甚至爬上喉头蠢蠢欲动，却总是没有说出口来。

快要到雪山脚下的时候，天色黑了下来，无名停了马车，把收集到的木柴堆起来放在车边上。阿绯跳下车，转头四看，前面不远处有一道河流，隐隐地传来潺潺水声，远处的雪山隐没在夜幕的阴影中，雪色仍旧醒目。周围地上散落着些怪石嶙峋，石块间竟有些闲花野草，马车停着的背后有一片不大的树林，树木稀疏。阿绯看了会儿，便往那小河旁边去，南乡本正在帮助无名搬木柴，见状就叫："公主你去哪里？"磕磕绊绊地便也跟了上来。

阿绯随意走到河边上，在一块平整些的石头上坐了，托腮看着水面，夕阳西下，水面上波光点点，南乡本来想问她怎么一声不吭就过来了，谁知刚要开口，忽然又惊叫起来："有鱼，水里有鱼！"

阿绯怔了怔，转头看去，果真看到在河面上溅起一点水花，水里有鱼儿跃上来，打了个挺又钻入水中去了。

阿绯心中有事，便意兴阑珊，南乡可是不同，当下摩拳擦掌，也不怕冷，把裘皮脱了，帽子摘了，又去脱鞋子，就想去捉鱼。

阿绯呆看他动作，只觉得南乡实在精神得可以，年纪虽小，这一路走来数他最聒噪，也数他最能活动，生龙活虎没一刻安分的劲儿……真不像是祯雪的儿子，想到这里，忍不住苦苦一笑。一直等看到南乡脱靴子的时候阿绯才反应过来，刚要拦住，就听到无名说道："水凉，别下去。"

南乡哪里按捺得住，然而他却又最听"无名大叔"的话，当下虽没有脱靴子，却仍满怀希望地说："那我想捉鱼怎么办？"

阿绯把地上的裘衣捡起来，重新替他穿上，又把帽子给他戴上："这儿不比京城，这么冷，你留神冻坏了。"

南乡拍拍胸口："公主你就放心吧，我身体可好了，我爹到虢北肯定也是打这儿走过的，我是他的儿子，当然也没有问题。"

阿绯听了，忍不住轻轻地叹了口气。

无名本正走过她身边儿，听了这声叹息，就转头看向她，却见阿绯心事重重地摇摇头，漫不经心走到一边去了。

无名顿了顿，就径直走到河边，见河边儿还好，水清澈得很，但河中央却一片深绿色，他捡了块石头扔向河中央，只听得"噗通"一声。

南乡问："你在干什么？"无名说道："这儿的水虽然不深，可是要淹没你也绰绰有余，而且水是从前头的雪山上下来的，极为寒冷。"

南乡俯身捧了一把水，果然像是握住一块冰似的，忍不住说："好凉啊！"

无名看一眼他，又看一眼他背后坐在石头上的阿绯，俯身捡了几块石头，南乡问："这是干什么？"

无名说道："你不是想捉鱼吗？去马车里把那一捆绳子拿来。"南乡一听"捉鱼"，问也不问撒腿就跑回去拿绳索。

无名握着几块石子，就看阿绯，见她呆呆地望着河面，便说："回去吧，这里太冷了。"

阿绯像是没听到似的，动也不动，无名皱了皱眉，走到她身边，犹豫了会儿，抬手在她肩上一按："回车里吧。"

阿绯这才惊觉，蓦地回头，对上那双眼睛的瞬间，身子竟然晃了晃。

"你……"阿绯盯着那双眸子，移不开双眼，这一刻，心跳得如此剧烈，像是有什么被窥破了似的。

无名望着阿绯的双眸，忍不住垂了眼皮。

就在这时，"绳子来啦！"身后却传来南乡的欢叫，小家伙蹦蹦跳跳地跑过来，"绳子来啦，要怎么捉鱼？"

无名顺势移开手掌，抬手握住了那捆绳子，这会儿河中有一条鱼撒欢似的跳出水面，无名瞧了眼，便把手中的绳子顺出一段来，挽在手中，往旁边退开了几步。无名让南乡离开自己几步，站定了双脚，便看河面上，此刻风儿静止，耳畔只有潺潺流水声响，无名站在原地，宛如一尊雕像。

忽然之间，这尊雕像动了，手一扬，一枚石子破空而去，南乡正呆看，却听"咻"的一声响，却是他手中的绳子也随之甩出，电光火石之间，一条跳上水面的鱼被石子击中，那抛出的绳子像是灵动的蛇一扬，咻地将要落入河中的鱼儿卷住，无名在绳尾轻轻一扯，那鱼便从河中央一跃而上，跌在了无名身后不远处的石头中间。南乡兀自呆了呆才反应过来，欢呼着跑去捉鱼，那鱼儿并未死透，在地上不住地打挺，惹得南乡欢快地尖叫。

阿绯在旁边看着这一幕，目光从鱼跟南乡身上移开，只看向无名，却见他似乎气定神闲般地仍旧看着河面上，静静地等待下一条鱼。

无名捉了三条鱼，这冰川中长大的鱼因极少人来捉，因此条条肥大。无名捉的三条最大的一条有手肘长大，粗细就像是阿绯的手臂似的，且因为冰川水冷，鱼的肉质极为鲜嫩。无名生了火，把鱼架在木柴上烤，南乡兴致勃勃地坐在火堆边上，这会儿夜幕降临，火光跳跃，十分温暖。

然而阿绯却并未靠前，仍旧坐在那河边的石头上发呆，南乡因为太高兴了，就没有去管阿绯，无名翻了翻鱼，就看向阿绯的方向，目光里有些担忧。

过了会儿，天幕上出现了点点星子，熠熠生光，衬着蓝黑色的天幕，格外漂亮，远处的雪山若隐若现，于淡淡的天光里，像是一幅梦幻的画。

无名见阿绯仍不回来，略觉得忧烦，就对南乡说："去叫公主回来。"

这会儿鱼快要烤熟了，在火上吱吱作响，南乡正看得目不转睛，有些不愿意起身，无名叹了口气正要自己去叫，忽然间身子一僵，见阿绯已经下了石头，正往这边走回来。

无名低头，只看着火上的鱼，感觉阿绯走到火边上，缓缓地抱膝坐下。男人抬眸看她一眼，却见她正盯着火堆，火光跳跃，映出她脸上几分忧愁。

"公主你回来啦，无名大叔还让我去叫你呢，"南乡见阿绯回来，觉得自己省事了，"鱼要好了，一定很好吃！"

阿绯听他这么说，就抬眸看无名，却见他仍然遮着面巾，只露出一双眼睛，闻言把手中一条鱼递给南乡,南乡欢喜不已,也顾不上说话了,握着树枝准备吃鱼。无名将另一条递给阿绯,阿绯抬手接过来,低下头默默地吃。

无名看她沉默的模样,不知为何自己心头也像是多了一片阴霾,就也一声不吭地吃自己那条,一时之间,耳畔只有遥遥的水声,树枝烧着发出的声音,以及南乡嫌热吹鱼的声音。

阿绯原本是很喜欢吃鱼的,人对于美味的记忆往往是跟美好的回忆融合在一起的,也不知是东西好吃因此而记住了当时的情形,还是因为当时的情形太过美好而记住了那吃过的东西。但不管怎样,在离开妙村之后阿绯就再也没吃过那样好吃的鱼了。此刻这烤好的冰川鱼,味道其实是极为鲜美可口的,刺儿又少,南乡便吃得十分过瘾,起初还叫嚷好吃,后来连叫都来不及,只顾低头吃去了。阿绯吃了半条,心里却好像塞着什么东西,于是再也吃不下了。

无名看似毫无动静,实则却暗中留意她的一举一动,见她始终都怏怏的,有心问问,却又开不了口,却不料阿绯看着手中的鱼,忽然说:"你长得什么样子,能让我看看吗?"

南乡呆了呆,然后觉得这个问题抵不过手中的鱼的吸引力强,仍旧低头吃去了,只是一双眼睛乌溜溜地望着火光里的"无名",心里也怀着一丝好奇,但好奇归好奇,这一路走来他却是有点儿明白男人的性格,知道阿绯这么一问恐怕是没有结果的。"无名"闻言,果真静了一静,然后就问:"为什么?"

阿绯盯着他,却见他垂着眸子,长睫掩住了眸色,阿绯觉得浑身有些发冷,很难受,几乎有些要打冷战了,却还忍着:"因为我想看看……起码让我们知道恩人长得什么模样。"

无名淡淡说:"不用。"

阿绯目不转睛地望着他,忽然坚定地说:"可是我想看,不如你让我看看吧。"

她竟然这么"死缠烂打"似的,南乡也觉得奇怪,一边啃着鱼肉一边扫视阿绯。无名沉默了会儿,然后就抬眸看向阿绯,两人的目光隔着火堆相对,火光跳跃,在彼此的眼中燃烧。然后无名说道:"如果你非要看,那么就给你看看也无妨。"

南乡很是意外,一时连鱼都忘了吃,却见阿绯点头:"我想看。"她心中有个疑问，这一路走来，就在方才河畔那近距离对视的一刹那那疑问升到最高，就只差一层纸的距离似的。她疑心这个人就是她千方百计要找的人，可是却又觉得不可能，虽然理智上觉得不可能，但却挡不住心中那似野草疯狂蔓生的念头。

无名说道："那好。"说着，他抬手在耳畔轻轻地一摸，将遮脸的面巾摘下。

展现在阿绯跟南乡跟前的，是一张平淡无奇的脸，有些老成，有些木讷，不知是天色的原因还是天生，肤色有些发黑，是一张放在人群中就会找不到的普通人的面孔。无名看了阿绯一眼，然后说："看到了吗。"

阿绯木呆呆的，南乡却说："看到了，但是为什么要蒙着脸啊，我还以为你长得很丑。"

无名一笑，把面巾重新挡上，才淡淡说："赶车风大。"

南乡奋力地吃了大半条鱼，吃得满嘴流油，肚子鼓起，疲惫地躺在阿绯膝头上睡去，无名见状，就说："一块儿进车内睡吧。"

阿绯低着头，不应声。只是默默地站起来，起身的瞬间眼前发黑，几乎抱不住南乡。无名见势不妙，一手揽住她一手把南乡接过去，阿绯喘了口气，对上他的眼睛，心中只觉得酸涩悲伤：她真是太久没见到傅清明了，所以会把一个平凡无奇的赶车人也误认为是他吗？

是啊，当初她那样对他，他若无事，就算不是对她恨之入骨，那也必然是如她做的那个梦一样恼了她的，又怎会悄无声息回来，以如此面目接近她呢？

阿绯只是笑自己太疑神疑鬼，似乎还有些意志不坚的嫌疑。

当晚三人就在雪山脚下歇了一夜，次日南乡先醒来，小孩儿睡得早醒得更早，虽然小小的，浑身上下却像是精力无限，见阿绯还在睡，他便放轻了手脚，爬出车厢。无名并没有就在车边儿，南乡疑惑地放眼看去，却见在清晨蒙蒙亮的薄曦之中，无名正在河边上，似正在洗脸。

南乡一看他就高兴，当下跌跌撞撞下了马车，不敢高声叫怕惊醒阿绯，呼哧呼哧地往河边跑去。南乡在这边一动，无名已经察觉，极快地把脸抹干净，又急忙戴上蒙面巾子，才回过头来。南乡嘻嘻笑道："你在干什么？"

无名看他身后无人，就说："洗脸。"南乡就也过来："我也要洗。"无名怕他手忙脚乱的不方便，就把他抱过来，南乡撅起屁股捧水洗脸，顺便又喝了两口水，无名说："别喝，会肚子疼。"

南乡又只洗脸，站起身来后就看无名。无名觉得他的眼神有些奇怪，就问："怎么了？"

　　南乡抓抓头，忽然口出惊人之语："你真不是我爹吗？"

　　无名身子一抖，却做若无其事状："怎么这么问？"

　　南乡皱着眉想了想："虽然脸长得不一样，可是感觉很像是我爹……奇怪……你不是我爹变的吧？"

　　无名啼笑皆非，咳嗽了声："别乱说，让公主听见了会生气。"

　　南乡叹了口气："公主也很想念我爹啊。"

　　无名不动声色说："是吗？你怎么知道？"

　　南乡说："我当然知道，以前住客栈的时候，我有几次听她说梦话，都叫我爹的名字呢。"

　　无名看向南乡，眼神变得温柔了些："好了，回去看看公主醒了没有，我们要赶路了。"

　　两人回到车边，南乡自动爬上车，就入内查看，外头男人回想南乡方才的话，面巾下的唇角一挑，正在出神，却听到里面南乡叫道："公主……你怎么了？头怎么这么烫？公主你醒醒！"男人听了两句，脸色一变，轻轻一跃，便跳到车上，他的轻功十分高明，如许高大的身子落在车上，马车居然纹丝未动，男人钻入车厢："怎么了？"

　　南乡见他进来，急忙拉住他手："大叔你快看看公主怎么了，为什么叫她不醒？"男人垂眸，看见阿绯脸色发红，呼吸急促，他心头一震，把裹在手上的布条拆下，在阿绯的额头一摸，心中震惊之余暗叫了一声不好。

　　南乡在一边担忧地问："大叔，我公主姐姐怎么了？"

　　无名看他一眼，慢慢说道："她大概是受了寒……身子虚，病了。"嘴里这么说着，心中不由得有些责怪自己。阿绯闷闷不乐他其实早就知道，这也不是一天两天了，昨晚上烤鱼的时候她自己在河边坐了那么久，吹了那么久的冷风。他虽看在眼里却并未去阻止，她受了寒是一个原因，另一个原因，怕是因为她心中有些郁结，其实……他都知道。

　　车厢门开着，两匹马儿略有些躁动，打着响鼻，准备奋蹄赶路。

　　无名回头看一眼那不远处的凛凛雪山。阿绯这时候病了，到了山上更冷，她可会撑得住？但是不走的话，若是变了天，那么再动身就遥遥无期了。

正犹豫之时，却听得一声咳嗽，怀中的阿绯睁开眼睛，四目相对瞬间她的眼神迷蒙了一下，而后就轻声说："天亮了吗？快……赶路吧，去虢北。"

她的声音很微弱，但却坚定，"无名"望着她微红的脸颊，抱在她腰间的手轻轻地握紧了一下。

阿绯昏昏沉沉的，时而清醒，但大多数时间都在沉睡，偶尔醒来的时候，耳畔会听到南乡唧唧喳喳的声音，有时候说"公主姐姐什么时候会好？"——是担忧的声音；有时候说"这座山好高，天阴阴的是不是要下雪啦？"——却充满了兴奋的期盼。

阿绯迷迷糊糊，耳畔似乎有呼啸的风声，有什么打在车上，啪啪作响，像是风吹着雪，然而她的身体不知被什么裹得很严实，因此竟丝毫没有感觉冷。

不知过了多久，风声有些小了，阿绯就听到南乡说："刚才的冰川居然塌了，真惊险，把我吓死了！"阿绯心中也惊了惊，想问问是什么情形，却听南乡又问："公主姐姐一直都睡着，不会死了吧？"——然后回答他的是一声严肃的呵斥，让南乡"不要胡说"。阿绯听到那呵斥的声音，似乎熟悉，似乎陌生，有些像是傅清明，但仔细想想……应该是那个赶车的无名大叔。

阿绯听着他的声音，心里又酸又苦，想问问他们已经到了哪了，但是浑身无力，似乎连一根头发都动不了，于是只好作罢。她的身体时冷时热，最难受的时候几乎喘气都变得很困难。阿绯不知道自己因为痛苦会轻轻地呻吟出声，但是奇怪的是，在她觉得最难受的时候，就感觉像是有个人把自己抱入怀中。他的手轻轻地抚摸着她的身体，然后似乎苦痛也一点点地被他抚平了，阿绯也在不知不觉里真正地睡了过去。

阿绯的病拖拖拉拉，一直过了七八天才好转，此刻马车却已经翻过了雪山，正在经过一片平坦的原野，南乡从车外爬进来，看阿绯靠在车厢上，惊喜交加地扑过来："你醒啦？"十分亲热。

阿绯将小孩儿抱住："嗯……我们到哪里了？"

南乡兴高采烈地答道："已经到了虢北了，前面就有人家住，赶车的新大叔说送我们到那里就行了。"

"新大叔？"阿绯疑惑。

南乡说道:"先前的无名大叔离开了,换了一个新的大叔,说话的声音很奇怪!"

两人说到这里,就听到外面有个陌生的声音笑着说:"娃娃,我们虢北人说话都是这个腔调,我还算是说得很不错的,有很多人说的大启话,你还听不懂哩。"

南乡捂着嘴笑,跟阿绯说:"你听到了吧,是不是很奇怪?他还觉得自己说得很好呢。"

阿绯心头发凉,却不知为什么,出了会儿神后问:"那无名……大叔去哪里了?"

南乡说道:"不知道,看他很着急似的,大概是有急事。但是我们已经到虢北了,就不怕啦,等我们找到爹就好了。"

阿绯眨了眨眼,忽然一惊,放低了声音问:"你有没有跟外面那个人说你爹是谁?"

南乡摇了摇头,忽然又捂着嘴笑:"放心吧,无名大叔曾经跟我说,在虢北不要随便提我爹的名字,因为他名气太大啦,有的虢北人喜欢,有的却不喜欢,只让我们暗暗地寻找。"

阿绯松了口气,没想到"无名"居然还这么有心……想了想,又打起精神来,反正来都来了,那就既来之则安之吧!

隔着数千里之远,虢北的风物跟大启迥然不同,处处散发着异国风味。此刻不过是八月份,却已经大雪纷飞,满目都是白茫茫一片,路边上不远是一片片的树林,树皮是白色的,树干挺直,齐刷刷地冲天而生。

阿绯依稀记得傅清明先前隐约说过,虢北地界秋冬日长,春夏日短,一般八九月便会飞雪,到四五月份冰雪才会消融,而后草长花开,是个冰雪之国。

在这样严寒之境,虢北的人多半嗜肉好酒,男的高大健硕,女子也十足强悍,以打猎来弥补农作物上的不足。寻常是男人出外打猎,女人守家,但有时候劳力不足的话,女子也会自行出外打猎,因此虢北人不论男女,都擅长骑射。

那赶车的大叔叫"泰沙",这是南乡告诉阿绯的,阿绯听了暗笑,这名字跟"太傻"听来差不多,南乡又低低说:"公主姐姐,你去看一眼,泰沙的胡子跟头发都是黄色的,眼睛也是黄的……不对,是绿的……"

阿绯大吃一惊："真的？"忽然想起以前在京城的时候听闻虢北公主入京后，大家对虢北人的猜测，说他们长得很奇特，跟大启的人不一样，此刻听了南乡说，忍不住爬到车厢边上，打开车厢门往外看。此刻天晴，满头的大太阳，阳光如金子般自晴蓝天空洒落，但地上却全是雪，厚厚的，纹丝不化，马车在雪铺成的道路上往前疾驰。阿绯望见前头车上坐着个黑熊似的身影，头上也戴着黑色的皮帽子，正在赶车，自然是看不到他的脸了。

阿绯跟南乡在车内唧唧喳喳，那边泰沙赶着车，遥遥地看到了村庄的影子，于是便放声唱起来。他的声音却是很好听的，但是曲子奇异，又是用虢北语唱的，因此究竟是在唱什么阿绯跟南乡都丝毫不懂，只隐约听出歌里似乎带着欢喜的调子，可也不全是那种喜气洋洋的。

阿绯从没听过男人这样放声唱歌，一时听呆了，虽然不懂其中意思，可心里却隐隐地有些被那曲调打动。

南乡忍不住，等泰沙唱完了，就问："泰沙，你在唱什么？"

泰沙说道："是我们常常唱的歌，叫'丰收歌'。"

南乡痴痴笑了会儿，这时候满地大雪，他居然唱什么丰收歌，嘴里却说："你唱得真好听。"

泰沙笑："我们这里的人都会唱，我算是唱得一般的，不算顶好……看，我们村子要到了。"

阿绯跟南乡往前看，果真看到在不远处极蓝的天空下，有着一座村庄，屋子都是尖尖顶儿，矗立着探向晴空。

泰沙放慢了速度，马儿摇着铃，悠闲地踏着步子往村口而去，却见自雪地里跑出许多矮个子来，一边往这边跑一边欢呼，嘴里叽里咕噜地说着些奇怪的话。

阿绯跟南乡双双吃了一惊，却见那几个矮个子像是小孩子，但是跟大启的小孩不同。这些小孩长得跟雪娃娃一样白净，有的是黄色头发，有的是灰褐色，只有一个是黑头发的，一个个穿着小皮袄，扎着皮带，有些大点儿的孩子看似五六岁的，腰间的皮带上居然还带着小小的匕首。

这群奇异的小娃儿笑容满面地跑上来，有人竟然直接拦向马前，眼看那马儿就要冲过去，只要马蹄踩下去就能将小孩踩成肉泥，吓得南乡叫起来。

泰沙呵斥了声，手中缰绳一拉，千钧一发之时，马儿稳稳地立住，而那跑上来的孩子也嘻嘻一笑，跳了开去。

泰沙低头，笑着又呵斥了几句虢北话，那帮孩子却丝毫不在意，围在他膝边问长问短，有人居然大胆从马肚子底下钻出来，顺便还挠挠那马腿。

阿绯跟南乡靠在车边，看了个稀奇。

为首的是个五六岁的孩子，有一头很黄的头发，太阳底下闪闪发光，有点像是金子。阿绯是头一次看到，在他的印象里，曾经有一次看到进贡的狮子，仿佛就类似这种颜色……没想到人居然也会长出这样的"毛"来。

那孩子脸色雪白，双眼却是碧绿色，看了一眼南乡跟阿绯，又看泰沙，便用虢北语说："泰沙大叔，你这次又去干什么买卖啦？这两个是什么人？"

泰沙说道："阿雷登，你又领这群小崽子出来乱跑，你阿爹还没有带你出去打猎吗？这两个人是我带来的客人，会暂时留在我们村里。"

阿雷登抬手摸了一把腰间的小匕首，脸上露出懊恼的表情："阿爹说要等我再长一岁才带我去，艾诺跟我一样大，为什么他阿爹都带他去过一次了？泰沙大叔，下次见了我阿爹你帮我求求情吧……"

泰沙哈哈笑："你阿爹也是为了你好，现在的野兽可凶了，你又小，如果咬住了你，一口就能吞了。"

"我不怕！"阿雷登在胸口一拍，又说，"再说我也跟着哥哥学了两年了，我很想去猎一头小熊回来呢！到时候你就看吧！"

两人在这儿对话，其他的孩子便对阿绯跟南乡生了兴趣，有两个调皮的，居然抱着泰沙垂在车边的腿爬上了车，其中一个凑过来，嘴里呜噜了一句，面向着南乡，似是在跟他说话。南乡当然听不懂，就问："你说什么？"

那孩子看他一眼，又回头看另一个孩子，呜噜着又说了句什么，南乡跟阿绯面面相觑，见两人一个头发金黄一个是褐色，脸却同样的白，但是眼睛的颜色却很奇怪，看起来就像是两个小魔怪一样，如果不是亲眼所见，两人定然不会相信世间居然还有人生得这副模样。

那虢北的小孩对另一个爬上来的孩子说："他长得很奇怪。"另一个说："他还听不懂我们的话，但是他说的我知道，我听泰沙大叔跟别人说过，像是大启的话。"先头那个说："真的是大启的小孩吗？怎么跑到这里来了？"

泰沙大叔在旁听到这里，就笑道："你们不要乱问啦，现在你们要跟我回村子还是要在这儿玩？要是回村子的话就都上来，我带着你们。"

几个孩子巴不得看热闹，当下所有人都七手八脚爬上来，围在阿绯跟南乡身边儿，先前的阿雷登坐在阿绯身边，看一眼她，又看南乡，然后回头对泰沙说道："泰沙大叔，他们是你的亲戚吗？"

泰沙说道："怎么啦，小鬼头？"

阿雷登就笑："如果不是亲戚，你带这样美丽的姑娘回来，安吉利大婶一定会生气的，到时候又要打你了。"

泰沙跟着哈哈大笑："打是亲骂是爱，这个你以后才会知道。"

阿雷登说："我不信，我喜欢的姑娘才不会打我。"说着，就歪头看了阿绯一眼。旁边的虢北小孩儿凑在南乡身边，拉拉他的衣袖，又看看他的头发，端详他的眼睛，没一刻消停。幸好南乡也不是个怯生的，这些小孩儿打量他，他也毫不示弱地打量着对方。从村口到村子里不远的路，这些小孩儿把南乡认了个明白，南乡也把几个小孩儿看了个遍。

泰沙大叔赶着车来到自家院子前，这个村庄，院子都建得很低矮，基本都是用木头圈成的，站在外面就能看清楚里面的情形，马车才停下，里头就传来狗叫声，然后厚实的木头屋门打开，走出一个胖胖的戴着围裙的中年妇人，自然就是他们所说的安吉利大婶了。

这妇人还没走到门口，几个孩子已经迫不及待地从车上跳下来，推开门一拥而入，安吉利大婶呵呵笑起来，挨个头摸了摸，说："小崽子们，快进屋里头，大婶早上才做的奶油酥饼，一个吃一个。"

小孩儿一听有吃的，欢呼着冲向屋里头，只有阿雷登"老成持重"，强忍着食欲并没有就跟着冲进去。

安吉利大婶出了门，一眼就看见阿绯跟南乡站在老伴的旁边，将人打量了一眼，脸上露出些微惊讶的表情，阿雷登在旁叫："大婶！"

安吉利看见他，就说："阿雷登，怎么不进去吃东西？小心都给其他崽子们吃光了。"

泰沙大叔哈哈大笑："你啊，不懂，小阿雷登长大了，像是大人一样，当然不会像那些小崽子一样抢东西吃，快，快让客人进屋。"

## 第十二章

## 历险虢北

阿绯跟南乡留在泰沙大叔家中，渐渐地熟悉了当地的风物，加上安吉利大婶又极为热心，虽然言语上仍然不是很通，但也没什么大问题。

阿雷登因为在第一天的时候就认识了两个，他似乎又对南乡格外感兴趣，于是跑得特别勤，两天里来回走了四五趟。一回生，二回熟，加上南乡又正是好奇心旺盛的时候，很快就跟阿雷登打得火热。阿绯靠在炕边上打瞌睡的时候，两个小家伙就在火堆旁边说话，东拉西扯鸡同鸭讲了会儿，南乡就看着阿雷登腰间的匕首，有几分羡慕地问："这个是哪里来的？"

阿雷登见他脸上露出疑惑表情，又是那个口吻，目光还盯着自己的匕首，虽然听不懂大启话，却也明白南乡是在问自己的匕首，男孩脸上就露出骄傲的神情，索性将匕首解下来，给南乡看："漂亮吧，是我阿爹给我的。"

南乡当然也听不明白，有些苦恼，但很快注意力就给匕首吸引过去了，听着阿雷登的口气似乎有些自豪，就说："很威风啊。"低头打量着匕首。

阿雷登见他果然喜欢，自顾自地就说："我们这里男孩子只要过了三岁都会有一把匕首的，开始是木头的，四岁的时候才会得到真的匕首，我这个就是真的，怎么，你们那里不是这样的吗？"

南乡听他叽里咕噜说了好大一通，可惜他全不懂，就也自顾自地回答："要是我爹在的话，我可以跟他要，我爹或许也会给我一把，一定会比这个漂亮，等以后见到爹的时候再要吧。"他虽然喜欢这把匕首，却知道不是自己的东西，而且跟阿雷登才认识，就仍旧把匕首送回去。

阿雷登接过来，重新挂到腰间："我再过一岁，就可以跟阿爹去打猎了，对了，你几岁了？看样子好像只有两三岁？"他说着，灵机一动，就伸出十根手指，右手的五指一摇，指指自己，然后又举起左手，指向南乡。

南乡见他打量着自己，本不知他说什么，待见了这个动作，心头雪亮，就笑着伸出三根手指，刚比好手势的瞬间，小家伙灵机一动，三根就变成了四根。

阿雷登眼睁睁地看着："你是三岁……不对，是四岁啊？看不出来，比我矮这么多。"南乡见他上下打量自己，眼中带着疑惑，略微猜到他是在说什么，偏昂首挺胸，作出一副不服输的模样来。

阿绯正在炕上半睁着眼睛，听两个人在一块儿煞有其事地说这些话，她心中啼笑皆非，她自然知道阿雷登不懂大启话，而南乡更加不懂虢北话，但是两个人居然像模像样地说了这么久，还有问必答的，实在让人叹为观止。

阿雷登跟南乡说得投机，便又邀请他去自己家里玩耍，这个却难以表达，幸好安吉利大婶进来，因为泰沙大叔懂大启话，所以安吉利大婶也略懂几句，当下替阿雷登翻译了一下。南乡是个闲不住的性子，当下就高兴起来，回头看阿绯："姐姐，阿雷登邀请我去他家里。"

阿绯有些惊讶，看看两个人眼巴巴看着自己的样子，终于点头，懒懒地嘱咐："别出去乱走，只去他家里就好，玩够了直接回来，这里人生地不熟的，你丢了的话，我找不到。"南乡一概应承，两个孩子手牵手出去了。

南乡出去后，阿绯便继续在心中谋划心事，安吉利大婶捧了一碗奶茶送过来，阿绯吃了口，觉得很美味，就道谢。

安吉利大婶慈眉顺眼地笑了笑，进里屋拿了一件兽皮，捏在手里缝制。

阿绯看着她慢慢地飞针走线，想了会儿，就问："大婶，你们这是什么地方？"

安吉利怔了怔，然后吃力地说："我们这是普里镇，意思就是鸟飞不到的地方。"

阿绯似懂非懂，但是听她明白自己的意思，就有几分欣慰，又问："那么这里距离大启的驻军地方有多远？"

安吉利看着阿绯，眨了眨眼后，说："驻军？"

"军队……"阿绯说了一句，手作出拉缰绳的动作，"打仗的军队……大启的……"

安吉利的脸色变了变："不打仗，不打仗……"

阿绯见她居然不懂自己的意思，略微焦急，想了想，就直接问："大婶，我是问……听说大启那边有个很厉害的将军，叫做傅清明，你知道吗？"

安吉利的眼睛一下子瞪大起来，定定地看着阿绯，弄得阿绯心里毛毛的很紧张，谁知安吉利看了她一会儿后，一下露出灿烂的笑容："傅将军，好，好！"

阿绯纳闷，安吉利见她不懂，就举起拇指："傅将军。"

阿绯吃了一惊，这明明是夸奖人的手势，大概是看出她眼中的疑惑表情，安吉利又拍拍大腿，说："傅将军在，不打仗，跟皇帝和谈，能过好日子。"

这几个字她说得荒腔走板，听起来有几分可笑，但是阿绯却没有笑的心思，看了安吉利一会儿，就默默地点点头，一时居然把自己想问的话给忘记了。

安吉利见阿绯默默地，就又笑容满面地让她喝奶茶。此后阿绯又问了几次，安吉利却总是竖起拇指，阿绯问她知不知道傅清明在哪，是不是在大启的军营里，她却一问三不知，脸色很茫然。等泰沙大叔回来，阿绯只好又旁敲侧击地问他，泰沙大叔知道大启的驻军在此地十多里开外，却也不知道傅清明是不是在军中，据说没听说什么消息。

阿绯有些焦急，不知不觉三天过去了，她的身子也养好了，阿绯就打算亲自去驻军里看一看，这一清早，阿绯正要跟泰沙大叔跟安吉利大婶说这件事，却不料安吉利大婶先一步出来，喜气洋洋说："今天猎队的男人回来，喜事，一起去迎接吧。"

阿绯见她居然换了一件新衣裳，她刚要说自己要走，身后南乡也出来，说道："对了，昨天阿雷登说他阿爹跟哥哥要回来，还叫我去他家看打回来的猎物，据说还会有熊呢。"

阿绯看看他兴高采烈的小脸，这三天里南乡几乎每天都跟阿雷登他们那伙孩子一起疯玩，几乎忘了他们来虢北是为了什么。阿绯心想：要走也不在一时，大不了看完了猎队回来再走。于是就并没有出声。

安吉利大婶见状很是高兴，挽着阿绯的手臂往外走去，那边南乡早跟脱缰的小野马般跑了出去。门口上阿雷登正等着，见他出来就呼啸了声，身边五六个孩子一块儿，像是一群小崽子似的往村口去，末尾有两个不慎在雪中滑倒，却又一声不吭地爬起来，继续往前跑。因为冬日寒冷，原本白天路上并没有多少人，但是今天不同，阿绯一出门就吃了一惊，见街头上三三两两的，都是盛装打扮的女人，一个个喜气洋洋，成群结伴地都往村口走去。阿绯一边走一边打量，看周围人这势头就好像是过节，十分隆重。

阿绯心想："这有什么了不起的，不就是猎人打猎回来了吗？"却不知道对于虢北人尤其是这些边境旁的住民来说，冬天最重要的一件事情就是"归猎"，靠着打猎储存大量的肉才能度过漫长冷酷的冬天，所以每一次猎人归来都会受到热烈而隆重的迎接。快到村口的时候，人也越来越多，阿绯不停地四处看，虢北气候严寒，除去路上无名买的那件裘衣，阿绯其他的衣裳都不顶用，完全无法御寒，安吉利大婶翻箱倒柜找出了她年轻时候穿的衣裳裙子，阿绯试着穿上，居然差不多能穿，只肥大一点点。

阿绯看着安吉利大婶那肥胖的身躯，很难想象这些衣裳曾经是她穿过的。大概是看出她的疑惑，安吉利大婶说："我们虢北的姑娘，年轻的时候大多都是花一样，可是嫁人了后又多半都会……"说到最后就看自己。

阿绯见她脸颊跟身体都极丰满，且脸色红润，洋溢着欢乐的笑容，却又觉得这样也没什么不好，有这样开心的笑容挂在脸上已经是最美，还需要什么其他呢。阿绯穿着长裙，围着裘皮，踩着皮靴，头上还戴着皮帽子，若是不细看脸蛋，就好像是一个纯正的虢北姑娘似的。将到村口，斜刺里出来几个虢北的女孩儿，唧唧喳喳声音如云雀，说个不停，安吉利大婶挽着阿绯的手向她们打招呼，几个人就也回过头来，有人看到阿绯，脸上露出惊讶的表情，一个鼻子上生着几颗雀斑的姑娘就问："大婶，这就是你们家的贵客吗？"

安吉利大婶说道："是啊。"另一个脸颊红红的少女打量了阿绯一会儿，说道："她像是大启人，跟赛恩斯一样。"

红颊少女说完，那雀斑少女惊奇地问："你知道赛恩斯是大启的人？他明明都不记得自己是从哪里来的，而且他会说我们虢北话，我看，应该是哪里的双裔。"所谓"双裔",就是虢北人跟大启的人成亲后生下的孩子,因为此地是边境,靠近大启军营,近年来无战事,许多大启的士兵以及边境的百姓跟虢北的人通商往来,渐渐地促成许多婚事,生出好些混血的孩子,统称双裔。

几个少女一边走一边打量阿绯,红颊的就说道:"她长得真漂亮,看起来比嘉丝蜜还好看,就是太瘦了,一阵风大概就会把她吹走。"

她身边矮个的说:"嘉丝蜜呢?大概已经迫不及待地去找赛恩斯了吧。"

雀斑的捂着嘴笑:"她的魂已经给那个异族的男人给勾走了,因为她喜欢赛恩斯,惹得赫尔若很不高兴。"

"赫尔若喜欢她啊,她却不喜欢我们族里的这个大英雄,反而去喜欢个异族男人,但这样也好,我们才会有机会。"

几个少女哈哈大笑起来。皮靴踩在地上,挤压着雪,发出带劲儿的声响,少女们边走边议论,不时发出快活的笑声,十分热闹。

阿绯就问安吉利大婶:"她们在说什么?"

安吉利大婶带笑看了那几个少女一眼:"她们夸你长得美丽。"又用虢北话说:"你们说起男人来小声点,会被人听到。"

少女们挤在一起,尖笑起来:"安吉利大婶,是不是泰沙大叔最近说你什么了,才让你变得这么胆小了?"

安吉利大婶笑骂:"一群只会乱叫的花鹿,我为了你们好才说话,你们反而说起我来了。"

正说着,雀斑少女忽然叫道:"快看,他们回来了!"又叫,"赛恩斯!"旁边的红脸颊少女却叫道:"嘉丝蜜也在那里!"

阿绯还没看,耳畔先听到一阵轰隆隆的响声,像是雷神驾着战车驶过。阿绯心中一惊,急忙扬头看去,却见在前头村口上,如风过如雷奔,驶来几匹高头大马,都是乌黑的毛儿,晴光之下像是一匹匹的黑缎子闪着光,马儿壮硕而骏勇,马头上戴着铁甲,只露出双眼。阿绯看到马上坐着的都是些身披厚厚斗篷穿着毛皮的骑士,个个腰中佩刀,头上还戴着铁盔,雷霆万钧地自眼前掠过。

阿绯心中一惊,这哪里是猎人?这副打扮,这种气势,分明就是身经百战的战士一样!怪不得常常听人说虢北人是好斗的,连一个小镇上的猎人都这样,那军队呢?那瞬间阿绯心中并不觉得高兴,反而有一股说不清的滋味:虢北的人如此强悍，那么挡住了他们的傅清明……究竟是说他有三头六臂手眼通天之能呢，还是说他果真在此处费尽了心机才能保持虢北跟大启的一直和平相处？但不管如何，这都说明，傅清明比虢北人更加的强……

小镇上出猎的男人有四五十个，前头是领队开路，中间有负责护卫承载着猎物的马车的，后面还有押队，先前有一个负责报信的先回来告知了猎队准确回归的日期，镇子里的人才开始准备。

人群拥上去，发出欢呼的声音，有人看到自家的男人，忍不住喜极而泣。

安吉利大婶握着阿绯的手，伸长脖子往猎队中看，阿绯看她目光中充满担忧跟期盼，忍不住问："大婶，你在找人吗？"

安吉利大婶回头，有些紧张地说："我的儿子也在里面。"

阿绯这才明白，她只看了几个领头的虢北猎人，就开始把目光放进人群中开始寻找南乡，正看到南乡跟阿雷登等几个孩子混在一起，略微放心之余，听到人群中爆发出一阵激烈的笑声。

阿绯循声看去，见先前路上遇到的三个少女站在一起，不约而同地看向某一处，目光里也带着笑。

阿绯虽然听不懂虢北话，可是却听到她们不停地在说什么赛恩斯什么嘉丝蜜。阿绯漫不经心地看过去，忽然之间浑身僵硬地站在原地，只有双眸在不知不觉里睁大，她疑心自己眼前出现了幻觉。而几乎是与此同时，正在玩耍的南乡也惊住了，望着猎队中的一人，小孩儿呆呆看着，然后又试图看向阿绯。当看到阿绯那震惊表情的时候，南乡也确认了自己所见的，当下尖叫一声，张开手冲了出去，跑向归来猎队中的一人，一边跑一边大叫："爹！"

阿绯跟南乡都极为吃惊，对阿绯来说，眼前的虢北猎人勇士虽然的确令人震惊，但是让她失态的却另有其人，就在虢北的猎队之中，有一人并未戴盔甲，只是穿着一件厚厚的皮毛衣裳，显得虎背熊腰，就像是一个平凡的虢北猎人——如果不看脸的话。那张脸，俊朗出色，在一干虢北人的脸孔中显得更是醒目，那分明就是傅清明的。

众里寻他千百度，蓦然回首，他居然就在眼前，阿绯魂飞天外，耳畔的吵嚷声也逐渐消失，眼前所见只有那一个人影，不停地在眼前晃动……

而南乡扑过去，小孩儿奋力分开人群，挤到傅清明身旁，他的小伙伴都在寻找自己的家人，一时也没有人留心南乡。南乡挤开人，却撞到一个少女身上，那少女回头，见是个粉雕玉琢的小孩儿，便笑骂了一句虢北话。她生得极为漂亮，脸像是雪一样白净，双眸如湛蓝透亮的宝石，有一头卷曲着的金色长发，笑起来明艳而勾魂，一身虢北女人常穿的裙子，勾勒出很丰满的身躯，自从她出现就惹得许多青年神不守舍，纷纷地张望。

那少女笑骂了句后，就又仰头看向身边儿的人，笑容天真无邪，甜蜜从眉眼跟唇角流露出来，她毫无顾忌地靠在身边的男人胸前，显得十分亲密。

南乡却顾不上欣赏这少女的美貌了，只是挤到两人身边，一边尖叫着一边伸手抱住了男人。

"爹，爹！我终于找到你了！"南乡试图抱住男人，却只抱住了他的大腿，男人有些吃惊，但惊讶的神情并不明显，只是略微皱了皱眉而已，脸色略见冷淡。

嘉丝蜜惊诧地看了一眼南乡，又看看男人，用虢北话问："这个孩子怎么了？"

男人摇摇头，嘉丝蜜低头看向南乡，瞧见他非本地人的面孔，想了想，就用生硬的大启话问道："小孩，你干什么？"

南乡听见她问，又惊又喜地抬头："你是谁？爹！你怎么不说话？"

南乡对上男人那冷冷的眼神，略有些害怕，寻找救兵似的回头看向阿绯："公主呢……公主……姐姐！我爹在这里，我爹在这里，你快过来呀！"

南乡一边抱着傅清明不放，一边仰头去看人群中的阿绯。

少女嘉丝蜜有些讶异地看过去，却见在闪烁的人影之中，有一道纤细的影子站在不远处一动不动，看打扮像是个虢北的女人，但是当看到那张脸的时候就知道，那是个大启的少女。

嘉丝蜜对上少女那朦胧如晨星的双眼，心中不由得一震，原本娇憨甜蜜的脸上笼上一层阴影，女性的直觉让她觉得有威胁逼近，忍不住抱住了身边男人的手臂："赛恩斯……他们是谁？"

嘉丝蜜扭头看向她嘴里的赛恩斯，却见男人神情冷峻，双眸却也看向那大启的少女，眸色看似一如既往般的冷漠，然而在嘉丝蜜的眼中，却看出来那分明是不同的。男人的眼睛，是冰冷的，但是那冰层底下，却流窜着通红的焰火，不知是出于什么原因，抑或者是不自觉的，却看得她惊心动魄。

第十二章 历险虢北

南乡见阿绯一动不动，索性直接大叫起来："阿绯！阿绯姐姐！你快来呀！"阿绯听见了南乡的呼唤，也看到了傅清明的眼睛，但不知是一种什么样的魔力，让她站在原地动弹不了。

熙熙攘攘的人群之中，有人走过，不小心撞了她一下，阿绯站不住脚，便向旁边跌了出去。这一瞬间，赛恩斯身子一晃，却又没有往前走，但是这要过去的念头，却给嘉丝蜜跟南乡都知道了。

阿绯跌在地上，手撑在冰冷的雪层上，丝丝的凉意透进心里，旁边有一只手伸出来，将她挽住，把她扶了起来。阿绯木讷转头，对上一个虢北青年带笑的脸孔："你没事吧？"他用大启话问她。阿绯勉强摇了摇头，神不守舍地看向那边。

赛恩斯把南乡推开，南乡吃了一惊："爹！"

赛恩斯摇头："我不认识你。"

南乡张口结舌："什么？爹！你说什么？"

赛恩斯看看他，又看看阿绯，没有说话，嘉丝蜜略微松了口气，挽着男人的手臂："赛恩斯，听说你猎了一只老虎？给我看看吧？"

两人转过身，向着人群走去。南乡大急，冲上前去拉住男人的衣襟："爹！我是南乡啊，你怎么能不认得我？"

这会儿阿雷登跑回来，拉住南乡问："你干什么？"南乡说："那是我爹啊，是我爹啊！"指着赛恩斯大叫。阿雷登挠头："你说赛恩斯啊，他是三个月前来到这里的，没有名字，也不记得自己是谁，名字还是我爹给取的，就是'无名的人'的意思。"

南乡听不懂这些，眼泪却掉下来："怎么我爹不认我呢？"

阿雷登见他哭了，吓了一跳，赶紧将他抱住："你怎么啦？"南乡哭："我爹不认我。"他忽然跟想起什么来似的，把阿雷登推开，跑到阿绯身边，伸手拉住她："刚才你为什么不过去？爹不认我了，他是不是生气了？你快点去把爹找回来！"

阿绯被他拉着，脚步踉跄往前几步，那虢北青年看着，正要跟上，身后安吉利大婶过来："班德，你在这里！"张开手抱过来，青年也面露笑容："妈妈！"两人便抱在一起。

阿绯被南乡拉着，信步往前，一直走到赛恩斯跟嘉丝蜜身后，周围有人察觉异样，都转头看来。嘉丝蜜回头，见南乡拉着阿绯，不由一怔，紧接着赛恩斯也回过头来。

南乡用力拉拉阿绯的手："公主，你说啊，你说啊。"

阿绯望着眼前那张熟悉的脸："我……"就好像所有的语言都被一个恶魔偷了去，然后狠狠地揉在一起又撕碎了，阿绯找不到自己该说什么想说什么，脑中一片空白，连身子都紧张地缩紧了，变得像是石头一样硬。

所有人都在看着她，阿绯却只是望着他的眼。没有死……傅清明没有死吗？真的没有死！他好好地在这里，虽然不知为什么穿着虢北人的衣裳，但这不是重点，她自己不也是穿着虢北人的衣裳？但重要的是他没有死，还好端端的。他没有死，老天还是眷顾她的，给她一个机会，是天意吗……让她来虢北，她怀着飘渺的希望来到虢北后，居然就见到他了。但是，千头万绪，要从哪里说起？而且，他看向她的眼神那么的冷。

"你是谁？"就在阿绯怔住的瞬间，他忽然开口。

阿绯浑身发冷："你……你不认得我？"

赛恩斯摇摇头，淡淡地说："不认识。"

身边的嘉丝蜜笑着，仰头对他用虢北话说："这是谁，为什么这个小孩叫你爹，难道你真的跟人家生了孩子？还以为你是个不花心的男人。"

赛恩斯看一眼阿绯，低头望着嘉丝蜜，也用虢北话说："我不认识他们。"

忽然有个虢北的青年，红红的脸膛，长得很高大，走过来说："他不是什么都不记得了吗？也许他们真的是成了亲的，嘉丝蜜，你不要再跟他在一起了，谁知道他是真的忘记了还是假装的。"

嘉丝蜜脸色一变："赫尔若，用你多嘴？我不跟他在一起，难道就会跟你在一起吗？你不要总是想着破坏我跟赛恩斯的关系。"

赫尔若脸色更红，低头看向阿绯跟南乡，也用大启话说："小孩，他是你的谁？这个女人又是谁？"

南乡见阿绯不做声，很着急，叫道："他是我爹，这是公主……不不，他们已经成亲了。"

"他是你爹？"赫尔若有些意外，"那她不是你娘吗？"

南乡摇头："我娘是别人……"

普里这儿靠近大启,也经常跟大启有往来,虽然不是每个人都精通大启话,但是却也能听懂简单的几句,听了南乡的话,当下所有人都惊呆了。赫尔若一脸得意,看向嘉丝蜜说:"嘉丝蜜,你不要被他骗了,他不仅仅有老婆,而且还有很多情人,看!情人连孩子都有了。"

嘉丝蜜气得脸色发白,却看向赛恩斯:"他说的是不是真的?"声音忍不住有些颤抖。

南乡握住赛恩斯的手:"爹,你怎么了,你别不认我啊,你真的不记得我了吗?"

赛恩斯皱眉,推开他:"我不认识你们。"然后他转过身,迈步走了,嘉丝蜜狠狠地瞪了赫尔若一眼,转身叫着"赛恩斯",脚步不停地追了上去。

南乡大叫了两声"爹",男人都没有回头,南乡想去追,却被阿雷登拦住,南乡小脸上挂着泪花,他擦擦泪,仰头看着阿绯:"为什么你不说话,为什么你不让爹认你?"

阿绯眨了眨眼,眼中有什么东西落下来,然而她却笑了,南乡不明白,又有点生气:"你笑什么,你还笑,爹都不认我们了。"

阿绯望着男人离开的方向,轻声说:"可是他还活着啊。"

南乡不解地看她,阿绯低头,将他一把抱住:"他还活着是不是?我没有看错吧?"

南乡这才明白,当下用力打了一下阿绯肩头:"臭公主,你疯了吗,我爹当然好好地活着,你怎么说得他像是死了一样!放开我!可是现在爹不认我们了,呜呜呜……"小孩说着说着,六神无主地哭起来。

阿绯怔了怔,然后放开南乡,她缓缓站起身,松了口气:"不怕,不怕……"喃喃说了两句之后,阿绯想:"只要他还活着……就好。"

身后阿雷登摇摇南乡手臂,指指赛恩斯离开的方向:"南乡,赛恩斯真的是你的爹吗?"

南乡略微明白他的意思:"那是我爹,真的是我爹,你信不信?"

他的表情很坚决,阿雷登看着,也明白了南乡的意思,他歪头思考了一会儿,说:"如果你说是,那么我就相信赛恩斯真的是你爹,但是他现在失去了以前的记忆,所以才会忘了你们吧。"

阿绯跟南乡当然不明白他说的话，就在这时，身后有人走过来，却是安吉利大婶，跟曾经扶起阿绯的那个青年，原来他就是大婶的儿子。

安吉利大婶给阿绯和南乡介绍了一下自己的儿子班德，青年略带腼腆地又跟阿绯打了个招呼。安吉利大婶才说："刚才的事我见到了，我听说你是来这里找人的，难道你要找的人就是赛恩斯吗？"

阿绯说："是，是他。"

安吉利大婶若有所思，慢慢地说："我记得赛恩斯是三四个月之前才来我们这里的，他是个很厉害的男人，但是问他叫什么来自哪里，他却都不知道，我们的医生说他大概是得了病，所以把以前的事情都忘记了……"

南乡这才明白，着急地看向阿绯："怎么办怎么办？爹真的把我们都忘了？发生什么事了？"

阿绯低头，在南乡的头上轻轻一摸："放心吧，他会记起来的。"

"真的？"

"真的。"

南乡不放心地追问："你保证？"

阿绯微笑，笑容舒心而甜蜜："我保证。"

以前都是他追她，追得很辛苦，追了好久，现在，就换她把他找回来吧，不管用什么法子，都会让他重新回到她的身边，然后，再也不会分开。她保证。

嘉丝蜜追着赛恩斯进了屋，这一处地方是镇长家所有的，因为赛恩斯当初出现的时候正好救了镇长的大儿子，于是镇长就把这闲置的屋子借给无依无靠的他住。嘉丝蜜将门掩上，见赛恩斯已经坐在冷着的火堆旁边，她就跑过去，在屋子边上取了两根柴放在里头，又把下面埋着的火拨出来，慢慢地引燃了。

木柴烧起来，屋里渐渐暖和起来，嘉丝蜜手脚利落地忙着这一切，男人却始终都坐在旁边一动不动。嘉丝蜜生好了火，把水壶灌满了水架在上面烧着，才又坐在他的对面。嘉丝蜜歪头看着男人，有挺长一段时间两个人都没有开口，只有木柴噼噼啪啪烧着的声音，火光跳动，照得人的脸色微红，然后嘉丝蜜说："你认得那个大启的女人对吗？"

男人挑了挑眉，隔着火看了她一眼。嘉丝蜜冲他微微一笑："我说对了是不是？你记得她，并没有忘记她，那么为什么要假装不记得的样子？"

赛恩斯沉默地垂眸看着跳动的火焰，正在这时，门忽然响了，他条件反射般突兀地站起身来，眼睛看着门口，脚下却不动。嘉丝蜜看他一眼，终于走到门边，将门拉开，门口站着的却是镇长的大儿子，旁边还有赫尔若，手中提着一根熊腿，交给嘉丝蜜："这是先给赛恩斯吃的。"

嘉丝蜜接过来："好的。"赫尔若望着她："你在这里干什么？"嘉丝蜜冲他做了个鬼脸："用你管？"刷地就把门带上。

赫尔若吃了个闭门羹，气恼地看向旁边的男伴，男伴无辜地望着他："女人都是多变的，放心吧，以嘉丝蜜的性子，如果赛恩斯真的有了老婆跟孩子，她是不会缠着他的。"

赫尔若略微放心，男伴又说："还有，你不要再针对赛恩斯了，不然的话，嘉丝蜜会不高兴，而且赛恩斯也没有主动去迷惑嘉丝蜜，是她自己喜欢他的。"

赫尔若叹了口气："我知道。"

男伴安慰地拍拍他的肩膀："你是我们族里的头号勇士，心胸也应该像是香榭原野一样宽阔，嘉丝蜜如果不爱你，是她没有眼光，有许多姑娘都喜欢你呢。"

赫尔若摇头："可是我只喜欢她。"

男伴无奈地笑笑："好吧，反正今晚上有烤肉宴会，我们一定要大喝一顿，喝醉了就不去想这些事情。"

嘉丝蜜吃力地捧着那条熊腿回来，搬到火堆旁边，自己从靴子里掏出一把小刀来，把熊皮剥了，削下几块肉来，直接夹在火堆上烤。就在她回来之前，赛恩斯已经坐下了，仍旧恢复了那种冷峻出神的模样。嘉丝蜜处理了肉，自己去洗了手，回来后笑笑地看着他："你刚才以为是她来了吧？"

赛恩斯皱了皱眉，嘉丝蜜望着被火烤得吱吱作响的肉："我看得出你很喜欢她，那么为什么还要不理她？你们大启的男人都是这么口不对心的吗？"

赛恩斯咳嗽了声，嘉丝蜜把旁边的水壶递过去："我本来想，如果你真的有了老婆孩子，我就不会再来烦你了，可是你什么也不说……"

赛恩斯抬眸看向她，慢慢地说："如果你爱的人抛弃了你，背叛了你，你会怎么做？"

嘉丝蜜很意外，没想到他会开口，一开口居然是说这样的话，她皱着眉想了想："你怎么会这么问呢？如果是我爱的人，他敢背叛我的话，我一定会亲手杀死他。"

赛恩斯眸色暗沉，嘉丝蜜说完后，忽然吃惊地看向赛恩斯："呀！我知道了，你不是在问我，你是在说那个大启的女人？你的意思是她曾经背叛你，抛弃你？"

赛恩斯默默地转过头去，嘉丝蜜双眉一皱，十分气愤，猛地站起身来："看起来长得那么好看，原来居然是这样的恶毒女人，我去替你出气！"她说走就走，转身往外就跑。

然而她快，赛恩斯却更快，身形一闪就到了门口，一把拉住了嘉丝蜜："你不能去。"

嘉丝蜜没想到他动作居然这样快，脚下一个踉跄，竟倒在他怀中，就在这时候，门口上有人轻轻地敲了敲门："有人在吗？"声音清脆动听，说的是大启话。

嘉丝蜜怔了怔，然后低低地笑："你狠毒的心上人来了，你要怎么办？不舍得让我动手教训她吗？"

赛恩斯目光闪烁，嘉丝蜜眨了眨眼，笑容有几分狡黠，说："那好吧，我还有一个法子可以报复她，不知道你愿意不愿意？"

门外阿绯听到里头有人说："进来吧！"听来是个女人的声音。

阿绯一愣，抬手往门上一推，门缓缓地打开，阿绯望见眼前，一对男女相拥抱在一起，她依偎在他的怀中，仰着头含情脉脉的，不知道刚做了什么没有，然后目光依依不舍地从男人脸上移开，看向门口阿绯。阿绯瞪圆眼睛，对上她挑衅的目光，气得把要说的话都给忘了，只叫道："你们在干什么？"

嘉丝蜜舔了一下嘴唇："你说呢？"

阿绯抬手指指她，又看向赛恩斯，最终迈步冲到两人身边，一把拉住男人："他是我的，不许你碰！"

赛恩斯忍不住抖了一下，嘉丝蜜勉强听懂阿绯的话，也有几分震惊，不由得看向男人，用虢北话问："大启的女人，都像她这样凶悍吗？不是说大启的女人都很温柔吗？"

赛恩斯嘴角一扯，"温柔"这两个字，好像跟身边这位沾不到边儿呢。说来也是，这世上那么多柔情似水的女子，任凭他千挑万选，他却偏偏只为这一个人着魔。她仿佛浑身都是缺点，但他偏偏是爱着的。不管是从前还是现在，不管心中那一丝不甘还在挣扎，他的爱始终是占据着他心的最大部分的。

阿绯见嘉丝蜜还拉着男人的手臂，就用力将她的手推开，索性一把抱住他，像是抱住一棵大树似的："你说什么我听不懂，但是他是我的相公，你不要碰，你去找别人吧！"阿绯对上嘉丝蜜闪烁的目光，又转头看男人："她听不懂的话，你替我翻译给她！"

男人叹了口气，感觉那娇软的身子紧紧地贴着自己的，一时几乎不愿意动弹，就想时间停留在这一刻，但是……他露出冰冷的表情，手在阿绯肩头一推，阿绯吃了一惊，感觉自己要被推开了，于是赶紧越发用力地抱住他。

男人狠了狠心，又加了几分力道，阿绯大声叫起来："好疼！傅清明你把我的手臂弄断了！"虽然喊痛，却还是紧紧地用力抱着。

"傅清明"三个字喊出来，就好像是一个咒语，以前在妙村，她忘了他，却忘不掉这个名字，现在在这里，他似乎忘了她，却换了她来死缠烂打。

"傅清明？"嘉丝蜜用古怪的口吻念着这个名字，看看阿绯，又看看男人，"你的大启名字，叫傅清明？"

傅清明摇摇头："你先走吧。"嘉丝蜜皱了皱眉，疑惑地看他一眼，又看阿绯，这会儿傅清明没有再推她，于是阿绯重新贴过去，越发用力抱住他的腰，见嘉丝蜜望自己，就也不甘示弱地冲她一挑下巴。

嘉丝蜜望着她仿佛小狗抱着肉护食似的抱着人不放，忍不住一笑："好吧。"

嘉丝蜜出门而去，门被带上，傅清明才在阿绯背上一拍，阿绯只觉得手足发麻，顿时无力，傅清明轻而易举脱身，斜睨她一眼，自己坐到火堆边上去："我不认识你。"

阿绯眨了眨眼才回过神来："你……你真的忘记我啦？"

傅清明随手捡起一根木柴，把火压得小了些，又把上面的肉翻了翻，才淡淡说："我只记得我是在雪地里醒来，然后被这些人救了，至于我是谁，从哪里来，曾发生过什么，都忘了。"

他说到这里，就看阿绯一眼："你说你认识我，那我是谁？"

阿绯说道："你、你是我的……驸……你是我的相公。"

傅清明"哦"了声："可是我完全都不记得你，是不是你记错了。"

阿绯转过来，坐在他的身边："我怎么会记错？"

傅清明说:"哦,你真的没有记错人的时候吗?"

阿绯语塞,忐忑地看他一眼:是啊,她多半时间都在记错人。

而傅清明眼神淡漠,就像是随口说了一句话而已,捡了比较小的一块肉,从陶罐里取了点盐末撒上去:"你吃吗?"

阿绯本来想说不吃,鬼使神差地居然接了过来,看着那烤得喷香的肉,心里想着事情,呆呆地就咬了口,虽然是很小一口,却还是被狠狠地烫了一下,阿绯叫了声,伸手捂住嘴。

傅清明吃了一惊,极快倾身过去,皱着眉抬起她的下巴打量她嘴上的伤势,却见本来的樱桃小嘴上沾满了油,又因为被烫所以颜色很红,他这样看着,忍不住喉头一动,就咽了口唾沫。

阿绯泪眼汪汪:"烫破了吗?"

傅清明垂下目光,有些无语:"还好没有,你吃肉都是这么狼吞虎咽吗?"

阿绯委屈说:"以前都有人帮我切好了的,而且也没有这么烫。"

傅清明冷冷地说:"原来你是什么贵小姐,那很抱歉,我不会帮人切肉,你要吃就这么吃吧,不吃就算了。"

阿绯一听,按捺着委屈说:"那我吃好了,我又没说不吃。"

傅清明哼了声,阿绯把肉拿过去,小心地啃着吃,傅清明本来望着火堆的,过了会儿,却忍不住用眼角余光打量她,却见她捧着块肉,小心翼翼地,一边吃一边望自己,双眼水汪汪的,嘴唇也微微噘起,那模样说不出的可怜,又有些诱人。傅清明心头一跳,急忙又把头转开去。

而与此同时,就在门外,南乡着急地问阿雷登:"看到了吗?怎么样啦?"

阿雷登捂着嘴一笑,回过头来,小声地说:"没事了没事了,我看到你爹把肉给她吃,男人肯给女人肉吃就没有大事,你放心吧。"他一边说,生怕南乡不懂,就又做手势。幸好南乡很懂手语,于是明白了个七七八八,知道事情大概是往好的方向发展的,于是宽心。

阿雷登说完,就拉住南乡的手:"都没事了,那我们就不要在这里看了,你闻闻,肉的香味已经传出来了,弄得我好饿,我家里也烤肉呢,新鲜的野猪肉,我们去吃。"他伸手扇风,鼻子掀动闻闻,又摸摸肚子,作出咽唾沫的样子来,南乡对这个却是十分懂的,当下咯咯笑起来:"好好。"两个小家伙手挽手跑了。

阿绯磨磨蹭蹭地吃着那块肉，旁边的傅清明看似平静如水不动如山，心中却如擂鼓似的，越发觉得那一堆火太热了，烤得他浑身发热，几乎要出汗，同时他越来越觉得让阿绯留下来是个错误。

阿绯啃了半天，终于慢吞吞地把那块肉啃掉，傅清明松了口气，绷着脸说："你肉也吃完了，该走了吧。"

阿绯吓了一跳，忙说："我、我没吃饱……还想吃！"

傅清明愣了愣，嘴角隐隐地又是一扯，扭开头说："这肉很难消化，吃多了不好。改天再吃吧。"忽然吓了一跳，"你干什么？"

原来不知不觉里阿绯已经凑到他的身旁来，正愁眉苦脸地望着他。

傅清明镇定了一下："怎么了？"

阿绯摸着肚子，可怜兮兮地望着他："已经吃多了，很难受。"

傅清明对上她的双眼，心跳越发加速，他的目光往下，阿绯穿着的是安吉利大婶的长裙，这种裙子下摆宽大，重重叠叠，腰线却收得很好，女人们穿起来就像是花枝似的，虢北女人又多穿靴子，走起路来极快，裙摆飞扬，更是好看，但是此刻，那极服帖的腰部，却有些鼓鼓的，傅清明吃了一惊："你……"忽然发现自己似乎太过关切了些，就生生地又刹住话语，仍旧冷淡地说，"不能吃为什么还要吃？"

阿绯拉住他的胳膊，撒娇似的："傅清明，你看看我嘛，我真的很难受……"傅清明转头看向旁边，打定主意无论如何不要看向阿绯，一对上她的眼睛，就好像整个人都会身不由己似的……原本在他的设想里也不是这么简单就让她靠近过来的，本来可以更坚决一些……毕竟她曾经那么对他……现在她却又装作什么都没发生，还故意做出这副楚楚可怜的模样来……

"我不看，你走。"他冷冷地说。

身后的人沉默了会儿，手却依旧握着他的胳膊："傅清明，我真的……很难受……"他察觉阿绯的声音有些异样，似乎……他心头犹豫，可是却仍没动。

隔了会儿，身后阿绯缓缓地站起来："那好，我走了……"她小声说，慢慢地转身往门口走去。

傅清明再也忍不住，蓦地站起身来，望着她走到门口，忽然之间感觉她像是要回身，于是他急忙又回头看火，火上的肉已经烤好了，吱吱作响，有的地方有些焦黑，傅清明抬手取下来，耳畔听到一声门响，是阿绯出去了。

他把肉放在盘子里，缓缓坐下，心中悲喜交集。

阿绯出了门，低着头往前走，雪在脚下发出吱嘎吱嘎的声响，阿绯走了会儿，忽然站住脚，她的心中有一种极大的冲动，想要反身回去，推开门冲进去，重新紧紧地抱住那人。就在先前当她抱住他的那一瞬间，她甚至有一种天长地久都不会松手的错觉，心中那份安稳踏实，是她很长很长时间都没有体会过的。老天居然这么捉弄她，先前是她无情地忘记了他，如今她的报应终于来临了吗？

阿绯站住了脚，转过身往傅清明的屋子走了两步，却又停住，她默默地看着那关着的一扇门，呆呆地看着，一直看到眼睛都泛起泪光。然后阿绯又转过身，重新往来路上走去。于是她不知道，就在那一门之隔的里头，有人正静静地站在那里，只要她走到门口，他就会义无反顾地打开门，不等她出声就紧紧地抱她在怀里，抛去所有的不甘跟心底的一丝怨愤，只要能够重新把她抱入怀中。但是让他失望的是，她最终还是走了，耳畔听着那脚步声清晰地离自己远去，傅清明的手抵在门扇上，手指自门上缓缓滑下。

阿绯回到泰沙大叔家里，安吉利大婶正在乐滋滋地处理两条野猪腿，见阿绯回来了，就招呼她，兴奋之下，大启话里夹杂许多虢北话，阿绯听了个大概，知道她是在称赞自己的儿子班德能干了。

正说着，班德从里头出来，脸红红的有些发亮，金色的头发还湿湿的，用虢北话跟母亲说："就不要再夸奖自己的儿子了。"

安吉利大婶快活地笑，阿绯在屋檐下坐着，看看这个，又看看那个，班德看她不做声，就也跟着走到屋檐下坐下："那个小孩子呢？"

他的大启话也不灵光，阿绯却能听懂："哦……好像是跟别的小孩玩儿去了。"

班德点点头，阿绯见他额头的发梢上，湿了的头发上滑着水珠，有的水珠在头发末梢结了薄薄的冰，阿绯抬手捏住，冰立刻融化在手指间。

阿绯看着手指上的水，说："你洗澡啦？"

班德迟疑了会儿，腼腆地笑着点头。阿绯说："你的头发没干，小心这样会得病，进屋擦干了再出来吧。"

班德似懂非懂，安吉利大婶望着两人，笑着冲班德说："姑娘是关心你呢，傻小子，头发没干就跑出来啦。"

班德的脸更红了，来不及说什么就逃进了屋里。

阿绯仍旧抱起膝盖来，靠在木头墙壁上抬头看天。

安吉利大婶见她发呆，就说："姑娘，你去找赛恩斯了吗？"

阿绯点点头："他不理我呢。"

安吉利大婶手势停了停，想了会儿，就说："小伙子追姑娘，是要费点力气的，但要是漂亮的姑娘追小伙子，那是很容易的事。"

阿绯叹了声，小声嘀咕说："在他眼里，我大概已经变成漂亮的毒蛇了，而且还有其他漂亮的姑娘围着他呢。"

安吉利大婶听不清她的话，见她神情落寞，就想让她开心些："对了，今晚上我们这里有烤肉大会，到时候全镇子的漂亮姑娘小伙都会到场，你去吗？"

阿绯立刻摇头，班德从里面探头出来，目光闪闪地看着她："我能跟你一起去吗？"

阿绯转头，望着他毛茸茸的头，一双蓝眼睛期盼地盯着自己，阿绯被那种奇异的蓝迷惑，情不自禁地呆了呆："啊？"

阿绯本来对别的事都没有兴趣，所以对于班德的邀请也是兴趣缺缺，加上在傅清明那里受挫，正在忧愁地想以后该怎么办，于是便不理其他。

泰沙大叔跟安吉利大婶对视一眼，安吉利大婶就笑了一句："傻小子。"泰沙大叔却说："你忘了，陷入情网的年轻人都是这样，当初我第一次见到你，不也是就想着立刻邀请你出去，时时刻刻地不想分开？"安吉利大婶的脸立刻红了："没有正经。"两个人都是用虢北话说，阿绯自然不懂，仍坐在原地唏嘘。

泰沙大叔看看手足无措的班德，就说："我来帮帮咱们的傻小子吧。"说着，就对阿绯用大启话说："听说今晚上嘉丝蜜会跟赛恩斯一起去，两个人大概会一块儿跳舞吧。"

阿绯耳朵一动，捕捉到了这个重要信息："什么？他们会一起去跳舞？"

泰沙大叔看了一眼班德，意味深长地点了点头："嘉丝蜜可是我们镇上最美的姑娘啊，没有小伙子能逃出她的手心……"

阿绯警惕起来，转头看向班德："晚上你会带我去吧？"

班德被她突然一问弄得愣了愣，然后就欢天喜地地说："当然，当然！"

旁边，老两口对视一眼，忍不住都笑起来。

阿绯在泰沙大叔家愁肠百结的时候，南乡在阿雷登家里吃够了烤肉，最后捧着肚子打着饱嗝被阿雷登的哥哥送了回来。

班德出去，跟青年说了几句话，约好了晚上在烤肉大会见，才又回到屋里，正好听到南乡对阿绯说："阿雷登说晚上有好玩的！"

阿绯没好气说："你光知道玩，你不要你爹啦？"

南乡摸摸肚子："你不是已经去找爹说了吗？他还不记得我们？"

阿绯手托着腮，快快地说："不知道，他好像真的把我们忘记了。"

南乡扑过来："公主，你一定要让爹想起我们来啊。我不能没有爹。"阿绯瞪他一眼："那你为什么不去求他。"南乡摸摸头："因为爹以前就不喜欢我，他喜欢你多点。"阿绯很忧郁："他现在连我都不喜欢了。"

南乡皱着眉心说："可是阿雷登说，男人肯给女人肉吃，就说明他很喜欢她。"阿绯歪头沉思："真的假的？"南乡说："爹那么喜欢你，怎么忽然就会不喜欢了？我不信，总之你要把爹给我找回来。"他说了这句，理所当然似的，摊开手脚在炕上躺下，满足地叹息，"我很喜欢这里啊……以后要一直住在这里也挺好的，你继续想怎么把我爹找回来啊，我要睡一会儿，晚上好出去玩呢！"

阿绯目瞪口呆，觉得南乡这个小子越来越不像话了，简直不知道谁是公主了，居然还要她"伺候"起他来了。

阿绯在傅清明那里吃了瘪，满腹忧郁，又见南乡如此悠闲，两下对比，恨不得把他揪起来打上一顿，然而想了想，南乡毕竟是祯雪的儿子，于是看在祯雪的分儿上，还是算了。

为了晚上的大会，安吉利大婶特意把自己结婚时候的礼服取出来，因为知道阿绯的腰比较细，又把腰身的地方改了改，就给了她。

阿绯见那礼服很新，显然是没有怎么穿过，而且被保存得很好，这么多年过去了还是很鲜艳的红色，袖口跟领口处绣着金线，阿绯知道这是安吉利大婶的宝贝，坚决不肯要，可是安吉利大婶已经特意改了尺寸，又十分诚心诚意地劝说，阿绯无奈，就只好换上了这件漂亮的衣裳。阿绯穿上之后，走出房间，外头等候的安吉利大婶一声惊呼，伸手捂住了嘴，转头靠在泰沙大叔的胸口，眼前泪光闪烁，泰沙大叔抱住她，低低说着什么。阿绯吓了一跳，班德走过来，挽住阿绯的手，微笑着说："很漂亮，我从来没有见过这么漂亮的姑娘。"

阿绯脸上微微发热，问："大婶怎么啦？"

班德低头，靠近她耳畔低声说："妈妈是想到了她年轻的时候，说就好像看到了年轻时候的自己一样……"

他的声音虽低，安吉利大婶却仍听见了，一时摇头苦笑："我再也回不去以前的样子啦。"

泰沙大叔抱住她，温柔低语："你在我心里，永远是相遇时候的那么美，甚至比那时候更美。"安吉利大婶眼中泪光闪烁，脸颊上却浮现薄薄的晕红，两人相互依偎，似乎是世间最美的场景。

阿绯在旁边看着两人，此情此景，任何情话都不觉得肉麻，只是无尽感动。安吉利大婶发胖，大叔脸上也有许多皱纹，但是他们在彼此对视的时候，目光里满满的都是爱意，他替她擦去泪，看她的眼神，就像是看着当年那个娇羞的少女……

阿绯看着，忍不住有些眼睛发红：什么时候，她也能拥有这种历经岁月而毫不褪色的爱？或者说，什么时候，才能把她曾经近在咫尺却没有好好去珍惜的爱人给追回来？

## 第十三章

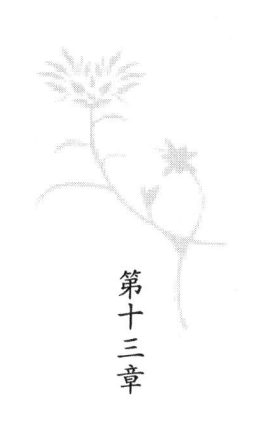

## 重归于好

　　阿绯一身红裙，跟班德出了门，这会儿其实是九月不到，只要不是暴风雪的日子，地上虽还有雪，天气却可以用一个"晴朗"来形容，尤其是这样没有风的夜晚，月朗星稀，抬头能数清楚天上的星星，那么清晰仿佛触手可及似的，嵌在蓝色的天幕上闪闪发光格外好看，地上白雪皑皑，反射着月光的光芒，不用灯火就能把迎面走来的人的容貌看得清清楚楚。

　　刚入夜不久，街上欢声笑语，老人孩子，都往镇子中的广场走去，远远地听到乐声传来，是非常欢快的旋律，让人听了就忍不住要起舞似的。

　　南乡早已经飞奔出门跟阿雷登等一伙小孩子会合了，班德挽着阿绯的手，跟在泰沙大叔跟安吉利大婶的后面慢慢地走，班德看看身边的女伴，忍不住说："我听说你叫'啊绯'？"

　　阿绯呆了呆，忍不住抿嘴一笑："是阿绯。"

　　班德"啊"了声，喃喃念了两声："阿绯，阿绯。"

　　阿绯见他专注的模样，略微一怔，然后说："班德，你知道……赛恩斯是我的相公吗？就是丈夫？"

　　班德愣了愣，吃力地回答："啊，我听他们是这么说的，但是赛恩斯不记得以前的事了，真的吗？"

阿绯郑重地点点头："我虽然跟你一块儿出来，但是是为了见他，你……可不要以为……我不想给你空欢喜一场。"

班德重复："空欢喜？"

阿绯想了想，就站住脚，先冲他露出一个极夸张的大大的笑脸，然后却抓了一把雪，放在手心用力一吹，雪四处散开，阿绯指指脸上的笑，张开空空的双手给班德看。班德望着她的举止："空欢喜？这是空欢喜吗？"

阿绯点头："是，我怕你喜欢上我，毕竟我也是很讨人喜欢的，但是我要是不喜欢你的话，你就会难过了，单相思是很痛苦的。"

班德说道："我喜欢你……单相思又是什么？"

阿绯白他一眼："我的意思是，我们不能像是你阿爹跟妈妈那样……懂吗？"

班德顺着她的目光看了一眼自己的父母，两个人互相扶携地慢慢走着，从背影看来也极美好。班德说："啊，我懂了。"

阿绯说："你真懂了吗？"

班德说："我懂，你喜欢别人，不是我，不会跟我结婚。"

阿绯松了口气："你真聪明。"

班德笑，露出一口雪白的牙齿，蓝眼睛在月光下闪闪发光："但是我仍旧可以喜欢你，我可以……把你放在……"他伸出手指，点点自己胸口的地方。

阿绯呆住，看着班德，在这一瞬间，竟有些失语。

两人目光相对，班德望着阿绯的脸。他从小在镇子里长大，只见过几个大启的女子，却想不到，居然会有人长得这样精致，是跟虢北的女郎完全不同的风情。班德虽然明知道她有心上人，却仍忍不住有些动心了，就好像面对一朵开得正好的花儿，忍不住会驻足观赏，顺便嗅嗅她的香气也好。

就在两人对视的瞬间，却有一道寒冷的目光从旁边射来，阿绯心有灵犀地一转头，正好对上傅清明的双眼，他身边站着的人果然是嘉丝蜜，美艳动人的女子笑着说："班德，这么快就有了情人了啊？"班德笑得有几分羞涩，阿绯听不懂她的话，却看到傅清明的脸色更冷峻了几分。

前头忽地起了一阵喧哗，琴声越来越高昂，阿绯转头看去，却见前面火光闪烁，还传来欢呼的声音。班德看向她："我们快走吧？"阿绯迟疑了一下，扫了一眼傅清明，见他没什么反应，就说："好啊。"两人挽手往前走去，身后，傅清明双眉一蹙，望着两人挨着的身影，手都忍不住有些发抖。

嘉丝蜜望着他："赛恩斯，你嫉妒得快要发疯了。"

傅清明闭起双眸，暗暗地调整呼吸，嘉丝蜜等他平静下来，才说："要是她真的曾经背叛过你，或许以后也会做同样的事，现在她又跟别的男人在一起，这样的女人怎么值得你爱呢？"

傅清明垂下眸子，并不做声，嘉丝蜜叹了口气："唉，算了，我有什么资格说你？你又有老婆，又有孩子，为什么我还喜欢你？真是没有道理……"她说着说着，想到自己，瞬间有些伤感，然而听着耳畔热闹的琴声，却又很快振作起来，恢复了热情如火的性子："不管了，赛恩斯，我们去喝酒，吃肉，跳舞吧！把所有这些烦心事暂时都扔到一边。"

傅清明见她笑得灿烂，忍不住也微微一笑。嘉丝蜜望着他淡淡的笑意，尖叫了声，又叹息说："以前总怪你冷冰冰的，现在却后悔看到你的笑容，以后要是再也看不到了，我会很想念的。"

傅清明听她这么说，略微有些动容："嘉丝蜜，你是个好姑娘，有很多很好的男人喜欢你，比如赫尔若。"

嘉丝蜜眼睛一亮："你叫我的名字了！我会记住的，连你的笑一起……是啊，有很多人喜欢我，但是有什么法子呢，我心里单单就喜欢上了你，不过你不用得意，我很快就会忘记你的。"她说着，咯咯地笑了起来。

远处，阿雷登的哥哥跟赫尔若经过，赫尔若看到嘉丝蜜的笑容，忍不住目眩神迷，然而女郎的笑却是为了别的男人，于是赫尔若的眼神就有些愤怒和痛苦，旁边的伙伴知道他的心意，抬手拍了拍赫尔若的肩膀以示安慰，两人大步向着广场走去。广场上已经聚拢了很多人，有的人开始随着音乐节奏跳舞，中央燃烧着巨大的篝火，照得每个人的脸都红彤彤的，南乡正跟阿雷登等孩子在人群中疯狂穿梭。忽然看到阿绯来了，刚要扑过去，又看到后面不远处的傅清明，当下扔下阿绯不管，叫着"爹"冲了过去，众目睽睽下又抱住了傅清明的腿。

嘉丝蜜一手撑腰，一手伸出，手指点向南乡的额头："小孩子，不要总是乱叫！"

南乡警惕地看着她："我没乱叫，他就是我爹，你想干什么？"

嘉丝蜜笑说:"可是他不认识你哦!"

南乡眨了眨眼,不松手:"爹不过是现在忘了我,很快就会想起来的。是吧,爹?"南乡说着就抬起头来,眼巴巴地看向傅清明,却见男人正看着别的地方,丝毫都没有留心他。

南乡略觉失望,然而望见傅清明的神情,小孩儿心头一动,顺着傅清明的视线看去,正好看到阿绯跟班德以及泰沙大叔等聚在一起。

嘉丝蜜显然也看到了,南乡心中欢喜,想:"爹这么看公主,一定是要记起来了。"他东张西望了会儿,就对嘉丝蜜说:"你不要缠着我爹啦,公主……我说她是很会吃醋也很凶的,绝对不会让爹纳妾的。"

嘉丝蜜听了个大概:"那么你又是谁生的?"

南乡说:"我运气好,是在她不在的时候出生的。"

嘉丝蜜几乎要笑死,忍不住又看一眼阿绯:"但是她现在跟别的男人在一起,好像不要你爹了,怎么办?"

南乡吃了一惊:"你不要挑拨离间!"又试图摇晃傅清明的腿,"爹,你不要听她的,今天公主还说怕你把她忘了呢,她是很想你的。"

傅清明心中滋味难明,听了南乡的话,才淡淡一笑。南乡说:"你不信?我去叫她过来!"傅清明还没来得及拦住,南乡已经扭头跑了。

嘉丝蜜叹了口气:"这个小鬼真的是你儿子?这么难缠,一点也不像你。"

傅清明摇了摇头,并不回话,只说:"这么好的夜晚,你该跟珍视你的人在一起。"

嘉丝蜜心有灵犀地回头,看到一双哀怨的眼睛,她偏做视而不见的模样,昂着下巴转过头来:"等他肯走过来邀请我的时候再说吧。"

傅清明看着她这副倨傲的模样,倒有几分像是阿绯似的,忍不住看着她一笑,正在这时候,南乡捉住阿绯,向着阿绯指点傅清明所站之处,阿绯回头,正好看到傅清明冲着嘉丝蜜在笑。

广场上的人渐渐多了,大家开始围着篝火跳舞,阿绯也被安吉利大婶拉住,女人们在里头,男人们在外面,阿绯学着他们的样子跳着,因为简单,倒不难学,很快地就也会了,女人们的大裙摆因为旋转飞起来,像是篝火堆边上的一朵朵花,外层的男人高声欢呼,齐齐拍掌,舞蹈热烈而庄严。

## 第十三章 重归于好

传统的舞蹈跳完之后，男男女女便捉对儿跳，多半是些结了婚的夫妻，另外就是平常互相有意的青年人，阿绯跳得脸颊发红，不肯再跳，就退了出去，正好看到南乡拿着一块刚烤好的肉啃得兴起，阿绯就四处打量傅清明在哪，却只瞧见嘉丝蜜跟一个族里的青年翩翩起舞。阿绯有些着急，怕他忽然不见了，就起身在人群中找寻，结果找来找去都找不到人，阿绯大惊，心怦怦乱跳，冲出人群想去傅清明的房子看看，谁知刚跑了一步，就被人拉住："你是在找我吗？"

那人用力极大，阿绯本来迈步刚跑起来，被他一拉，整个人倒飞回来，大红色的裙摆在夜色中荡起一道极漂亮的涟漪，然后都落在他的身上。

阿绯回头，抬眼对上了傅清明的双眸，阿绯的眼睛亮晶晶的，那是因为太着急了所以忍不住冒出了泪花，四目相对的瞬间，傅清明愣了愣，似乎没想到她会哭。阿绯吸了吸鼻子，抬手打向他的肩头，不顾一切地叫："混账东西，你跑到哪里去了，我找了你很久！为什么都找不到！"

傅清明任凭她打，阿绯却又不打了，只紧紧地拽住他的肩头衣裳，带着哭腔却色厉内荏地继续指责："别再不见了！就算是跟别的女人在一起，也要在我的眼前，不许不见了！"

傅清明听了这句话，侧目。

阿绯看着他的脸，眼泪又冒出来，她擦了擦泪，放开抱住他的手，深吸了几口气后才说："你听好！我知道，我、我的确做了很多错事，错得离谱，不值得被原谅，你也可以不原谅我，也可以讨厌我，甚至可以忘了我，但是，有句话我得跟你说。"

"是什么？"

阿绯吸吸鼻子，大声说："对不起！是我错了！我以前总说你很烦人，也总是告诉自己很不喜欢你，可是，直到在做了那么多坏事后，我才知道，真正坏的、真正讨厌的那个人是我自己，我都开始讨厌我自己了，而对你，对你……我、我并不讨厌你，我……"她的声音逐渐小了下去。

傅清明不做声，似乎连呼吸都忘记了，耳畔的琴声，歌声，欢呼声，鼓噪声……都渐渐地退去，他只看着她，只听着她。他盼望已久的……

阿绯望着对面的傅清明，他正看着自己，用那双仿佛能看破人心的眼眸，夜色朦胧，月色皎洁，彼此都将对方的脸看得很清晰。

阿绯哽咽:"我……想告诉你……告诉你的是……"

眼泪扑簌簌落下来,就像是水晶串跌碎了一样。

他问:"想告诉我什么?"欢快的舞蹈节奏,像是在催着什么,广场上男男女女正热烈地旋舞着,每个人都满心欢悦,谁也没有留意到少了两个人。

阿绯低下头,一声不吭,就在他等待的时候,她很快又抬起头来,看着他的眼睛,她张了张嘴,可是却什么都没有说。他有点心急如焚,却又无法做声,两两相对。阿绯忽然扑上来,双手勾住傅清明的脖子,踮起脚尖往上一跳,像是迫不及待似的突然亲向他的嘴。

傅清明呆若木鸡,感觉她温热的身子贴上来,她甚至拼命张开腿要夹住他的腰,他来不及思考,本能地伸手抱住她免得她滑下去。阿绯没有对准他的嘴,反而一口咬在他的下巴上,两个人都疼了一下,阿绯心乱如麻,忍着痛,抬头仔细看了一下,才又亲下去。

她跳在他身上,紧紧地搂着他的脖子,生怕他把她扔到一边去,用力吻住他的嘴唇,与其说是吻,不如说是笨拙地咬,毫无章法地吸吮着,就像是以前他对她所做的那些一样,阿绯努力回忆着,想着该怎么做……

他的嘴唇很冷,像冰一样,阿绯觉得怕,这让她感觉他像是冰冷了似的,于是想把他弄热一点,她拼命地舔着,吮吸着,含着,咬着……使尽浑身解数似的……用对待食物的方法来对待他……耳畔似乎响起一声含混的叹息,然后阿绯感觉自己的嘴唇被含住了,神奇地,这场仿佛蹂躏似的亲吻被他矫正了过来。他的唇终于逐渐地变热了,他的舌探过来,碰到她无措的柔软滑嫩的舌尖,轻轻一勾,她已经全然放弃了抵抗,决定向这个人投降,于是这个吻,逐渐地变得缠绵而激烈。

乐声里,响起了谁逐渐变粗变急的喘息声。

而阿绯也觉得底下有什么似乎起了变化,正顶在她的臀上。

她的姿势实在是太到位了……非常合适地正好卡在他的腰间。

阿绯觉得浑身都热起来。他好不容易松开了她的唇,她的心中还记挂着一件事,于是终于执着地开了口:"我想告诉你,对不起……我、我爱你。"她的声音哑哑的,甚至还带着一丝哭腔。可是他听得很清楚。

就在这时,热闹的乐声消退,在广场上,泰沙大叔抱起古斯里琴,轻轻拨弦,听到琴弦传出的声音,广场上的人都静下来,跳舞的青年男女双双牵着手退后,只有悠扬动听的弦音传出,夜色之中仿佛淙淙流水。

泰沙大叔轻轻吟唱,低沉的男音像是在温柔地诉说着什么,安吉利大婶坐在他的旁边,跟着合唱,声音如夜莺婉转。深沉浑厚的男音配上温婉的女声,像是互相倾诉,又像是互相应和,格外动人。

古斯里琴弦弹奏出更加灵透的曲调,一瞬间,像是万千精灵在眼前飞舞,天地间万物都沉浸在这绝美的合唱跟琴音之中,连月色跟雪色都更温柔了几分。

傅清明望着她:"真的吗?再说一遍。"

阿绯被他抱着,低头在他的嘴唇上亲了亲:"真的,真的,我爱你,我爱傅清明,我不要你不见,也不要你离开,我要你永远都在我身边,永远都是我的相公,永远也都爱我。"

阿绯说着这些话的时候,感觉自己是卑微地跪在他面前的,可是却是心甘情愿的,而说出这些话来之后,感觉却又极骄傲而矜贵,就像是做了一件很久之前就想做、却一直都鼓不起勇气来做的事情,如今,她终于肯说出来了,肯为了爱,向一个人低头。

而这个人,却又是这么值得她去爱,或者说,值得她给予爱的回应。

阿绯说完之后,略有几分紧张地看着傅清明。

月色中,傅清明的脸色少了几分冷峻,却仍然是那样地让人猜不透,在以前,阿绯都不喜欢看着他,但是现在,她忽然发现自己其实是爱极了这张脸,爱极了这个人的,可是当看着他的时候却又觉得心里有些忐忑,像是等待着什么判定。——原来爱一个人的滋味是这样,不仅仅会有欢悦,还有因为患得患失而有的小小的悲伤。

遥遥地,泰沙大叔的歌声里似乎也有淡淡的忧伤在飘荡,他跟安吉利大婶在合唱的一定是首情歌,分明是这样的缠绵悱恻,可是却偏又带着这样挥之不去的感伤,痛苦跟喜悦伴随,但是让人欢喜快活的喜悦,却让人忽略了那点缀其中的小小的若有若无的感伤,或许,悲欣交集,甘苦同路,这就是爱着的感觉吗?

傅清明听着歌声传来,他的目光之中,有波澜涌动,却仍静静地看着她:"不是说……和别的女人在一起也没什么?"

阿绯呆了呆,傻傻地说:"当然最好还是不要。"

傅清明似笑非笑地看着她："这么快就反悔了？叫我怎么相信你？除非……"

"除非什么？"她着急地问，像是要一头栽进蜘蛛网的属于他的小猎物，却如此迫不及待，如此无畏地。

"除非你答应我……"他靠过来，吻过她的嘴，吻住她的耳垂，呢喃低语。

"你、你……"阿绯听见了，却羞红了脸，又惊讶，语无伦次，"可、你不是忘记了吗……你……傅清明你是不是骗我？"最终她后知后觉地叫起来。

傅清明笑："现在知道是不是晚了点？"

"我、我……你放我下来！"阿绯叫起来，抬手打他的肩膀，但是手高高地举起，却又轻轻地落下，她还是不舍得。原来失而复得的滋味是这样，他以前尝过的，现在她也知道了。失而复得，失而复得，幸好。

傅清明索性将她往上一抱，粗鲁地直接把人扛上肩头，阿绯头朝下被他像是扛着沙包似的，头发晃来晃去，她竭力抬头："你、你干什么？"

"既然承认了我是你的相公，又答应了我……现在当然要带我的娘子回家睡觉了。"他大大咧咧地说。他忍了太久了，要逼出这个人的真心话，要让她低下她倔强的小脑袋还真是不容易。

他心中那一点点不甘，其实是很容易抹平的。

但是，要消除他积攒了许久的欲火，却不是件容易的事了。

阿绯像是预感到了什么，打了个哆嗦，手脚并用竭力挣扎起来，试图从他身上离开："傅清明，不、不行……只有那个不行！"

夜色之中，传来他极大的笑声。他踏过雪路，回到屋里，将人扔到床上，阿绯有些发抖："傅、傅清明……我、我没有洗澡！"忽然之间找到一个拙劣的借口。

傅清明挑挑眉："我不在意。"说着，就打量阿绯的一身红裙，"这一身，倒像是洞房花烛。"

阿绯大叫一声，却被他抱回来："刚刚在外面说得那么动听，现在就反悔了？女人的话果然不能听，或者，你是想让我去找别人？"

阿绯本正在挣扎，听了这句，却静下来，傅清明有些后悔，差点要咬自己的舌头："我、我不是真的有这个意思，我跟嘉丝蜜其实……"

"不许去找别人！"她却忽然转过身来，用力地又搂住他的脖子，用一种十分依恋的姿势,"不许去……只许是我。"

傅清明心头一动,不知为何,一颗心忽然间就变得很软。

"阿绯……"他叹了声,抬手拂了拂她额前的头发,"我不会去找别人的,你知道,我心里只有一个人,除了她,其他的人都进不去。"

阿绯眼睛闪闪的,因为他一句玩笑话,她的泪又情不自禁地浮出来,阿绯真讨厌这种感觉,动不动就湿了眼睛,都不像是骄傲的她了,可是……是为了他啊。阿绯捧住傅清明的脸,在他的脸上吻下去,赌咒发誓似的:"我喜欢你,什么都愿意做。"

傅清明满足地叹息了一句:"我的宝贝娘子,我是在爱你啊,不是要吃了你……"当然,说是要吃掉她也是可以的。

剩下的话都化作浓浓的柔情蜜意,傅清明回应着阿绯的吻,将她搂入怀中。

阿绯起初有点抗拒,然后就有点庆幸,怀着羞涩暗想:"啊,幸好今天洗过澡了。"她方才为了躲避向傅清明说了谎,其实她今天就在安吉利大婶家里洗过澡,虢北这边虽然是冰天雪地,但是每一户家里都会有极好的沐浴设施,阿绯呆在那个温暖地冒着热气的屋子里几乎都不愿意出来了。

然后……阿绯就忘记自己在想什么了,她忍着本能的恐惧迎接了他,然后剩下的就不由她控制了,她感觉整个人像是被抛上了云端,喉咙里发出遏制不住的尖叫,然后又从云端跌到了极高的浪头上,随着波浪高低起伏,她一路流着汗,喘息化作呻吟,呻吟变成啜泣,啜泣成了断断续续的哀求……最后的最后,便再也撑不住地晕厥过去。欲求不满的男人,实在太可怕了。

阿绯听到嘻嘻的声音,似乎还有低低的说话声。她还以为是在梦中,就"嗯"了几声翻了个身又睡,然而翻身的时候忽地觉得浑身酸痛不已,十分异常。阿绯模模糊糊地想:"我怎么好像干了重活……好累……"想到这里,脑中忽地浮现昨天的片段,眼睛也随之蓦地睁开。眼前空空的什么都没有,阿绯呆了一会儿,忽地听到身后又传来"嘻嘻"的笑声,阿绯回头,却见在门口上,两个小脑袋若隐若现。阿绯眨了眨眼:"南乡?"一张口把自己吓了一跳,嗓子居然沙哑着,阿绯觉得奇怪,抬手摸摸脖子,试着咳嗽了一声,又小声试探着叫"南乡",声音仍然是沙哑的。

阿绯瞪大眼睛,然后又看到自己身上居然披着一件男人的衣裳,这衣裳奇大

无比，阿绯抖来抖去才把袖子挽起来，然后当嗅到这衣裳上熟悉的味道，心骤然安稳了些。阿绯呆坐着细细想想，一缕头发滑了下来，她抬手撩起，低头的瞬间唇边就露出一丝甜蜜笑意：不是做梦，绝对不是做梦。

虽然昨晚上真的像是一个美梦，最美最美的梦那么美好。

阿绯在甜蜜地出神，门口上两个小家伙则开始互相埋怨，南乡说："你干吗要笑，这下给她知道了吧，万一跟我爹说，我爹会不高兴的。"

另一个用虢北语也说："都让你笑得小声点了，不然我们立刻逃走吧？我听嘉丝蜜说你这个后娘很凶悍，我可不想被女人打。"

阿绯回过神来，清了清嗓子叫道："南乡，你还不过来，我看见你了！"忽然想到自己穿的是傅清明的衣裳，赶紧把衣领又掩了掩，看浑身上下被包得密不透风，才又坐正了，没想到一动之间，忽地觉得双腿也奇疼无比。

阿绯暗中皱了皱眉，那边南乡跟阿雷登却慢吞吞地露面了，南乡抬头，露出一个谄媚的笑："公主，你好厉害啊。"

阿绯装作若无其事的模样，从炕上矜持地俯视两个矮个子："怎么了？我一直很厉害，但是你说的是哪方面的？"

南乡说："你让爹记起我们来了啊！"

"哦……"阿绯忍不住脸上发热，尤其是对上阿雷登奇怪的眼神，就眨眨眼，头一歪，用骄傲的口吻说，"这个，很一般……因为他很爱我，所以这件事对我来说很容易。"

南乡笑嘻嘻的，阿雷登也忍着笑，阿绯本来故作镇定着，想在两个小家伙面前塑造高不可攀的厉害形象，可是看他们笑得那么古怪，却忍不住心中发毛，终于问道："怎么了？为什么露出那种笑容？很奇怪。"

南乡跟阿雷登两人面面相觑，最后南乡挠挠头，说："公主，你虽然很厉害，可是我昨晚上在爹的屋子外面听到你大叫，叫得很惨的，是不是爹打你了啊。"

阿绯吃了一惊，阿雷登撞了南乡一下，用虢北话说："我都跟你说了，这件事不能说，我哥哥嘱咐我说小孩子不能说。"说着，又特意用大启话重复了一遍："不可以。"

南乡看到阿雷登一本正经的样子："哦，我忘了。"

阿绯心中想了想，就知道是怎么回事，当下脸红得像是涂了胭脂。南乡看一眼阿绯，心想："公主以前总是欺负我爹，我爹打她一顿出出气倒也好，怪不得我爹肯认我了，大概是因为出气了的缘故……其实昨晚上要是阿雷登的哥哥不把我带走，我也不会进来救她的，嘻嘻，反正爹不会真的打坏了她。"

南乡跟阿绯一路来了虢北，两人之间稍微建立了一点同行情谊，只可惜在他以为的"爹"面前那点情谊就灰飞烟灭了，虽然对阿绯存在着一点点的同情，可更多的却是幸灾乐祸。南乡人小却鬼大，心里乐开花，面上却还要装作同情且佩服阿绯的样子："总之爹认我了，公主你太厉害了。"阿绯起初听到他夸自己"厉害"，还能厚脸皮一下，这会儿却装不下去了，恨不得一脚把这个小鬼踢出门去。

阿雷登忽然说："脸……很红！"

两个人四只眼睛，乌溜溜地盯着心虚的阿绯，阿绯忍无可忍，竖起眼睛道："两个小鬼，闲得没事干吗？去帮安吉利大婶劈柴去！快去！"

南乡跟阿雷登见她恼羞成怒，嘻嘻哈哈，笑着撒腿跑了。

屋门关上，阿绯兀自觉得牙痒痒："南乡这个臭小子，跟虢北的野小子混在一起也越来越野了，本来就很调皮了，以后别长歪了，得找个时间教训教训他。"

阿绯想来想去，忽然想到自己忘记了一件最重要的事情，那就是忘了问傅清明去了哪里，阿绯想到这里就有点坐立不安，赶紧行动起来，费力地穿好衣裳，打开门之后，听到院子外头南乡等几个小鬼头玩耍的声音。

阿绯叫了两声，可惜她的哑嗓子有些不灵光，只好艰难地迈步出了院子，顺着低矮的篱笆墙往前走，谁知走了一会儿，就看到几个孩子围在路边上，不知正在看什么。阿绯好奇，走了过去，低头一看，吓得后退一步。

路边上积雪更厚，这会儿在雪堆里，埋着一只黑乎乎毛茸茸的东西，身上似乎还带着血迹，不知是死是活。孩子们见阿绯来了，有几个就跑开了去，南乡抬头看阿绯，说："公主，这里有一只狗。"

阿绯镇定下来："这只狗怎么了，死了吗？"

南乡说："好像没有死。"说着，就拿一根棍子轻轻拨弄那只狗，刚弄了两下，就听得"呜"的一声，那狗昂起头，呲出牙来。

南乡吓了一跳，赶紧跑到阿绯身后，阿雷登紧张地拔出匕首，正在提防，那只狗却又无力地垂下头，倒在雪地上苟延残喘。南乡见狗不动，大着胆子又绕出来，阿雷登看阿绯惊魂未定，就说："这一只应该是库布老爷家里的斗犬，大概是输了所以才被扔掉了。"又用大启话说，"败、败了……伤，就死。"

阿绯跟南乡当然不明白，南乡就说："公主，这只狗很可怜。"阿绯说："是吗，可是它刚刚好像要咬人。"阿雷登虽然不太会说大启话，可是却看得懂南乡跟阿绯的表情，就说："斗犬很厉害的。"

刚好泰沙大叔经过，见他们围在这里，就说："这是库布老爷家里输了的斗犬，这种斗犬一般都会被胜了的狗咬死，这只不知道为什么居然没死。可是在这里也活不多长时间……"

南乡见那只败犬躺在地上，却睁着眼睛，眼珠乌溜溜的，好像带着泪，就看阿绯："它真可怜。"

阿绯望着那狗的眼睛，不由得就想到被自己"遗忘"在妙村的芝麻糕，于是就说："那你……去找点肉来给它吃不就行了？"

南乡听了，大喜，赶紧跟阿雷登一块儿跑去找肉，泰沙大叔提醒阿绯："斗犬性子很烈，放在山林里，可以跟熊打架，这只好像活不太长了，如果能活下来、好好驯养的话……"

阿绯扫了一眼那狗，望着天说："谁要养一只狗。"两天后，傅清明回来的时候，忽然发现院子里多了一只黑乎乎的狗，像是死了一样躺在一堆杂草里，听到有人进来喉咙里就发出低沉的声音，睁开眼睛看向傅清明。傅清明挑了挑眉，那只狗跟他对视片刻，就重新又趴好，也闭上了眼睛。

傅清明心里隐约猜到是谁干的好事，还没进门，就听到自己的便宜儿子南乡在里头说："泰沙大叔说，爹有点事离开了，最迟明天就能回来，也不知爹去干什么了，为什么会留在这里。"

阿绯说："大人的事，小孩儿不用管，反正他会回来的。"

傅清明笑了笑，听南乡又说："对了，泰沙大叔还说，这只狗要是活过来，肯定就会变得很厉害，你看它都能吃东西了，肯定会好的！公主，以后我们带着它去山林里打猎吧？阿雷登常说他要去猎小熊，我们就捉一只大熊回来……"

傅清明啼笑皆非，却又想听到阿绯会说什么，于是暂时没有进门，就听阿绯说："要是你爹回来，就说是你把狗拖回来的。"

南乡叫道："为什么？明明是你让带回来的！"

阿绯理所当然地说："我是觉得它很可怜，要是不管的话就死掉了，所以才要先照顾它一会，但是你爹大概会不喜欢养这只东西，我不要做你爹不喜欢的事，于是你得替我背这个黑锅。因为是你们在外面围观，我才发现这只狗的，要是没发现就不会有这事了。"南乡觉得自己太冤枉了，一时无法反驳。傅清明在外面听得差点笑出声来，可想到阿绯那句"我不要做你爹不喜欢的事"，一时又怅然出神，只觉得有她这句话，此生何求。

正在傅清明痴痴感念时，院子外有人叫道："赛恩斯，赛恩斯！"

傅清明回头一看，见是赫尔若，站在门口，脸上带着焦急神情。

傅清明收敛心神，快步出门："什么事？"

赫尔若拉住他的手腕，往门侧一避，低声说，"赛恩斯，镇长让我来告诉你，让你暂时离开这里，库布老爷家的军官少爷回来原来是征兵的，我们镇子里的青年都要去参军……据说是要跟大启开战了！"

这会儿南乡跟阿绯也从门口出来，原来两个人刚才听到了赫尔若叫傅清明的声音，南乡还要跑过来，阿绯看到赫尔若那种焦急神情，知道大概有要事，于是就把南乡拦住了，两人只站在屋门口等。

傅清明见他们没有过来，才说："你们都要去参军了？"

赫尔若脸上露出悲伤的表情："那次多亏你告诉我嘉丝蜜的心意，我才敢鼓足勇气向她表白，嘉丝蜜虽然没有立刻答应我，却也没有拒绝，可是现在我要去打仗，以后还不知会怎么样，如果死在战场上，嘉丝蜜一定会很伤心……"

傅清明没想到他的心思居然会这样细密，一时动容。赫尔若又说："但是是皇帝征兵，我们不能不去，不然的话就会连累到整个镇子，镇长说，趁着他们不知道你，让你快点带着你的女人离开，不然的话，你也逃不了的。赛恩斯，虽然你是大启人，以前因为嘉丝蜜的事情我也误会过你，但是我觉得你是个好汉，我不希望你有事，你快点走吧，迟了就来不及了。"

赫尔若说完之后急急就走了，傅清明看左右无人，才回到里屋，南乡问："爹，怎么啦？"

傅清明看看阿绯："其实我先前离开就是为了这件事，没想到他们居然已经行动了。"

阿绯见他没有追究那只狗，很是安慰，就问："发生什么事了？不过我才不担心，因为有你在。"

她还不知道出了何事，就这样宽心，傅清明笑道："真的对我这么有信心吗？"

阿绯仰头："当然，你是能配得上我的男人，这世上没什么能难得倒。"说着，还握起拳头，又自信又自豪似的晃了一晃。

傅清明爱极了她这样骄傲自大的模样，虽然这副模样放在别人身上恐怕只会让人觉得好笑且欠揍，但是由她做出来，却只能让人欢喜且相信。

傅清明忍不住伸手将她抱入怀中，他的温柔也只能在她面前才存在。

南乡羡慕嫉妒恨地看着，同时觉得自己要被排挤了，赶紧挤到两人中间，可惜他太过矮小，基本造不成什么困扰。

"赫尔若是来报信的，虢北在征兵，我又是大启人，被士兵看到的话，会逼我参军，我若不去，整个镇子也会遭殃，所以他来通知让我带你们即刻走。"

"征兵？"

"嗯，"傅清明在阿绯耳畔低声说，"我前日得了确切消息，虢北的鹰皇老迈，最近又犯了病，恐怕时日无多。他底下的两个皇子旗鼓相当，但是大皇子比较残忍好杀，而且是个主战派，一直以来都对大启虎视眈眈，二皇子主和，我以前跟他打过交道，只可惜鹰皇大概要把皇位传给大皇子。我先前是回去督察布防的，不怕一万就怕万一，要真的是大皇子继位了，我们就要准备打仗了。"他说着，语气低沉，带着一股无奈的沉重。

阿绯默默听完，听到"准备打仗"，眼皮就跳了一下："那最好不要让大皇子继位，让主和的二皇子继位。"

"嗯，"傅清明并没有就说她的话语幼稚，继位这件事，岂是别人说能干涉就能干涉的？可他宁肯对她吐露所有实情，"不瞒你说，这两年我负责虢北，也在虢北国内安插了许多内应，也买通了一些人……现在虢北的内臣里面，就有我的人，鹰皇垂死的事也是他们传给我的，但是继位这件事，毕竟干系重大……很难操纵……"这件事涉及机密，傅清明特意先把南乡支到一边去，又贴近阿绯耳畔才说明的。

阿绯也知道这件事非同一般，只可惜她从来不擅长朝政权斗，想了想，就说："清明，最好不要打仗，我不是说怕打仗，有你在，我当然知道不管是对虢北也好虢南也好，都一定会赢，可是如果有不打仗就能平息一切的法子，我觉得还是……"

傅清明正为她那一声唤而心头微微荡漾，听着听着，脸色就有些变，心里想："虢北……虢南？"这世上只有一个虢北，却没有其他的东西南之类……然而此刻阿绯的无心之语，却让他有些怦然心动。

阿绯见他不说话，就问："你在想什么？"

傅清明面上掠过一丝笑意："我忽然想到一个可能性，但是……算啦，先不说这些，为了安全起见，我还是先带你跟南乡离开吧。"

正说到这里，脸色忽然一变，将阿绯往身后一抱，将身挡住她。

阿绯见他的动作充满警惕意味："怎么了？"

傅清明耳力极佳，当下极快地说："外面有好些人骑了马来，难道赫尔若报信太迟，这么快我们的行踪就被人知道了？"傅清明快步走到窗户边上，掀起帘子一侧往外看，当看到外头来人的时候，蓦地吃了一惊。他正侧身相看，身边儿阿绯蹭过来，从后面抱住他："真的是坏人来了吗？不过不怕，反正有你在。"

傅清明听着她柔声细语，心头也是蜜意柔情，虽然事情紧急，但他却也真的不怕，他当初落足此处，一是为了跟阿绯再相见，重续前缘，二来却也是存着深入虎穴打探情形的心意，早就做足应付所有状况的完全准备。

傅清明且不看外面，回身抱住阿绯，先在她的唇上亲了口，又恋恋不舍地亲过去，缠绵悱恻，不肯放手。

阿绯被他亲得眼中含光，嘴唇嫣红欲滴，正在难舍难分的时候，却听外头一阵犬吠，有人说："就是这里，我看到了，那只的确是库布老爷家里的狗。"

傅清明本以为这些人是冲自己来的，听到他们用虢北话说了这句，却知道是他误会了，阿绯见他不动，就问："他们说什么？"傅清明低声笑说："原来，他们是冲你捡的那只狗来的。"阿绯脸红："不是我捡的，是南乡捡的。"

说到南乡，就听到外头南乡叫道："你们要干什么？喂喂，别进来！"

阿绯一听，有些着急："这小家伙居然出去了。"

原来南乡方才被傅清明支开，小孩儿心灵受伤，赌气出了屋门，就坐在院子里逗弄狗，却又遇上这些不速之客。傅清明看阿绯一眼，这会儿他是不适合露面的，尤其外面带人来的，看打扮是个军官，应该就是赫尔若说的那个征兵的军

211

官，赫尔若特地来报信让他藏起来，现在他要是露面的话……

傅清明说："我出去应付他们。"他将阿绯手臂一按，迈步往门口走，谁知手腕上一紧，却是阿绯握住了他的手，极快说道："赫尔若先前特意来向你报信的，你这会出去岂不是给他们看到了？你别出去，我去，我能应付的。"

傅清明心头一跳："阿绯……"阿绯嫣然一笑："反正现在还没有正式打仗，他们不会为难我的，而且我是女人，该不会被拉去当兵吧。"阿绯看出他眼中的疑虑，凑过来在他下巴上亲了口："相公，你放心吧。"傅清明最是扛不住她这样娇声发嗔，心神恍惚瞬间，阿绯已经撒手出门去了。

傅清明赶紧闪身到窗边，浑身上下都戒备起来。

南乡挡在那只狗面前："你们想干什么，抢东西吗？"

院门口，一个军官模样的人骑在马上，见南乡说大启话，就皱眉："哪里来了个大启的孩子？"却又不耐烦地冷着脸说："快点把狗带上，既然没死，就是我们库布家的，我还有事，不想在这里浪费时间。"

南乡一看这些人是冲狗来的，急忙拦住："不许碰我的狗！"

那只狗受了惊，便也爬起来，却居然是冲着外面来的这些人狂吠，南乡说："先前它要死的时候你们不要它了，它的命是我救的，现在它是我的，你看它根本就不喜欢你们！"

那军官听到这里，就也用大启话说："小孩，它不管是活着还是死了，都是我们库布家的，如果它咬主人，那么主人就要处死它。"

南乡愣住："原来你带它回去是要杀死它吗？"

军官冷笑说："是的，它如果不想属于库布家，那只有杀掉。"又厉声呵斥随从，"连一个孩子都搞不定，是要我自己去做吗？"

那随从抬手一推南乡，却听有人说："大人欺负孩子，要不要脸！"

那马上军官听到这一声，漫不经心转过头来，却看到从屋子里出来一个身着红衣的女子，身段窈窕如花枝一般，婀娜动人，一头乌黑的长发披散肩头，黑眉黑眼，却极生动漂亮，瓷白小脸，樱唇精致，简直像是个小小的精灵，忽然出现在太阳底下。

这军官呆呆看着，目眩神迷，差点从马上掉下来。阿绯气冲冲走上前，把推倒南乡的那人踢了一脚，那虢北的随从正呆看，忽地被踢中膝盖，便嗷地叫了声。阿绯穿的是安吉利大婶给的皮靴，踢人自然是极疼的。

阿绯说道："你们干什么跑来抢东西？还要打要杀的！"

那军官身不由己翻身下马，快步进了院子："你是谁？你是大启的女人？"他说的自然也是大启话，虽然不免带着怪腔，但已经算是流利的了。

阿绯见他开口，就昂起下巴睥睨他："是又怎么啦？"

军官看着她绝色的容颜，那目光从头到脚仔细看了一遍，忽然笑："好好，实在是太好了，真是踏破鞋子无觅处，得来全不费工夫。"

阿绯噗地一笑："是踏破铁鞋无觅处好吗，……什么，你这是什么意思？"

她乍然一笑，明媚动人，这军官越发骨酥筋软，重又看了阿绯一遍，叹道："真是个绝色美人，你……是一个人吗？"

阿绯眼珠一转："你想干什么？"

军官摸摸下巴，目不转睛地盯着阿绯，心想："我最近靠着家里的力量，好不容易投到大皇子的身边，却总是无法升职，大皇子爱好美色，所以大家都投其所好，向他进献绝色美人，可是他身边的都是我们这里的美女，常常听他说已经厌倦了，现在我面前有个现成的大启美女，只要稍微调教调教再……这难道是上神给我的机会吗？"

这军官也经常来往大启跟虢北边境，见过许多大启女子，可是却没有一个如面前阿绯这样动人，一瞬间喉头动了几下，又想："这样绝色的女子居然出现在这里，要是不献给大皇子的话，就算是我留着用，也是极大的美事。"于是更加打定了主意不会放掉阿绯。阿绯见他不说话，却一个劲儿地猛咽口水，眼神又是色迷迷的，就知道他在想什么。阿绯性子直接，又暴烈，当下就要大骂，然而想到傅清明在屋里，若是闹起来的话恐怕不可收拾，就勉强按捺怒气，反笑吟吟地："你这么看着我是什么意思啊？说话啊。"

那军官见她一脸笑意，越发心动，猛地咽下一大口口水，咳嗽了声才又说："美人儿，你想不想跟我走？"

阿绯问："跟你走是什么意思？"

军官看着她的笑脸，刹那几乎就想为了美色放弃前途，把美人留着自己用，去他妈妈的大皇子算了……然而心中斗争了一会儿，终于还是决定男人的前途要紧，于是就说："你要是跟我走，有享不尽的荣华富贵……"

阿绯听了这样的陈词滥调，正要翻白眼，却听军官又说："知道大皇子吗？你会有机会到大皇子的身边，如果你乖乖地伺候得好的话……"

南乡在身后听到这里，十分生气，见阿绯不肯骂他，就想自己替傅清明争口气，张口骂道："你再胡说……"谁知刚一张口，就被阿绯捂住嘴，阿绯冲那军官一笑："真的可以见到大皇子啊？"

那军官美色当前："当然！我保证！以库布家族的名誉起誓！"

阿绯说道："这当然也不是不可以的，可是，我还有点东西要收拾收拾，现在不能跟你走，等我收拾好了你再来接我。"

军官没想到她会这么快答应，然而他也十分狡狯，又有些不放心，怕阿绯是在应付他的，于是就假惺惺地说："那好，我先派几个人在这里等着，你收拾好了，就一块先到我家里。"

阿绯说："没问题！"

军官见她答应得痛快，十分高兴，那只狗也都忘了，转身迈步往外走去。

那军官走后，果真留了十几个士兵在屋子的周围留守，生怕这从天上掉下来的绝色美人给跑了。

阿绯带着南乡回到屋里，傅清明早把外面听得一清二楚。南乡急忙告状："爹，公主又要跟男人跑了！"

阿绯抬手打了他一下："再说！"

傅清明摸摸他的头，望向阿绯："你心里有什么打算？"

阿绯扑上去，不由分说抱住他的脖子："不愧是我的男人，居然知道我是哄那个坏蛋的。"

南乡眨了眨眼："啊？"

傅清明在阿绯的额头用力亲了口："宝贝这么聪明，当然是别有用心的。你是想趁机去虢北的皇都，接近大皇子？"

阿绯意犹未尽地在他唇上也讨回一口："不单是大皇子，要是顺利接近了虢北的皇族，有些事应该会好办一些，总不会每个人都喜欢打仗，一定可以找个解决的办法。"

傅清明正色看着阿绯，没想到她居然有这样的决心跟领悟，心中十分感慨和欣慰："宝贝……可是让我的娘子去对那些人笑，让那些人色迷迷地看，我心里很不喜欢。"

阿绯脸一红："真的？"

若不是南乡就在旁边当小灯泡，傅清明早就把她按到床上去了："当然是真的，方才我差点都忍不住。"

阿绯在他脸上猛亲几口："你对我这么好……"

"我一直都对你很好，你现在才知道？"

两人虽不曾动作，却情意绵绵地开始说些肉麻情话。

南乡在旁边，索性蹲在地上，捧着腮斜视两人，心想："爹好像给她带坏了……唉，真气人！"

看守阿绯的士兵们正百无聊赖，却见到一个美貌的少女急匆匆地奔来就要进门，士兵们赶紧拦住，那少女十分泼辣，指着几个青年士兵大骂一阵，美貌的少女就算是怒容也格外令人喜爱，士兵被骂得通体欢畅，嘻嘻哈哈了一阵，终于放行。

嘉丝蜜冲进傅清明的房中，却没看到傅清明，只见到阿绯好整以暇地坐在火堆边上，拨弄着里头埋着的两个土豆。虢北这里土豆比地瓜多，阿绯闲着无聊，一两个土豆也能暂时满足，正闻到香气散出来，就看到嘉丝蜜风风火火地冲了进来。

阿绯觉得她大概不是来抢土豆的，于是很淡定。

嘉丝蜜环顾屋内没看到傅清明，就冲到阿绯跟前，张口吐出一串虢北话，又急又快。

阿绯歪头看着她："你说什么？"

嘉丝蜜跺跺脚，终于又用简单的大启话说："听……听说你要去当……女、奴……"她说得很慢，尤其是最后两个字，迟疑而艰难地说出来。

阿绯明白了她的意思，就拍拍旁边的垫子，嘉丝蜜见她一副悠闲的模样，气得又跺脚，却也真的坐下了，阿绯笑眯眯地把两个土豆拨拉到自己跟前，才说："大家都知道了吗？"

嘉丝蜜迟疑了一下，张口说："别……去，女奴很……"她的脸上露出耻辱难堪的表情，又问，"赛恩斯……答应？"

阿绯点点头："我跟他说了。"

嘉丝蜜的火腾地上来，一下又站起来："赛恩斯在哪里？我要问问他，为什么要答应你去当女奴，他是不是男人？居然做这么没有骨头的事！"

她用虢北话嚷嚷，阿绯却明白了个大概，主要是她的语气太激烈了，阿绯抬头看她："你别着急嘛，你听我说……那个军官看起来很需要我的样子，而且我听他们说要征兵，等会儿我去了那个军官的家里，我会跟他说，让他不要带走你的赫……赫什么来着？赫尔若，你们的名字很难记啊。"

嘉丝蜜半懂不懂地瞪大眼睛看她，听到"赫尔若"的时候眼睛眨了几下，然而看着阿绯不急不慢的样子，又按捺不住，一下握住她的手腕拉着她就走："反正我不能让你去当女奴！"她的力气极大，阿绯居然被她拉了起来，身不由己往门口去，她喂喂地叫了几声，回头恋恋不舍地看自己的土豆。嘉丝蜜将到门口的时候，却被拦住了，傅清明从窗户外一跃而入，吓了两人一跳。

阿绯先扑过去抱住他，亲热地在他胸前蹭了蹭："这么快回来啦。"

嘉丝蜜呆了呆，然后冲上去把阿绯拉开："你是白痴啊，他要让你去当女奴啦你还……"

阿绯双手环着傅清明的脖子不肯放手，嘉丝蜜见她如此无赖，磨了磨牙就看傅清明，放低了声音说："赛恩斯，我还以为你是真的爱她的……但是你如果爱她，又怎么能让她去当女奴被那些贵族玩弄？你要还是男人，就立刻带着她离开！"

傅清明进来的时候已经将外头的情形看了个大致，当下先把手上的东西放下，又在阿绯的额头上亲了口，阿绯心满意足地靠在他的怀中，傅清明顺势把人搂住，才用虢北话对嘉丝蜜说："我们不会走的，但是你放心吧，她不会有事的，我会跟她一起去。"

嘉丝蜜吃了一惊："你说什么？"

傅清明一笑："你说的没错，我是真的爱她的，但是我们还有一件重要的事要做。"

嘉丝蜜并不笨，皱着眉看着傅清明，又看看阿绯："我记得，她曾经叫你'傅清明'？""傅清明"三个字，她是用大启话重复的。

傅清明一点头，嘉丝蜜眼中掠过一道疑虑："可是我记得，大启人里头，有一个很有名的人物，也叫这个名字。"

傅清明微笑，嘉丝蜜倒退一步："你、你……你真的就是那个……"

傅清明抬手冲她"嘘"了一下，这个简单的动作却让震惊中的嘉丝蜜有些脸红："可是……可是你如果真的是……那你来这里干什么？她又是……"

傅清明听到外头传来杂乱的脚步声，还有人用虢北话说着什么，他便对阿绯说了句话，阿绯答应了声，拉开门走了出去。

傅清明上前一步，对嘉丝蜜说："征兵的事赫尔若跟你说了吧？我的确就是大启的将军，她也的确是我的夫人，之前是我跟她有些误会，现在误会消除已经没事了，我要跟她去做一件事……如果这件事做成了，那么征兵的事就会被取消，就不会有战事发生……"

嘉丝蜜仰头看着他，眼中忽然浮现薄薄的泪："你……说的是、真的吗？"

傅清明点头："放心吧，我很爱她，绝对不会让她出事的，但是现在……我有一件事想让你帮忙。"

嘉丝蜜问："什么事？"

傅清明转头，看向地上的那个包裹，嘉丝蜜走过去打开，看着里头乱糟糟的一堆东西，低呼道："这是什么？"

阿绯拉开门出外，正看到几个士兵往这里走，见她出来，就站住脚，有一个士兵上前："我们大人让来接你去库布老爷府里。"

阿绯扫他一眼，望着天说道："等会儿，我还有一件重要的行李。"

那士兵疑惑地看着她，阿绯说："别着急，很快就出来了。"

那士兵不明白，可是看她颐指气使不由分说的样子，又想到大人吩咐的是不能让她不愉快，于是只好暂时等候。

果真，过了一会儿，屋门被打开了，先出来的居然是嘉丝蜜，有几个士兵是新来的，看到又出来一个美人，一时挤眉弄眼，大饱眼福，然后却又听到一声咳嗽，大家定睛一看，失了兴趣：原来嘉丝蜜身后出来一个微微驼背的老人，一头黄褐色斑白的头发，微微有些乱，皱纹遍布的脸，胡子翘翘的。

阿绯使劲瞪了瞪眼才看出那人真的是傅清明，提起的心才放下。

嘉丝蜜扶住傅清明，故意用虢北话说："赛因爷爷，你的年纪这么大了，就不要跟着去啦！"傅清明咳嗽两声，沙哑着嗓音用虢北话回答："不、不行……我答应过她的爹娘，要好好地、照顾她的……"阿绯本来眯起眼睛看着两人演戏，听到这里，心里却忍不住一酸，然后却又漾出甜蜜来。

那个领头的士兵不知怎么回事，阿绯竖起眼睛，声色俱厉地说："这是我家里的老仆人，我把他当作我爷爷的，我去哪里他也要去哪里，不然我死也不会跟你们走。"

那士兵见她一脸坚决，生怕弄不好的话美人真有什么意外，又看傅清明一副即将一头倒地不起的模样，就想把人带回府交差了事，于是便也答应了。

阿绯爬上马车，顺手把傅清明拉上去，嘉丝蜜站在门口，用担忧的目光目送他们，心想："愿上神保佑他们成功。"一直看到马车不见了才迈动沉重的脚步离开。马车里，阿绯打量傅清明的装扮，小声地说："坏蛋！你方才出来的时候吓我一跳，还以为哪里真的出来一个老公公。"

傅清明忍着笑，胡子却还可笑地翘着："迟早有一天我会变成这副老态龙钟的样子，你会不会嫌弃我？"

阿绯哼了声："是我自己的东西，当然是要敝帚自珍了。"

傅清明凑过来就要吻她，阿绯捂着嘴："不要用你那假胡子戳我！"又问，"南乡安置好啦？"

傅清明抱着她："嗯，交给泰沙大叔家里了，放心吧，那个小家伙不知多高兴，因为能跟他的那些小伙伴玩乐了吧。"

阿绯眨了眨眼，忽然说："说到这里，我有点想念连昇。"

傅清明吻了吻她的头发："等事情办完了，我带你回京。"

阿绯吃了一惊："真的吗？可是、可是你知道……"

傅清明微微一笑，摸摸她的头："如果你愿意留在这里，我也无妨的。但我知道你不会长久地留在这里是不是？还有，祯雪的事……我知道……我只是不敢让你知道，你乖，不要去想这些，以后的事都交给我就行了。"

阿绯的眼睛有点酸："清明……"

傅清明说道："我明白你心中想什么，让你不要去想就别想了，何况有些事情，不一定必须要用一个'你死我活'来解决的，所以你放心。"

阿绯听了会儿，就把头钻到他胸前去。

两人一路相依相偎，马车走了差不多半个时辰，才到了库布老爷府。库布老爷的儿子军官弗机出来迎接，忽然看到多了一个老头儿，惊讶之余有些不高兴，但幸好老头不是送给皇帝的，所以就算是得到美人的附属品而已。

弗机是奉命回来传达征兵的命令的，顺便在家乡停留两天，算作休假，如今得了美人，很是迫不及待想立刻呈献给大皇子，以求升官发财前途无量，但弗机又怕阿绯不懂礼节之类的，反而惹得大皇子不快，库布府里有几个肥胖的调教嬷嬷，库布就叫她们负责教导阿绯简单的虢北话跟一些必需的礼数。

库布老爷对这个绝色美人也十分满意，暗中向儿子提出要先替大皇子殿下试试这个美人好不好用，被弗机义正词严地制止了，弗机心里很气愤，觉得自己的老爹一把年纪了，还是如此的好色和目光短浅，连他自己都想尝尝大启美人的滋味，为了前途却还强忍着呢，这老家伙倒好，一口就想把肉吞了。

弗机又气愤又叫人暗中提防，免得老头子饥不择食霸王硬上弓坏了自己的好事，于是也没有了度假的心思，让嬷嬷们教导了阿绯两天，就开始张罗着回皇都了。

启程的时候，弗机本来想跟阿绯同车，顺便可以揩点油之类的，然而看到那个"赛因"颤巍巍地也爬上去，顿时有些倒胃口，于是就想慢慢地在路上再找机会，谁知道一路上这个老头子几乎都陪着那大启美人，简直成了弗机的眼中钉。

有一次弗机夜晚摸进阿绯的房中，顺利打开房门摸到床边，望着夜色之中床上若隐若现的人影摩拳擦掌了会儿，然后激动难耐地将人抱住，谁知道手往胸前一按，却觉得手感很奇怪，捧着脸要亲个嘴儿，却啃了一嘴毛茸茸的，还有一股奇怪的味道……

后知后觉的弗机听到有个苍老沙哑的声音说："谁在抱我啊？"才知道自己抱住的居然是那个"老头"，然后旁边的小床边上有个懒懒的声音问："怎么啦？'赛因爷爷'？"

弗机紧紧地捂着嘴生怕自己会忍不住尖叫出来，赶紧头也不回地窜出房间，回到房中后洗脸漱口了很久，才把自己跌宕起伏的心给安抚平静了。

弗机不敢再妄动，然而欲火难平，只好安慰自己说这是上神的旨意，并且发誓进了皇都之后一定要找几个妓女好好地犒劳一下自己。

如此一路颠簸，三天后终于到了虢北皇都。

## 第十四章

## 夫妻同心

阿绯穿着弗机给准备的新衣裳,自觉甚美,充满了异族风情,一时意气风发,更对傅清明发出豪言壮语:"好看吧!我这样见了大皇子,会不会把他迷住,然后他就乖乖地听我的话,我让他当个好皇帝,他就得当个好皇帝,永远不许打大启的主意!"

傅清明忍着笑:"这世上乖乖听你的话的倒是有几个,比如你的乖乖相公我,但是绝对不包括虢北的种马皇子。"

"什么叫种马?"

"就是……就是……妻妾成群,拥有很多女人。"

阿绯反应很快:"你说我父皇那样啊……"

傅清明一脸黑线,将人拉过来坐在自己腿上:"幸好这不是在大启,先皇也已经驾崩了,不然的话你这是陷我于大逆不道啊。"

阿绯哼了声:"我不过是说实话。"

傅清明在她耳畔低低地又解释了一句,阿绯的脸有些发热:"果然是'种马',但是还不如种马,毕竟不是每个女人都会生孩子的。"

傅清明听她举一反三地,思维发散开来,就说:"对了,你什么时候能给我生个孩子?"

阿绯说:"不知道!你不是有南乡了吗?"

傅清明见她故意促狭,就在她耳垂上咬了口:"你明知道的,还来戏弄我……"

阿绯咯咯地笑:"谁叫你一开始什么也不跟我说,害我以为南乡真的是你的。"笑了会儿,忽然又问,"你是不是还有什么瞒着我?"

傅清明摇头:"绝对没有!"

阿绯在他鼻尖上亲了口,又按住他翘起的胡子,避开那些乱乱的胡须,寻找到他的嘴,轻轻亲了下:"以后你可别留这么多胡子,很不方便。"

傅清明就笑,阿绯端详着他的脸,忽然也笑:"我想起那天晚上弗机抱你就要笑死了,他真的亲了你吗?"

傅清明说:"我故意闪了闪,他亲在胡子上,我的嘴当然只能宝贝娘子你亲啦。"

阿绯抱住他:"真乖!"

两人抱了会儿,傅清明说:"有人来了。"阿绯就跳起来,重新走到镜子跟前,对着镜子像一只孔雀似的左顾右盼,搔首弄姿。门一响,弗机昂首挺胸地迈步进来,从背后深深地看了阿绯一眼,才说:"瑞缇,今天晚上是皇子殿下的宴会,我会带你去赴宴,到时候就看你的表现了。"

他自作主张地给阿绯起了个虢北名字,"瑞缇"的意思就是"很美丽的女人",就好像一个大启女子的名字是"美丽"或者"好看"一样,傅清明听到这个名字的时候总觉得一阵恶寒,难得阿绯很喜欢,觉得跟自己非常衬。

阿绯回头:"就是今晚上了吗?放心吧,我一定会让你大出风头的。"

弗机很是感动,甚至有点舍不得这么善解人意的大启美女了,含情脉脉地望着阿绯,说:"瑞缇,你真懂事,唉……只要你好好地伺候大皇子,将来大皇子登基当了皇帝,或许会封你当宠妃什么的……我虽然有点舍不得,可这样对你来说似乎更好,但是你要是得宠了,一定不要忘记我啊。"

阿绯显得很有自信:"放心吧弗机,全靠你,我跟'赛因爷爷'就要过上好日子了,当然忘不了你的恩德。""赛因爷爷"听了,就站起身来,仍旧驼着背,嘴里咕噜着虢北话,向弗机道谢。

弗机瞥了一眼旁边的傅清明，看到那张毛茸茸的脸忍不住就想到那晚上的不堪经历，忍不住抖了抖，就说："那你以后跟了大皇子，你的爷爷……"

阿绯挺了挺胸，虽然她再怎么挺也不似虢北这边的女人丰满，然而她的自信却能够秒杀全部的女人："凭我的姿色，大皇子肯定会十分宠爱我，到时候我提什么条件他都会答应，让我赛因爷爷留下来又有什么？你说是吧弗机！"

她虽然是说着类似询问的话，但却是不容分说的肯定语气。

弗机望着她骄傲的小脸，只觉得这个时候该跪下来亲吻她的手才对，于是就温柔地说："瑞缇，你说得很对。"

阿绯得意一笑，顺便扫了旁边的傅清明一眼，傅某人忍着笑，那黏上去的假胡子却忍不住一抖一抖地，幸亏黏得牢靠，不然一定会掉下来。

弗机走后，傅清明把伪装卸下，叮嘱阿绯不要轻举妄动，乖乖留在屋里，他自己便出门去了。阿绯知道虢北这边不比大启，她又只懂有限的几句虢北话，人生地不熟，自不会乱跑自找麻烦，就耐着性子等候傅清明，如此一直到天色快要黑了，弗机那边派人来帮助阿绯化妆、换衣裳，傅清明还没有回来。阿绯十分着急，生怕他有事，又怕他赶不上宴会，于是故意拖拖拉拉地，如此一直到弗机派人来催第三次的时候，傅清明才算回来。

阿绯看他全须全尾，浑身上下好端端的也不曾受伤，就放了心。于是也不问什么，一直等傅清明也极快地"化妆"好了，出来的时候，阿绯才挽住他的手臂，一边往外走一边低声问："怎么这么迟才回来，我等得很着急！"嘴里说着，手里就拧他的手臂。

傅清明挽着她的手，目光在阿绯高耸的胸脯上掠过，心想："这是怎么弄的？原本没有这么大……"

但是他究竟是个比较"含蓄"之人，只在心里想想而已，却没有问出来。

可是阿绯见他不回答，自然就看过来，望见傅清明的目光，阿绯低头看看自己"高耸入云"的胸，一时得意，便故意往上又挺了挺，斜睨着傅清明得意地笑说："很大吧？"

傅清明一阵头晕，阿绯伸手把胸往上托了托，又摸了摸，得意洋洋地自问自答说："那当然了，里面可塞了不少东西呢。"

傅清明满头冷汗："非要这样吗？"阿绯哼了声："不好看吗？"傅清明说：

## 第十四章 夫妻同心

"好看是好看，但你没有这么大……"阿绯没了笑容，冷冷地瞪向傅清明："你是不是嫌我！"傅清明故意转头看向别的地方，阿绯气得又拧他的手臂："你变坏了，一定是看多了虢北女人……"

正说着，傅清明咳嗽了声，阿绯抬头，望见弗机直挺挺地站在前头，阿绯一看他，立刻自动变脸，下巴微微扬起，露出一副高傲的模样。

弗机用一种赞叹的眼神看着阿绯的新装，这是他特意下重金聘请皇都的裁缝做的，是眼下最流行的款式，有束腰跟托胸两项优点。阿绯身形本就纤细，穿着这袭裙子，那腰就跟黄蜂差不多了，但胸却极显眼地增大了一倍。

弗机心道："妙不可言，巧夺天工啊。"怎么看怎么觉得这个从天掉下来的绝色美人实在是无可挑剔，唯一不顺眼的是，她旁边站着一个糟老头子，如果换了是自己那就和谐多了。

可是转念一想，这美人很快就属于大皇子了，自己也只能是胡思乱想一下而已，弗机如此一想，就平衡多了，外头已经准备了华丽的马车，迎接三人。

弗机骑马，阿绯跟傅清明进了马车，阿绯就又问傅清明为何这么晚才回来，傅清明放低声音："今晚上皇都怕要出事。"

阿绯轻轻地拨弄着垂在胸前的头发："什么事？"

傅清明说道："我本来是去找宫里头的内应的，谁知道竟一个也联络不上……试着靠近禁宫，才发现皇宫里禁止人出入了，要进出的话需要大皇子的手谕。"

阿绯是经历过宫变的人，对这个也十分敏感，听傅清明一说，手势一顿道："这是什么意思？老皇帝不是还在吗？居然让大皇子这样作威作福？他不怕引火上身？除非……"

傅清明用嘉许的眼神看着她，阿绯对上他的眼神，吃了一惊，脱口说："他要造反？"

傅清明做了个"嘘声"的手势，说道："我暗暗观察了一下皇宫的布置，听一个禁军说，皇宫里的侍卫似乎也换了许多，那换了的，应该是大皇子的人。"

阿绯想了会儿："他敢大张旗鼓地这么做？老皇帝真的病得不行了吗？那二皇子呢？"

傅清明说："我猜是因为皇帝的病拖延很久，大皇子有些按捺不住了，……前阵子我接到线报，说是有几个臣子向皇帝进言，参了大皇子几条罪状，估计是大皇子怕事情有变，所以要先下手为强，至于二皇子，估计他也正着急吧……"

阿绯心中不由得浮现出那一幕的刀光血影来，傅清明看她脸色有变，就说："怎么了？"

阿绯抬头："清明，我四哥为什么死了？他……真的也是要造反吗？"

傅清明见她居然想到这个，就说："这个……当时皇上猜忌心很重，四皇子又有点锋芒外露了……所以触了皇上的逆鳞吧。"

阿绯靠过来："那为什么他们以为是你害的四哥？"

傅清明一笑，低头看她："皇上自然不想担杀子的罪名，还有什么比推在我身上更合适呢。"

阿绯心里难过，良久不曾说话。傅清明握住她的手："阿绯，那些事都已经过去了。"阿绯心中其实还有一句话想问，可是想了想，却又没有问，只点点头："幸好……你还在。"

傅清明冲她笑笑，又说："虢北的皇宫局势这样儿，二皇子应该不会坐以待毙，估计也会察觉情形不妙……今晚上大皇子还请了二皇子前去，不管二皇子敷衍与否，今晚上恐怕都不会平静了，如果事情太紧急我照应不到你的话，你要好好地保护自己。"

阿绯了然："原来是一场鸿门宴啊，我知道，你放心做你的事就行了。"

傅清明抬起她的手，在上面亲了口："宝贝娘子，还有一件事要告诉你。"

阿绯见他说得郑重，就也正色说："什么事？你说。"

傅清明笑得和煦，温声说道："对我来说，你的所有都是最好的……不管这里……是怎么样，都是你的，就像是你说的，'敝帚自珍'……所以我都是最爱的。"阿绯愕然，本以为他要说正经事，没想到居然又说起这个，一时呆住。

傅清明说道："其实你不知道，从我看到你的第一眼开始就记住你了……然后从虢北回去后，你去迎接祯雪，我看到你从走廊上向我们跑来，你跑得那么快，裙子都被风鼓起来，你的脸上带着惊喜的笑，大声叫着'皇叔'……从那一刻开始，我就喜欢上你了，再也无法放手，不管经历什么。"

他的声音深沉，带着撼动人心的深情："我深爱你，我的宝贝小娘子。"

阿绯简直要落泪，呆了半天终于反应过来，伸手捶了一下他的肩膀："你坏死了，这时候说这些……我不能掉泪的，妆会花掉！"

阿绯竭力仰起头，想让眼泪退回去，却没有法子，晶莹剔透的泪珠落下来，绽放一朵朵小小的水晶花，那是欢喜跟感动的泪之花，就好像以前曾经的所有，苦难与劫数，长途跋涉百转千回，都在此刻，有了回报。

　　当时的阿绯跟傅清明都不知道，他们参与的这个夜晚，将会被记载入虢北史册，在此后，虢北的百姓提起那一个夜晚，都会微微叹息，没有人能够遗忘那个夜晚所发生的事，以及它所代表的沉痛的意义，——那就是史书上有名的"裂疆之夜"。

　　跟边境普里不一样的是，虢北的皇都是极为气派跟华美的，虽然同样都是在冰雪之地，可是皇都的建筑却极尽奢华，阿绯无缘进入虢北皇宫，只是远远地看了一眼，那一会儿夕阳西下，夕照闪烁，将皇宫最高的金塔照得霞光万道，反光刺得人的眼睛疼。据说金塔的顶上一层是用金砖砌成的。而跟着弗机在皇都的这两日内，阿绯也感觉到，虢北皇都里的居民，从底层的百姓到上层的贵族、官员们，仿佛都极好一种奢靡之风。比如弗机，他的官职并不算高，但是官服的边沿，譬如领口袖口之类都是用繁密的金线绣成，看起来华丽而漂亮，而他们今晚上所乘坐的马车亦是这样，外头用金漆漆过，里面是红色的丝绒衬着车壁，下面铺着舒服的羊毛地毯，坐垫都是锦缎加金绣的……简直像是一个小小的移动皇宫。

　　阿绯也是皇族出身，对这些做派并不觉得陌生，也隐隐地明白是为什么。一个国家的风气，往往是从上传下的，只要皇族作风奢侈，爱好华丽，那么底下的贵族跟官员就会跟着学，然后是一些富商，再往下，就是百姓们，谁不跟着学谁就颜面无光，其他的人也会瞧不起他……以至于整个国家都流行如此。

　　马车停下，赶车人也是一身簇新，从马车上跳下来打开车门，此刻夜色降临，阿绯跟傅清明下了车，抬头见，车子停在大皇子宫殿的外面，偌大的一片广场，足可以容纳上百人而不觉拥挤。已经有许多宾客到达，个个衣着华贵鲜亮，多半是衣冠楚楚的男人挽着花枝招展的女人。忽然之间有人欢喜地惊呼了声，阿绯抬头，见前头闪过一道亮光，紧接着，像是一棵火树忽然长出来，生出满树摇曳银花，银花喷出，哗啦啦地从空中跌落地上，像是落了一地的细碎黄金。

　　虽然不是玩乐的时候，阿绯还是忍不住赞叹了声："好美！"

　　这会儿弗机走过来，看着烟花的光芒照亮她的容颜，烟花很美，弗机却觉得这张脸更美，但再美也不会是自己的。弗机忍了心痛，又怀了对于锦绣前程的踌躇满志，痛喜交加，半是明媚半是忧伤地对阿绯说："瑞缇，我们走吧，我要找机会把你介绍给大皇子。"

衣香鬓影之中，阿绯昂着头挺着胸，像只骄傲的孔雀，挽着弗机的手往里头走，傅清明跟在两人身后，走到门口，弗机的随从递了帖子，守门的侍卫看了三人一眼，回头叫道："皇子营御前武官，弗机参将进见。"

阿绯跟弗机两个，一个昂首挺胸，一个心怀大志，弗机也长得不错，看起来倒很相衬，而到场的贵族跟官员们，打扮得无不华贵气派，身边挽的女伴自也争奇斗艳，阿绯觉得奇怪，就问弗机："这些人带的都是他们的家人吗？"弗机微微一笑，阿绯望着他那暧昧的笑容，心中就想："这家伙笑得这么可疑，难道说周围来的这些官员，有的也跟他一样，带的是献给大皇子的女人？"她心里这么想，就仔细去看那些女子，果真见她们多半都是青春少女，美艳如花，要说来赴宴的这些男人都娶了这样的老婆，那自然是不可能的。

弗机见阿绯张望，就低声说："我们这里跟大启不一样，这些人所带的，大部分都是他们自己的情妇，一来是因为男人都是好色的，二来是因为大皇子喜欢漂亮的女人，如果有人的情妇给大皇子看中了，大皇子就会有嘉奖，如果大皇子高兴，就会升官。"

阿绯瞠目结舌，只觉得真是异邦风味，竟然如此开化，当然，也可能是大皇子太过风流好色的缘故。

两人走了会儿，傅清明抽空在阿绯耳畔低声说："大皇子还没出现，你跟弗机在一块儿别走开，我四处看看。"傅清明叮嘱了阿绯，便转身离开，他的打扮是典型的虢北人，因此也没有人留意他，傅清明顺路往内，拐过走廊，到了另一重的廊下，此处已经没有人了，傅清明见到一个紧闭的门，门扇是红色的，他刚走到门口，门忽然被打开了。

傅清明一怔，望见门口站着个巧笑嫣然的虢北美人，白肤红唇，眼波含情，一身薄薄的时兴裙装，胸脯更是丰满动人，傅清明扫也不扫就知道，比起阿绯那西贝货，这位美人，可是货真价实的。

这美人看见他，便笑吟吟地说："我还以为你要失约了……利用过之后，就要扔掉我啦！"

傅清明笑了笑，用虢北话说："公主的身边没有带随从？"

这位美人，正是虢北的多伦公主殿下，阿绯在大启的时候曾经听闻过的。多伦望着傅清明的打扮，笑着伸出手来："知道你来，我自然要将她们打发走了，你这副模样可真新奇，要不是我跟你心有灵犀，一定不敢认你，快点进来，把这碍事的装扮扔了！"

傅清明轻轻咳嗽了声，却也真的迈步进了房间，房门便很快又紧闭了。

且说傅清明离开后，阿绯便打量在场众人，其他的贵宾们也正打量她跟弗机，这里的美人虽然多，但是大启的美人，放眼看来就只阿绯一个，加上阿绯容貌出众，因此引来越来越多的人瞩目。

有的男人目不转睛地看着阿绯，又用艳羡的目光打量弗机，其中有几个军官跟弗机认识，趁机便过来，望着阿绯，问弗机说："弗机，你从哪里找来的绝色美人？"

弗机得意地笑："就是这一趟回去办差事才找到的。"

军官同僚就说："这美人如此出色，等会儿给大皇子看到了，一定会很喜欢，弗机，要是升官了，可不要忘记我们啊。"

又有个说："这美人是大启来的？你尝过她的滋味了？听说大启美女都很温柔，非常销魂，试过了就永远也不会忘记，弗机，你居然舍得献出来？"

先前那人就笑："美人虽然很好，但是毕竟前途重要，弗机还是很聪明的。"

弗机被众人羡慕，越发洋洋自得。阿绯因听不懂虢北话，自然不予理会，只是看着这几个虢北青年军官一边说一边贼眉鼠眼地，目光不停在自己脸上、胸前跟腰间打量，阿绯皱眉，伸手遮了遮胸。一个军官见状笑道："小美人害羞了……"手蠢蠢欲动地探过来，阿绯正气恼，见状一脚踢出去，她经常这样对付男人，这一脚更是踢得风生水起极为流利，那人"哇"地痛呼了声，神情扭曲。

几个人大惊，阿绯则得意地瞥那登徒子一眼："看啊，让你白看了这么久，才踢你一脚便宜你了。"阿绯说着，忽地听到耳畔一声轻笑，她循声看去，却见在人丛之外，角落里站着一个人，脸上戴着个古怪的面具，嘴唇挑起，似是看着阿绯在笑。

阿绯正觉得奇怪，那人忽然伸出手来，向着阿绯勾了勾手指，阿绯挑眉，见弗机正忙着安抚同僚，就迈步走过去，那人见她走过来，却并不闪开，一直等阿绯靠近过来，才往旁边迈开一步，却偏又回过头来，冲阿绯一笑。阿绯见他动作诡异，本来不想追去，然而好奇心起，也顾不了，急忙跟过去，刚一转弯，就被人握住肩头抵在墙上。阿绯吃了一惊，抬头却见正是那戴着面具的神秘人，一手勾着阿绯的肩头，一手便挑起她的下巴，说道："你是大启人？"

阿绯听他说的是虢北话，当然不懂，就避开他的手指："你干吗，你是谁？"

神秘人笑道："你不是来见大皇子的吗？你猜我是谁？"

阿绯皱眉，神秘人见状，就换了大启话又说了一遍，他的大启话也不甚流利，但胜在缓慢，于是显得清晰。

阿绯眨眼："你是大皇子？"

神秘人的声音带着笑道："难道我不像吗？"

"不像，"阿绯皱眉，"你是谁，到底想干什么？离我远点。"

神秘人低头，靠得她越发近了："那你怎么才肯相信我是呢？"

阿绯嗤之以鼻："怎么我也不会相信的，你看起来不像是大皇子，而像是……"

"什么？"

阿绯的目光掠过他微微卷曲的金色头发，又扫了一眼那面具背后的蓝色眼睛，正要说话，忽地听到弗机急急地叫了两声"瑞缇"，然后忽然拐过来，正好看到阿绯跟神秘人靠在一起。弗机一脸着急，忽然之间看到神秘人，一时目瞪口呆，脱口叫道："大皇子殿下！"

前几日宫廷嬷嬷教导阿绯的时候，她学过几句虢北的话，其中有一句就是"参见大皇子殿下"，此刻听弗机叫出来，不由一惊："什么？他是大皇子？这不可能。"

那神秘人本来不做声，听阿绯出声，才噗嗤一下笑出来。

弗机一听神秘人的笑声，顿时汗颜，也不似原本那样紧张了，反而笑道："原来是二皇子，您可吓死我啦。"

阿绯却听不懂这句，不由狐疑："喂，你说什么？他真是大皇子？"

那戴着面具的二皇子看看阿绯，又看看弗机，用虢北话跟弗机说："不许多嘴，我要带这个女人离开一会儿，一会儿再还给你。"说完之后，一把攥住阿绯的手，带着她转身就跑。

弗机大吃一惊："二皇子，不行的，这是我要献给大皇子的……"见二皇子拉着阿绯头也不回地飞跑离开，只好无可奈何地带着哭腔说，"那您、您可快点回来啊。"

二皇子拉着阿绯跑过长廊，阿绯气喘吁吁，最终甩脱他的手，道："你干吗？你真是大皇子？"

二皇子看看左右无人，才抬手把面具取下来，阿绯一怔，看到面前是张俊朗的脸，金发、白肤、蓝眼睛，她所见过的虢北青年中，班德跟弗机都算是长得不错的，可是却不及眼前这人漂亮。他微笑地看着阿绯，笑容里带着几分温柔，一张嘴露出牙齿，却又阳光灿烂。

阿绯见他目不转睛地看着自己，一时有点恐惧，后悔自己没听傅清明的话，于是伸手捂住胸口，警惕地说："就算你真是大皇子又怎么样？你别轻举妄动，不然的话，我要……"

阿绯话还没有说完，就听二皇子张口，轻轻唤道："慕容绯？"

阿绯彻底震惊，不由地瞪大眼睛："你、你你你叫什么？"

"慕容绯？小公主？"二皇子重又叫了声，张手抱住阿绯，"真的是你对不对？我并没有认错人！你真的是慕容绯！公主殿下！"

阿绯听他的口吻充满了惊喜，眼睛也变得亮闪闪地，却仍旧狐疑地斜睨他："你是谁，我不认得你。"又赶紧打量周围，幸好没有人。

二皇子抬手一按头："我是……我是……我去过大启啊，你见过我的，你忘了吗？"

阿绯仍旧皱着眉用警惕的目光扫视二皇子，二皇子抬眸看她，四目相对，二皇子说："那好，你看着啊。"

阿绯正莫名其妙，二皇子松开她，后退一步，忽然蹲在地上，然后低下头，阿绯看着他这个诡异的姿势，心里却觉得有些奇怪，似乎……正在胡思乱想，却听二皇子"呜……汪"了一声，阿绯"啊"地大叫，往后一跳，身子贴在墙上。

那边，二皇子抬头看她，脸上带着羞涩的笑意："你想起来了吧？"

阿绯手贴着墙，有个名字从记忆里冒出来……阿绯有些不确定而迟疑地说道："金……金毛？你是金毛？"

二皇子从地上一跃而起，兴高采烈："你终于想起来啦！"

阿绯震惊，惊魂未定之余心也放松下来："真、真的是！你居然长这么高了啊？"

两人正在说话，忽然之间不远处传来一声惊呼，有人在尖叫。二皇子一听，脸色忽变，阿绯生怕是傅清明出了什么事，急忙问："怎么了？"

二皇子用奇异的眼神看向她，然后说："奇怪，他们在叫，说有刺客……"

"啊？"阿绯以为就是傅清明，迈腿就要跑过去看。二皇子将她拉住："别去！他们说是大启的女刺客！"

"什么？"这下儿阿绯也惊呆了，然后她反应过来，"我、我才是大启来的啊，怎么还有个女刺客，难道他们认出我来了？"

二皇子用力握住她的手腕："公主，你在这里很危险的，我先带你去一个地方，把你藏起来。"

阿绯记起傅清明说的话："等会儿，我不走，我还有个同伴……我走了他会找不到我，还有，你怎么会在这里，大皇子知道你在吗？"

二皇子的脸上浮现犹豫的表情："唉，我是偷偷来的，皇兄还不知道，你的同伴是谁，在哪里？我叫人去找他……"两个人正说到这里，却见走廊尽头越发乱糟糟的，有几个贵族仓促经过，二皇子把阿绯挡在身后，问道："发生什么事？"其中一个站住脚，恭敬而忐忑说道："二皇子，前面有个不知从哪里来的大启的美人刺客，要刺杀大皇子，已经被侍卫们围住了，现在我去传侍卫长。"

这些人走开之后，阿绯从二皇子身后出来："奇怪，我听弗机说这里只有一个大启美人，就是我，哪里又来了个美人刺客？金毛，你带我去看看。"

二皇子迟疑："不行，会有危险。"阿绯说道："我们偷偷地去不给人发现不就行了？既然有刺客，大家一定很忙，或许会自动忽略我们。"二皇子说："你说的有一点点道理，但是……"阿绯握住他的手，"没有但是，赶紧走啦。"拉着他往前就走。

两个人走到走廊尽头，拐了弯，才到了大厅的门口，前面聚着许多侍卫，二皇子冲阿绯"嘘"了声，跟她蹑手蹑脚走近了去，听到大厅里传出说话的声音，有人说："不要杀死她！这样的美人，我要留下来慢慢地折磨才有意思！"阿绯只觉得这说话的声音有些阴沉，让人不寒而栗，她自然不知道这是谁在说话，二皇子却皱了皱眉，他听出这说话的人居然正是大皇子。

# 第十四章

忽然有人叫道："你要杀就杀，啰唆什么？"

阿绯一听这个声音，脸色一变，就要往前冲，金毛二皇子见势不妙，赶紧抱住她。这会儿门口的几个侍卫也留心到此处的异样，二皇子脸色微变，望着阿绯，心生一计，手在她下巴上一捏，低头吻到她嘴上。阿绯鼓起眼睛，待要反抗，却始终不如二皇子力气大，几个侍卫一看，纷纷笑了笑，又退了回去。

阿绯抬脚，一脚狠狠地踩在二皇子的脚上，二皇子作势叫痛，又捂住她的嘴，在她耳畔极快说道："我是做给那些人看的，不然我们会有麻烦，你干什么？为什么要冲进去？"

阿绯小声说道："原来是这样，你怎么不跟我说一声？里面那个人是我朋友，我当然不能坐视不理，我得救她……不对，这里是你的地盘，你帮我想办法救她。"

二皇子说："朋友？什么朋友？那个女刺客？"

阿绯点点头。原来方才女刺客叫了一声，阿绯因此也听出来，这个女刺客，居然正是好久不见的孙乔乔，只不过孙乔乔在这里，那么……步轻侯呢？话说回来，孙乔乔怎么又会出现在大皇子的别邸？

二皇子正在发愣，胳膊上忽然一疼，他忍不住"啊"地叫了声："你做什么？"

阿绯掐着他的胳膊："你倒是快想办法啊！"

二皇子愁眉苦脸："皇兄一向很仇视我，我现在过去的话，他一定会认为我坏了他的好事，更加地仇视我。"

阿绯奋力打了他一下："不要做梦了！大皇子把皇宫都包围了，他连病在床上的老爹都不顾，难道还会轻易地放过你吗？"

二皇子大为震惊："你、你怎么知道？"

阿绯挺了挺胸，还没开口，二皇子的目光顿时就落在了她的胸前："以前……好像没有这么大，所以我开始的时候几乎不敢认你呢……"话音刚落，"啪"的一声，脸上吃了一巴掌。

阿绯咬牙："不要乱看，赶紧想法子，你总不会是想坐以待毙吧？"

二皇子咽了一口口水："啊……那怎么办？我带你立刻逃走吧？逃出皇都的话，皇兄大概就不会计较了……"忽然之间脸上又吃了一下，二皇子抬手捂住脸颊:"你的胸是变大了,可是为什么人却变得一点也不温柔了,不要总是打我的脸,会被人耻笑。"

阿绯说道:"比起那个来,你这种只想着要逃的想法是不是更会被人耻笑?我告诉你……大皇子不是很仇视大启吗?他要是成了皇帝后,所做的第一件事大概就是跟大启开战,到时候两国交战,血流成河……但是我们有傅清明傅大将军,百战百胜无所不能的傅将军,所以是绝对不会输给你们的,金毛,你是想把虢北变成我们大启的疆土吗?"说到最后,尤其是提到傅清明的时候,阿绯忍不住又露出几分自傲得意之色。

二皇子打了个寒战:"这怎么可以?不不、或许不会打仗的。"

"那就让你皇兄改变主意,如果他执意不答应,就把他干掉算了,反正他一直想干掉你,而且还会害死很多无辜的百姓,"阿绯恶狠狠地看着二皇子,想了想,又说,"你觉得呢?你也是皇族,身上担负着很大的责任,虢北的命运,不能只让残暴的人做主,你要是光想着逃,我会一辈子都瞧不起你。——我不是威胁你,这个道理我自己也才懂得,先前有个人跟我说过,我没有在意,结果为了自己的任性差点后悔一辈子……金毛,你不要像我一样,快点作出正确的选择吧。"二皇子神色微动,蓝色的眼睛闪烁着。

大厅内传出一声惨叫。阿绯脸色一变:"不行,我不能等了!"她转身要冲进去,却被二皇子拦住:"公主!"他本来能把阿绯拉住的,但不知为何手却虚虚地一拦,居然失手了。

二皇子眼见阿绯向那边跑去,几个侍卫果然纷纷呵斥着挡了过来,二皇子皱了皱眉,把面具一摘,破罐子破摔似的喝道:"是我,都退下!"

侍卫们一看竟是二殿下,果真不敢阻拦,这一工夫,阿绯便闪身入内了,看到眼前情形的瞬间,阿绯吃了一惊,却见眼前的椅子上坐着一个身着白衣的虢北青年,外套上用金线绣满了漂亮的花纹,头发也是很亮的金黄色,只是脸有些瘦削,气质上居然跟慕容善有些相似。

阿绯只看一眼,就知道这是虢北的大皇子了,而就在他的面前,地上倒着一个女子,衣衫有些破损,脸上带了一点血渍,正是孙乔乔。

阿绯急忙冲过去:"孙乔乔!"

孙乔乔见是她,也吃了一惊,苦笑道:"公……公主,你怎么来了?"

大皇子听见她如此称呼阿绯，脸上露出若有所思的神情："公主？"

孙乔乔暗骂自己愚蠢，差点咬住自己的舌头，欲盖弥彰似的辩解："不、不是……她的名字是宫主……姓宫，叫主……"

大皇子用标准的大启话冷冷地说："你倒不如说她叫公猪，我还会比较相信一些。"孙乔乔跟阿绯都是满脸冷汗，没想到这位大皇子居然是个大启通。

"公主……"大皇子念叨了一句，看着阿绯，将她很快地上下打量了一遍，脸上露出暧昧了然的淫笑，"果然是难得的上等货。"

阿绯感觉他果然像是在挑猪，就捂住自己"高耸入云"的胸："混账，你那是什么眼神！不许乱看。"

"哼，那里弄得太高了，很假，跟你的身材不相称，"大皇子冷冷地说，"对我来说完全没有吸引力。"

阿绯被揭破真相，羞怒交加，恨不得上去把他踩死。二皇子死命拉着她："别生气别生气……"

大皇子看看阿绯，又看向二皇子，冷哼了声："你来干什么？"

二皇子硬着头皮说道："皇……皇兄，你在干什么？"

"你不知道吗？"大皇子阴沉一笑。

二皇子咽了口唾沫："皇兄，父皇正……病重，按理说是不该举办宴会的，更加不该……"他扫了一眼地上的孙乔乔，又看向大皇子，"要是给父皇知道了，他恐怕会……会很生气的。"

大皇子听了，竟长笑起来："生气？我恨不得他立刻气死，就省了我的事了。"

二皇子倒吸一口冷气："皇兄，你、你这是什么意思？"

大皇子脸色越发阴沉，眼中闪着冷冷的光："什么意思？意思就是，敢挡着我的路的人，都得死！"大皇子一声令下，门外的侍卫都涌了进来，将三个人围在中央。

"后来到底怎么样啦？"

地上露出了青青草色，南乡撒赖似的坐在旁边："你总是说一半儿就不说了，大皇子发现了孙姐姐后……你们怎么脱险的？二皇子又是怎么当上皇帝的？"

阿绯挺了挺胸，说："不是已经跟你说过很多次了吗，后来我就冲进去，大皇子本来正在折磨孙乔乔，手法极度的残忍……你小孩子家就不用细听了，然后我就先打了他一巴掌，然后指着他的鼻子义正词严地骂了一顿，大皇子被我的绝世容貌迷倒，我说什么，他就乖乖地听什么……"

南乡看着她陶醉的样子，一脸不信："我虽然是小孩儿，却也觉得这好像不太可能。"

"怎么不可能，难道你是说我不够美吗？"阿绯斜睨他。

南乡当然不敢直接就这么说，于是就转移话题："公主，你真的骂他了？"

阿绯懒洋洋地："当然啦。"

南乡问："你是怎么骂他的？"

阿绯说道："我当然就是……骂他不知轻重，把国家跟百姓当儿戏，骂他自私自利，骂他骄奢淫逸……骂得他幡然悔悟，一把鼻涕一把泪地表示悔过……算啦，你问这些干什么？"

南乡说："唉，为什么你们当时不带着我一起去，不然的话我也可以骂一顿了，还有，你说大皇子本来正在折磨孙姐姐，手法极度残忍……他用什么折磨孙姐姐了啊？"

阿绯吃了一惊："你干吗问这个？"南乡眨巴着眼睛装无辜说："因为我不知道啊。"阿绯瞪他："不是所有你不知道的都必须要知道，懂吗？"南乡就又翻白眼看她。阿绯不屑再跟这小家伙多话，于是转头，看看旁边那匹正拼命吃草的马儿，肚子都鼓起来了，却还在不停地吃。

阿绯摸摸那匹马："我说，你不要再吃了，肚子越来越大，跑不动了怎么办？"那马儿理也不理，只当她在唱歌，尾巴悠闲地晃了一晃，吃得越发起劲。

阿绯叹了口气，无奈地哼了声："不听话，算了……你看起来也不像是会听懂金玉良言的样儿。"

南乡在后头蹲着，闻言就又嘀咕："公主，你这不是对牛弹琴吗？"

阿绯扭头："这明明是马，不懂不要乱说。"

远处的人群忽然一阵骚动，山坡上有一匹马急奔而来，阿绯眯起眼睛看，南乡叫道："是爹回来了！"张开手，撒腿便往那边跑去。

阿绯摸着马肚子，歪着头看那边，那匹马在一群马之外停下来，利落翻身而下的正是傅清明，仍旧穿着一身简简单单的布衣，却遮不住一身的非凡气质。

## 第十四章 夫妻同心

赶马儿的虢北村民见了他便大声呼喝，用虢北话交谈着，傅清明被人拦住，一时过不来，眼睛却越过人群，像是在四处找寻什么似的，一直到对上了阿绯的目光，那张脸上才露出笑容来，他抬起胳膊，用力地先向她挥了挥手示意。

阿绯赶紧把头转过来不看他：好奇怪，这会儿她的心忽然又跳得很厉害，脸也忍不住地总是要笑似的，就像是一看到他，就要咧开嘴傻乐，心中的喜欢都溢出来。

距离那场"裂疆之夜"的政变已经过去了几个月，这几个月中，虢北发生的最大的一件事，就是大皇子仓皇逃离了皇都，带人往西部而去，原本属于大皇子的余党们不死心地追随。

鹰皇在临死之前，把皇位传给了二皇子。本来可以对大皇子进行追剿的，然而二皇子宽厚，就并未施行。谁知这样一拖下去，就像是春风吹野草，忽忽便又生，原本式微的大皇子的势力逐渐地又增强起来，也不知他是怎么做到的，西部的一些人居然联合起来，奉大皇子为皇。这让成为新皇的二皇子很是头疼。

可大皇子的势力毕竟不如从前，而且西部地方空旷，居住人群却少，于是虽然传来他称帝的消息，也让一些民心稍微地骚动了一下，可具体实际的影响：比如说大皇子率军进攻什么的，幸好还未产生。

这期间，阿绯便跟傅清明重新又回到普里小镇，把寄养在泰沙大叔家的南乡给领回来，包括那条死而复生的狗。真如泰沙大叔断言的，这条凶猛的猎犬死而复生之后，比之前更加的勇猛，有一次泰沙大叔的儿子班德带它出去，不巧就跟一只饿极了出来捕食的豹子对上，班德差点儿成了豹子嘴里的食物，多亏了这只猎犬挡在跟前，竟然把豹子给击退了，这只狗成了班德的救命之犬。

南乡为此非常骄傲。

因为大皇子没有当成皇帝，因此那次的征兵令也不曾施行，这些镇子的青年得以仍旧在家乡快活度日，也正是因为那次的征兵危机，让赫尔若跟嘉丝蜜彻底敞开了胸怀。危机过后，两个人十分珍惜天赐的机会，就正式地成了男女朋友，最近更是蜜里调油似的，两家已经开始张罗婚事。

而傅清明的真实身份，嘉丝蜜虽然知道，可是却从来不曾对任何人透露。因此当傅清明带着阿绯从皇都回来后，仍旧住在这里，此地距离大启的驻军地也并不远，方便他暗中往来……更何况南乡跟阿雷登等人也更熟悉，也渐渐地学会了

235

虢北话，比阿绯说得还流利。

　　傅清明跟阿绯在虢北度过了最严寒的时候，阿绯依旧是极懒散的，太冷的时候连门也不会出，只窝在火堆边上，把各种东西拿来烤。四个月后，腰身也都不似原来的黄蜂腰，脸儿也圆润了许多。

　　但傅清明却是极喜欢的，不管是白天晚上，只要两个人在一起，他就一定要抱着阿绯，手在她身上捏来捏去，然后捏了会儿，就必然会亲在一起，亲着亲着，却会擦出火来。

　　有一次赫尔若和嘉丝蜜来做客，被两个人那种旁若无人的亲昵惊呆了。

　　赫尔若忍不住脸红，吭吭哧哧地对嘉丝蜜说："不是说大启的人都很古板的吗……你看看他们，怎么比我们还……"

　　嘉丝蜜看着那两个嘴唇对着嘴唇的人，很气愤："喂喂，你们当我们是不存在的吗？"

　　阿绯懒懒地趴在傅清明怀中："那又怎么样……"说着，又搂着他的脖子，渴吻症似的又亲上他的下巴，亲了会儿，忽然又嘻嘻地笑起来，回头看着目瞪口呆的嘉丝蜜跟赫尔若："我知道了，我跟清明是夫妻，你们却还没成亲呢，可千万不要做坏事啊……"

　　嘉丝蜜以前那么泼辣，这会儿也红了脸，狠狠地瞪了赫尔若一眼："我要回家啦！"转身风风火火地出门去了，临出门之前又回头看傅清明，"你啊，真是看不出！"是啊，真是看不出，以前他们所认识的"赛恩斯"，沉默寡言，冰山似的，连人走近他身边都觉得冷飕飕的，谁能想到会有现在这样一幕呢？若非亲眼所见，是没有人相信的。

　　嘉丝蜜走后，赫尔若紧跟着离开，青年十分苦恼："唉，我要求家里把婚事提前。"

　　两人走后，傅清明抱着阿绯，低头又亲，亲着亲着，就把人压到床上："现在你是不是觉得当初我先把你娶进门是很明智之举？"

　　阿绯眼波荡漾地看着他："那当然啦，谁能比傅大将军更明智？"傅清明见她媚眼如丝，早就按捺不住："唉，你真是越来越坏了。"阿绯勾着他的脖子，任凭他吻着自己，从脸颊，一路温柔地往下……她半闭起眼睛，呢喃低语："我知道你是喜欢的……"

幸好南乡这会儿已经不"恋家"了，多半都跟阿雷登在一起，又或者是去求班德带他出去打猎。因此在虢北最严寒的这段日子里，属于阿绯的记忆，却总是很火热的……甚至让人想一想就浑身发热的那种。

开春的时候，皇都发生了一件事，害得傅清明不得不去解决，那就是新皇帝忽然遇刺了。凶手不出所料是大皇子派来的人，新皇帝对于这个逃亡的哥哥很是无奈，幸好傅清明早在他身边安下棋子，才不曾让他被刺杀身亡，不然的话他一死，大皇子就会顺理成章地回来继位，以前所做的一定都化为泡影。

傅清明一去半个月才回来，阿绯却并不担心，自从对他"失而复得"之后，阿绯觉得，除非是她自己放手，他绝对不会自己走掉或者消失。

只是他在的时候，习惯了总是耳鬓厮磨，如今他离开，晚上睡觉的时候都没有人可以抱，她又不愿意让南乡这个小鬼占便宜，而且南乡也更乐意跟班德或者阿雷登等人睡在一起。他自己说自己已经是男子汉了，急需去打猎证明，他羡慕阿雷登腰间的木匕首，自己也去捡了根树枝，像模像样地插在腰间伪装。

傅清明不在的日子，阿绯略觉寂寞。此刻见傅清明终于回来了，南乡先撒腿跑过去，一连栽了几个跟头，赶马的牧民见他来到，就停了说话，赶着马儿走到一边去。

傅清明将南乡抱起来，南乡欢乐无比，嗷嗷大叫。傅清明将他放下，又看阿绯。四目相对，阿绯忍不住，拔腿也冲他跑去。就在他的眼前，蓝天，白云，郁郁葱葱的绿草地，远处的山上还挂着皑皑的积雪，而就在从山岗上吹拂下来的春风里，她向着他极快地跑来。

这一瞬间，他仿佛又看到了十四岁的慕容绯，从走廊的尽头，带着纯粹明亮的笑容，如欢乐的风似的到了他身边。

阿绯见到了虢北的初春日，那样难得的、短暂的时光，却又那么的美好，令人陶醉而难忘。尤其是身边还有相爱的人陪伴。

天上吹来的风也不像是冬日那么寒冷刺骨了，而是一种能抚慰人心般的和煦春风，带着青草的香气，阿绯坐在草地上，抱着膝盖，看不远处白羊成群结队地慢慢走过，一只牧羊犬忠心耿耿地守在周围。

阿绯闭上眼睛，感觉风从脸颊边上吹过，头发丝在风里向后飘摇，耳畔能听到风打着旋发出的轻微响声，极快活似的，她都能感觉到。

"公主！"远处有人大叫，阿绯睁开眼睛，瞧见孙乔乔像只很能跳跃的兔子似的，向着这边极快地窜来，看得阿绯目瞪口呆，一边嘀咕孙乔乔毫无姿态，一边在心里羡慕嫉妒恨，觉得自己居然没这本事，少了一项炫耀的资本，实在可恨。阿绯斜着眼睛觑着孙乔乔跑到跟前，面无表情地将头转开一边，才说："干吗，大呼小叫的，成何体统。"

在普里住了小半年，不时有人叫她"公主"，最初当然是从南乡开始的，起初阿绯还觉得是不是会造成什么困扰，然而慢慢地却发现，不懂大启话的虢北人就算了，那些懂大启话、也明白"公主"两个字是什么意思的虢北人，也以迅雷不及掩耳之势接受了这个称呼。

或许在他们眼里觉得，这大概是个"昵称"，又或者这是大启的某个可以用作"名字"的词，而不管怎样，大家伙儿却都觉得这个很适合阿绯。因为一看到她那张对任何事物都隐隐地充满了挑剔的精致脸蛋儿，以及经常挑着小下巴睥睨人的姿态，活脱脱一个高傲而难伺候的"公主殿下"。当然，在看破她最初的冷淡高傲之后，大家都知道"公主"其实还是很单纯很好接近的，比如就算是她再心情不好，只要说一声"我家有烤好的红薯很甜"或者说点儿其他的她感兴趣的食物，她都会立刻心怀宽广不计前嫌的……

当然，对阿绯自己来说，比起公主，她更喜欢"瑞缇"这个名字。

孙乔乔嘻嘻一笑，坐在阿绯身边："公主，你坐在这里干什么，留神晒黑了。"

"是吗？"阿绯没想到会有这样一个隐患，"那你赶紧去找把伞给我撑着。"

孙乔乔更没想到会给自己找到一件差事干，赶紧转移话题："公主，我来是想跟你说，我跟轻侯要去虢北的皇都啦。"

"什么？"阿绯很是意外，一时就忘记了打伞，"为什么要去皇都，是有什么事儿吗？"

孙乔乔捧着腮说道："是刚才轻侯就这么跟我说的，是傅将军的意思……大概是因为最近皇帝遇刺，所以将军答应皇帝派两个高手前去保护着他吧。"

"没有别的高手了吗，非要你们去。"阿绯虽然觉得孙乔乔武功"比"她高强，人又有点傻所以常白眼她，但是一想到他们要离开，本能地又觉得舍不得。

孙乔乔说："是傅将军信任我们吧，但是这样也好，反正只要我跟轻侯在一起不管去哪都行。"

"笨蛋,"阿绯瞪向她,"那要保护多久?要是让你在皇都留一辈子,你也愿意?你家里的人呢?"

孙乔乔露出为难的表情:"我爹常常跟我说'忠孝不能两全',我跟轻侯去,也算是为国尽忠吧?"

阿绯忍不住又翻了个白眼。

孙乔乔看着她冷脸的样子,心里却暗暗地想:"我跟轻侯来到这里,好不容易让他对我好些了,没想到公主又出现了……而且上次在大皇子府遇险的时候,又是被她救了我,这样一来我又欠了她的情。以前轻侯就很喜欢公主,而且公主又长得这么美,万一轻侯重新又爱上她怎么办?还是去皇都比较好些,对了,公主说得对,傅将军肯定还有其他的高手可以用啊,为什么偏要让我跟轻侯去呢?难道说,傅将军跟我的心思是差不多的,也是怕轻侯跟公主……"

孙乔乔心中打着精细的小九九,一边就有点做贼心虚,尤其是想到堂堂的傅清明傅大将军居然也是像她一样暗中忌惮着"情敌",忍不住就生出一种同情情敌的感觉,——这件事大家都知道,只有阿绯完全不知,瞧她的样子,大概连步轻侯多喜欢她都不知吧。听步轻侯说,原本傅将军是很爱公主的,可惜公主以为自己不爱他,甚至经历政变后又被朱子偷偷地带出了皇宫,两个人也是经历了很多的分分合合,最后才好不容易走在一起……

孙乔乔忍不住又叹了口气:虽然是贵为公主,可是……这一种命运,究竟是一种福气,还是……正在孙乔乔胡思乱想的时候,"清明!"身边的阿绯忽然一下子站起来,然后冲着某个方向大力挥手,满脸的阳光灿烂。

孙乔乔被她吓了一跳,这会儿的公主,哪里还有先头的半分冷脸。孙乔乔回头,却见山脚下走来两人,一个是傅清明,另一个自是步轻侯。

孙乔乔一看步轻侯,也高兴地站起身来,然而阿绯已经先跑了过去,孙乔乔本也想闪身过去的,见状只好慢慢地在后面走。

孙乔乔看着阿绯一口气跑到傅清明跟前,然后跳起来,双手搂向他的脖子,而名震天下的傅大将军就张开手,将她顺势抱了个满怀,手在她腰间一搂,将人紧紧抱住。阿绯低头,就在傅清明脸上乱亲。光天化日,两人简直旁若无人。

步轻侯在一边伸手捂住眼睛,却又叉开手指,从指缝里肆无忌惮地观看,又不忘出言提醒："喂喂，你们好不好收敛点儿？我可是个纯洁的未婚处男啊。"

阿绯道："色狼，我都听不懂你说什么。"

步轻侯笑："哟哟，听不懂怎么还知道我是色狼？"

傅清明不理他："娘子，听不懂是最好的，他的身体或许还是纯洁的，可是心却早就不纯洁了，哪里像是娘子……"

阿绯说："你在夸我吗？"

傅清明在她鼻尖亲了下："是啊，娘子天下无双，无人可及，我夸得是不是太过分了些？"

阿绯勾住他的脖子，吻上他的唇："我觉得很合适，一点也不过分……"两人相拥着，重又腻在一起。

步轻侯大叫："我的眼要瞎啦！耳朵要聋了！浑身都是鸡皮疙瘩。"

孙乔乔走到他身边，笑着靠在他的肩头："就算真那样了，我也喜欢你。"

"还是乔乔好，"步轻侯受伤的心灵稍微安慰，望着孙乔乔微红的脸，恍然大悟，伸手试图捂住她的眼睛，"不许看！会被带坏了的。"

孙乔乔笑，透过他的指缝望着眼前，蓝天之下春风之中，阿绯赖在傅清明怀中，两人目光相对，就像是目光也在空中纠缠似的，那种甜蜜气场如许强大，就像是所有人都不存在，天地间只有他们两人一样。

孙乔乔看着看着，心想："或许，她……是幸运的吧……"她抬手握住步轻侯的手，回眸看见他带笑而俊朗的脸，心中又想："但不管如何，我感觉我也是很有福气且幸运的，因为我也找到了我的他。"似乎知道她在想什么，步轻侯反手握住了孙乔乔的手，冲她笑了笑。定下行程后，两天后步轻侯就跟孙乔乔往皇都出发了，临走之前孙乔乔重又鸡飞狗跳地来找阿绯，一脸惊慌。

阿绯见她张皇失措的模样，哼了声说："要走了吗？不用跟我道别，我最讨厌送人离开了，不过，你要是舍不得我的话，我可以跟傅清明说，让你们留下……"

阿绯自顾自说着，孙乔乔却道："不是的！公主，我、我……我刚才不留神说错了几句话，大概、大概会给你惹一点小小的麻烦……"她的声音越来越小，神情也十分畏缩，目光转动瞥着门口。

阿绯疑惑而警觉："一点点麻烦？什么？"

"就是……"孙乔乔听到外头劈里啪啦的脚步声，心头一跳，知道该来的已经来了，急忙说："很快你就知道了，公主……那个，轻侯在等我了，我不能耽搁，我现在就走了啊……以后我们有缘再见……不用送我了！"她嘴里说着，人已经闪身出了房门。

阿绯连叫数声，孙乔乔却又像是一只中了箭的兔子一样逃了个无影无踪。

阿绯疑惑之余恨道："没头没脑的冒失丫头，一天到晚跑来跑去，留神跌跤！"一句话说完，就听到外头远远地有人惨叫一声，不知如何。

"莫非给我说中了？"阿绯一喜，急忙跑出门看热闹，却见孙乔乔逃走的方向，傅清明正一脸疑惑表情地站在彼处，不知跟谁说："没事吧？"

有人含糊说了句什么，就没了声响，傅清明皱眉回头，他旁边的赫尔若说："这位姑娘撞得挺厉害的，真的没事？看她很慌张的样子，不知道怎么了。"

赫尔若说话声音很大，阿绯听得清楚，于是靠在门口哈哈大笑："谁叫你话也不说清楚，撞了你也活该……"

正在欢乐，却听到身旁有个声音稚嫩地响起："公主，我爹是不是我的亲爹？"阿绯正张口大笑，闻言嘴巴半天合不拢，低下头却见身边站着的居然是南乡，小家伙也不知何时出现的，正眼巴巴地看着她，双眼发红，好像有泪。

阿绯好不容易把嘴合上，舔了舔唇角问："你、你在说什么？怎么忽然……忽然这么问？"

南乡说道："我刚才在外面玩，听到孙姐姐跟步轻侯说起来，他们说……我其实不是爹的儿子……我进去问，他们就闪躲着不肯说，最后居然都跑了！公主，为什么会这样？你快告诉我，他们胡说的是不是？"小孩儿说着，嘴巴一扁，哭了起来。

阿绯这才明白过来方才孙乔乔是什么意思：惹了一点点麻烦……

阿绯觉得孙乔乔倒是挺聪明的，大概是跟着步轻侯，于是近朱者赤近墨者黑了。想当初在京城的时候，姓步的见势不妙，一个闪身来到了虢北，现在，又捅了一个娄子自己闪去皇都了。

阿绯深吸一口气，暗骂："好一对坏东西，以后不要让我遇到！"

南乡兀自眼巴巴地看着她，这时候傅清明跟赫尔若走了过来，傅清明问："怎么了？"

南乡见到他，顿时张开手扑上去，死死地抱住傅清明的腿，起初还只是落泪，这会儿就嚎啕大哭起来："爹，他们说我不是爹的亲生儿子，爹！你快告诉南乡，他们是胡说的！"

傅清明跟阿绯面面相觑，都有些担忧……其实他们知道，南乡的身世这件事其实是需要一个解决法子的，迟早都会面对。总不能让南乡长大了、一辈子以为自己是傅清明的儿子，这样不仅对南乡不公平，对……祯雪也是如此。

傅清明见状，就跟赫尔若说了句，赫尔若知道他们有事，就先走了。

阿绯拉住南乡的手："南乡，别哭了，我们进屋里说话。"

南乡抱着傅清明，死活不松手，傅清明说道："南乡，你不是说你已经是男子汉了吗，现在你是不是？"

南乡听了，果真就停了哭，抬头看他，泪眼蒙眬说："是。"

傅清明道："如果是男子汉，那就别哭，有什么事要有胆子面对。"

南乡一听，这不像是个安慰的口吻，又怕又急，顿时又要哭，傅清明说道："别哭！"

阿绯听他口吻严厉，有些不忍，刚要安慰南乡，傅清明冲她使了个眼色，阿绯只好忍住。傅清明说："你常常说你要去森林里打猎，要猎一头小熊回来是不是？"

这是南乡最感兴趣也是他最想做的事，忽然听傅清明这么说，就点头："是。"

傅清明说："那假如你忽然看到一只熊真的出现向你扑来，看起来很难打赢他，你会怎么做？"

南乡犹豫着，看看腰间带着的用来充当是剑的小木棍，又看看傅清明："爹……"

傅清明说："想逃走吗？"

南乡听了他淡漠的口吻，忽然之间觉得不知哪里来了一股气，用力挺了挺胸膛，大声说："不逃！跟它打！"

傅清明微微一笑："很好，这才有点志气。遇到了再可怕的敌人或者再难的事，你所想的若是退缩，那就是被它吓倒了，就算再难对付，也要有跟它相抗的勇气，知道吗？"

南乡竟听懂了："爹，我知道。"忽然间一怔，察觉自己又叫了一声"爹"，忍不住又涌出泪来。

傅清明拍拍他的肩膀，南乡才松开手，傅清明索性蹲下身子："接下来我要跟你说一件事，一件很重要的事，南乡，你有应付它的勇气吗？"

南乡这才知道傅清明方才说的是什么意思，小孩含泪点了点头："有。"

傅清明将他小脸上的泪擦去："这才是你爹的好孩子，也才不辜负你的出身。"

傅清明跟阿绯进屋，跟南乡把往事简单地说了一遍。当然，涉及风蝶梦的事，都是简略而过，只是说当初祯雪有一个很棘手的敌人，所以为了保护南乡，才让他暂时归在傅清明膝下。南乡听完了，几乎不敢相信自己是祯雪的儿子，好一阵都呆呆的，弄得阿绯很是担心。

傅清明说完之后，在靴子上一摸，摸出一把小小的木头匕首来，看了南乡一眼，就递了过来。南乡低头一看，又惊又喜，越发呆了，含泪看着傅清明："爹……这是给我的？"

傅清明说道："是我亲手做的。你知不知道真相都好，皇叔，公主，还有我，自始至终对你都是一个样，是不是我亲生的又有什么关系？"把匕首放在南乡的手中，"你若是喜欢，就留下，若是接受不了，就把它扔了吧。"

南乡听了这话，身子一颤，小手死命地握住那柄匕首，眼泪如泉一样涌出来。他跳起来重新抱住傅清明："我当然喜欢，爹……"小家伙流着泪，仰头又看傅清明，"可是……那我以后、还能叫你爹吗？"

傅清明听了这话，难得地露出笑容："只要你愿意就行，不过……以后你长大了，就是金枝玉叶的皇族，只怕你自己也不愿意再叫了也是有的。"

南乡大叫："我才不会那样，我会一辈子都认你是我爹的！"

阿绯在旁边一直看到现在才放心，同时对傅清明格外地另眼相看。只知道他打仗、谋划有一套，平常也不见他怎么对南乡上心，没想到居然这么会教导孩子……竟把难搞的南乡弄得服服帖帖的，要知道，南乡的身世向来是阿绯心头的一块儿大石，她不知道这件事什么时候会爆出来，更不知南乡会不会接受而她该怎么应对……没想到，竟这么轻松地就给解决了。

阿绯看南乡抱着傅清明，她也蹭过来，张手抱住他："清明……"想夸奖他几句，当着南乡的面可不能直说，就只望着他，眼神是含情脉脉的，不言而喻。

傅清明自是了然，趁着南乡低着头的工夫，就在她的嘴唇上轻轻地亲了口。阿绯脸上微热，却意犹未尽地又蹭回来，终于在他耳畔说："你好厉害……"

傅清明低低地耳语："哪里厉害啦？"

是夜，两人缠绵了良久，傅清明吻着阿绯的唇："宝贝，给我生个孩子吧？"阿绯懒懒道："不要，生孩子会疼，我觉得有南乡就够了。"傅清明笑，轻轻捏捏她的鼻子："南乡是祯雪的儿子啊，我们两个也生一个……一定像是你这样可爱。"

阿绯想了会儿，说道："我觉得世上有一个我这样的就行了，万一没我这么可爱，却比我的脾气还坏，那怎么办。"傅清明有些吃惊："你也知道你脾气坏？"阿绯嗤了声："我当然知道啦，不过我更可爱，而且这么美，脾气坏一点也没什么，怎么，你有意见吗？"

傅清明哈哈大笑，将她压住："我当然没有意见，在我眼里你什么都是好的，所以只要是你跟我生的，不管是脾气再坏的，我都会疼的。"阿绯说："不要以为你甜言蜜语两句我就答应啦。"傅清明吻住她的嘴："那我就不甜言蜜语啦，我……"他的手往下，轻而易举地拂开她的腿，逗引得她忍不住低吟出声。

这段日子最大的变化就是阿绯在床笫之事上已经不再像是以前那么抵触，甚至极为配合……

他爱死了她这种表情，半是天真半是沉溺，每次都勾得他欲罢不能，阿绯忍不住尖叫一声，傅清明俯身吻住她的嘴，缠绵低语："今晚上……就到你求饶为止……"阿绯听着他的声音，觉得自己要晕过去了。

虢北短暂的春夏交接的时候，嘉丝蜜跟赫尔若举办了一场婚礼，阿绯跟傅清明自然也被邀请参加了。阿绯头一次见识虢北的婚礼，觉得极为新奇，全程跟安吉利大婶坐在一块儿，闲着的时候就会抓一块肉吃。

南乡牵着大狗，威风凛凛地同几个孩子在门口走过，自从收养这只狗后，南乡给它想了很多名字却都不满意，无可奈何之下就来请示阿绯，阿绯想了会儿，说："就叫它将军吧，长得这么威风，又忠心，又会看家护院。"

南乡问："公主，你是在说我爹吗？"

阿绯哼道："怎么啦，这世上只有他一个人是当将军的吗？"说着，就唤那狗："将军，你说是吧？"那狗蒙公主青睐赐名，似乎也觉得十分高兴，扬起脖子"嗷"地答应了声，阿绯哈哈大笑。从此之后这只狗就叫"将军"了。

婚礼进行中，周遭是些请来的艺人吹拉弹唱，热闹非凡，据说晚上会更热闹。阿绯看了会儿，见每个人脸上都带着快活的笑，到处挂着彩色的绸带，显得喜气洋洋，阿绯目睹此景，不由地想到自己成亲的时候，当时只顾着赌气发怒去了，因此竟没有留心……而新婚记忆也更是不堪的。

阿绯想了会儿，就叹了口气，转头寻找傅清明，谁知找来找去都看不到人。阿绯便站起身走出门口，刚出门口，就听到犬吠的声音隐隐传来，接着，有个孩子极快地跑来，叫道："公主，南乡跟人打起来了！"

阿绯一听："什么？跟谁打起来了？"那孩子指指前头，阿绯提起裙子，撒腿就跑。

阿绯赶到现场，却见"将军"跟另一只体型巨大的狗咬在一块儿，犬吠声如雷似的震得人耳朵嗡嗡作响，一边上，南乡大声尖叫："将军，将军！"几个孩子见势不妙，多半都跑了，只有阿雷登跟另两个小孩儿还在。阿雷登比之先前长多了一岁，腰中的小匕首此刻就紧握在手中，踏前一步挡在南乡身侧。

跟"将军"对咬的那只狗，体型比"将军"大上一圈，长相也十分凶猛，此刻正咬着"将军"的脖子，发出令人害怕的咆哮声。就在南乡对面，有几个人哈哈大笑，其中一个青年得意地不停叫："咬死它，咬死它！这个叛徒！"

南乡心疼"将军"，终于忍不住，拔腿就要跑过去护着"将军"，阿绯见情形很危险，急忙把他拽住。阿雷登见阿绯来了，才离开南乡，跑到那青年面前："快叫它停下来，不然'将军'会死的！"

那青年皱眉瞪了一眼阿雷登，伸手用力一推他："滚开！你跟狗一样，也是吃里扒外的叛徒！也该死！"阿雷登毕竟小，竟被推在地上，南乡尖叫一声，冲过来扶他："你干什么打人！"

青年狞笑着上前："臭小子，大启人就该在大启好好地呆着，跑来这里干什么？"居然把南乡揪了起来，南乡双脚腾空，阿雷登跳起来："你快放下他！"那青年一把抓住阿雷登："不要来找死！"阿雷登低头，一口咬在他的手上，与此同时南乡拔出腰间的木匕首，用力刺向那青年脸上！

青年吃了一惊，赶紧扭头避开，木匕首划在他的脸颊上，火辣辣地疼，青年疼得大叫了声，手一颤，南乡掉在地上，阿雷登扶住他："你没事吧？"

两个孩子依偎在一起，青年脸上多了道血痕，手上还多了个齿痕，大气，叫道："你们还愣着干什么，把他们捉起来！"

这青年身边有七八个帮手，见状就涌上来，那青年正要叫嚣，却不料腿弯上一阵剧痛，青年"啊"地大叫了声，忙回头一看，却见身后站着个美貌的少女，手中握着一根长树枝，大概有小孩手腕粗，劈头盖脸地又打过来。

青年大怒："哪里来的疯婆子！"然而眼前树枝闪烁，他一时招架不住，就抱住头窜到旁边，几个同党见状，一时愣住，就没有去捉南乡跟阿雷登。

阿绯边打边骂道："你才是叛徒，虽然是人的模样，却长着畜生的心！连小孩也不放过，简直是人类的耻辱，你是畜生界里逃出来为祸人间的吗！"南乡本正惊慌，听到这里却忍不住噗嗤一笑。

那青年被打骂，气愤不已，拼着受了阿绯一下，用力把树枝捉住，又攥住阿绯手腕："臭女人，你找死！"

正在相持不下，忽然间青年的同党叫道："快、快看！不好了！"

几个人顺着他所指的看过去，都吓了一跳，却见不知什么时候，原本被压在身下似乎没有反抗能力的"将军"居然摇摇晃晃站起来，而在它旁边，那原本耀武扬威的大狗却倒在地上，低鸣着爬不起来。青年一看，变了脸色，失声叫道："达鲁！"这只狗是他的爱犬，可谓"身经百战"，"将军"上回就是给他咬败了的，因此他怎么也想不到居然会输在昔日的败将手下。

青年顾不上为难阿绯，扑过去抱住达鲁，见它似乎奄奄一息似的，怒道："我、我绝不会放过你们的！"

南乡跑过去，把"将军"抱住，阿绯回头一看，见"将军"也遍体鳞伤，气不打一处来，抓起那根树枝又冲上来："正好，我也不想放过你呢！"

那青年措手不及，又吃了几下，他的同伙见状急忙冲过来拦住阿绯。

幸好这会儿有人通知了婚礼上的人，赫尔若、班德等几个青年旋风般赶到，正好看到这一幕，纷纷大怒："不要脸！为什么欺负女人跟孩子！"

那青年起身，咆哮说："你们这伙穷鬼，居然敢跟我作对是吗？我让你们一个也没有好下场！"

阿绯被班德拦着，指着那青年骂道："你这混蛋，你自己来挑衅，引两只狗打,才差点把你的狗害死,现在又怪别人?你要是真的喜欢这只狗,开始的时候就不要放它来跟我们'将军'打!不然的话,就叫你知道什么叫'人不犯我我不犯人,人若犯我我必犯人'!"

青年见赫尔若身后人越来越多,气得变了脸色,让人抱着那只狗,转身走了。赫尔若就问阿绯:"他没欺负到你吗?"

阿绯说:"他敢。"把树枝扔在地上。

班德等人见没什么大事,就劝新郎赫尔若先回去。安吉利大婶帮忙,跟阿绯南乡把狗抱回了去,幸好"将军"伤得不重,但是南乡很是心疼,也没了再出去游玩的心思,只留下来照顾狗狗。阿雷登出去找了些吃的,又回来,说是要陪着他。

两个小孩在炕上吃东西,"将军"趴在旁边的毯子上闭目养神,南乡问:"为什么他说'将军'是叛徒,你也是?"

阿雷登说:"他的意思是我是虢北人,不应该跟你玩。他是库布老爷家的第三个儿子,'将军'以前是他们家的,所以说它是叛徒。"

南乡咬了一口肉:"可是当初'将军'快死了,他们把它扔到雪地里,就代表不要它了啊,是我救了'将军',它是属于我的,而且,虢北人怎么不应该跟我玩了,现在我们又不打仗?"

阿雷登点点头:"可是前一阵子大家都说会打仗,我看阿爹有时候忧心忡忡的,不知道以后会怎么样。"

南乡有点出神:"我们不会打仗吧?"

阿雷登说:"反正我是不会跟你打的。"

南乡抬手,在他肩头上按了一下:"你真是我的好兄弟。"

阿雷登说:"那当然啦。"拿出小刀割了一块嫩肉给南乡,"你吃!"

阿绯见他们两个相亲相爱,很宽慰,听他们说完了,才插嘴:"放心吧,大启跟虢北会一直都好好的。"

"是吗?"南乡瞪大眼睛,"公主你说的是真的啊?"

阿绯点头:"我保证。"

"为什么?"南乡问。

阿绯笑:"因为有你爹在啊。"

南乡也开始笑，就对阿雷登说："我们不会打仗的，我觉得大启跟虢北会一直很好，就像是我跟你一样。"阿雷登伸手，握住南乡的手，两个小孩儿你看着我，我看着你，不约而同地嘻嘻笑起来。

夜幕降临的时候傅清明才回来，阿绯当然知道他离开肯定是有要事的，可是白天的宴席不参加，晚上的却躲不开，新郎赫尔若亲自来请。南乡跟阿雷登两个靠着"将军"在说话，不愿意出去，阿绯就把院门拉上，跟傅清明一块儿去吃喜酒。

白天傅清明不在，阿绯只吃了点肉，也没喝酒，晚上仗着他在身边儿，她心里又高兴，安吉利大婶跟几个认识的女伴一劝，不知不觉地就喝多了。

傅清明跟一干虢北男人也是你来我往，幸而他酒量大，喝了十几碗依旧好端端的，只是双眸越发明亮，时不时地回头看一眼阿绯，见她坐在女人之中，喝得脸颊红红的，显得十分快活，也不似平日般高傲了，时不时地也会嚷嚷着劝人喝酒，他心里便也觉得高兴。

酒喝得差不多了，便有琴师开始弹奏欢快的乐曲，在场的男女老幼齐齐起身，于宽敞的院落中翩翩起舞，阿绯歪头看了会儿，便下了地，走到傅清明身边儿，把他拉住。傅清明又惊又笑："怎么了？"阿绯赖道："要你跟我跳舞。"傅清明哪里做过这个，正要笑推，谁知阿绯一下扑上来，手环住他的脖子，脚下就随着乐曲声蹦跶起来。

其实这舞蹈很简单，无非是男女相对，变幻着步伐地跳，随意跳自然也是可以的，然而傅清明"老成持重"，私下里跟阿绯再怎么耳鬓厮磨都无妨。虽然知道这些人不明自己身份，却到底也放不下那个身段来"蹦跶"。阿绯却不同，仗着三分酒力，且又高兴，蹦跶得像一只跳蚤，只是跳着跳着，眼前景物发花，不免就直接倒在了傅清明身上。

傅清明抱着她，正要带人回家，院子外一阵吵嚷，像是出了什么事儿，紧接着，便有一群人冲了进来，为首一人叫道："白天闹事的大启女子跟小孩在哪？交出来！"阿绯似醉非醉中，听到这里就睁开眼睛，蒙眬地看清楚面前仍是白天那个放狗的青年，阿绯一睁眼，挣扎着下地，双手握拳，跟跄着就要冲过去："你还敢来……"

傅清明急忙把她拉住，这会儿赫尔若的父亲上前，问发生何事，那青年说道："我们跟大启很快就要开战了，你们居然还窝藏大启的人！把他们交出来的话就算无事，若是不交，把你们所有人都抓起来！"婚礼上正是一片喜气洋洋，一听"开战"，却都炸了锅似的，男人心惊，女人害怕，气氛一时压抑。

寂静中，阿绯叫道："你不要胡说八道，谁跟你说要开战的？大启跟虢北友好着呢，你随口造谣，才该被抓起来！"

傅清明抱紧了她，在她脸上轻轻一亲："乖，别跟这种蠢人说。"

赫尔若走上前，在傅清明肩头一拍："不管是不是会开战，赛恩斯是我的好兄弟，还救过我们族人的命，我绝对不会对他动手，而且他的女人又没有犯事，你凭什么要捉人？难道是为了白天的事情？明明是你先放狗去挑衅的！你自己挑衅在先，难道不允许人家反击吗？"

那青年有备而来，早就准备如果这些"穷鬼"不肯妥协的话，就立刻动手捉人，就算打死几个也在所不惜，听赫尔若并不退让，反而振振有辞，而且赫尔若身边许多青年都用鄙视的眼神看自己，他恼羞成怒，就说道："你们这伙穷鬼，简直造反了，我看你们是要跟大启的人私通！统统抓起来！"

阿绯见他胡说八道，很是忍不住，傅清明轻声在她耳畔说道："别急。有人会对付他。"

阿绯正不明所以，傅清明话音刚落，就听到有个声音说："是谁在造反？让我看看。"说话间，门外哗啦啦地冲进大批身着红衣的侍卫，将现场所有人控制住，中间有个人负手大步走出来，十分年轻俊朗的一张脸，金色的头发上，戴着一顶镶满了钻石闪闪发亮的皇冠。在他身侧，右边是一个侍卫模样的，佩剑，身形苗条，左边却是个太监模样的人昂首说道："皇帝达远，威震，金昴尔陛下到！"虢北的皇帝登基，会在先皇帝的名字之中取一字，群臣再商议加冕中间一字，最后却才是自己的本名，因此才弄出现在这个模样。顿时之间，在场的所有人都跪了下去，除了阿绯跟傅清明，阿绯醉意上涌，笑道："金毛！你怎么来啦？"

傅清明咳嗽了声，扫了一眼金昴尔皇帝右边的那人，紧紧将阿绯搂入怀中，行礼道："见过皇帝陛下。"

昔日的二皇子，现在的金昴尔殿下抬手示意："朕只是偶然经过这里，大家不必拘束，请新人起身，婚礼照旧进行吧。"

赫尔若、嘉丝蜜以及他们的家人都惊呆了,懵懵懂懂地不敢起身,金昴尔又看向库布家的那青年:"虢北从来没有要跟大启开战,你却在这里散布谣言,你是什么居心?"

库布家的公子胆战心惊,没想到今晚上竟然如此倒霉:"陛、陛下,是以前……我哥哥回来征兵、明明说……"

金昴尔一愣,身边的宦官低声说道:"就是先前跟随大皇子殿下的弗机。"

金昴尔冷笑:"原来是弗机!弗机在朕的跟前痛哭流涕地忏悔,说征兵的举动是被大皇子逼迫才不得已而执行的。朕看在他为人还算诚实,就饶恕了他的罪过,不然的话,不仅是他,就连库布家,朕也要追究罪名!"

库布家的公子眼前发黑,没想到自己居然捅了这么一个娄子,上面的风向早就变化了,而他却仍痴痴地以为风继续往南吹。

叫人把这帮人拖出去,关入地方大牢,婚礼的乐声才重新奏起。然而毕竟有皇帝陛下在,大家都不敢太过分,金昴尔内心骚动,外表却还得保持皇帝的尊严,于是与民同乐了一会儿后,非常识相地退场了。

阿绯很喜欢他那一头金色的头发,但凡是靠近了,就想伸手揪,她没醉的时候并没有这样过分,金昴尔却不以为忤,倒是傅清明很过意不去,幸好阿绯吃了太多酒,连打了几个哈欠,倒在傅清明怀中便睡着了。

金昴尔趁着无人留意,偷偷跟傅清明说道:"你居然能够忍受她,实在是让我佩服。"

傅清明不动声色地回答:"其实这样也别有一番……"

站在金昴尔身旁的那年轻的侍卫听了,就暗暗咬牙。

金昴尔叹道:"当初我跟着使节团出使大启,是见过她的。那时候她还只有六七岁,长得真是漂亮,我都以为不是真人,那时候她还算温柔可亲,给我一些吃的……"

傅清明挑了挑眉:他不曾记得阿绯有什么"温柔可亲"的时候。

金昴尔又说:"我非常高兴,把那些东西全吃光了……当夜就肚子疼,腹泻了数日……真是悲惨的记忆。"

傅清明一头黑线,金昴尔却又兴高采烈起来:"还好就因为那次,她记住了我。"他似乎真的很高兴,举手把身前的一杯酒喝光。

傅清明表情复杂地看一眼阿绯，心想还是不要告诉金昴尔阿绯记住他，只是因为他这个独特的名字：金毛。

　　少年的皇帝叙了一番旧，就又感慨："我还要多谢你派了两个高手去保护我，我没有想到哥哥居然那么恨我，居然会想要置我于死地。"

　　傅清明说道："陛下以后还要多保重，不要随意再来这种地方了，对了，他们两人呢？怎么不见？"

　　金昴尔左右看了一番："刚才进门的时候还在，也许是他们两个暂时躲起来了。"

　　傅清明皱了皱眉，心道：莫非是步轻侯跟孙乔乔两人忙里偷闲，暂时躲开了吗？

　　傅清明一沉吟，金昴尔又说道："对了，我这次来，却不是特意为了玩的，怎么……没有人告诉你吗？"

　　傅清明正要问是什么事，金昴尔身旁的侍卫忽然压低声音说："我想跟他说两句话。"金昴尔噗嗤一笑，歪头看"他"一眼："好吧。"果真起身，要走的时候又把那壶酒给带上了。

　　那侍卫毫不客气地坐在金昴尔坐过的地方，同时把头顶的帽子摘下，顿时，一头金发出现在傅清明眼前，而傅清明苦笑，望着那人雪肤花貌的模样，低声道："多伦公主殿下，你怎么也出宫来啦？"

　　多伦哼了声，似笑非笑："傅大将军，我还以为你是言而有信的人，上次你让我在父皇面前说出大皇兄的恶行，我可是冒着生命危险。你明明答应我要跟我……为什么在房间里把我打晕了自己跑掉？"

　　傅清明看一眼怀中的阿绯，低声咳嗽："公主，你也该知道，要是大皇子继位了，以他猜忌多疑的心理，恐怕也容不下你的，所以你那么做其实也是为了你自己好。"

　　多伦脸上露出一副哀怨表情，倾身过来："我这次跟皇兄出来，就是想见你一面，你居然这么绝情地对待我，连一句情话也不说。"

　　傅清明忽然一阵紧张，生怕阿绯听到，虽然阿绯醉醺醺地睡着，大抵是听不见的。

　　多伦却又摆摆手："算啦，其实我有五六个情人，也不比你差……只是稍微有点不甘心而已，这种事是两厢情愿的，你不答应，我也没有办法……好啦，我去找皇兄进来吧。"

傅清明松了口气，正要赞美她两句，忽然间外头皇帝金昴尔跟班德匆匆进来，金昴尔说："这个人有紧急事。"

班德顾不上跟皇帝客套，一脸着急："赛恩斯，你家的孩子不见了，有人说看到他带着狗去了山林。"傅清明一听，脸色立变，心想南乡难道跟阿雷登去山中打猎了？这可无法耽搁，他即刻起身，顺手抱起阿绯。

多伦忽然轻轻咳嗽了一声，金昴尔眨眨眼，忙道："将军，你的事情要紧，不如你先去找人，我替你看着她，免得你两头担心。"

傅清明稍微一迟疑，心想入夜山林之中豺狼虎豹多，耽搁不得，就暂时把阿绯放下："那有劳陛下了。"

金昴尔笑眯眯说："我这里护卫多，你放心好了。"

傅清明即刻出门，有几个青年知道了，也打了火把出来，要帮着寻找。

傅清明本要直接进山林的，想了想，还是先回家了一趟，进门之后，果真见屋里空空如也，傅清明见没什么异样，急急出来，见到几个青年手持火把，要跟他一块儿入山，傅清明也未推辞，正要结伴前去，却听到遥远的夜色里响起激烈的犬吠声，声音却并非是在山林的方向。

傅清明驻足，皱眉看向犬吠所来的方向，然而黑夜深沉，自然是看不到什么的。而就在赫尔若家里的新房中，多伦公主看着床上醉着的阿绯，望着她红通通的脸颊，笑道："哼，傅清明，只有你会利用我吗，现在，我就把这个惊喜送给你，——只是不知道你会不会喜欢呢？"

黑暗中，有一人从门口缓缓进来，说道："多谢公主殿下配合，放心吧，他一定会喜欢的。"

灯光下，一人一身锦白暗花纹长袍，面容白皙如玉，长身而立，贵不可言。

同年，虢北大事记：大启祯王爷同金昴尔皇帝陛下在边境重镇"普里"秘密会面，签订了《普里和平协议》，在这份协议的约束之下，大启跟虢北一直维持着安定和平的局面，直至百年。

番外

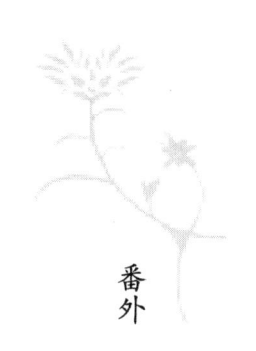

# 救姻缘

## 上

前面是一条分岔路。

此地距离虢北有近千里之遥了，站在这分叉口上，往右手边，可去大启皇都，往左手边，去的，是"新兴之境"，覆灭之后又渐渐兴盛起来的南溟。

据说最近大启朝廷对南溟遗民不再如先前那么仇视，甚至开始默许"新兴之境"的存在，容纳幸存下来而又愿意回归家园的南溟遗民。大启朝廷甚至特地委任官员管理新兴之境，而被委任的官员，正职的担任者一般都是正统的大启官员出身，然而身边的副手，却一定会是南溟遗民。

开始的时候，大家以为这只是个陷阱，是朝廷为了消灭遗民而施的一个新花招，但是，许多念旧的南溟遗民，年纪垂老，格外地想念故土，便纷纷地返回家乡，就算是死，也要死在故土上。然而令他们意外的是，眼前看到的，却是极为兴旺繁盛的新"南溟"，已经有很多南溟的百姓居住其中，虽然还混杂着一些大启人，可是双方相处得十分融洽，并无不睦。

消息逐渐散开，许许多多的南溟遗民听闻这个消息，先是试探，而后，是大批的遗民开始往新兴之境迁居，原本被废弃宛如鬼城的南溟故都，也逐渐地开始恢复旧日面貌，废墟上建造出一座座的新房子。

起初的唏嘘少了，而欢声笑语逐渐多了起来。

所安排的官员的能耐也逐渐显露了出来，南溟遗民多半心灵手巧，擅长各种精巧兵器的打造，另有一部分人，却在药物上有出色造诣。官员们根据具体情况，进行详细调查，最后在新都上设置了一个兵器司，跟新医馆。

这是两个极为敏感的部门，从最初的艰难摸索，顶着各种非议，到逐渐成形，然后形成规模……有许多人付出了超乎想象的代价。而自从默许南溟兴建旧都开始，朝堂上就已经风起云涌。原本有很多人默不作声，然而南溟是灭于大启之手，若是容他们东山再起，岂不又是大启的一大隐患？上回有一个傅清明，这一次……人人都说傅大将军人在虢北，但是暗中却有人开始传出流言，说是傅大将军已经被"奸人所害"，"死于非命"，而在这个节骨眼上容许南溟"死灰复燃"，这其中的干系……可想而知。对于许多人来说，这就好像在自己的身旁养着一条随时会咬人的毒蛇。但是，身为皇族中人，朝廷中除去傅大将军后最能一手遮天的祯王爷，却异常坚决地挡下了来自四面八方的大部分非议。

没有人知道祯王爷到底在想什么，为什么会默许南溟坐大。

幸好，渐渐复兴的南溟，并没有产生什么不良影响，朝中几名大臣暗中派了不少探子前往，却也找不到有什么不妥之处。所到之处人人安居乐业，就像是个世外桃源一般。

岔路的旁边，有个小茶馆，南来北往的客商闲着无事，自然要说些五湖四海的趣事。有人便说道："可曾听说？如今新兴之都之所以如此了得，是祯王爷一手推行的……南溟本来是大启的心头大患，如今却又来扶植，知道是为了什么吗？"

"我听说，祯王爷年少之时，跟一个南溟的女子相爱过，那女子深爱祯王爷，甚至为了他而殉情，我自皇都来，有人说，是祯王爷念着那女子，故而才想扶植南溟……"

"这这……说得好听点是情深，说得不好听点，这岂不是'红颜祸水'么？万一容南溟坐大……"

"咦，话不可这么说，此一时彼一时，我也听说，当初灭掉南溟，是因先皇被奸人挑拨……如今祯王爷不过是代先皇赎罪而已，何况南溟的人其实不难相处，我来来回回新兴之境几遭了，他们价钱公道，商品又优质，……而且姑娘们美貌而热情哦……"

"哈哈哈……"几人一起大笑，从忧国忧民的国事开始转向风月，果然是风月情事最让人放松了。

其中有一人说着说着，目光一转，看到旁边的桌上，那桌边坐着一人，身形魁梧，衣着简朴，背对着这一桌子的人，最令人吃惊的是，在他的腿边上，蹲着一只极大的狗，那狗的爪子大概有少年人的巴掌大，委实惊人。

那商人被那只狗的双眼一盯，竟有些害怕："哪里来的大狗？"

另一个商人看了一眼，说道："哟，居然是虢北的斗犬！没想到居然能翻山越岭出现在这里。"

"何为斗犬？"

"可别小看这种斗犬，它们性子烈且凶猛，放在山林，能搏狮虎的……"

"瞧您说的，我哪敢小看它，它这么蹲着，快赶上我站着了，是它小看我才是真的……"

"哈哈哈……"大家伙儿又笑起来。

傅清明听他们说完，在桌上丢下一角银子，便站起身，"将军"一声不吭地也跟着站起来，两人便往那岔路口上去。走到岔路上，傅清明欲往回皇都的路上走，"将军"却低低地呜了声，走到往"新兴之境"的那条路。傅清明站住脚，用疑惑的眼神看"将军"，向它招招手，想让它过来。"将军"默默地看了他一会儿，然后往那条路上一甩头，似乎是示意他跟着它走。

傅清明皱了皱眉，只好走过去，抓住"将军"的颈毛，连拖带拉把它拽回来。

茶摊上的几个客人都惊呆了，不知道这一人一狗在演什么哑剧，然而这还没完，当那身材高大的男人把斗犬拉到去大启京城的路之时，那狗忽然以迅雷不及掩耳之势转回来，疯狂地跑向另一条路。而那男人站住脚，似乎气得浑身发抖，然而过了会儿后，还是也跟着冲向了去"新兴之境"那条路。而那只斗犬也并没有如开始时候跑得那么快，只是距离男人四五步的距离，居然在回头盯着男人，一直看到他跟了过来，才满意地昂头又继续往前走。

茶摊上众位客人齐齐目送一人一狗一起往"新兴之境"的路上走去，捏在掌心的茶都忘了喝。

隔了会儿，几个人才又开始纷纷说笑：

"奇特……"

"有意思……"

有人恍然："原来是南溟的人……"

他身侧一位后知后觉地也恍然："怪不得那么奇怪，那条狗倒是听话，咦，要是我们行商的养上这么一条狗，这来往走路，也不用请保镖了。"

"说起来最近天下倒是太平了许多，以前咱们哪敢就随意这么走呢……啊，还是祯王爷的功劳。"

有人点头附和："但是，天下虽然太平，却有个地方不是很太平，怎么，你们都没听说？最近皇上不是要张罗着另立新皇后了吗？"

"对了，先前的皇后似乎是得病身亡了，新皇后是哪家大臣的？"

"听闻是士族唐家的……据说才进宫不到一年呢，啧啧，这位唐家的娘娘，必然有着过人之处啊！才让咱们陛下没了先皇后，就又迫不及待要立新后……"

"哈哈哈……"又是一阵欢快的笑声，虽然说的是不宜的话题，但仗着是在这三不管的荒郊野地里，又无耳目，大家姑妄言之，姑妄听之，最后一笑了之，是以百无禁忌，格外放松。

新兴之境，皇城。

新建的宫殿带着泥土的气息，宏伟的宫殿就像是刚从地底下钻出来的一样。殿前的墙根还有些杂草并未铲除，有几棵竹子随风飘摇。因刚下过雨，天空飘着几朵淡淡的阴云，空气格外清新，光线略暗，环境也显得十分优雅。

然后，自一座宫殿里传出一个声嘶力竭的声音，叫道："猪肉夹生！你到底要干什么！"阿绯拍着栏杆，张嘴大叫，嘴巴大大地张开，以至于眼睛都紧紧地闭起来，她冲着栏杆外大声吼叫，似乎在效仿河东狮吼，全无形象。

伺候着的宫女们纷纷败退。有人一边逃一边碎碎念："啊，又来了又来了……真准时，快点去请皇叔……"

"方才我躲在西角门边看，皇叔已经来了，这会儿怕要进殿了……更加准时……"说曹操曹操就到，众宫女便看到那身影不疾不徐地出现在视线之中，宫女们纷纷露出温柔谦恭之色:"参见皇叔。"

"都退下吧。"淡淡一声,宫女们无声退下,心中恋恋不舍,恨不得留下来多看皇叔几眼。殿内外一时又清静了,阿绯站在栏杆前,深吸一口气,正要再叫:"猪……"

忽然间听到下面一个静静的声音说道:"我整天没有好东西给你吃么?你总是叫猪肉夹生的,会让人以为我薄待了你。"

阿绯正提了一口气要吼,乍然间被他堵了回来,一时咳嗽不停。

朱子在下面看了她一会儿,叹了口气,顺着旁边的楼梯拾级而上。

阿绯回过身来,看了朱子一眼,忽然又痛苦地跺跺脚,重新回过身伸手捂住眼睛:"不能看不能看!"

朱子幽幽一叹:"还是会把我当成皇叔吗?那下次来,我戴面具好不好?"

"更加不好!"阿绯大叫,"你这不是自欺欺人吗?"

"你才是自欺欺人,"朱子走到她的身边,"明明知道我是谁,却被这张脸所困……过不了心中这关。"

"这张脸不是别人,是皇叔,皇叔啊!你、你……"阿绯气起来,她一怒,就很容易说不出话,当下默默地扭头,走到角落里抱膝蹲下。

朱子并不恼,慢慢地走到她身边:"别生气了,我向你赔不是好不好?"

阿绯不看他,也是一副不为所动的样子:"你把我弄来这里,为什么?"

朱子看了她一会儿,竟也跟着蹲下,他抬手,摸摸她垂落在地上的长发,小心地挽在自己的掌心里:"我……一直都有一个梦想,当初小时候在大启皇宫为质子的时候……"

阿绯目光一动,听他说道:"我看着你,就想,要是有一天,我能带着你回到南溟,那该是我平生最美的梦了。"

阿绯身子抖了抖,想站起身来离开,却又做不到。朱子的声音越发温柔:"现在,你看,我的梦……实现了。"

阿绯语塞,朱子望着她,目光一片柔和,也柔声说:"阿绯,留在这里好不好?跟我一块儿,就把这里当成是妙村一样。"

阿绯大叫:"不可能的!"

"为什么?"朱子皱眉,"是因为……傅清明吗?"

阿绯听着他的声音，忽然间有些心头发冷："你想干什么？你是不是……不行，你不准对傅清明不利！"她顾不上其他，抬头盯着他，叫道，"你要是敢对他下手，我不会放过你的，死也不会！"

朱子的眼睛有些发红，阿绯叫完了，也看到了他眼底的一抹悲伤。朱子踏前一步："你现在……这么喜欢他了？"

阿绯身子抖着，怕说出来反而刺激了他，可是心里却又有万语千言想要奔涌而出，终于她说："是啊，我喜欢他，不是那种被抹去了记忆后的喜欢，不是那种什么也不知道就生出来的喜欢。我自始至终都喜欢他……我起初那么针对他，也是因为喜欢他。当初他回来，跟皇叔站在一起的时候，我那么着急跑过去，一来是为了看到皇叔，二来，大概就是为了他，我很好奇傅清明是什么模样的，很想看看他是什么人……可是大概我自己都没有发觉，不，或许是我发觉了，我发觉了我喜欢他，所以我很害怕，我从来没有喜欢过人，除了皇叔……"

朱子双手握紧："你、你……"

阿绯说道："你为什么喜欢我？大概也是没有理由的，可是我对傅清明，从一开始什么都不知道，到确定了我是喜欢他的……我从王府逃出来后，全是因为想着能找到他才能坚持下去的。我平生只能这么去喜欢一个人了，再多一个人也不行……我、我知道你对我好，你也真的爱我，可是我……我……我已经没有办法再爱上别的人了，因为我的心已经给了他，就再也不能给别人了，你知道吗？"

朱子闭上眼睛，眼角有泪光沁出："怎么……可以……"

阿绯抬手在唇角擦过，无意识地张嘴咬了咬指甲："你别针对他，我求你了，不仅是为了我，还为了大启……"

"大启不会有事，我已经跟虢北定下盟约了。"他淡淡地说，"而且'兔死狗烹，鸟尽弓藏'，傅清明，已经……"

"不许，不许不许！"阿绯大叫，眼泪极快涌出来，"我已经没了皇叔，你不能再让我没了他，好，你要是敢伤害他，我……我就从这里跳下去！"

朱子皱眉，阿绯生怕他不信，一口气跑到栏杆边上。朱子望着她："这里只是二层楼，跳下去也不会死。"

阿绯呆了呆，探头一看，明明像是更高的样子……还没有反应过来，身边已经多了一个人，朱子极快地闪身过来，揽住她的腰："我不许你死，你就绝对不会有事。"

阿绯气道："好啊，你有能耐看我一辈子啊。"

朱子笑了笑，在她脸颊上亲了口："我是想如此的。"

阿绯望着他温柔的笑脸，头忽然剧烈地疼了起来。朱子似看出她的难受："你要是安心跟着我，我是不会为难傅清明的。"

"他一定会来找我的。"阿绯垂眸，有些伤感，又有些欣慰。

朱子亲吻她的脸颊："他不会得手的，你信不信？"

阿绯木讷如雕像，过了会儿，忽然想起一件事："对了，风蝶梦呢？"

朱子眉头又是一皱："死了。"

阿绯吃了一惊，失声叫道："你杀了她？"

朱子摇头："不是，是她自杀了……"

阿绯瞪大眼睛，有些不信，朱子略有些黯然，将事情略说了一遍，阿绯一直瞪着他，眼中的泪大颗大颗地落下来。

"怎么哭了。"朱子怜惜地看着，伸手替她将泪擦去，"为了她而哭？"

"我不知道……"阿绯喃喃地，只不过……想起风蝶梦的样子，想到她曾经的所为，再想到这个结局，心中就好像极为难受，酸酸的，忍不住。

朱子沉默片刻，终于说："是她自己选的这个结局，她本来……不必如此的……或许对她来说，这世上已经没什么可留恋的。"他忽然紧紧地咬着嘴唇，不再说下去。

阿绯吸了吸鼻子："是吗？哦，对……是的，皇叔、皇叔已经不在了。"

朱子绷着脸，明白她已经知道了，或许，从他决定说那个善意的谎言开始，这个人就已经看透了，可是，她也很善意地决定相信，因为相信，才有希望。

"皇叔不在了，不在了！"阿绯终于说出这句话，当着……跟皇叔一模一样的朱子。她说着，看一眼朱子，眼泪汹涌而出，他的样子就变得模糊，看起来就好像祯雪浸没在一片的泪海之中，那形象逐渐虚无，然后随着泪海渐多而越发遥远，要彻底离她而去。

"皇叔……"阿绯终于忍不住，失控地嚎啕起来。

她迟来的无限心痛跟深深悼念，她迟来的为了年少时候最爱最爱的那个人……她曾经以为世上只有他深爱她，而她一辈子也不会离开他，可是却仍得无可奈何地接受他的离开，永远的离开。

"皇叔……皇叔你回来……"阿绯大叫着，泪落如雨。朱子默然看着，然后伸手将她拥入怀中，阿绯大力抱着他，哭得停不下来。似乎过了很久很久，阿绯的哭声渐渐地小了，但身体却仍旧颤抖，最后，她的颤抖也停了，朱子却觉得异样。他低头一看，阿绯脸色雪白，双眸紧闭，她竟哭得晕了过去。

朱子望着她晕厥之后仍带倦色的脸，此刻他心中也不知道自己究竟要做什么了，义无反顾地找到她的所在，不顾一切地设计将人带回来，结果……两人之间还是什么也没有改变，她还是这样地不肯接受他，而他也始终求之不得。

朱子知道，阻碍他跟阿绯之间的其实并不只是皇叔的这张脸……对于这张脸，他其实也并没有埋怨什么。当初是他所选的这条路，下决心之前他也考虑过此后种种，包括他跟阿绯之间绝不会像是以前那样了，但就算没有这张跟皇叔一样的脸，阿绯难道还会转回头来爱他，如在妙村一般十足心意地叫他"相公"，毫无半分怀疑地依赖着他？不，再不可得了。——傅清明。

朱子想来想去，觉得所有的症结都在傅清明的身上。倘若没有他，当初阿绯就不用下嫁。倘若没有他，就不会有那场宫变；倘若没有他，他或许就带着阿绯一直安稳地生活在妙村；倘若没有他……没有他……阿绯或许就不会爱上其他人……或许……就会爱上他朱子迦生！

朱子越想越是愤怒，以至于听手下来报傅清明出现在了新兴之境的时候，他竟有种迫不及待想要跟他相见的感觉，是的，他跟傅清明之间，必须有一个了结，必须有个面对面的交锋，他们两人之间，非要死一个才能行，不死，不休。

这一天，南溟新都上空笼罩着淡色的阴云，南溟的天气就是如此，若是夏季的话，一个月足足倒有十五天是阴雨绵绵的。但是这雨是多情的，惆怅的，默然无声的，而非是单纯令人憋闷的，坐在屋里，看着光影明明灭灭，听着窗外细雨沙沙落下，像是一种享受。

新都的龙神门前，是极大的一片空地，此地还有一个大殿待修，经过那场浩劫，只有龙神大门仍然威武矗立，上面的龙首雕像栩栩如生，于阴云的天空下昂首待飞似的。傅清明迈步往前，"将军"随行旁边，一人一兽，在如此诡异的天色映衬下，在如此古雅的环境之中，就仿佛是从神话传说中走出来的……

大殿之前，原本是一座灵珠塔，塔顶半毁，半毁的塔上站着一人，白衣如雪，一双眸子冷冷清清，俯视众生似的看下来。

他不知在这里等了多久，长发之上，沾着丝丝雨雾。

然而傅清明却是自绵软细雨中一路走来，眉眼越发鲜明，目光坚毅沉静，他的头发已经全湿了，一缕发丝贴在脸颊上，滴着水，滑入结实的胸前衣襟里。

傅清明站住脚："朱子。"

灵珠塔上的人淡淡说道："傅清明，你不该来，但你还是来了。"

傅清明说道："你知道我会来的，不是吗？阿绯呢？"

"你不必问她，"朱子双手负在身后，踏前一步，"你也没有资格问她，她是我的，以后只有我可以照顾她，接近她。"

傅清明双眸之中浮现怒意："你以祯雪的脸来换取我的信任，我看在同祯雪昔日情分上，又怕让阿绯伤心，故而步步退让。你顺利一手遮天，我不出声，你利用阿绯置我于死地，害她自责到如今，时常从噩梦中哭醒过来，也就算了！你又不由分说地把她从我身边带走……再次害她伤心，我答应过阿绯，我跟你之间并非要你死我活，我想容一线，也让阿绯不至于难过，可是你……朱子！你得到了你想要的一切，你的南溟之梦也正在一步一步地成真，你知不知道你现在所做的，都是在自毁长城！你真的什么都不在乎，只想要一个玉石俱焚吗？"

朱子高高在上，傅清明稳稳站在地上，然而他所说的，一字一句，却像是狠狠的鞭子，一下一下打在朱子的身上："够了！你就是我的仇敌，我的克星，你害了南溟，夺了阿绯！你还来说我？一切都是你造成的！"他的双眸几乎喷出火来，双臂一振，从灵珠塔上跃了下来，"你为什么不死？你为什么还活着？你若死了，阿绯就只会喜欢我！"

"你该庆幸我没有死，不然她永远不会原谅你，也永远不会原谅自己。"一边伸手对上朱子的出招，一边沉静说着，傅清明道，"阿绯过去受的苦已经够多了，不要再为难她，更不要再玩弄她！"

"我没有！"朱子的怒气已经被调至顶端，招数如暴风骤雨般向傅清明袭来。

"有没有，你自己难道不知道？有一句话叫做'玩火自焚'，南溟的蛊毒的确厉害，但是，善泳者死于水！朱子，你不要再害人害己了！有一件事你要明白，倘若你有个三长两短，阿绯也是不会开心的！"一句话，掷地有声，而朱子已经无法控制自己，他的双眼逐渐发红，是一种滴血似的殷红，大喝一声，一掌击出。

傅清明把心一横，同样一掌拍出，两人的掌力都有排山倒海之功，刹那间，两股巨大的气劲相撞，地面的乱石蹦飞，泄露的气劲斜飞出去，旁边的大树仿佛被暴风吹动一样，往后刷地倾倒过去，满树绿叶刷啦啦地飘落。

两人使出最大的一招，各自暂时停手，朱子绾发的金冠跌落，满头青丝纷纷扬扬披在肩头，他的脸色雪白，眼中的血红却变得略浅了一些。

傅清明却只是倒退一步，静观其变，忽然之间听得旁边的"将军"低低咆哮了声，傅清明一皱眉，望见自里头飞跑出一人来，走到朱子跟前低语了一句。

傅清明侧耳细听，隐约听得一声"公主"，就见到朱子神情巨变，他一言不发，转身拔足狂奔。傅清明心头一震，似预感到什么，急忙也飞身跟上，奇怪的是朱子居然并未阻拦。两人几乎是同时跃入了新殿，却见伺候阿绯的宫女们齐刷刷无声跪了一地，无人说什么，隐隐地，却似有啜泣的声音……

朱子无法相信，急急掠入里头，傅清明茫茫然跟随，踏入内殿的瞬间，看到朱子坐在一面榻前，正抱住了阿绯。

傅清明一眼看去，整个人灵魂出窍。阿绯躺在那里，动也不动，以傅清明的经验，当然能分辨活人跟死人之间的区别，而现在在他眼里，阿绯就是个死人。

傅清明知道这不可能，但是眼睛不会欺骗他，经验也不会欺骗他，他甚至不需要走近了仔细观察，就知道他的判断没错。可是，就算所有的都在指明这一点，傅清明只是想：这，怎么可能。他想上前去看，又不敢上前，只要不上前去看，或许，他这一眼就可能出了错，是他看错了，阿绯……没有事，更加不会死。他只有一线游丝般的希望。

于是傅清明站在原地，像是一道柱子似的，眼睁睁地看着朱子抱着阿绯，眼睁睁地看着那个男人流露出跟他不相上下的恐惧跟悲伤，眼睁睁地看着他的眼中落下泪来，眼睁睁地看他似乎想说什么可偏偏喉咙里发出的只是嘶哑的声音。

这一刻，傅清明无恨，他忽然觉得很可怜，朱子，很可怜。

他忽然记起很久之前自己从南溟带回来的那个小孩，有着一双极明澈的眼睛，眼圈却总是红的，就好像眼睛永远都带着泪。

朱子从小就没了一切，原本他该拥有一切，可是偏偏什么都是空。

就算是现在也一样，他看似得到了一切，大启，以及新兴的南溟，但是因为他丢了他想要的这个人，于是，他赢也是输。

傅清明看着朱子抱紧阿绯，他的泪打在她的脸颊上，身上，他无声地嚎啕着。然后，他抬起手来，毫不犹豫，又快又狠地一掌拍向自己的天灵盖。

## 下

皇后唐妙棋痛苦极了，她觉得自己简直是"天煞孤星"。当初看准了傅清明，结果傅某人如冰山一般，差点把她撞得头破血流，幸好她自诩也非寻常女子，依然悬崖勒马回头是岸，才没有在傅清明这棵大树上吊死。结果她转战宫廷，想要在宫斗之中平步青云，起初倒也是一帆风顺的……一直到她用了点儿方法铲除了皇后之后，爬上了凤位的唐姑娘在接受后宫三千佳丽膜拜的同时，只有一个念头：高处不胜寒。

渐渐地，这种貌似圆满之下的败絮一点点漏了出来，先是慕容善似乎有点厌烦她的床上一百零八式了。毕竟，再美的面孔看久了也会有点麻木，而周围还有那么多新鲜的花朵可供随意采撷，天生风流的慕容善像是一只永不知满足的花蝴蝶，东边飞，西边停，结果飞来飞去，被一颗红丸堵住了喉咙，七窍流血，龙去归天。

唐妙棋非常悲伤，嚎啕出声，这自然不是为了短命的皇帝慕容善，而是为了她自己。

唐姑娘悲伤逆流成河，心想："老娘才做了几天的皇后，你他妈就不知道节制点……"要不是众目睽睽且有诛九族的嫌疑，一定要把慕容善从棺材里挖出来鞭尸。

唐妙棋不是没有做过当"女皇"的梦，可惜她到底是有自知之明的。

尤其是被红绫女打了一巴掌之后。

那女人恶毒地骂她："不要太把自己当回事儿了，在我们主公的眼里，捏死你如捏死一只蚂蚁，如果不想去皇陵陪葬，就老老实实地呆在宫里当摆设吧！"

唐妙棋也算是会几招武功的，起初又心高气傲，很想跟红绫女比画比画，只可惜她那几招在身为南溟第一美女高手的红绫女眼中完全不够看，何况红绫女浑身还有那么多足以让人后悔来到世上的蛊毒。果真，她的忍气吞声是对的。在红绫女离开之前，又冷笑着看了唐妙棋一眼："好好想想，你毒死皇后的药是从哪里来的，别以为你所做的真没有人知道。"

大太阳底下，唐妙棋一身冷汗：一直到走到这一步她才开始后悔，或许她从一开始的选择就是错的，她以为自己距离所要的越来越近，费尽心机才得到，谁知或许是别人早就安排好要给她的……她，横竖也不过是别人手中的一颗棋子而已。

回想往事，如一场大梦。难道真要在宫里当一辈子的皇太后摆设？在慕容善驾崩之后不久，原本被忽视的六皇子连昇忽然被推到了风口浪尖上，有人提议六皇子应该立刻承继皇位。但立刻有人提出反对意见：因为六皇子是个哑巴。而且六皇子连昇自己也表示说自己无法接受皇位。

"去他妈的皇宫，去他妈的死鬼皇帝，去他妈的皇后娘娘……"唐妙棋背着包袱，身着一身太监衣裳，站在皇宫的西华门前，语无伦次地把自己也骂了进去，然后觉得字字血泪，"我再也不想回到这个破地方了，再见吧你们！"

她盼了很久，才盼到那个煞星红绫女忽然神奇地不见了，唐妙棋立刻抓住机会，当机立断地逃出了皇宫。包袱里有几件细软，都是在宫里收集来的绝世宝贝，有金银财宝傍身，想想看还是外面的生活自由，老娘不跟你们玩了。正当唐妙棋要念出那句千古名句"天高任鸟飞海阔凭鱼跃"的时候，眼前忽然出现一张皮笑肉不笑的老脸，皮公公阴晴不定地瞧着她："皇后娘娘，您这是要去哪啊？"

唐妙棋后退一步，身后却已经多了两个宫廷侍卫，还不等她反抗，就已经被点了穴道。

皮公公吹吹手指上的灰，漫不经心道："皇宫是你们家啊，你高兴了就进来玩玩儿，不高兴了就说走就走？真清闲，当我们这些皇家奴才也都是白吃干饭的呢。不瞒你说，唐家老夫人早就跟我说好了，让我费心盯着点儿，说他们家这姑娘不是个省心的主儿，别让你作出什么破格丢人的事儿来，果然竟给她猜中了，这弃宫而逃，可不是大罪？"把手指头揣进袖子里，皮公公看看天色，随口又道："是了，若说这皇宫是她家，爱来就来爱走就走的，倒的确是有这么个人，只可惜你没那福分……愣着干什么，回宫了，眼瞅着要下雨了。"

唐妙棋瞪大眼睛，眼前却一片黑暗。几乎与此同时，有一辆马车从城门处缓缓驶入。车上有个清脆的声音说道："哈哈，我终于回来啦，六哥看到我，一定很高兴！"另一个声音懒懒地说道："你消停点，我要被你烦死了，你别把你六哥也烦死。"

"怎么会呢，六哥最疼我了！"那声音叫道，"嗷嗷，我终于回来啦！"

忽然间有另一个声音沉沉道："不许吵。"只一声，聒噪的童音即刻悄无声息了。

马车一路往前，渐渐地居然行到了祯王府前，早有人先入内通报，祯王府的书房里头，许多臣子挤在此处，有人便劝六王爷答应继位，然而六王爷始终闭口不言，大家都知道他是个哑巴，只要他点一下头就是了，但六王爷也不点头，一副平静似水的模样。

一直到随从进来通报了声，平静似水的六王爷忽然间就浪潮汹涌似的，起身从大臣们中间挤出一条路来，夺门而出，大有逃之夭夭之态。

大臣们一看，即刻追上。一行人在门口会师了。

连昇跳出来的瞬间，先看到地上有个半人高的小童，那小童一看他，顿时叫嚷着扑上来："六哥！六哥！"用力扑入连昇怀中，将他抱住。而就在身后马车上，一名身材高大的男子抱着一人转过身来。刚出王府门口的大臣们都惊呆了，有人看着那小孩儿，叫道："啊，是将军府的小公子啊……"

但多数人的目光却看向马车边的两人，有人失声惊叫："傅将军！"

都是朝臣，千万风浪里历练出来的，大家的反应都很快，一窝蜂似的涌上来："傅将军，好久不见，下官心中甚是牵念！傅将军在虢北可好？"

"将军，竟清瘦了许多！可见必然是军机繁忙！将军为国为民，可敬可佩！下官一直以将军为楷模，见将军顺利归来，心中不胜宽慰！"

傅清明咳嗽了声，大家伙儿神奇地住了口，傅清明道："我刚回来，想先休息片刻，知道大家有诸多事情，但留在明天再说可否？"

群臣见他风尘仆仆，又瞧见他怀中抱着的是谁，都心领神会，哪个敢不听从，于是纷纷拱手作揖，告辞而去。

连昇跟南乡久别重逢，十分亲热，两人在外间凑在一起，南乡唧唧喳喳，连说带比画地说个不停。

傅清明抱着人入了内室，怀中的人才闷闷道："你怎么不带我回将军府，来这里做什么啊？"

傅清明温声道:"连昇在此处,而且我知道你也是想念这里的。"

他怀中的人叹了口气:"我想念的不是这里,而是这里的人,现在人都不会回来了,我……还想他干什么。"说着,便解开遮着头脸的纱巾,露出一张略见苍白的脸来,虽然神态略见疲惫,又有些瘦了,但的确是阿绯无疑。

傅清明轻轻抚过阿绯的脸,爱惜道:"你若不喜欢,我就立刻叫人准备车马,我们回将军府吧。"

阿绯握住他的手:"不必了,就像是你说的,也累了,就暂时歇息吧,明儿再去也不迟。"

傅清明俯身,在她唇上轻轻亲了口:"我听娘子的。"

阿绯莞尔一笑:"你还不去沐浴更衣?"傅清明犹豫:"不然,我跟你一块儿洗……"阿绯笑道:"坏蛋,你又在想什么?放心,我不会有事的。"傅清明望着她,眼圈发红,过了一会儿,才叹了声:"你、你会把我吓死的,以后不许再那样了。"

阿绯仍笑:"你逼我说了多少次了,真的不会那样了。何况,风蝶梦当初只给了我那一颗药,我也不知道吃了会那样儿……我就是见你们两个打起来了,好着急,想来想去没有法子,而那些毕竟是因为我而起,伤了你们哪一个,都是我的罪孽,我就想到她给我的这东西。她说,走投无路的时候就吃了它,我、我就死马当活马医了。"

傅清明心有余悸:"这风蝶梦果真不愧是南溟之人,行事如此诡异!也不告诉你这药是假死之药,倘若当时朱子他举手……自戕,我来不及拦阻,岂不是白白送了他一条命?又或者我们两个任何一人,立刻把你葬了,这不是假死也成了真的?"

阿绯眨了眨眼,想想也的确有道理,然而却只是笑:"看你紧张的模样,我这不是没事吗?所以说这药还是有用的,唯一有些不好的是……"

阿绯欲言又止,傅清明却已经明白,傅清明一方面有些惊怕,觉得风蝶梦这一招委实太过邪门,另一方面,却也不得不承认,这一招置之死地而后生,的确有用。比如……对朱子来说。

阿绯的这一次假死,竟让朱子选择了放手,这在他们看来是极不可思议的事,好事。

傅清明思忖，或许，经历了这件痛彻心扉的事，朱子当时甚至都选择了自戕，他是真的爱着阿绯的，就像是傅清明自己对阿绯的感情是一样的。而傅清明比他幸运的是，阿绯也爱着他。或许……正是因为阿绯的"死而复生"，让朱子也明白了"失而复得"的道理。

人生自是有情痴，此恨不关风与月。

傅清明抱住阿绯，贪恋无限地在她耳畔轻吻："宝贝……我何其幸运，让你爱上我。"

阿绯享受着他的吻，道："当然了，因为我慧眼独具……"

傅清明笑着表示赞同。

一个月过后，南乡恢复"慕容"姓，认祖归宗，昭告天下，群臣才知南乡是祯雪骨血。国不可一日无君，六王爷连昇不肯继位，众人在确认南乡血脉之后，便理所当然将小家伙推上了皇位，连昇辅政。而就在小皇帝登基的头一天，所谓不会开口说话的哑巴六王爷，站在小皇帝身边的连昇，头一遭说了一句话："臣遵旨。"

此后连昇才告诉南乡跟阿绯：原来那时候他说出了那首"南乡子"的意思后，风蝶梦果真如同约定的一样，替他医好了嗓子。而群臣皆惊。

有心人却明白了六王爷为何一度哑忍，今日才出声的原因。

次年九月，阿绯诞下一名女孩儿，傅清明爱之欲狂，如珠如宝。而有人自遥远的南溟，送来一件礼物。那是一缕长长的白发，发如雪，每一寸都是寂寞缠绕。还有一封信，只是一行诗：天与化工知，赐得衣裳总是绯。每向华堂深处见，怜伊。两个心肠一片儿。自小便相随，绮席歌筵不暂离。苦恨人人分拆破，东西。怎得成双似旧时。

阿绯握着发丝，眼前忽地想到离开南溟的时候，去告别朱子的那一幕：那人坐在流水淙淙的溪畔，一身白衣，长发飘扬，寸丝如雪。

因为她那一场"假死"，害他几乎碎了三魂七魄，痛心彻骨之余，又加上跟傅清明比武真气耗费过甚，满头的青丝，一夜之间竟转作白发。而原本属于祯雪的容颜，也因为散功之故，再也维持不住，一寸一寸地，也恢复了昔日那清俊少年的出尘容貌。

当时他看着眼前流水，便念了信上那数句，道："风蝶梦化蝶自焚之前，念的便是这句，如今，我倒也明白了……"

阿绯无言以对，想了想就只说："你、你以后要好好的……"

"不必担心，"他抬头，嘴角微挑，雪白的长发给风吹起来，声音淡淡地说，"你好好的就行，你去吧，倘若有一日我变了主意，再作打算。"

阿绯不明白这是什么意思：大概是他终于想通，肯放手了吧。却是一件好事。

但如今他送这封信来，又是什么意思？阿绯看着那一缕长发，忽然之间似记起跟那少年的初遇，她把被官人欺负跌倒在泥里的他扶起来，蹲下来看他，问："你没事吗？"他呆呆地看着她，小小的阿绯望着那双仿佛永远都含着泪却还是很倔强的眸子，忽然就老气横秋地叹了口气："可怜的孩子。"

阿绯以为自己是在记忆里叹息的，没想到竟说了出来，旁边的傅清明身子一震："你说什么？"

阿绯慌忙掩饰："没、没有。"

傅清明眼神狐疑，然后就斜睨那封信，忽然叹："朱子还是死心不改啊，居然还青丝传情，这人真是，当我是什么，早知道那时候就不救他……"

阿绯见他一副打破醋坛子的模样，便忍笑，想把发丝先放回信封里去搁起来，却不料傅清明怀中的女孩儿眼睛乌溜溜地看着两人，忽然呀呀出声，那小手挥舞了一阵，斜斜一抄，居然正好撄住了那缕发丝，一边呵呵笑着，一边紧紧地握着不肯撒手。

阿绯跟傅清明两人面面相觑，见婴儿细嫩的小手指牢牢地缠握着那一缕雪白的长发，天真无邪缠着那苍苍华发，世事不知对上阅尽千帆，两相对比，两相映衬，看起来竟有种触目惊心的绮美。